England zur Zeit der Kreuzzüge: Die junge Alix von Wanthwaite muss ihrem sterbenden Vater versprechen, die enteignete Burg der Familie wieder in ihren Besitz zu bringen. Dazu soll sie an den Hof des Königs ziehen. Alix schneidet sich ihre Locken ab und reitet, als Knabe verkleidet, in die Fremde. Ihr Weg führt sie erst nach London in die Welt von höfischem Minnesang und raffinierten Intrigen. Dann aber wird sie als Page ins Gefolge von Richard Löwenherz berufen und zieht mit ihm auf den Kreuzzug. An seiner Seite kämpft sie nicht nur für ihren Glauben, sondern auch um die Ehre ihrer Familie und um ihre geheime Liebe zu Richard.

Pamela Kaufman wuchs in New York auf und promovierte in Englischer Literatur. Mit der Geschichte des Mittelalters hat sie sich intensiv beschäftigt. Sie lebt in Kalifornien. Ihr historischer Roman »Die Herzogin« (Bd. 17159) liegt im Fischer Taschenbuch Verlag vor.

Unsere Adresse im Internet: www.fischerverlage.de

PAMELA KAUFMAN

Die Rose des Löwen

HISTORISCHER ROMAN

Aus dem Amerikanischen
von Kristin Ruppert

FISCHER
TASCHENBUCH
VERLAG

Veröffentlicht im Fischer Taschenbuch Verlag,
einem Unternehmen der S. Fischer Verlag GmbH,
Frankfurt am Main, Juli 2009

Die Originalausgabe erschien unter dem Titel
»Shield of Three Lions«
erstmalig 2000 bei Scherz, Bern, München, Wien

Druck und Bindung: Norhaven A/S, Viborg
Printed in Denmark
ISBN 978-3-596-18372-2

Für Charlie

Erstes Buch

Alex

I

Lautes Poltern riß mich aus dem Schlaf.
Mein Wolfshund knurrte, und ich öffnete die Augen. Am Himmel konnte man noch schwach die Sterne ausmachen, aus der Eiche oben riefen Eulen. Morgen würde ich zu dieser Zeit aufstehen müssen, aber jetzt wollte ich weiterschlafen. Ich zog mir die Felldecke über den Kopf.
Das Gepolter ließ jedoch nicht nach, es schien sogar näherzurücken; Lärm wie von einem riesigen, sich ruckartig vorwärts bewegenden Drachen hallte von der Zugbrücke wider. Dann hörte ich Peitschenknallen, zorniges Geschrei. Als das bedrohliche Dröhnen meiner Kammer immer näher kam, warf ich die Felldecke von mir und eilte zum Fenster.
Im Schein lodernder Fackeln sah ich halbnackte Männer fluchend auf das beste Ochsengespann meines Vaters einschlagen; sie trieben es dazu an, unser uraltes, verrostetes Katapult, dessen Räder schon längst vermodert waren, über den Hof zu zerren. Verwirrt sah ich dem Treiben zu, bis ich meinen Vater erblickte. Flink streifte ich ein Hemd über und rannte los. Ich wollte wissen, was sich da abspielte.
Mein Wolfshund Lance folgte mir, als ich barfuß die Stufen zur Tierkammer hinunterrannte. Dort bahnte ich mir einen Weg durch die Binsenstreu, die während der Nacht von dem neuen Wurf Jagdhundwelpen besudelt worden war. Courage, unsere Dogge, warf mich mit ihrer freudigen Begrüßung fast

um, während Dachs und Wiesel unter eine Bank huschten und die bunten Vögel meiner Mutter heisere Schreie ausstießen. Ich lief weiter zum Burghof.

Dort hielt ich inne. Seit ich aus meiner Kammer losgestürmt war, hatte sich die Zahl der Männer vervielfacht: große, furchteinflößende Ritter auf schnaubenden Schlachtrossen. Es waren lauter Fremde. Ehrfürchtig zog ich Lance dicht an den Torbogen und versuchte, meinen Vater inmitten dampfenden Atems und wiegender Pferdebäuche zu erspähen.

Statt dessen erblickte ich auf der anderen Seite des Hofes meine Mutter Catherine, die verstohlen an der Mauer entlang Richtung Burgkapelle hastete.

»Mutter!« rief ich. »Wartet auf mich!«

Sie hörte mich nicht und betrat die Kapelle, vor der Pater Michael stand. Ich spürte, wie eine meiner Flechten von einem Schwert hochgehoben wurde, als ein unvorsichtiger Ritter sein Pferd wendete. *Deus iuva me,* das hätte mein Auge treffen können! Ich machte mich auf zum Küchengarten, wo es sicherer sein würde und wo ich Dame Margery fragen konnte, was eigentlich los war.

Dame Margery und Maisry rührten in einem großen Kessel über der Feuerstelle und bemerkten mich nicht. Mir fiel auf, daß Maisry ihre Mutter bereits an Weiblichkeit übertraf, über ihren Brüsten straffte sich das braune selbstgemachte Gewand, während die vertrockneten Brüste ihrer Mutter fast bis zur Taille hingen. Aber auch Margery war früher prall gewesen, schließlich hatte sie Maisry und auch mich gesäugt, wir waren Milchschwestern. Und ich, auf den Tag genauso alt wie Maisry, konnte mit meinen elf Jahren nur eine flache Brust wie ein achtjähriger Junge vorweisen, obwohl ich jeden

Abend Nelkensaft trank. Maisry behauptete, daß ich nicht reifen würde, bevor ich nicht »auf eine andere Art zur Frau geworden« wäre. Ich konnte ihr jedoch nicht entlocken, was es mit dieser »anderen Art« auf sich hatte. Es war alles sehr geheimnisvoll.

Ich schrie über das Getöse hinweg: »Gottes Segen, Margery!«

Sie betrachtete mich beunruhigt. »Alix, Ihr habt nichts bei den Soldaten zu suchen. Geht sofort in Eure Kammer, bevor ich Euch die Ohren langziehe.«

»Ich muß zu meinem Vater.«

Maisry lächelte mit leuchtenden Augen. »Ich glaube, Lord William ist im Garten. Ich habe jedenfalls gesehen, daß er in diese Richtung ging.«

»Und er will jetzt nicht von seinem verwöhnten Liebling geplagt werden«, fügte Dame Margery hinzu. »Geht schon, Alix. Lady Catherine macht sich sicher Sorgen.«

»Meine Mutter hat mich losgeschickt, um ihn zu suchen«, log ich. »Sie möchte wissen, was es mit dieser Ritterversammlung auf sich hat.«

»Das kann ich Euch auch sagen«, sagte Margery finster. »Die Schotten kommen.«

»Die Schotten!« Ich runzelte die Stirn. »Ihr täuscht Euch gewiß. Vater hat doch den schottischen König bei Alnwick besiegt, und seitdem gab es keinen Ärger mehr.«

Margerys Augen glänzten, und ihre Nase wurde rot. »Ich soll mich täuschen? Obwohl ich die meisten Ritter schon einmal gesehen habe? Und was haben sie uns damals genützt? Meine Schwester Annie wurde nackt durch den Schnee getrieben, das war vor fünfzehn langen Jahren, und wir sahen das arme Kind nie wieder. Die Schotten schlachteten und mordeten.

Die Straßen waren blutgetränkt, und heute liegt genau das gleiche Gefühl in der Luft. Wer soll es denn sonst sein, wenn nicht die Schotten?« Sie schneuzte sich in ihre schmutzige Schürze.

Maisry und ich standen stumm da, wir wußten nicht, wer die Burg Wanthwaite angreifen wollte. Die Schotten schienen Teil einer längst vergangenen Geschichte zu sein.

»Ich schätze, das heißt, daß uns der Pilgerzug entgehen wird«, sagte Maisry geknickt. »Archie Werwillie war gestern abend hier, Alix, ich wünschte, Ihr hättet ihn hören können. Auf dem Markt wird eine afrikanische Schlange gezeigt, die ist so groß wie ein Pferd.«

»*Deus iuva me*, warum nur?«

»Fürs Kirchenspiel. Sie führt Adam und Eva in Versuchung.«

»Falls die Schotten kommen, spielt die Schlange sowieso keine Rolle mehr«, sagte Margery aufgebracht. »Jetzt geht schon in Eure Kammer, Alix, und zieht Euch ein Kleid und Schuhe an.«

»Ich werde Vater beim Essen nach den Rittern fragen«, sagte ich überheblich.

»Fragt ihn auch wegen des Pilgerzugs«, bat Maisry. »Es ist ja nur ein halber Tag, und er hat es uns schließlich versprochen.«

Margery gab ihr einen Stups mit dem Kochlöffel, und Maisry verstummte. Ich faßte Lance im Genick und ging zurück zum Burghof. Inzwischen war die Sonne aufgegangen, auf dem Gelände neben dem Burggraben tummelten sich unzählige Ritter, und unaufhörlich trabten weitere über die Zugbrücke. Es war seltsam. Letzte Woche noch hatten Maisry und ich mit der Wurfvorrichtung des Katapults gespielt, uns darauf gesetzt und uns vorgestellt, wir ritten auf einem Seeungeheuer.

Ich wollte nicht glauben, daß die Schotten im Anmarsch waren. Mochten sie auch Feinde und Barbaren sein, sie würden nie ohne ihren König losziehen. Das sagte jedenfalls mein Vater, und der hatte immer recht.

Meine Mutter war im Speisesaal. Im Arm hielt sie einen großen Apfelblütenstrauß, von dem sie fast verdeckt wurde.
»Mary Alix, du ungezogenes Ding, warum warst du nicht bei der Messe?« fragte sie. »Na komm her, wir wollen die Blumen schön herrichten für den Valetschmaus deines Vaters.«
Ich ergriff einen Strauß. »Wohin geht er denn?«
Sie antwortete nicht.
»Warum sagt Ihr Valetschmaus? Reitet er fort?«
Sie wurde ganz blaß. »Ich meinte nicht, daß es sein letztes Mahl sein würde.« Sie bekreuzigte sich hastig. »Er reitet nach Tomlinson Manor, will aber bei Sonnenuntergang wieder zurück sein.«
Ich ging ans Ende der Tafel und wußte nicht so recht, wie ich die zarten Blüten verteilen sollte, schließlich stolperte ich über meine neuen, spitzen Schuhe.
»Paß auf!« Mein Vater stand in der Tür. Er wirbelte mich durch die Luft, und es regnete Blütenblätter. Sein lachendes, gebräuntes Gesicht war mir ganz nah. In seinem Haar schimmerten goldene und rote Strähnen, seine Augen funkelten silbergrau. Tief sog ich seinen Zedernholzduft ein. »Gib mir unseren Geheimkuß.«
Ich küßte ihn auf Stirn, Wangen und Mund. Dann ließ er mich runter.
Meine Mutter kniete auf dem Boden und sammelte die verstreuten Blüten ein.

»Laßt sie doch liegen, Catherine.« Er ergriff ihre Hände und zog sie hoch. Sie lehnte sich an ihn, ihre Augen glänzten feucht. »Laßt den Wasserträger kommen, ich hab nicht viel Zeit.« Er küßte sie und schnippte eine Blüte aus ihrem Haar. Mutter rief nach Joseph, wir sprachen unsere Gebete und tunkten das Brot.

Vaters graue Augen musterten uns aufmerksam. »Täusche ich mich, oder sehen meine zwei Frauen heute abend besonders schön aus?«

Ich errötete, denn ich trug tatsächlich mein neues rosenfarbenes Gewand, das ich mit einem blauen Band gegürtet hatte. In der Hoffnung, ihn für den Pilgerzug gnädig zu stimmen, hatte ich Kornblumen ins Haar gewunden. Ich wußte nicht, welchen Zweck meine Mutter verfolgte, aber auch sie trug ein prächtiges rotes Gewand und hatte goldene Fäden in ihr dunkles Haar geflochten. Sie sah allerdings immer hinreißend aus, sie besaß den wilden Zauber einer Keltin.

»Wir wollen Euch doch immer gefallen«, antwortete Mutter und drückte seine Hand.

»Außerdem wolltet Ihr fort«, sagte ich kühn. »Begleiten Euch die Ritter?«

»Ich werde einige mitnehmen, die meisten bleiben aber hier. Da du schon fragst, bleib bitte immer in der Nähe deiner Mutter, und kleide dich stets ordentlich. Heute morgen habe ich dich in einem ziemlich unpassenden Gewand gesehen.«

Sein Tadel beschämte mich. »Was machen die denn alle hier?« fragte ich, da es mich ärgerte, eine Gefangene im eigenen Haus zu sein.

»Sagt es ihr, Catherine.«

Meine Mutter zwang sich zu einem unechten Lächeln, man

konnte ihre Grübchen nämlich nicht sehen. »Dein Vater hat diese Männer herberufen, um uns auf einer Reise zu beschützen. Meine liebe Alix, du wirst endlich das Land kennenlernen, in dem ich aufgewachsen bin, die magischen Steinkreise, das Moor, die uralten Bäume.«

»Heiliger Benedikt!« Aufgeregt klatschte ich in die Hände. Und Margery dachte, die Schotten seien im Anmarsch! Die würde sich über den wahren Grund wundern! »Wann ziehen wir los?«

»Übermorgen, nach Sonnenuntergang. Ihr reitet nachts«, antwortete mein Vater.

Meine Aufregung legte sich etwas. Wie sollten wir denn im Dunklen das Moor und die uralten Bäume sehen? Und weshalb die große Bewachung?

»Stimmt etwas nicht?« fragte ich meine Mutter unumwunden.

Nach einer langen Pause bedeutete sie meinem Vater zu antworten.

»Im Westen ist alles in Ordnung, aber euer Weg verläuft dicht an der Grenze. Außerdem … müssen wir aufpassen, daß du nicht entführt wirst.«

»Entführt? Wer sollte mich denn entführen?« Ich hielt das für einen Scherz, allerdings einen schlechten.

»Derjenige, der auch Wanthwaite begehrt«, erklärte meine Mutter. »Jetzt, da du im heiratsfähigen Alter bist, könnte dich ein landloser Ritter entführen, damit würden ihm deine Besitztümer zufallen.«

»Im heiratsfähigen Alter soll ich sein?« Wehmütig blickte ich auf meine flache Brust.

Mutter lachte, diesmal waren ihre Grübchen zu sehen. »Du bist zwar noch wenig entwickelt, aber das kommt noch. Die

Schwestern deines Vaters reiften auch erst spät heran, und du scheinst mehr nach seiner Familie zu schlagen. Als ich deinen Vater heiratete, war ich übrigens auch erst zwölf.«
»Und wenn du zurückkommst, bist auch du eine verheiratete Frau und deshalb sicher.«
Ich konnte ihren Worten kaum folgen. Aus einer einfachen Reise war auf einmal eine nächtliche Flucht geworden, und daraus wurde nun die Suche nach einem Ehemann? Ich bemühte mich, dieses Durcheinander zu begreifen.
»Ich bin noch nicht bereit zu heiraten«, verkündete ich. »Wenn es so gefährlich ist, will ich auch nicht reisen. Viel lieber bleibe ich hier bei Euch und Mutter und erspare Euch all diese Mühe.«
Meine Mutter hob ihre geschwungenen Augenbrauen. »Es ist wohl besser, wir sagen es ihr, William.«
Er nickte, erhob sich von der Bank und setzte sich neben mich. Seine Augen waren kristallklar. »Alix, du bist ebenso klug wie albern, aber meiner Meinung nach klüger als andere in deinem Alter. Deshalb will ich dir die Wahrheit sagen. Es gibt schon jemanden in der Nähe Wanthwaites, der um dich freit. Wir haben ihn zurückgewiesen.«
»Warum?« fragte ich. »Mir wäre jemand in Eurer Nähe recht.«
»Wir sagten ihm, er sei zu alt – er ist über sechzig –, daraufhin schlug er seinen Pflegesohn vor.«
Ich schnappte nach Luft. »Alle *beide* sind in mich verliebt?«
»Sie sind verliebt in Wanthwaite«, antwortete meine Mutter verbittert, »und der Ältere ist außerdem wahnsinnig.«
»Catherine!« sagte mein Vater warnend.
»Irgendwann muß sie doch lernen, daß es Böses in der Welt gibt. Alix, als dieser Mann das erste Mal um deine Hand an-

hielt, war er noch verheiratet. Wir machten ihn natürlich auf diesen Hinderungsgrund aufmerksam. Daraufhin tötete er seine Frau und seine drei Kinder …«

»Nein!« schrie ich.

»… und stellte ihre Köpfe, auf Pfähle gespießt, vor der Burgmauer auf«, endete sie mit grimmiger Miene.

Ich war entsetzt. »Weshalb sagt Ihr das nicht Osbert von Northumbrien? Er soll dieses Monster bestrafen! Dann müßte ich wenigstens nicht flüchten, so als wäre ich die Übeltäterin.«

Ich hatte eine klare Frage gestellt, die eine einfache Lösung beinhaltete. Deshalb konnte ich das darauffolgende lange Schweigen nicht verstehen, auch nicht den Wikingerblick meines Vaters, wie Mutter ihn zu nennen pflegte.

»Vertrau uns«, befahl er. »Osbert von Northumbrien … kann uns nicht helfen. Ihr reist ab wie besprochen.«

Trotzig schob ich die Unterlippe vor, aber Mutter zog an meinem Haar, ich verstand ihr Zeichen. »Für wie lange? Sind wir im Herbst zurück?«

Mutter strich über meine Flechten. »Es ist eine lange Reise. Ich schätze, daß wir Wanthwaite zwei, drei Jahre lang nicht sehen werden.«

»Zwei oder drei *Jahre*! Das ist ja eine Ewigkeit!« Ich entwand mich ihren Armen. »Kann Maisry mitkommen?«

»Niemand kann mitkommen, es muß eine kleine Truppe bleiben«, erwiderte mein Vater.

Mir stiegen die Tränen in die Augen. »Aber können wir wenigstens morgen die Pilger sehen und die afrikanische Schlange?«

»Welche Pilger? Welche Schlange?« Er sah meine Mutter an.

»Erinnert Ihr Euch nicht? Ihr habt den Mädchen versprochen, daß sie sich den nächsten Pilgerzug ansehen dürfen, der durch Dunsmere kommt. Sie haben ihr Herz daran gehängt, die Pilger zu sehen, die morgen vorbeiziehen.«

Sanft faßte Vater mich unters Kinn. »Dann mach dein Herz davon wieder los, Alix. Du mußt bei deiner Mutter bleiben, wie ich schon gesagt habe. Gibst du mir dein Wort darauf?«

»Aber Ihr habt es doch versprochen!« jammerte ich. »Das ist der allerletzte Tag in meinem ganzen Leben, an dem ich Maisry nochmals sehen kann!«

»Das reicht jetzt, Alix, keine Widerrede!« Er stand auf und zog den braunen Barchent unter der Rüstung gerade. Er wandte sich meiner Mutter zu, umschlang sie und flüsterte ihr etwas zu, ich versuchte, die Worte zu erhaschen.

»… von Roland angeführt …«

Erschrocken trat sie einen Schritt zurück, schüttelte den Kopf.

»… diese Männer sind unbarmherzig«, schloß er.

Beide sahen mich an.

»Seid Ihr bei Sonnenaufgang wieder zurück?« fragte meine Mutter.

»Falls ich in Tomlinson genügend Ritter bekomme. Ansonsten reite ich weiter nach Yarrow.«

»Ich hoffe so sehr …«

»Ich auch.«

Sie küßten sich.

»Sendet einen Boten, falls Ihr nicht zurückkommt.«

»Das verspreche ich.« Sanft entzog er sich ihrer Umarmung und betrachtete sie traurig.

Dann ging er.

»Komm, Alix, laß uns im Garten spazierengehen.«
Wir überquerten den Burghof, auf dem die Ritter herumlümmelten. Neben ihnen lagen die Rüstungen übereinandergehäuft. Aller Augen richteten sich auf meine schöne Mutter. Geziert schritt ich hinter ihr her und ahmte ihren graziösen Gang nach. Im Kräutergarten bückte sie sich nach einer Ringelblume. »Nimm das, Alix, die hilft gegen Sommersprossen.«
Beunruhigt betastete ich mein Gesicht. »Habe ich Sommersprossen?«
»Noch nicht, aber irgendein eifersüchtiges Weibsbild könnte dich ja verhexen. Und hier, diese sternförmigen Blätter lassen deine Träume ehrlich bleiben.«
Ich nahm sie entgegen und fragte mich, woher sie wußte, daß ich von dem Pilgerzug träumte.
»Und hier der Schierling, der hält deine Brüste klein«, neckte sie, »obwohl das nicht so schlimm ist wie die Sommersprossen. Außerdem ist er – in geringen Mengen – gut bei übermäßiger Lüsternheit des Ehemannes.«
Verdrießlich ließ ich den Kopf hängen, weil sie mich wegen meiner flachen Brust aufgezogen hatte.
Sie hob mein Kinn hoch und legte mir einen Kranz aus Hagedorn aufs Haar. »Die Maikönigin, unsere zukünftige Braut.«
»Ich will nicht heiraten.«
»Wirst du aber«, sagte sie sanft. »Und er wird dich verehren, sonst bekommt er dich erst gar nicht, das verspreche ich dir. Du bist doch meine Perle.«
»Werde ich ihm denn gefallen?« fragte ich besorgt.
»Machen wir eine Bestandsaufnahme: eine hohe, gerade Stirn, gekrönt von kräftigem, silberblondem Haar, wie das

deines Vaters. Seine Augen hast du auch, diese unergründlichen Tiefen. Soweit ist es doch ganz gut, oder? Allerdings hast du meine dunklen geschwungenen Augenbrauen und auch diese lächerlichen Grübchen. Aber er wird das Gute mit dem Schlechten in Kauf nehmen müssen.«

»Ich würde am liebsten so aussehen wie Ihr!« Stürmisch umschlang ich ihre Taille.

Sie zog mich weiter, und wir setzten unseren Spaziergang fort.

»Viel wichtiger ist doch dein Verstand, ein guter Mann möchte sich mit seiner Frau in bester Gesellschaft wissen. Wir können deinen Verstand ja mal erproben. Dieser Kirschbaum hier hat ein Geheimnis. Kannst du dich noch daran erinnern?«

Triumphierend betrachtete ich den blühenden Baum. »Das ist doch leicht. Unter der größten Wurzel befindet sich der Schlüssel zu unserem Schatz.«

»Hervorragend«, sagte sie leise. »Würdest du ihn auch finden?«

Ich fiel auf die Knie, griff unter die schwarze Wurzel und hinein in eine klebrige goldene Masse. »Igitt!« Ich wedelte die Ameisen vom Arm, bevor ich die feuchte, lockere Erde durchwühlte. Schließlich fand ich den Schlüssel. »Hier ist er!«

»Und wie benutzt man ihn?«

»Ich zeig's Euch.« Ich wollte den Weg zum Früchtekeller einschlagen, der wie ein Grab mit Gras bewachsen war.

Sie hielt mich fest. »Lieber nicht, es sind zu viele Leute hier. Sag mir einfach, welchen Wert die Münzen haben.«

Ich erklärte ihr, daß sie in einem Kästchen verborgen waren und man sie am Gewicht und ihrer Beschaffenheit erkennen

konnte: Denare, Silbermark, silberne Livres und byzantinische Goldmünzen.
»Ausgezeichnet. Weißt du auch noch, wie man die silberne Schatulle öffnet?«
Ich beschrieb, wie man welche Steine drücken mußte, um das komplizierte System zu öffnen. Sie war zufrieden. Ich legte den Schlüssel wieder zurück. Als wir weitergingen, versank sie in Melancholie, und ich wußte nicht so recht, ob ich meine Frage stellen sollte.
»Mutter, es ist doch wirklich ungerecht, daß Maisry und ich die Pilger an unserem letzten gemeinsamen Tag nicht sehen dürfen. Wir könnten vor Morgengrauen aufbrechen und wären wieder zu Hause, bevor Vater von Tomlinson Manor zurück ist.«
Ihr Blick war nach innen gerichtet, diesen Gesichtsausdruck bekam sie immer, wenn sie das Zweite Gesicht hatte. Trotzdem vernahm sie meine Worte.
»Du wirst deinem Vater gehorchen, Alix. Das ist ein Befehl. Komm, wir wollen sehen, ob er schon zurück ist oder einen Boten gesandt hat.«
Wir schritten vor den Rittern wieder würdevoll einher, doch innerlich war ich ganz aufgewühlt. Natürlich liebte ich meine Eltern und war auch stets eine folgsame Tochter gewesen, aber dies war eine fürchterliche Prüfung. Bisher war es mir leichtgefallen, ihnen zu gehorchen, da sie immer gerecht gewesen waren. Heute jedoch kümmerten sie sich keinen Deut um meine Wünsche, sondern hatten nur Reisen, Ritter und alte Freier im Kopf. Ich begann einen Plan zu schmieden.

Der Bote meines Vaters wartete in der Vorhalle. Er war sehr dienstbeflissen, und seine Stimme überschlug sich fast.

»Lord William läßt ausrichten, daß er heute nacht sein Lager in Tomlinson aufschlägt und morgen mittag zurückkehren wird. Er sagt, es ist alles in Ordnung. Ihr sollt Euch wie geplant auf die Abreise vorbereiten. Gesegnete Nachtruhe, Gott sei mit Euch.«

»Sehr schön gesagt«, sagte meine Mutter sanft. »Wie heißt Ihr, junger Mann?«

»Arthur, Sir.« Er errötete. »Ich meine – Mylady.«

»Habt Ihr Hunger, Arthur?«

»Ja, Mylady.«

»Dann begebt Euch in die Küche und sagt Dame Margery, sie solle Euch etwas zu essen geben. Sie wird Euch auch Eure Schlafstelle zeigen.«

»Ich führe ihn hin«, bot ich an, da ich Maisry unbedingt sehen wollte.

Dame Margery teilte mir mit, daß ich Maisry bei der Hafertonne finden würde, sie holte gerade Hühnerfutter. Ich wußte, daß die Spreu sie immer in der Nase kitzelte, und brauchte nur auf ein Niesen von ihr zu warten, dann fand ich sie sehr schnell. Ich erzählte ihr von dem Unglück. Sie war ebenso enttäuscht wie ich. Als ich vorschlug, ohne Eskorte und gegen den Wunsch meines Vaters heimlich zu den Pilgern zu schleichen, wollte sie sich darauf jedoch nicht einlassen.

»Ich finde, Ihr solltet Euch Lord Williams Befehl nicht widersetzen, Lady Alix«, entgegnete sie störrisch. »Es gibt noch andere Pilgerzüge.«

»Aber nicht für uns!« rief ich. »Das habe ich dir doch gerade erklärt! Wir werden uns nie mehr wiedersehen; dieser Pilgerzug steht uns zu!«

Maisry blickte immer noch zweifelnd, aber sie hörte wenigstens zu. Kurz nach Tagesanbruch würden die Pilger hier vorbeiziehen und dann in Dunsmere zur dritten Gebetsstunde rasten. Mein Vater wollte gegen Mittag eintreffen; wenn wir uns nach der Sonne richteten, konnten wir vor ihm wieder zurück sein. Schon beim bloßen Gedanken an meines Vaters Wut bekam Maisry Angst. Ich versicherte ihr, daß ich die ganze Schuld auf mich nehmen und daß er es gar nicht erst erfahren würde.

»Irgend jemand sieht uns bestimmt und verrät uns«, sagte sie.

Ich hatte eine Idee. »Ich verkleide mich, so daß niemand etwas merkt.«

»Als was denn?«

»Als Kammermädchen, genau wie du. Wir sind Schwestern.«

»Nicht mit Eurem Haar«, sagte sie.

»Heiliger Benedikt, für wie dumm hältst du mich, Maisry? Ich sagte doch ›verkleiden‹. Ich werde mein Haar zwar nicht abschneiden wie du, kann es aber zurückbinden.«

Sie stimmte schließlich zu und suchte nach einem braunen, groben Gewand; wir fanden eines von Peg, die schwanger ging und nicht mehr hineinpaßte. Maisry machte sich noch immer Sorgen; was würde Lady Catherine dazu sagen?

»Ich sehe sie fast nie vor der dritten Gebetsstunde, höchstens bei der Messe, aber die verpasse ich ja meistens. Wir könnten Robert bestechen, er soll ihr sagen, daß wir den Entenküken beim Schlüpfen zusehen. Bevor sie richtig darüber nachdenken kann, sind wir schon wieder zurück.«

Der Plan war nahezu perfekt, es gab eigentlich nur zwei

Schwachpunkte: Der alte Robert war nicht der Hellste, wir würden ihm die Botschaft sorgfältig einbleuen müssen, und vielleicht würden die Ritter versuchen, uns aufzuhalten. Wir mußten es einfach wagen. Maisry konnte sich mit dieser Ungezogenheit nicht anfreunden, aber ich war überzeugt davon, daß sie sich keine Gedanken mehr machen würde, sobald wir aufgebrochen waren.

Mutter und ich saßen stumm und in Gedanken versunken über unserem Mahl. Schweigend und mit gesenkten Köpfen stiegen wir dann die gewundene Treppe hinauf und hielten vor meiner Kammer an. »Du darfst heute nacht nicht allein bleiben, Alix. Komm mit zu mir.«
Ich protestierte mit pochendem Herzen. »Ich bin nicht allein, Lance ist doch bei mir.«
»Mary Alix!« Sie sah mich ernst an. »Du schläfst diese Nacht bei mir.«
Was würde ich nur bei Morgengrauen machen? Meine Mutter ahnte sicher etwas, denn sonst durfte ich nur bei ihr schlafen, wenn ich krank war. Heiliger Benedikt, ich würde mich wegschleichen und hoffen, daß sie unserer Ausrede Glauben schenken würde.
Wir entkleideten uns bei Kerzenlicht. Meine Mutter umarmte mich liebevoll und gab mir einen Kuß.
»Träum gut, mein Liebes. Auf der Reise werden wir viele solcher Nächte miteinander verbringen. Wir müssen lernen, einander Trost zu geben.«
Wir konnten beide nicht schlafen. Ich lag reglos da, während sie sich unruhig herumwälzte. Die afrikanische Schlange ging mir durch den Kopf, und ich mußte unwillkürlich lächeln.

2

Meine Mutter schlief fest.

Ihre weiße Schulter schimmerte im Mondlicht, und ihre dunkle Haarpracht umrahmte das blasse Gesicht. Lautlos glitt ich aus dem Bett.

Wie ein Geist schlich ich die Treppe hinunter und betrat den nebligen Burghof, Gott hatte nämlich Nebel geschickt, der uns Deckung bot. Lance verhielt sich unheimlich still, als ob er meine List ahnte. Ich konnte die Ritter zwar hören, sehen konnte man aber nichts bei dem dichten Nebel. Fast wäre ich über Maisry gestolpert, die in der Dunkelheit kauerte. Wir flüsterten und kicherten aufgeregt, während ich mich umzog. Zuletzt versteckte ich meine langen Flechten unter einem Tuch.

Wir gingen nicht durchs Haupttor, weil wir befürchteten, der Wächter könnte uns entdecken. Wie immer nahmen wir den Weg durch den Küchengarten. Es war niemand zu sehen, das war bestimmt ein gutes Omen. Wir tasteten uns bis zur Zugbrücke an der feuchten Außenmauer entlang. Der Nebel brach etwas auf, und ich sah zu meiner Überraschung, daß das Fallgitter heruntergelassen war. Wir hätten also gar nicht durch das Torhaus gehen können. Das hatte sicher mein Vater veranlaßt, um uns während seiner Abwesenheit zu schützen.

Über den Graben gelangten wir schließlich zum Zwinger, wo wir uns einen Weg durch Hühner, Schweine, Ziegen, Schafe und Kühe bahnten. Tausende von Fliegen schwirrten um uns herum. Leibeigene waren schon dabei, die Tiere zu füttern und zu melken; sie waren zu beschäftigt, als daß wir ihnen aufgefallen wären. Unbemerkt krochen wir durch den Palisadenzaun, der das Vieh umgab, und liefen weiter zum Torgraben. Wir rannten über die kleine Landzunge und durch meinen Lieblingspark. Justice, mein Pferd, wieherte, als wir an ihm vorbeiliefen. Ich streichelte seine Nüstern und versprach ihm einen Ausritt.

Am Ende des Parks liefen wir weiter flußaufwärts und überquerten das Wasser an einer seichten Stelle. So kurz nach der Schneeschmelze war es noch eiskalt, die Steine spitz wie Messer. Auf der gegenüberliegenden Seite glänzten die schwarzen Furchen frisch gepflügter Felder. Ohne mich nochmals umzusehen, rannte ich hinter Maisry her über die Äcker.

»Warte auf mich«, rief ich flehentlich.

Der Nebel lichtete sich auf einmal, und der Himmel erstrahlte in hellem Sonnengelb. Am Horizont galoppierte eine Gruppe von Mönchen, sie sahen aus wie ein Schwarm Raben. Ich blieb stehen und wunderte mich darüber, daß sie es offenbar sehr eilig hatten. Es war Samstag, der Tag des unheilvollen Gottes Saturn, die Mönche wiederum schienen ein gutes Omen zu sein. Wir stolperten weiter. Plötzlich hob Maisry die Hand, um mich aufzuhalten.

»Hört Ihr das auch?«

In der Ferne erklang ein dumpfes Schlagen.

»Los, weiter, sonst kommen wir zu spät.«

Wir nahmen einander an der Hand und zogen über die Felder. Schließlich gelangten wir auf die Straße.

»Seht nur« – Maisry deutete auf einen dampfenden Haufen Pferdeäpfel – »die müssen noch ganz in der Nähe sein.«

Wir rannten weiter, und da waren sie plötzlich. Ein Dutzend, vielleicht auch mehr. Sie waren alle zu Pferde, an deren Lederzeug klingelnde Glöckchen befestigt waren. Wir liefen neben ihnen her und betrachteten sie schüchtern. Die Nachhut bildeten zwei Männer, erfahrene Pilger, behauptete Maisry, weil sie in grobe Mäntel gekleidet waren und gekrümmte Stäbe trugen, an denen Wasserkrüge baumelten. Einer hatte einen Palmzweig aus dem Heiligen Land bei sich, der andere eine Wasserflasche aus Canterbury.

Vor ihnen ritten fünf Frauen auf kleineren Pferden. Drei von ihnen hatten Bänder in ihre Flechten geschlungen, die zwei älteren jedoch trugen Schleier, wahrscheinlich um ihr graues Haar zu bedecken, denn auch ihre Gesichter waren angemalt, um die Falten zu verbergen. Selbst die jungen Frauen waren alles andere als hübsch, in allen fünf Mündern zusammen gab es vermutlich kaum ein Dutzend Zähne. Ich fuhr mit der Zunge über meine eigenen und hoffte, daß ich sie recht lange behalten würde. Zwei der jüngeren hatten außerdem die Blattern. Alles in allem war es aber doch eine recht ansehnliche Truppe ohne Verkrüppelungen oder Grützbeutel.

Kaum hatten wir uns zu ihnen gesellt, brachte der Anführer, ein Bischof, seinen Wallach zum Stehen und hob die Hand. Aus der Ferne hörte man Glockenläuten, er blickte sich verwirrt um. Ich erkannte sofort die Glocken unserer Kapelle in Wanthwaite und war ebenfalls überrascht. Zur ersten Gebetsstunde und bei Sonnenaufgang hatte ich gar nichts gehört, und jetzt konnte doch nicht die dritte Gebetsstunde sein. Das war zweifellos Glockengeläut. Der Bischof bekreu-

zigte sich und sprach ein Gebet. Mit gesenkten Köpfen empfingen wir den Segen. Ich zählte die Glockenschläge: vierzehn, fünfzehn, sechzehn … es waren noch mehr, viel zu lange. Mich beschlich die unheilvolle Ahnung, daß man unsere Abwesenheit bemerkt hatte und meine Mutter uns auf diese Weise nach Hause orderte. Wenn ich mich jedoch täuschte und nun zurückging, hätte ich die Pilgerfahrt für nichts aufgegeben, und ich wollte doch so gerne das Schauspiel sehen. Nachdem der Segen erteilt war, gingen wir weiter.
Dunsmere war eine Ansammlung von Lehmhütten, die sich neben der Hauptstraße bis zum Marktplatz aneinanderreihten, dort endete auch eine Straße aus der entgegengesetzten Richtung. Wir liefen gerade unter den mächtigen Eichen daher, als die Kirchenglocken zu läuten begannen; mein Magen knurrte verräterisch, nun war tatsächlich Haute Tierce, die dritte Gebetsstunde. Ich hatte zwei Denare mitgenommen, da ich für Maisry und mich eine Leckerei kaufen wollte. Es gab aber nichts zu kaufen. Zum Glück hatte Maisry etwas dabei: dunkles Brot und Ziegenkäse aus der Vorratskammer. Sie zog mich an den Rand des Marktplatzes, wo ein paar Kühe wiederkäuten, und als niemand hinsah, zog sie am Euter einer Kuh, und wir ließen uns einen Schwall frischer, schäumender Milch in die Kehle rinnen. Dann tummelten wir uns noch ein wenig und warteten auf den Beginn der Festlichkeiten.
Ein Flötenspieler und ein Trommler spielten auf, und der Marktplatz füllte sich mit einer erwartungsvollen Menge. Am Rande des Marktplatzes stand ein Ritter zu Pferde mit seinem Knappen.
»Seht nur« – Maisry runzelte die Stirn – »sind das Ritter Eures Vaters?«

Ich beäugte den Ritter und den rothaarigen Knappen. Obwohl ich ihre Gesichtszüge nicht allzu deutlich ausmachen konnte, wußte ich, daß es Fremde waren. Außerdem hatten sie eine andere Helmzier als die Wanthwaites: Es war ein N. Ich beruhigte meine Freundin, und wir mischten uns wieder unters Volk.

An einem Stand konnte man Reliquien erstehen. Ich sagte Maisry, sie solle sich etwas aussuchen, ein Abschiedsgeschenk sozusagen. Sie entschied sich für ein kurzes rotes Band, ich war enttäuscht, denn das war so bedeutungslos, zumal es auch echte Holzsplitter vom Kreuz Jesu gab; aber es war schließlich ihr Geschenk. Da entdeckte ich ein merkwürdiges Gefäß, und der Mönch lobte meine scharfen Augen, dieses Fläschchen enthalte einen Tropfen Milch der Heiligen Jungfrau persönlich! Ich konnte gar nicht glauben, daß es nur einen Denar kostete, und kaufte es flink, bevor jemand anders es erblickte. Ich wollte es meiner Mutter als Buße für meinen Ungehorsam schenken.

Als langsame Trommelschläge ertönten, drängten wir uns durch die Menge zur Bühne, wo das Schauspiel, die Vertreibung von Adam und Eva aus dem Paradies, stattfinden sollte. Ein Mann erschien und streckte die Hände aus. Er war ganz in Weiß gekleidet und trug ein Kreuz und eine Krone.

»Das ist Gott persönlich«, tuschelte jemand hinter uns.

Gott griff hinter sich und zog einen zweiten Mann auf die Bühne. Der trug weiße Strümpfe und ein weißes, enganliegendes Hemd.

»Das ist Adam«, erklärte die Stimme hinter uns, »da ist er noch nackt.«

Gott machte weitere ausladende Bewegungen und förderte

als nächstes Eva zutage: einen Mann, genau wie Adam gekleidet, nur steckten unter seinem Hemd zwei Quitten. Adam verrenkte sich unter Schmerzen, da er gerade eine Rippe verlor. Die Menge tobte vor Freude.

Plötzlich schrie eine Frau aus den hinteren Reihen laut auf. Wir drehten uns um und sahen, wie der Teufel sich durch die Menge schlug. Er war ganz in Rot gekleidet, hatte einen langen Schwanz, eine abscheuliche Fratze mit bösen Augen und einer langen Zunge. Er tänzelte vor Adam herum und zeigte ihm einen glänzenden Apfel. Adam schüttelte den Kopf. Der Teufel rannte wieder in unsere Mitte – entsetzliches Geschrei –, dann legte er einen Zeigefinger an die Stirn; ihm kam ein Gedanke. Er kletterte nochmals auf die Bühne und hielt nun Eva den Apfel hin, die ihn entgegennahm.

»Wo ist denn die afrikanische Schlange?« fragte ich Maisry enttäuscht.

»Nun, wen haben wir denn hier? Gefällt es dir, *petite*?« sagte eine Stimme über mir auf französisch.

Ich schaute auf und sah zu meiner Überraschung den Ritter, der von seinem Schlachtroß auf mich herabsah. Wie war er nur so lautlos und so dicht an uns herangekommen? Maisry drückte meine Hand ganz fest. Ich verstand, daß sie mir bedeuten wollte, ich solle so tun, als verstünde ich kein Französisch, ich sagte also nichts.

»Na sag schon, du kleines Häschen. So hübsche graue Augen! Und Münzen hast du auch dabei.«

Mein Magen krampfte sich zusammen. Mit seinen schwarzen, stechenden Augen glich er einem Habicht. Mit einem spöttischen Grinsen entblößte er eine lückenhafte Zahnreihe. Die Ausdünstungen seines Pferdes stiegen mir in die Nase, und sein ölverschmierter Panzer roch ranzig. Sein Haar war ungleichmäßig geschnitten, und in den schmutzigen Händen hielt er ein Schwert und die Zügel. Meine Knie zitterten, als er das Schwert auf mich richtete, doch er wollte mich gar nicht aufspießen, sondern löste mit der Klinge das Tuch über meinem Haar. Meine schweren goldenen Flechten fielen herunter bis an die Knie.

»Na also«, sagte er höhnisch, »da ist ja das entfleuchte Küken.«

Just in diesem Moment vertrieb Gott Adam und Eva aus dem Paradies, die Menge brüllte. Das unglückliche Paar sprang auf den Marktplatz, wo es von einer ganzen Schar roter Dämonen umringt wurde. Auch von der Menge wurde es umzingelt und mit Schlägen, Flüchen und Verwünschungen bedacht.

Maisry griff nach meiner Hand und schrie: »Mir nach!« Sie zog mich hinter sich her durch die johlende Menge. Hinter uns hörten wir aufgeregtes Schreien, als der Ritter versuchte, uns auf seinem Pferd zu folgen.

»Platz da! Geht mir aus dem Weg!« befahl er.

Ohne einen Blick zurück hasteten wir weiter. Auf allen vieren kroch Maisry unter die hölzerne Bühne, mich im Schlepptau. Wir rafften die Röcke und jagten flink wie Katzen unter den Brettern hindurch. Verrückt vor Angst, folgte ich Maisry blind. Ich hatte keine Ahnung, wohin sie mich führte. Schließlich tauchten wir auf der gegenüberliegenden Seite der Bühne wieder auf.

»Wollen wir Zuflucht suchen?« fragte ich und schaute zur Kirche.

»Vorm Teufel gibt's keine Zuflucht«, erwiderte sie grimmig. »Kommt mit und duckt Euch!«

Gebückt rannte ich hinter ihr her, vorbei an der Kirche, einem Schweinepferch, einem Fliederbusch. Vorbei an einem Kuhstall, an Hütten und Bäumen, mir wurde ganz schwindlig. Plötzlich zog sie mich in einen dunklen Verschlag.
»Da … ist … doch … jemand!«
»Aye, Großmutter, ich bin's, Maisry. Hier, du hast deinen Honigzipfel fallen lassen.« Maisry stopfte ein schmutziges Stück Stoff in einen zahnlosen Mund. »Das ist meine Großmutter, eine gute Seele, sie ist fast blind«, erklärte sie. »Versteckt Euch dort im Schatten.«
Sie zog mich von der Tür weg und sah hinaus.
»Kommt er?« fragte ich ängstlich.
»Da … ist … doch … jemand!« jammerte die Alte schrill.
»Nehmt ihre Hand, Lady Alix, damit sie ruhig bleibt.«
Ich kroch auf allen vieren über den nach Urin stinkenden Boden zu der Pritsche, auf der die Alte lag. Ihre Hand fühlte sich an wie Baumrinde.
Der Knappe ritt kaum zwei Meter entfernt an der Tür vorbei. Hinter ihm kam ein zweites Pferd.
»Hast du gesehen, wo sie hin sind?« fragte der Ritter.
»Ein Bursche sagte, sie wären hier langgegangen«, antwortete der Knappe keuchend.
»Verdammt! Wahrscheinlich wohnt das Bauernmädchen hier irgendwo. Laß uns das ganze Dorf umrunden, du von links, ich von rechts. Wir treffen uns wieder hier. Und frag jeden!«
Sie ritten fort.
»Wir müssen hier weg! Wenn sie erst die Hütten durchsuchen, sind wir verloren. Und wir müssen schnellstens zurück zur Burg, Lady Alix. Dort sind wir sicher.«
Beherzt liefen wir auf dem schmutzigen Weg zurück und ka-

men schon bald zu der Biegung, die uns nach Dunsmere geführt hatte. Wir marschierten so schnell, wie wir konnten, trabten fast. Wir hörten, daß sich hinter einer vor uns liegenden Krümmung ein Pferd näherte. Maisry zog mich hinter eine dichte Dornenhecke, die einen Graben säumte, geduckt rannten wir hinter ihr entlang.

Das Klappern der Hufe kam näher.

Maisry wirbelte herum und zischte: »Tut genau, was ich Euch sage! Versteckt Euch im Graben, dort, wo die Hecke niedrig hängt. Duckt Euch ganz und rührt Euch auf keinen Fall von der Stelle, bis ich rufe. Verstanden?«

»Und du?« stammelte ich.

Sie gab mir einen groben Stoß. »Beeilt Euch!« Sie schlängelte sich durch die Hecke und lief auf offener Straße.

Als der Ritter auf ihrer Höhe war, zügelte er sein Pferd. »Holla, mein Mädel, wo ist denn deine adelige Freundin?«

Maisry verstand kein Französisch und antwortete nicht. Der Ritter wiederholte die Frage in schlechtem Englisch.

»Welche adelige Freundin? Ich hab keine adelige Freundin.«

»Na dann eben deine adelige Herrin«, sagte er spöttisch, »die blonde Schönheit aus Dunsmere.«

»Aye, ja, die Blonde mit dem langen Haar. Ich erinnere mich, die stand neben mir. Aber ich weiß nicht, wer das war.«

Münzen klirrten. »Die sind für dich, wenn du mir verrätst, wo du Lady Alix versteckt hast. Keine Angst, ich tu ihr nichts.«

Als er meinen Namen nannte, hätte ich vor Schreck beinahe aufgeschrien.

Maisry, nicht dumm, jammerte: »Sir, bitte, ich kenne keine Lady Alix, aber ich weiß, wohin das blonde Mädchen gelaufen ist. Für ein paar Münzen würd ich es Euch sagen. Ich bin nur ein armes Ding, meine Mutter ist krank …«

Er ließ sich nicht täuschen.

»Du kennst sie. Du hältst mich zum Narren. Ich glaube, du schuldest mir etwas für all diese Umstände.« Er hielt kurz inne. »Du kannst mich in Naturalien bezahlen.« Haßerfüllt stieß er die letzten Worte aus.

»Nein, Sir, bitte nicht …« Maisrys Stimme war voller Angst.

Ich hörte das Klirren der Rüstung, als er abstieg, dann Maisrys Schrei. Auf allen vieren kroch ich flink die Böschung hinauf und lugte durch die Büsche. Das Herz blieb mir fast stehen. Maisry war losgerannt, als der Ritter abstieg; vielleicht hätte sie fliehen können, da seine Rüstung ihn sehr behinderte, doch er bekam sie mit der Kette am Fuß zu fassen, und sie stürzte. Jetzt kauerte er über ihr und hieb ihr eine eiserne Faust ins Gesicht. Als sie wimmernd dalag, zog er sich aus. Sein Degen fiel klirrend zu Boden, dann folgte der Überwurf; er brauchte eine Weile, um Panzer und Panzerschurz abzulegen; dann das Hemd – er war nackt bis auf Gamaschen und Hose.

Deus iuva me – das war kein Mann, das war ein Monster! Zwischen seinen Beinen wuchs ein Horn, ein vorstehendes Organ, so lang und hart wie der Hauer eines Wildschweins.

Dann wurde mir klar, auf was mein Blick da fiel. Ich stieß ein Gebet aus angesichts des Bösen. Das mußte einer dieser monströsen Abkömmlinge sein, die eine Frau und ein Inkubus zusammen zeugten! Obwohl er sich nicht so anhörte, war er anscheinend doch Schotte, denn ich hatte schon oft gehört, daß Schotten sich mit Kobolden, Bären und Keilern paarten.

Maisry schrie auf vor Schreck, und ich hielt mir den Mund zu,

um nicht selbst zu schreien. Sollte ich ihr zu Hilfe eilen? Konnte ich ihr überhaupt helfen?
Der Ritter streichelte seinen Auswuchs und drückte Maisry zu Boden. Dann war er auf ihr, und sein teuflisches Organ biß Maisry immer und immer wieder. Unsere Blicke trafen sich durchs Dickicht hindurch. Stumm bewegte sie die Lippen: »Geht in Deckung, versteckt Euch!« Ich duckte mich.
Eine Ewigkeit verging. Ich wußte, daß der Ritter sich wieder anzog, denn ich hörte das Klirren der Rüstung, dann einen dumpfen Schlag und darauf davonklappernde Pferdehufe.
Mein Körper war ganz taub; es war totenstill.
Langsam und lautlos kroch ich schließlich die Böschung hinauf und spähte durch den Strauch. Maisry lag immer noch bewegungslos auf dem Rücken.
»Maisry«, flüsterte ich.
Sie gab keine Antwort. Ich richtete mich etwas auf, um zu sehen, ob der Ritter noch in Sicht war. Ich zitterte. Aus der Ferne, von Dunsmere her, hörte man das Schlagen von Trommeln. Krähen kreischten.
Ich schlug mich durch die Hecke. Heiliger Benedikt, was war das? Maisry lag merkwürdig verdreht und mit gespreizten Beinen da. Aus einer Wunde zwischen den Beinen floß Blut, und auch ihr Bauch war rot mit Blut!
»Maisry, was ist passiert?« schrie ich.
Ich fiel auf die Knie, um ihren Rock runterzuziehen.
»Heilige Jungfrau, Jesus, rettet sie! Glaubst du, daß du laufen kannst?«
Ich ergriff ihre Hand und schaute in ihr Gesicht. Ihr Kopf war seltsam zur Seite gedreht. Dann sah ich, daß er säuberlich vom Hals abgetrennt war!

Ich schrie und heulte wie ein verwundetes Tier. Das war meine Schuld! Schließlich hatte ich sie zu diesem Ausflug gedrängt!
Ich warf mich über den leblosen, noch warmen Körper. Was für ein Alptraum! Das durfte nicht wahr sein! Alles voller Blut, so viel Blut.
Meine geliebte Maisry, ich hatte sie für immer verloren. Ich betete für sie, redete mit ihr in der Hoffnung, daß ihre Seele noch in der Nähe weilte.
Die Felder sahen jetzt irgendwie anders aus, unheilvoll und böse. Ich hätte Maisry zu Hilfe eilen müssen! Sie war gestorben, um mich zu retten! Mir war, als hörte ich Pferdehufe, aber vielleicht war es auch nur mein pochendes Herz. Ich mußte zurück nach Wanthwaite.
Nach einem schnellen Gebet überkreuzte ich ihre Arme und plazierte den Kopf so, daß er wieder aussah wie ein Teil von ihr, drückte ihre Augen zu und breitete ein Tuch über ihr Gesicht, das ich mit einem Stein beschwerte. Zur Erinnerung nahm ich das rote Band mit, das sie in der Faust hielt.
Ich richtete mich auf und versuchte, einen klaren Kopf zu bekommen. Zu meiner Linken sah ich die Türme Wanthwaites, über denen eine schwere Wolke hing. Zeitlos stand die Sonne am Himmel, blaß und klein wie ein Schwalbenei. Ich suchte mir einen Weg durchs Gebüsch, falls ich noch einmal Dekkung brauchen sollte.
Ich wollte zu meiner Mutter.

3

Es war Rauch, der wie eine Wolke über Wanthwaite hing. Benommen stand ich am Ufer des Flusses und fragte mich, was das bedeutete. Aus dem Außenhof züngelten Flammen. Was war geschehen? Das Fallgitter hatte bestimmt standgehalten, mein Vater war längst zurück und hatte die Zugbrücke eingezogen. Im Innern der Burg war sicher alles in Ordnung.

Ich befeuchtete mein Kopftuch und band es als Schutz gegen den Rauch um Mund und Nase. Langsam stieg ich bergauf. Ich suchte hinter einem Baum nach dem anderen Deckung und war auf der Hut vor jedem menschlichen Geräusch, jeder Bewegung.

Mein Pferd Justice war verschwunden. Ich zitterte vor Angst. Als ich mich dem Palisadenzaun näherte, ließ meine Achtsamkeit etwas nach, denn ich mußte meinen Blick auf den Boden senken, auf dem so viel brennendes und schwelendes Zeug lag. Außerdem konnte ich mir nicht vorstellen, daß irgend jemand inmitten dieses Feuers lauerte.

Schließlich erreichte ich den Außenhof. Bevor ich durch das Tor ging, blickte ich unwillkürlich zum Wachtturm, auf dem mein Vater vielleicht postiert war.

Es war jedoch niemand zu sehen.

Das Fallgitter war offen.

Als mir klar wurde, was das bedeutete, fiel in meinem Verstand ein eisernes Gitter: *Sieh nicht nach vorn, mach einen Schritt nach dem anderen.* Irgendwie mußte ich ja weitergehen. Der beißende Gestank war erdrückend, brennendes Holz krachte; ansonsten herrschte eine grauenvolle Stille. Keine Menschen, keine Tiere, selbst die Fliegen waren verschwunden.

Vorsichtig, einen Fuß vor den anderen setzend, tastete ich mich voran. Statt durchs Haupttor zu gehen, wandte ich mich Richtung Küche. Auf dem Herd köchelte noch ein Eintopf. Ich schöpfte etwas Hoffnung – trotz allem. Dann ging ich durch das zweite Tor in den Burghof.

Geschwächt lehnte ich mich an die Mauer, ich konnte diesen gräßlichen Anblick nicht fassen. Die Fliegen der ganzen Welt hatten sich auf dem Burghof von Wanthwaite versammelt, ein Berg aus brummenden blauschwarzen Körpern hatte sich da niedergelassen. Mir wurde ganz schlecht beim Anblick dieser emsigen Biester.

Ich schlug die Hand vor den Mund, um einen Schrei zu unterdrücken. Der Berg – das waren meine Freunde, die Bediensteten, die Ritter, niedergemetzelt, in Stücke zerhackt.

Alle – außer meiner Mutter und meinem Vater.

Als ich mir dessen sicher war, betrat ich die Burg.

Ungläubig starrte ich in die Tierkammer, wo die blutigen Überreste der Welpen vermischt waren mit bunten Vogelfedern. Da lag unsere arme alte Dogge Courage, ihre zahnlosen Kiefer noch gebleckt in dem sinnlosen Versuch, unser Heim zu bewachen.

Langsam, wie betäubt, erklomm ich die Treppe.

Meine Stube war leer.

Kein Geräusch war zu hören.

Ich stand in der Tür zur Kammer meiner Mutter. Als erstes sah ich ihr rubinrotes Gewand, das in einem Haufen auf dem Boden lag.
Sie selbst lag fast so da, wie ich sie zuletzt gesehen hatte, und ich glaubte für einen Moment, sie schliefe. Dann sah ich die klaffende Wunde an ihrem Hals. Der Mörder hatte ihren Kopf zwar nicht abgetrennt, aber der Schnitt war tief und tödlich. Die Beine waren unzüchtig gespreizt.
Es war offensichtlich, daß sie auf die gleiche Art wie Maisry gestorben war. Ich fiel in Ohnmacht.
Ich wußte nicht, ob ich Stunden oder Tage später aufwachte. Ich wollte sterben, um bei meiner Mutter sein zu können. Wie sollte ich denn ohne sie leben?
Ich kauerte an der Wand und betete zu Gott, er möge mich auch so schnell wie möglich zu sich nehmen. Plötzlich hörte ich Schritte.
»Gott steh uns bei!« Dame Margery stand im Türbogen. »Lady Catherine!« Dann sah sie mich. »Alix, Ihr wart das eben? *Deo gratias*! Er hat solche Schmerzen, er wartet unten.«
Ich sah sie mit leeren Augen an. Sie nahm mich in ihre knochigen Arme.
»Euer Vater liegt im Burggraben.«
Ich versuchte, meine Sinne zu sammeln. »Vater?«
»Beeilt Euch, er ist schwer verwundet.«
Mein Vater lebte? Ich konnte es kaum glauben.
»Wartet.« Ich entkorkte das Marienfläschchen, um die Jungfrauenmilch auszuschütten. Dann fing ich darin einige Tropfen des Blutes meiner Mutter auf und nahm eine Haarlocke. Das war alles, was mir von ihr bleiben sollte.

Dame Margery bekreuzigte sich, und wir gingen.
Stockend erzählte Margery, was geschehen war, nachdem man Maisrys und mein Verschwinden bemerkt hatte. Meine Mutter und sie wußten gleich, wo wir waren, und Margery wurde ausgesandt, uns nach Hause zu holen. Sie begegnete ebenfalls der Gruppe von Mönchen, die wir gesehen hatten, nur daß sie von ihnen angehalten und gefragt wurde, ob man ihnen auf der Burg vielleicht helfen könne. Sie versicherte ihnen, daß Lady Catherine eine fromme und gastfreundliche Frau sei. Später vernahm auch sie die Glocken und wußte sofort, daß es ein Hilferuf war. Sie machte kehrt und sah meinen Vater, der sich mit seiner kleinen Truppe der Festung näherte. Als sie bei der Burg ankam, war die Schlacht in vollem Gange. Ihr dämmerte, wie die Schotten sich Einlaß verschafft hatten. Die Schotten? fragte ich ungläubig. Sie kamen als Mönche verkleidet, im Burghof entledigten sie sich ihrer Gewänder, und zum Vorschein kam die schottische Kriegstracht. So hatten sie also unsere Ritter überlistet. Dame Margery versteckte sich unter der Brücke im Burggraben, und es gelang ihr, meinen Vater an die Böschung zu ziehen, als er tödlich verwundet ins Wasser fiel.
Als wir die Zugbrücke erreichten, zeigte sie mit dem Finger die steile Böschung hinunter, auf eine Stelle, an der eine kleine Landzunge ins Wasser ragte.
Bevor ich jedoch zu meinem Vater hinuntersteigen konnte, stellte sie die Frage, vor der ich mich am meisten gefürchtet hatte. »Wo ist Maisry, Lady Alix? Ist sie bei meiner Mutter in Dunsmere?«
Ich blickte sie entsetzt an. »Ich … ich …« Ich schwor mir, ihr nicht das ganze Grauen zu offenbaren. »Sie ist tot. Sie ist von

einem Ritter ermordet worden.« Ich schluchzte. »Es tut mir so leid, es tut mir so leid ...«

Sie schwankte. »Nein, das darf nicht wahr sein. Warum?«

»Sie ist tot«, wiederholte ich. »Ich hab gesehen, wie er sie umbrachte, aber ich weiß nicht, warum.«

Aber ich wußte es: Weil sie mich nicht verraten wollte.

Margery sank schluchzend zu Boden. Ich streichelte ihr Haar und versuchte, sie in den Arm zu nehmen, aber sie schickte mich zum Graben.

Ich stolperte die felsige Böschung hinunter zu der Stelle, wo mein Vater lag. Seine Beine hingen ins Wasser. Er hörte mich und wandte mir den Kopf zu. Mit der linken Hand hielt er seinen Bauch, zwischen den Fingern rann Blut. Erschrocken hob er die rechte Hand und deutete auf mein besudeltes Gewand.

»Bist du etwa ...« stöhnte er.

»Nein, Vater, mir fehlt nichts. Das ist Blut von jemand anderem«, sagte ich und hockte mich neben ihn. »Könnt Ihr gehen?«

Er atmete mit großer Anstrengung, seine Augen waren jedoch noch rege. »Ich liege im Sterben, Alix. Ich habe nur auf dich gewartet.«

Diese Worte konnte ich kaum ertragen, und ich begann zu widersprechen, aber sein Blick gab mir zu verstehen, ich solle ruhig sein.

»Verschwende ... keine Zeit«, brachte er mühsam hervor. »Ich muß ... dir sagen, was ... zu tun ist.« Er bat mich näher heran und flüsterte: »Hör mir gut zu, Alix. Wir wurden ... von Osbert, Lord ... von Northumbrien, überfallen ...«

Vielleicht phantasierte er schon.

»Northumbrien? Osbert? Unser Lehensherr?« fragte ich ungläubig.
»Und dein ... Freier. Er will ... Wanthwaite.«
Ich war entsetzt. Meine Mutter hatte fürchterliche Dinge von diesem widerlichen alten Raubritter erzählt.
Vaters Lider zuckten ungeduldig, und ich begriff, daß wir keine Zeit hatten, über meine Gefühle zu reden.
»Er und sein Stiefsohn, Roland von Roncevaux, wollen aus Northumbrien ... eine ... Pfalzgrafschaft machen, ihr eigenes Königreich.«
Ich wußte nicht, was »Pfalzgrafschaft« bedeutete.
»Sie wollen unser Land.«
»Hat Northumbrien die Schotten angeführt?« fragte ich.
»Nein, Roland ... Raubritter ... ein Ungeheuer.«
Das also war der Ritter auf dem Marktplatz gewesen, der ein *N* auf seinem Schild trug. Roland von Roncevaux. Er hatte Maisry getötet und meine Mutter. Ich bemühte mich, meine Tränen zu unterdrücken.
»Wußtet Ihr, daß sie angreifen würden?«
Er sah mir in die Augen. »Zu spät.«
Ich drückte seine Hand.
»Aber du kannst noch zu ... König Heinrich gehen ...« Er flüsterte so leise, daß ich ihn kaum verstehen konnte. Aber er sprach weiter, erklärte mir alles.
»Und nun wiederhole«, befahl er.
Ich versuchte es. Heinrich war ein Freund und der einzige, der genug Macht hatte, Osbert von Northumbrien zu überwältigen. Er würde mir ein königliches Schreiben mitgeben, einen guten Ehemann für mich auswählen, mir ein Heer zur Verfügung stellen, falls das nötig sein sollte. Es gab in Eng-

land ein Gesetz gegen das Plündern von Burgen, und Northumbrien würde bestraft werden, wenn nur …

»Geh nicht zum Gericht der Grafschaften«, endete mein Vater.

»Warum nicht?« Ich hatte es schon wieder vergessen.

»Osbert von Northumbrien ist der Richter.«

Ich konnte ihn kaum noch verstehen. Mein Blick wurde von der Wunde, aus der ununterbrochen Blut strömte, angezogen.

»… als Junge.«

»Was?«

»Verkleide dich als Junge. Das ist das allerwichtigste … dein Leben hängt davon ab. Als Junge, Alix …«

»Ja, Vater, das werde ich. Kleidung, Name, alles.«

»Such dir … einen Begleiter. Nie allein sein. Wichtig … als Junge. Schottische Grenze … bald zurück. Beeil dich … Junge.«

»Ich soll mich als Junge ausgeben, oder ich werde entführt?«

»Oder Schlimmeres. Und sag niemandem außer dem König, wer du wirklich bist. Laß dich nicht dazu … verleiten.«

»Niemandem, nur dem König«, versicherte ich.

Jetzt bereitete ihm nicht nur das Sprechen, sondern auch das Denken Schwierigkeiten. Angestrengt legte er die Stirn in Falten und befeuchtete die Lippen mit der Zunge. Ich schöpfte etwas Wasser und ließ ihn aus meiner Hand trinken.

»Und … dein Großvater …«

»Der kämpfte zusammen mit König Heinrich gegen die Schotten, ich werde daran denken, das verspreche ich.«

»Kluges Mädchen.« Er versuchte zu lächeln. »Zum Glück … wissen die nicht, daß … du durchgebrannt bist, werden nicht … nach dir suchen. Sonst wärst du bei Sonnenuntergang … tot.«

Ich brachte es nicht über mich, ihm zu sagen, daß man mich gesehen hatte. Er sollte in Frieden sterben.
In seinen Mundwinkeln bildeten sich rote Speichelbläschen. Ich wischte sie schnell ab, doch sie kamen sofort wieder, immer mehr, und sie wurden immer dunkler. Ich strich über sein nasses Haar. Er schaute mich mit verschleierten Augen an.
»Catherine?«
Hielt er mich für meine Mutter?
»Sie wurde von einem Pfeil getroffen, während sie betete. Ganz schnell und schmerzlos.«
Seine Erleichterung entschädigte mich für diese Lüge.
»Geh zum König. Catherine und ich kommen nicht in den Himmel, bevor du zurückkommst … warten im Fegefeuer …«
»Ich komme zurück«, gelobte ich. Ich unterdrückte die Tränen nicht mehr, er konnte sie nicht mehr sehen.
»Erst dann … kommen wir in … den Himmel. … Gib mir einen Kuß …«
Ich gab ihm unseren Geheimkuß: Stirn, Wangen … Als ich seine Lippen erreichte, war er tot.

Ich mußte mich beeilen.
Ich griff nach dem Fläschchen und fing auch einige Tropfen seines Blutes auf. Ich riß ihm eine Locke aus und nahm das eingravierte Schwert, um es später beizusetzen. Seinen Dolch würde ich behalten.
»Margery! Hilf mir!«
Sie schlitterte die Böschung herab.
»Sie kommen zurück. Schnell, wir müssen ihn ins Wasser schieben.«

Das war gar nicht so leicht. Ich watete im brackigen Wasser und zerrte an seinen Beinen, bis er gesunken war. Wir bekreuzigten uns und halfen einander den Hang hinauf.
»Schnell, wir müssen Proviant suchen!« Schluchzend rannten wir über die Brücke zur Küche.
»Ich soll Euch zur Dere Street bringen, in der Nähe von Hadrian's Wall«, rief Margery schrill.
Wir machten aus unseren Röcken Bündel, in die wir Brot, Fleisch, Zwiebeln und Bohnen warfen.
»Laßt uns gehen«, sagte Margery.
»Nein, noch nicht.« Ich glaubte oben eine Stimme gehört zu haben, vielleicht war die Stimme aber auch nur in meinem Kopf, es war auf jeden Fall meine Mutter, die zu mir sprach.
»Ich bin gleich wieder da, Margery.«
Bevor sie widersprechen konnte, lief ich weg, an den verkohlten Leichen, am Kräutergarten, wo ich mir schnell eine Handvoll Schierling griff, an der Hagedornhecke vorbei in den Obstgarten. Es war wie im Traum, lautlos fielen Blütenblätter zu Boden, die Stimme meiner Mutter schien noch von gestern in der Luft zu liegen.
»Mutter?« fragte ich bebend. »Mutter?«
Ein Luftzug wirbelte die Blütenblätter hoch, und da sah ich sie.
»Mutter!« Ich rannte zu ihr, aber sie war zu weit weg. Schluchzend rannte ich zwischen den Bäumen umher. Dann erblickte ich sie wieder. Sie ging auf den Keller zu, und mir war klar, was zu tun war.
»Ja«, stöhnte ich, »ich versteh schon.«
Bald hatte ich den Schlüssel gefunden und durchwühlte die Schatulle. Ich entnahm silberne Livres, angelte nach den

byzantinischen Goldmünzen, ich nahm auch ein paar Denare und Silbermark, falls ich sofort Geld brauchen sollte. Sorgfältig stellte ich die Schatulle wieder zurück.

»Geh noch nicht«, befahl sie. »Leg das Schwert deines Vaters zum Silber und begrabe es zusammen mit dem Fläschchen, wenn du zurückkommst.«

Ich drückte rechts gegen die Wand, so wie mir gesagt wurde, und eine Tür öffnete sich. Schnell warf ich das Schwert in den kleinen Raum, in dem sich noch weitere Silbergegenstände befanden. Dann schob ich die Steinfassade wieder zurück.

»Sprecht Ihr wieder mit mir?« fragte ich, aber es kam keine Antwort.

Ich ging zurück, holte die Schriftrolle, die mein Großvater für seine Dienste von König Heinrich erhalten hatte, und ging zur Küche. Als ich am Leichenberg vorbeikam, erinnerte ich mich an Vaters Worte.

Ich ließ meinen Blick über das Gemetzel wandern. Der junge Bote, Arthur, schien am ehesten meine Größe zu haben, seine Kleidung war auch nicht allzu beschädigt. Ich schluckte meinen Ekel hinunter und entkleidete den kalten, steifen Körper. Ich war schon sehr beladen, aber ich brauchte noch Waffen. Ich entschied mich für Pfeil und Bogen unseres Bogenschützen Gerald. Das und der Dolch meines Vaters würden genügen. Ich steckte die Münzen in Arthurs Mütze, warf mir seinen Pelz über und stolperte zur Küche.

Zitternd vor Angst stand Dame Margery im Vorgarten, sie hatte befürchtet, ich sei entdeckt worden.

»Ein paar Schotten haben sich in der Käsekammer versteckt«, jammerte sie. »Ich kann sie hören.«

»Lance!« Wie hatte ich ihn nur vergessen können! Ich hatte

ihn heute morgen dort eingesperrt. Er sprang begeistert an mir hoch und schleckte mein Gesicht ab.

»Still!« Margery legte mir die Hand auf die Schulter. »Hört nur!«

In der Ferne hörten wir Männer lachen und rufen.

»Das Labyrinth!« rief ich. »Dort haben Maisry und ich uns immer versteckt!«

Wir rannten zu den Pferdeställen, zählten drei Boxen ab, rückten ein paar Heuballen zur Seite und warfen uns mit aller Wucht gegen die Wand. Das Lachen kam näher. Pferdehufe auf der Brücke!

Die alte Tür öffnete sich. Für einen Augenblick sahen wir die Umrisse eines steinernen Tunnels, der groß genug für ein Pferd war. Wir schlossen die Tür hinter uns und standen in völliger Dunkelheit.

Wir tasteten uns die Wand entlang; ganz in der Nähe fiepte es: Ratten. Lance schnappte nach ihnen. Es ging bergab, der Durchgang war ziemlich lang, mehrere tausend Fuß. Heiß und stickig schien er geradewegs in die Hölle zu führen. Da, ein kalter Luftzug und plätscherndes Wasser.

»Wir sind in einer Höhle beim Fluß«, flüsterte ich. Das war Maisrys und meine geheime Kapelle gewesen.

Dame Margery und ich lehnten uns an die Wand und machten uns auf eine lange Nacht gefaßt.

4

Der Morgen graute. Ich war erschöpft, der erste Tag in meinem Leben ohne Mutter und Vater lag vor mir. Diesen Gedanken konnte ich kaum ertragen. Ich zitterte am ganzen Körper, und plötzlich schüttelte mich ein Erstikkungsanfall. Mein Würgen riß Margery aus dem Schlaf. Sie nahm mich in den Arm und beruhigte mich wie ein kleines Kind.

Dann planten wir meine Flucht. Arthurs Kleidung war mir zwar zu groß, aber es würde gehen. Als erstes streifte ich die schmutzigen Beinkleider aus grobem Leinen über. Mit dem Gürtel, der mit metallenen Scheiben verziert war, befestigte ich sie in der Taille. Dame Margery schlug vor, im Schritt einen Schlitz zu machen, damit ich ohne Umstände Wasser lassen konnte. Als nächstes zog ich die grünen, kratzenden Strümpfe an und schnürte sie über dem Knie fest. Das gelbe Leinenhemd sah an mir wie ein Zelt aus, und die grüne Tunika ging mir fast bis zum Knöchel. Dame Margery trug am Gürtel ein Nähtäschchen und kürzte die Tunika etwas, so daß sie gerade übers Knie fiel. Sie machte auch noch ein Loch in den Ledergürtel, bevor ich ihn über der Tunika befestigte. Am schlimmsten war, daß mein Haar abgeschnitten werden mußte.

Dann bat ich sie, aus Stoffstreifen noch einen Gurt anzufertigen, den ich als Geldgürtel zwischen den Beinen tragen woll-

te. Sie unterteilte den Stoff, so daß die Münzen nicht rutschten und klirrten; mein kostbares Fläschchen, das rote Band und die Schriftrolle fügte ich dem Ganzen noch hinzu. Ich drückte den Schatz platt an Gesäß und Oberschenkel. Für den Proviant und einige Münzen nähte Margery ein kleines Säckchen, das ich am Ledergürtel befestigen konnte.
Wir wurden in unserer Arbeit mehrmals von lautem Gejohle und unanständigem Gebrüll unterbrochen, das von der Burg herüberschallte. Wir verharrten jeweils eng umschlungen und warteten, bis das Grölen aufhörte.
Am späten Nachmittag waren wir endlich soweit. Ich war als Junge gekleidet, im Gürtel steckte der Dolch, Pfeil und Bogen hängte ich über eine Schulter, und über der anderen trug ich einen Pelzumhang, der mich gegen die Kälte schützen und nachts warm halten würde. Dame Margery meinte, ich sähe wie irgendein Bursche von der Straße aus, wäre aber ein bißchen zu klein, um ganz allein unterwegs zu sein.
»Sagt lieber, daß Ihr erst acht Jahre alt seid, falls Euch jemand fragt«, riet sie mir. »Ihr seid nämlich selbst für ein Mädchen ziemlich klein.«
»Wann brechen wir denn auf?«
»Nicht vor Dunkelheit.« Ich vernahm die Furcht in ihrer Stimme. »Ich hab Lord William versprochen, Euch zu begleiten, und an den Weg zu Hadrian's Wall erinnere ich mich auch noch gut. Aber London – na ja, wir können ja jemanden fragen, in welcher Richtung es liegt.«
»Bestimmt im Süden, im Norden ist doch Schottland.«
»Ja, natürlich«, sagte sie erleichtert. »Wie wollt Ihr in dieser gottlosen Stadt nur allein zurechtkommen?«
»Ich gehe sofort zu König Heinrich und bitte ihn um Hilfe.

Binnen einer Woche bin ich wieder zurück, das verspreche ich Euch.«

»König Heinrich? Hier war auch mal ein König Heinrich, das ist schon viele Jahre her, der kämpfte damals gegen die Schotten.«

»Genau der ist es. Und mein Großvater kämpfte mit ihm«, sagte ich kühn wie ein Junge. »Er kennt meine Familie und wird mir gerne helfen.«

»Ich wünschte, ich könnte mit Euch kommen.«

»Nein«, sagte ich tapfer. »Eure Familie braucht Euch hier.«

Sie brach in Tränen aus.

Es war Vollmond und fast taghell, doch wir wagten nicht, noch länger zu warten. Im Schatten einer vorüberziehenden Wolke überquerten wir den Fluß. Auf der anderen Seite befand sich ein Trampelpfad, der durch einige Bäume hindurch zu einer Weidwiese führte, die von einer Steinmauer umgeben war. Wir kletterten über die Mauer und liefen an ihr entlang, jederzeit bereit, bei einem Geräusch in Deckung zu gehen. Der Boden war uneben und feucht, mein Gepäck ziemlich schwer, und in Arthurs viel zu großen Stiefeln knickte ich dauernd um. Jeder Schritt war eine Qual, meine Fersen bluteten.

Ein kräftiger Westwind blies den fauligen Geruch verbrannten Fleisches herüber. Ich blickte zurück zu den Türmen Wanthwaites, von denen rotes Feuer aufstieg, ein flammender Scheiterhaufen. Ich vernahm das entfernte Geschrei der Raubritter, die ihre fürchterliche Tat feierten. Ich warf einen letzten Blick auf mein geschändetes Heim und machte mich auf zum nächsten Tal.

Bei Morgengrauen erreichten wir die alte römische Dere Street. Es war eine ziemlich holprige Straße, und ich dachte an meine schmerzenden Füße. Inständig bat ich die Jungfrau Maria, sie möge eine Gruppe Nonnen mit einem Esel senden, auf dem Platz für mich war. Wir ließen uns nieder und warteten auf eine passende Begleitperson.

Die Sonne schien wärmend auf unsere Rücken, und meine Lider wurden schwer. Plötzlich griff Margery nach meinem Arm.

Ich lauschte und hörte, wovor sie sich fürchtete: ein schottischer Dudelsack. Er kam näher, und ich sah, daß an der Bärenfellmütze des Schotten zwei Hörner befestigt waren und er eine Weste aus Eichhörnchenfell trug. Seine Waffen glänzten in der Sonne: am Gürtel und in den Strümpfen Dolche, ein breites Schwert an seiner rechten Seite, die zweischneidige schottische Axt, Pfeil und Bogen und in einer Schlaufe unterm Arm ein spitzer, langer Speer. Sein Alter konnte ich nicht schätzen, denn das ganze Gesicht bedeckte ein verfilzter Bart, die kraftstrotzenden Muskeln deuteten aber auf einen jungen Mann hin.

Jetzt war er fast auf unserer Höhe, er hatte einen kleinen weißen Esel dabei, der mit Pfannen, Pelzen und allen möglichen Haushaltswaren beladen war. Er war uns nun bedrohlich nah und stieß ohrenbetäubende schrille Pfiffe sowie dumpfe Brummtöne aus. Ich konnte es kaum ertragen.

»Hört auf!« schrie ich außer mir und schlug die Hände über die Ohren.

Schnell wie der Blitz rannte Lance los und fiel die furchteinflößende Gestalt an. Genauso schnell zog der Schotte seinen Speer.

»Laßt ihn in Ruhe!« Ich schnellte hoch und warf mich über Lance. »Bitte nicht! Tötet lieber mich!«
Ich blickte den Speer entlang und schaute in ein Paar blaue Augen. Ich konnte mich nicht bewegen, die Speerspitze lag auf meinem Genick. Mit wild rollenden Augen sah er sich um und prüfte, ob noch jemand bei mir war. Als sich an der Böschung etwas regte, wollte er den Speer schleudern.
»Nicht! Das ist meine Mutter!« brüllte ich.
Er beäugte den Busch, hinter dem sich Margery versteckt hatte. »Wie heißt du?« fragte er mich.
Mit Mühe preßte ich hervor: »Alix Want –« und hielt erschrocken inne. Das war meine erste Prüfung, und ich verpatzte sie. Stundenlang hatte ich eingeübt, daß ich »Tom« hieß! Schnell sprach ich ein lautloses Gebet, vielleicht war dies ja das Ende; doch er tötete mich nicht, und ich verharrte, um zu sehen, ob er meinen Namen erkannte.
»Alexander Want«, wiederholte er langsam. »Wohin reist du, mein Junge?«
»Nach London«, sagte ich, diesmal fehlerlos.
»Und du wartest auf jemanden, der dich mitnimmt?«
»Aye, ja, ich warte auf einen Begleiter.« Ich richtete mich auf. »Das mit dem Wolfshund tut mir leid, aber die Musik tat ihm in den Ohren weh. Komm her, Lance.« Ich wollte mich davonstehlen und hoffte, daß er mich gehen ließ.
»Wolfshund?« Er betrachtete Lance.
Erstaunt sah ich, daß Lance das Maul des kleinen Esels ableckte, dem das zu gefallen schien. Der Schotte entblößte sein Gebiß auf schreckliche Weise; es dauerte eine Weile, bis mir klar wurde, daß er lächelte.
»Domes forte deme!«

»Ja«, sagte ich, obwohl ich ihn nicht verstanden hatte. Ich lächelte ihn an und versuchte, Lance wegzuziehen.
Doch der Schotte hielt mich an der Schulter fest.
»Was wollt Ihr?« Ich bemühte mich, ruhig zu bleiben.
Sein Englisch war kaum verständlich. »Es ist ein Omen, ein Zeichen Gottes, wenn Tiere die Entscheidung fällen. Wir müssen dem Schicksal gehorchen. Du und ich, wir sind dazu bestimmt, gemeinsam zu reisen. Gib mir die Hand!«
Ich stand versteinert. Margery kam aus dem Gebüsch hervor und hielt mich fest.
»Nichts da! Hände weg von dem Jungen! Nicht nach dem, was Ihr meiner Schwester angetan habt, wilde Bestie!«
Er betrachtete Margery mit starrem, kaltem Blick. »Ich habe Eurer Schwester nichts getan. Hab noch nie jemanden umgebracht, der es nicht verdient hätte, und ich entführe keine Kinder. Ich hab einen starken Esel, genug zu essen, und ich reise nach London. Falls du auf deinem Weg Schutz brauchst, Alexander, biete ich mich hiermit als Gefährten an. Falls nicht, leb wohl!«
Wir standen regungslos. Ich bedachte das Tier-Omen und fand es ziemlich überzeugend. Ich erinnerte mich an meinen Vater in seinem nassen Grab, an seine Befehle, an Northumbrien. Die Zeit drängte. Der Schotte hatte meinen Namen anscheinend nicht erkannt. Ich mußte es wagen. Später konnte ich immer noch einen anderen Begleiter suchen.
»Es ist am besten, wenn ich gehe«, sagte ich zu Margery. »Danke, mein Herr, für Euer Angebot.«
Der Schotte reichte mir die Hand. »Zu Diensten, Enoch Angus Boggs vom Clan der MacPhersons.«
Er warf mich wie einen Mehlsack auf sein Maultier und rück-

te mich zurecht. Lance lief im Schatten des Esels. Als ich bei der nächsten Biegung zurückschaute, stand Margery noch da, ihr Gesicht war so blaß wie der Mond im Winter. An ihrem traurigen Winken erkannte ich, daß sie nicht damit rechnete, mich lebend wiederzusehen.

5

Was war das denn für ein Tratschweib, Alex?«

»Meine … meine Mutter.« Ich überlegte. »Na ja, nicht meine richtige Mutter, sondern meine Ziehmutter.«

»Na komm, Kleiner, was denn jetzt? Die eigene Mutter solltest du schon kennen, wenn auch nicht unbedingt den Vater.«

»Meine Ziehmutter«, sagte ich bestimmt.

Wir trabten stetig dahin, und ich fragte mich, ob ich richtig gehandelt hatte. Wenn man bedachte, wo uns Enoch Angus Boggs begegnet war, konnte es durchaus möglich sein, daß er zu der plündernden Meute gehörte. Mein Kopf schmerzte, und ich war schrecklich müde. Soviel ich wußte, hatten sich die Schotten gegen bare Münze an dem Raubzug beteiligt, vom Land bekamen sie nichts ab. Deshalb wußten sie womöglich nichts von meiner Existenz, ob als Junge oder Mädchen, das würde erklären, weshalb Enoch meinen Namen nicht erkannt hatte.

Ich wurde schläfrig von der Sonne, dem stetigen Rhythmus der Hufe und dem leisen Klingeln der Glöckchen am Halfter. Doch ich bemühte mich, wach zu bleiben, weil ich nicht gegen seine breite Brust sinken wollte. Es war allerdings sehr anstrengend.

»Bist du in London zu Hause?«

Ich schreckte auf. »Nein. Ja. Das heißt, ab jetzt.«

»Warum willst du da hin?«
Ich atmete tief durch und vergegenwärtigte mir meine Geschichte. »Ich gehe bei meinem Onkel, dem Bruder meiner Mutter, in die Lehre. Ja, das habe ich vor.«
»Welche Zunft?«
Zunft? Ich mußte mir etwas ausdenken, wovon ich Ahnung hatte, falls er nachhaken würde. »Ich werde Lateinschüler.«
»Latein?«
»Ja, die lateinische Sprache.« Dieser unwissende Barbar verstand vielleicht nicht, wovon ich redete. »Das ist die Sprache der Römer, die zu Julius Cäsars Zeiten gesprochen wurde, jetzt ist es die Sprache der heiligen Kirche.«
»Danke für die Belehrung«, sagte er trocken, und ich errötete. »Dein Wolfshund ist recht zahm. Wie kommst du denn zu so einem merkwürdigen Schoßhund?«
Ich mußte aufpassen. Margery hatte mich gewarnt, gewöhnliche Jungs besaßen keine Wolfshunde. »Er gehört mir eigentlich nicht. Er gehörte einem kleinen Mädchen in dem Herrenhaus, in dem mein Vater Verwalter war. Ich hab ihn nur ausgeliehen.«
»Dein Vater *war* Verwalter? Ist er auch tot?«
Mir stockte der Atem. »Ja, er starb vor ein paar Monden an den Blattern.«
»Und jetzt bist du also auf dem Weg nach London, um Lateinschüler zu werden.«
Er spielte wieder auf dem Dudelsack, und ich ließ mir noch einmal das Gespräch durch den Kopf gehen. Ich war zufrieden mit mir. Falls er tatsächlich nicht wußte, wer ich war, hatte ich mich bisher nicht verraten. Meinen Füßen ging es etwas besser, dafür schmerzte jetzt mein Gesäß.

Als hätte er meine Gedanken gelesen, hielt Enoch das Maultier an und stieg ab.
»Komm, Kleiner, pinkeln.« Er hob mich runter.
»Ich muß nicht.«
»Nun mach schon, und wenn's auch nur ein Tropfen ist. Es wird eine Weile dauern, bis wir wieder anhalten.«
Lässig griff er unter seinen Kilt, und mir wurde ganz anders. Da war schon wieder so ein rosafarbener Hauer, genau wie der, der Maisry und meine Mutter getötet hatte. Schweiß brach mir aus, und mein Herz pochte heftig.
»Hast du noch nie einen schottischen Schwanz gesehen?« Er betrachtete das Ding. »Ich geb ja zu, die englischen kommen da nicht mit. Ich hab gehört, ihr habt weder Schwanz noch Eier. Stimmt das?«
»Unsinn«, sagte ich patzig. »Engländer haben einen Schwanz und sechs Eier.«
Er warf den Kopf zurück und brüllte vor Lachen. »Gute Nacht, Kleiner, steh deinem bemitleidenswerten Volk nur bei. Aber wenn dich mein Teil jetzt schon beeindruckt, warte nur, bis du siehst, wie es aussieht, wenn ich ein Vögelchen damit fange.«
Er schüttelte sein Organ, und wir stiegen wieder auf. Enoch erzählte, daß das Maultier Twixt hieß, weil es weder männlich noch weiblich war, daß der Esel Tippet hieß, weil er so viel tragen mußte. Unterdessen bereitete mir meine Blase fürchterliche Schmerzen. Mein Magen knurrte laut, ich war schon ganz schwach vor Hunger. In der Ferne waren Kirchenglocken zu hören, es war Haute Tierce, die dritte Gebetsstunde.
»Da kriegen wir bestimmt was zu essen und Wasser für die Tiere.«

Er ritt in ein flaches Tal hinunter, unter den Bäumen glitzerte ein Fluß. Zu spät bemerkten wir die Pferde und die beiden Männer, die sich über einen Kessel Eintopf beugten. Mein Hunger wurde von Panik verdrängt.

Enoch ritt geradewegs auf das Wasser zu, zügelte Twixt aber ein wenig und legte die Hand über den Strumpf mit dem Dolch. Die Kerle hörten uns und sahen auf. Der eine war ein pockennarbiges Knochengerüst, auf dessen Umhang ein rotes Kreuz prangte. Beim Anblick des anderen erstarrte ich; es war Sir Rolands Knappe. Ich hatte ihn zwar nur von weitem gesehen, aber das rote Haar und das sommersprossige Gesicht waren unverwechselbar. Als wir näherkamen, sah ich auch das verräterische N auf seinem purpurnen Gewand. Mir wurde schwindlig, und ich hielt mich an Twixts Mähne fest.

Der Knappe richtete sich schwerfällig auf und griff nach seinem Dolch. »Wir können hier keine Schotten gebrauchen«, schnaufte er. »Zieht weiter, dann gibt's auch keinen Ärger.«

»Unsere Tiere brauchen Wasser.«

Der Knappe schleuderte seine Waffe, doch gegen den Schotten kam er nicht an. Als nächstes lag der Dolch neben Twixts Hufen, und der rothaarige Kerl heulte vor Schmerz, seine Hand blutete.

Enoch richtete seinen Speer auf das N. »Das war nur ein kleiner Kratzer, ich will Euch nichts tun. Aber wir brauchen Wasser.«

»Nehmt Euch welches«, murmelte der Knappe, »und dann macht Euch aus dem Staub.«

Enoch stieg ab, bückte sich nach dem Dolch und hob mich runter. Der Pockennarbige entblößte sein rotes Zahnfleisch

zu einem Grinsen. »Was für ein hübsches Kind. Möchtest du etwas von unserer Mahlzeit?«
Ich schüttelte den Kopf.
Der Knappe hatte mir bislang keine Aufmerksamkeit geschenkt, jetzt drehte er sich plötzlich um. »Ein hübsches Kind, in der Tat. Wer bist du, Junge, wie heißt du?«
»T-Tom«, sagte ich schnell, bevor der Schotte meinen richtigen Namen nennen konnte.
Enoch betrachtete mich genauso interessiert wie der Knappe.
»Tom.« Der Knappe erwog meinen Namen abschätzend, als handle es sich um einen Sack Hafer. »Sei gegrüßt, *Tom.* Ich bin Magnus Barefoot, Knappe von Roland von Roncevaux. Und das ist mein Cousin Walter Pafey, er ist gerade aus dem Heiligen Land zurückgekehrt.«
Ich schwieg.
»Wo kommst du her, Tom?« Er ließ nicht locker und beugte sich bedrohlich über mich.
»Aus – aus Schottland«, stammelte ich und hoffte, daß Enoch mich nicht verraten würde.
Der Knappe ging in die Knie, so daß seine und meine Augen auf einer Höhe waren.
»Komisch, du siehst gar nicht wie ein Schotte aus und klingst auch anders.«
Zwei starke Hände legten sich auf meine Schultern, und Enoch sagte: »Das ist mein kleiner Bruder Tom. Wir sind auf dem Weg nach Paris. Er spricht nicht so breit wie ich, weil er für die Kirche ausgebildet wird. Er spricht Latein. Sag was auf Latein, Bruder.«
»Gallia est omnis divisa in partes tres«, blökte ich.

Magnus Barefoot erhob sich und wandte sich kühl an Enoch: »Gewöhnliche Schotten haben keine Wolfshunde.«
»Wir auch nicht«, stimmte Enoch zu. »Das Tier ist ein Geschenk des Barons, bei dem ich Verwalter war. Seine kleine Tochter ist von ihm gebissen worden. Laßt uns jetzt bitte ans Wasser.«
Verdutzt gab Magnus Barefoot den Weg frei. Beeindruckt von seinem flinken Verstand, starrte ich den Schotten an. Er zog mich ans Ufer. Zwar war ich ihm dankbar, fragte mich aber besorgt nach seinen Beweggründen.
Als wir gehen wollten, mußten wir wieder an dem nun schmierig grinsenden Knappen vorbei.
»Vergebt mir meine schroffen Worte. Vor zwei Tagen ist die Burg Wanthwaite von Schotten geplündert worden. Wir Männer Northumbriens müssen bei verdächtigen Personen mißtrauisch sein.«
»Ich glaube nicht, daß das Schotten waren«, erwiderte Enoch.
»Ich bewundere die schottischen Zauberer«, sagte Magnus mit öliger Stimme, ohne auf Enochs Bemerkung einzugehen, »und besonders Eure Heilkünste. Ihr habt sicher bemerkt, daß mein armer Cousin bei den Heiden alle erdenklichen Krankheiten aufgelesen hat. Er mußte den Kreuzzug teuer bezahlen. Ich habe gehört, daß man mit dem Urin eines Jungen Blasen abheilen kann. Glaubt Ihr, Euer Bruder wäre einverstanden damit, für uns Wasser zu lassen?«
»Nein, das werde ich nicht!« schrie ich auf. Er konnte Enoch zwar nicht im Kampf bezwingen, doch wenn ich die Hosen runterlassen müßte, war ich verloren.
Beide Männer sahen mich an, Magnus triumphierend.

»Das ist unchristlich«, schalt Enoch. Er wandte sich an den Kranken. »Zieht die Kutte aus.«
Walter gehorchte und entblößte seinen Rumpf, der von garstigen Pusteln bedeckt war.
Magnus grinste feindselig. »Mach schon, Tom, hol deinen Schwengel raus und erledige das Gotteswerk.«
Mir wurde schwindlig, mein Herz raste. Wie aus weiter Ferne drang Enochs Stimme zu mir.
»Nein, Knappe. Wenn der Junge spritzt, verlieren wir zuviel von dem kostbaren Elixier. Hier, Tom, mach in diese Schüssel, und paß auf, daß nichts danebengeht.«
Mir war eine Gnadenfrist gewährt worden. Ich grinste Magnus Barefoot frech an, nahm die Schüssel und klemmte sie zwischen die Beine. Ich achtete darauf, daß meine Tunika davorhing und alles verdeckte. Mit gespreizten Beinen beugte ich mich ein bißchen vor und pinkelte durch den Schlitz in meiner Hose. Danach stellte ich die gefüllte Schale neben den Patienten ins Gras und richtete mich wieder auf, faßte in den Schritt und schüttelte meinen unsichtbaren Pimmel, so wie ich es bei Enoch gesehen hatte.
Knappe Barefoot stierte; vielleicht hatte ich ihn nicht völlig überzeugt, aber er war auch nicht mehr ganz so mißtrauisch.
»Du hast die reinste Pferdeblase, Tom«, sagte Enoch bewundernd. »Nun schaut zu, Knappe, wie ich die erste Hälfte auftrage.«
Wir beobachteten, wie die durchsichtige Flüssigkeit über die Pusteln rann.
»Da, das muß jetzt einweichen, eine Stunde ungefähr. Dann müßt Ihr ihn mit einem rauhen Stein abreiben und die zweite Hälfte auftragen.«

»Eine Stunde?« fragte Magnus argwöhnisch.
»Ja, oder Ihr müßt Ziegendreck und Honig benutzen und drei Tage danach Ochsenpisse.«
»Eine Stunde, Magnus«, bettelte Walter, »wir haben doch keine Eile.«
Wir waren inzwischen aufgestiegen. »Gott mit Euch!« rief Enoch zum Abschied.
Der Schotte trieb Twixt den steigenden Weg hinauf, und ich klammerte mich an der Mähne fest, um nicht runterzufallen. Ich stellte keine Fragen, und auch der Schotte schwieg. Plötzlich bog er ohne Vorwarnung von der Straße ab, erklomm die schräge Böschung und suchte hinter dem Dickicht Schutz.
»Pssst.«
Ich hörte Pferdehufe und erhaschte durch die Hecke hindurch einen kurzen Blick auf ein purpurnes Gewand und blitzenden Stahl. Magnus Barefoot war allein unterwegs.
»Du könntest mir dafür danken, daß ich eine Stunde Vorsprung rausgeschlagen habe«, sagte Enoch tonlos.
Ich wußte nicht, was ich dazu sagen sollte. »Warum verfolgt er uns?«
»Tja, Kleiner, eigentlich verfolgt er nur dich.« Er grinste. »Warum, kannst du mir später erzählen.«

Es wurde bitterkalt, und die Straße stieg steil an, als wir die Pennine Mountains erreichten. Die Landschaft schien nicht von dieser Welt zu sein: karge Felsen, vertrocknete Farne und knotige, wuchernde Bäume. Mein Magen knurrte ununterbrochen, und ich war hundemüde. Mit der Müdigkeit kam auch der Kummer, und ich versank in Schmerz und Leid. Trotz meiner Anstrengungen fiel mein Kopf dauernd gegen

Enoch. Dann kamen die grausigen Bilder, und ich mußte weinen, von meinem Schluchzen wurde ich wieder geweckt, das wiederholte sich unzählige Male.

Den ganzen Nachmittag über war ich nur einmal richtig wach, als Lance einige Schafe anfiel, die vor uns herliefen. Der Schäfer war außer sich vor Wut, und wir mußten ihm helfen, die Herde wieder zusammenzutreiben.

»Wann essen wir denn endlich was?« jammerte ich.

»Wir müssen erst einen Unterschlupf finden, das wird nämlich eine schreckliche Nacht.«

Je höher wir kamen, desto bitterer blies der Wind, und die Chance, einen Unterschlupf zu finden, wurde immer geringer. Der Schotte gab schließlich die Suche auf und ritt einen verschlungenen Pfad hinab und über einen reißenden Bach. Manchmal konnte ich ganz weit unten Täler erblicken; es kam mir vor, als reiste der Mond heute nacht auf unserer Höhe. Enoch stieg ab und ging zu Fuß weiter, ich blieb im Nordwind bibbernd allein zurück.

»Komm, Kleiner, ich hab was gefunden.« Er zog Twixt hinter sich her. »Die kleinen, verknorzten Bäume geben zwar nur ein bißchen Schutz, das muß uns aber reichen.«

Er hatte eine schmale, trockene Stelle unter einem Felsvorsprung gefunden, vor der zwei kräftige Kiefern standen. Es hagelte jetzt, und ich kauerte mich so dicht wie möglich an die Felswand.

Der Schotte beäugte mich unwirsch. »Was soll das denn jetzt?«

»Mir ist kalt, und ich habe Hunger«, wimmerte ich, »und ich bin müde.«

»Dir geht's gleich noch schlechter, wenn du nicht mithilfst.

Faulpelzen gebe ich nämlich nichts zu essen. Setz lieber deinen Hintern in Bewegung, falls du vorhast, was in deinen Magen zu bekommen und hier zu übernachten. Da unten in der Schlucht kannst du Feuerholz sammeln und die Tiere tränken.«

Er drückte mir grob die Zügel des Maultiers in die Hand, und ich stolperte hinunter zu dem reißenden Wasser. Als ich zurückkam, mußte ich die Tiere trockenreiben, Futter suchen und ihm helfen, Felle zwischen die Bäume zu hängen, die uns vorm Wind schützen sollten. An meinen Händen bildeten sich Blasen.

»Für den Sohn eines Verwalters bist du ganz schön verweichlicht«, stellte Enoch fest. »Oder hat deine Ziehmutter einen Schlappschwanz aus dir gemacht?«

Ich hätte ihn umbringen können, hielt aber den Mund; so schwer hatte ich in meinem ganzen Leben noch nicht gearbeitet.

Er hockte neben dem Stapel Holz, den ich gesammelt hatte, und entfachte ein Feuer. Dann stellte er Töpfe mit Essen ins Feuer.

»Komm mit, waschen.« Er zog mich zum Fluß, wo wir Hände und Gesicht wuschen. Als wir wieder am Feuer saßen, war es mir fast schon egal, ob ich was zu essen bekam oder nicht. Er füllte ein Horn mit heißem Ale.

Ich genoß das warme Getränk und schenkte gleich noch mal nach. Das Essen war sehr merkwürdig. Wir aßen getrocknetes Wild, Hühnersuppe mit Lauch, Aalgrütze, rotes Kraut und Kohl und schließlich, das war der letzte Gang, Haggis. Haggis war das ekligste, ein mit Hafer und Leber gefüllter Schafsmagen, ich schlang aber alles hinunter.

Schließlich lehnte ich mich gesättigt zurück, schwer und müde vom Essen und der Wärme.

»Wieviel würde Magnus Barefoot wohl dafür geben, zu erfahren, wo du steckst?« fragte Enoch leise.

Ich erstarrte. »Ich weiß nicht, was Ihr meint.«

»Ich denke doch, *Tom.* Vielleicht ist auf deinen Kopf eine Belohnung ausgesetzt, oder du bist deinem Herrn davongelaufen. Was hältst du denn davon, mir zu sagen, weshalb ein Bursche namens Alexander, der Latein spricht, vorgibt, Tom zu sein, der Sohn eines einfachen Verwalters?«

»Mein Herr – William hieß er – war der älteste von drei Brüdern«, sagte ich fiebernd vor Aufregung und hielt inne.

»Nur zu, sprich weiter«, trieb er mich an. »Ich will nicht wieder irgendeine Lügengeschichte hören.«

»Er hatte einen Sohn namens Tom, meinen Milchbruder; unsere Amme war Margery, die Ihr vorhin gesehen habt. Und unser lieber Herr, William hieß er –«

»Ich kann einen Namen schon für zwei Herzschläge behalten. Erzähl weiter.«

»Er zog uns auf, als wären wir echte Brüder. Als mein richtiger Vater starb – an den Blattern, wie ich schon sagte –, adoptierte mich William. Dann starb auch er.« Ich machte eine Pause und fragte mich, ob so viele Leute an den Blattern sterben konnten.

»Wie groß ist das Anwesen? Und wo ist es?«

Jetzt war ich verwirrt. »Ich glaube, es sind – äh – zwanzig gute Felder.«

»Lehen?«

»Ja, genau, so heißt das wohl.«

»Ein schönes Stück Land. Wo?«

Mein Hirn raste. »In der Nähe von – Newcastle.« Ich hatte keine Ahnung, wo Newcastle lag, aber unser Pater Michael war mal dort gewesen, ich wußte also wenigstens, daß es existierte. Enoch schürzte die Lippen. »Newcastle. Das ist bestimmt fruchtbares Land, es liegt auf der günstigen Seite der Korngrenze.«

»Ja, aber wie gesagt, vielleicht könnt Ihr Euch erinnern, ich sagte, Lord William hat zwei Brüder.«

»Natürlich. Hältst du mich für einen Esel?«

»Der eine lebt in London, sein Name ist George und er ist der jüngste Bruder, nun, er will mir dabei helfen, das Erbe anzutreten. Aber der mittlere, der heißt George –«

»Du sagtest gerade, der jüngere hieße George.«

»Ihr bringt mich ja ganz durcheinander. Der mittlere ist Gregory. Gregory will mir meinen Teil streitig machen und sähe mich am liebsten tot.«

»Ich verstehe. Und was hat Magnus Barefoot mit dem ganzen Schlamassel zu tun?«

»Magnus Barefoot?« Den hatte ich völlig vergessen.

»Ja, den mußt du doch kennen, der ist doch hinter dir her. Er sagt, er dient einem Ritter namens Roland.«

»Roland kenne ich nicht, aber von Magnus habe ich gehört«, plapperte ich. »Er arbeitet für George.«

»George?«

»Ich meine Gregory. Für Gregory. Er ist ein – ich weiß nicht recht, wie man so einen Kerl nennt. Er bekommt eine Belohnung dafür, mich zu töten.«

Langes Schweigen, Enoch stocherte in den Kohlen. Dann lachte er, es war ein trockenes, rauhes Bellen. »Ich bin auch der jüngste von drei Brüdern. Und ich war mal Verwalter.«

Dazu sagte ich nichts; ich war mir nicht sicher, ob er mir glaubte.
»Sag mir die Wahrheit, Alex-Tom-Want. Wieviel, glaubst du, würde Magnus für deine Haut zahlen? Mehr oder weniger als George?«
Ich war entsetzt, welch dunkle Seele sich da offenbarte, aber es bestätigte nur, was ich bisher von den Schotten gehört hatte. »George ist – äh – hat Geld, glaube ich. Er hat irgendwas mit der Kathedrale in London zu tun. Außerdem, sagt er, können wir beim Grafschaftsgericht gewinnen.«
»Beim Gericht der Grafschaften?« Das schien ihn zu interessieren.
»Ja, das sagte er.« Ich konnte mich nicht entsinnen, wo ich das Wort schon mal gehört hatte, der Geist meines Vaters hatte es mir bestimmt eingegeben.
»Eine Gerichtsentscheidung. Das wird's in Zukunft oft geben, das kannst du mir glauben, Alex.«
»Ja.«
»Und Gregory?«
Ich erinnerte mich an Vaters Beschreibung von Roland von Roncevaux. »Er behauptet, ein Ritter zu sein, ist aber ein gewöhnlicher Räuber. Er hat kein Geld, nicht daß ich wüßte.«
»Alex, ich mach dir einen Vorschlag. Ich geleite dich nach London zu George, und du gibst mir eine Belohnung, sonst mag dich der Teufel holen.«
Ein Scheit krachte im Feuer, Funken stoben, und die Augen des Schotten leuchteten rot auf.
»Einverstanden«, flüsterte ich.
Er preßte meine Schulter. »Schwöre es.«
»Ich schwöre.«

Schließlich durfte ich mich in den Fellen vergraben; Lance' warmer Körper lag neben mir. Ein Tag und eine Nacht, seit meine Eltern ermordet worden waren, und ich war in den Klauen eines räuberischen, mordenden Schotten, aber er hatte auch Grips, *Deo gratias.*

Und ich war noch am Leben.

Bevor ich noch länger über meine Situation nachdenken konnte, war ich eingeschlafen.

6

Ich wurde von einem groben Stiefeltritt geweckt.
»Steh auf, du Langschläfer, bevor die Krähen dich fressen.«
Zuerst wußte ich gar nicht, wo ich war, doch dann erinnerte ich mich an alles und daran, daß er mein Leben gegen Gold tauschen wollte. Bittere Galle stieg in mir auf, ich schluckte sie wieder runter. Er war ein Riese und ich ein Zwerg. Unwillig rappelte ich mich auf. Es war alles so grau, als läge ein eiserner Deckel über der Welt, man konnte gar nicht sehen, ob die Sonne schon aufgegangen war.
»Geh, tränk die Tiere«, befahl der Schotte, »und beeil dich. Du hast uns schon lange genug aufgehalten.«
Hör auf, dich zu ärgern, sagte ich mir, als ich die Tiere hinter mir herzerrte. Ich werde mich heute so schnell wie möglich von ihm trennen, und dann kann er meinetwegen zur Hölle fahren. Ich beugte mich über das Wasser und wusch mir den Schlaf aus den Augen.
Dann hockte ich mich hinter einen Busch, um mein Geschäft zu verrichten. Als ich fertig war, wischte ich mich mit einer Handvoll Eichenlaub ab. Ich warf es weg und bemerkte, daß die Blätter blutrot waren. Ich hockte mich noch mal hin und wischte mich ab – wieder rot. Heilige Maria, ich blutete! Zwischen den Beinen, wo es auch Maisry und meine Mutter erwischt hatte. *Deus iuva me!* Würde ich jetzt auch sterben?

In mir stieg eine Wut auf, so riesig und schwarz wie der düstere Himmel. Das hatte der Schotte mir angetan, während ich schlief! Er hatte mich betäubt! Kein Wunder, daß das Haggis so eklig geschmeckt hatte. Mit der Schlange, die sich unter seinem Kilt befand, hatte er angegriffen, hatte zugebissen, um mich zu töten!
Aber warum war ich dann noch am Leben?
Ich berührte nochmals die Wunde, sie schmerzte nicht. Hatte er vielleicht nicht richtig getroffen?
»Alex, wo bleibst du?« brüllte er von oben.
»Ich komm schon!«
Ich nahm etwas Stoff aus den Stiefeln und steckte ihn zwischen die Beine, um das Blut aufzufangen. Eine »Belohnung« wollte er. Die sollte er haben, dachte ich und betastete den Schierling in meinem Bündel.
Ich half, das Lager abzubrechen. Als wir soweit waren und aufsteigen wollten, sagte ich voller Bitterkeit, jedes Wort betonend: »Ich bin ganz wund, das ist mir zu hart. Ich brauche ein Fell, auf dem ich sitzen kann.«
»Hat's dir die Eier eingequetscht, hm? So, das ist bestimmt besser.« Frech grinsend legte er ein Schaffell über Twixts Nacken.
Wir sprachen nicht mehr miteinander, bis wir am Rande einer trostlosen Moorlandschaft anhielten, um etwas zu essen.
»Alex, sag, wann ist deine Mutter gestorben?«
»Vor drei Tagen.« Ich bemühte mich so sehr darum, mit unbewegter Stimme zu sprechen, daß ich gar nicht bedachte, daß ich vom Tod meiner Mutter noch nichts erzählt hatte.
»Und wie alt bist du?«
»Acht.«

»Das dachte ich mir, bist ja noch ein kleines Kind. Kein Wunder, daß du mich im Schlaf ›Mutter‹ genannt hast und dich an mich rangekuschelt hast.«

»Ja, und ich weiß auch genau, was Ihr dann getan habt«, sagte ich bedeutungsvoll, doch er beugte sich nur herüber und tätschelte mein Knie. Angeekelt warf ich meine Grütze ins Feuer. Nach jeder heckenbestandenen Biegung wurde die Landschaft eintöniger, und es kam mir vor, als wäre ich schon eine Ewigkeit mit Enoch Angus Boggs unterwegs. Der einzige Hoffnungsschimmer war, daß ich mich nicht mehr so schwach fühlte, sondern im Laufe des Tages zu Kräften kam. Vielleicht würde ich ja doch überleben.

Lange beschwerliche Stunden hindurch trabten wir weiter, bis es dämmerte und ein eisiger Wind aufkam. Unsere Lage schien aussichtslos, vor uns erstreckte sich die endlose Römerstraße, ohne daß auch nur ein Hügel von der Größe eines Ameisenhaufens zu sehen war, hinter dem wir Schutz hätten finden können. Plötzlich streckte Enoch einen Finger aus und rief: »Was haben wir für ein Glück, Alex! Da am Horizont ist ein Wirtshaus.«

Er trieb die müden Tiere an. Es war schon fast dunkel, als wir bei der schiefen Holzhütte ankamen. Die Hütte hatte nur noch ein halbes Dach, und auf einem klapprigen Schild stand: *Inn of the Gray Falcon.* Der Schotte zögerte.

»Weißt du, Kleiner, es ist gut möglich, daß Magnus Barefoot auch hier ist.«

»Laßt uns weiterreiten«, bat ich.

Enoch schüttelte den Kopf. »Nein, heute nacht gefrieren sogar die Flüsse. Wir brauchen ein Dach über dem Kopf, komme, was wolle.«

Der Wind peitschte in mein Gesicht und trieb mir Tränen in die Augen.

Ich hatte so viel Angst, daß meine Knie nachgaben, als ich abstieg.

Enoch klopfte. Ein magerer Junge öffnete. Lance knurrte bösartig und hätte den Jungen angesprungen, wenn ich ihn nicht festgehalten hätte.

»Ich heiße Jimmy«, sagte der Junge mit schwacher Stimme, »ich helf Euch mit den Pferden.«

»Es sieht so aus, als bevorzuge der Wolfshund meinen Bruder Tom«, sagte Enoch, als er sich zwischen Jimmy und Lance stellte. »Tom, kümmere dich um Tippet und Twixt, während ich mit Jimmy über die anderen Gäste rede.«

Dankbar griff ich Lance im Nacken und zog ihn und die Maultiere zum Stall hinter dem Wirtshaus. Ich wollte keine Zeit vergeuden, ließ die Hose runter und zog die Stofflappen hervor, um sie in dem schwachen Licht zu inspizieren. Sie waren trocken! Verwundert betrachtete ich sie von allen Seiten, konnte aber nur die paar rostbraunen Flecken von heute morgen entdecken. Ich fühlte und vergewisserte mich, daß da keine Wunde war. Bevor ich weiterforschen konnte, rief Enoch nach mir.

»Magnus ist noch nicht hier«, teilte er mir mit, und wir folgten Jimmy in die dunkle Wirtsstube. Dort saßen der Wirt und die Wirtin sowie zwei Nonnen, die wie zwei Schwarzdrosseln vor der Feuerstelle kauerten. Unter einem Kessel schwelten einige Holzscheite, die kaum Licht oder Wärme abgaben, dafür jedoch dicke Rauchschwaden; zwei Fackeln in der Ecke vervollständigten die Beleuchtung. Die behelfsmäßigen Holzwände hielten das Wetter kaum ab. Die Tierfelle,

die zum Schutz davorhingen, pendelten hin und her, als atmete die Hütte.
Enoch baute sich breitbeinig und furchteinflößend in der Mitte auf. »Euch geschieht nichts, wenn ihr tut, was ich sage.« Seine tiefe, bedrohliche Stimme klang aber ganz anders, und ich spürte die Angst der anderen.
»Jesus, steh uns bei!« kreischte die ältere Nonne.
Der kränkelnde Wirt streckte eine zitternde Hand aus. »Bitte, nehmt mit, was immer Ihr wollt, aber laßt uns in Frieden. Wir haben keine Reichtümer.«
»Ich bin kein Räuber!« Seine blauen Augen funkelten. »Ich muß meinen kleinen Bruder verstecken. Zeigt mir einen sicheren Ort.«
Während Enoch die Stube in Augenschein nahm, wurde ich beäugt. Es gab nicht einmal ein Fell, das groß genug gewesen wäre, mich zu verhüllen. Die Lage schien hoffnungslos. Doch Enoch hatte etwas entdeckt.
»Was ist das?« Er zeigte zur Decke.
»Auf dem Regal verwahre ich einige Habseligkeiten«, sagte unsere Gastgeberin.
»Würde es Toms Gewicht aushalten?«
»Ich weiß nicht. Bisher hat niemand …«
Enoch hob schon die Lumpenbündel herunter, und ein kleines Sims kam zum Vorschein; es bestand aus zwei rohen Brettern, die quer über zwei vorstehende Balken gelegt waren. Es hatte nur einen einzigen Vorteil: Es war schwer einzusehen, weil es über der Augenhöhe eines Mannes war und sich in der dunkelsten Ecke der Stube befand.
»Nun, Tom, es sieht aus, als hätte das arme Vögelchen ein Nest gefunden. Hoch mit dir.«

Ich traute mich kaum zu atmen, streckte erst ein Bein langsam aus, dann das andere. Ich lag auf dem Bauch und konnte durch den Rauch die Leute unten sehen, ihre Münder wurden vom Feuer beleuchtet, ihre Augen lagen in der Dunkelheit.

»Man kann ihn so gut sehn wie einen Pfau in einer Dornenhecke«, meinte der Wirt.

»Deckt ihn damit zu«, schlug die jüngere Nonne vor und reichte Enoch ihren schwarzen Umhang.

Der breitete den Umhang über mich, auch über den Kopf. Anscheinend waren jetzt alle zufrieden, denn ich hörte erleichtertes Aufatmen. Trotz des Umhangs konnte ich noch alles durch den Spalt zwischen den Brettern sehen.

Nachdem ich versteckt war, machte sich ein beklommenes Schweigen breit. Enoch nahm wieder seine drohende Gebärde ein, diesmal mit dem Dolch in der Hand.

»Hört gut zu. Ich hab keine Zeit, alles zu erklären, aber zwei Halunken sind hinter meinem Bruder her. Ich weiß nicht, wann sie kommen werden, aber wahrscheinlich bald. Wenn sie da sind, überlaßt mir das Reden und stimmt allem zu, was ich sage. Falls irgend jemand etwas Falsches sagt, ist das sein letztes Wort auf dieser Erde.«

Er schleuderte den glänzenden Dolch in die Luft, so daß er sich dreimal drehte, und fing ihn wieder auf. Aller Augen folgten der Klinge.

Die Wirtin stemmte die Hände in die Hüften. »Solange wir warten, sollten wir es uns gemütlich machen. Ich bin Betty, und das ist mein Mann Bibs und das Jimmy, unser Sohn. Unsere Gäste sind äh –«

»Schwester Petronilla«, sagte die jüngere mit wohlklingender

Stimme, »Novizin der Abtei St. Anne im Norden. Und das ist meine Mentorin, Schwester Ursula.«
»Kräuterheilkundige in St. Anne«, fügte die zahnlose alte Nonne heiser hinzu.
Bevor Enoch sich vorstellen konnte, wieherte draußen ein Pferd. Die Leute erstarrten. Ich hatte schreckliche Angst, alles schien sich zu drehen, und ich wäre fast runtergefallen.
»Denkt dran, kein Sterbenswörtchen!« mahnte Enoch. »Kümmere dich um die Pferde, Jimmy.« Er flüsterte dem Jungen noch etwas ins Ohr.
Jimmy nickte und rannte los, als sich die Tür öffnete und Magnus Barefoot eintrat.
»Er ist hier!« rief er freudig über die Schulter.
»Wo?«
Sir Roland von Roncevaux!
Ich war ganz von Sinnen, als ich den Ritter im Schein des Feuers erkannte.
»Wo ist der Junge?« fragte die tiefe Stimme, die mir noch so gut in Erinnerung war.
»Meint Ihr meinen Bruder Tom?« fragte Enoch. »Wie geht's Eurem Cousin?«
Keiner der beiden antwortete. Statt dessen inspizierten sie grimmig die Schankstube. Sie traten gegen die schwachen Wände, rissen die Felle von den Haken, öffneten Schwester Ursulas Bündel und schütteten den Inhalt aus. Schwester Petronilla kniete nieder, um alles wieder einzusammeln. Sir Roland schaute zur Decke.
»Tom mag zwar ein Engel sein, fliegen kann er allerdings noch nicht«, sagte Enoch sarkastisch.
»Durchsucht den Stall, Magnus«, befahl Roland knapp.

Magnus stieß Betty aus dem Weg und ging hinaus. Sir Roland stand lässig da und wandte sich an den Wirt.
»Ich bin Roland von Roncevaux, Baron dieser Grafschaft. Ihr kennt Eure Pflicht, und Ihr kennt auch das Strafmaß, falls Ihr Eurem Herrn nicht gehorcht. Ich suche einen entflohenen Jungen, für jeden Hinweis gibt's eine Belohnung.«
Er zog ein Beutelchen mit klingenden Münzen aus der Tasche.
Bibs war von Rolands Titel und dem Geld beeindruckt, das stand fest. Sein Mund bewegte sich, und er stöhnte und ächzte vor sich hin.
Magnus kam zurück. »Im Stall ist er nicht.«
»Der Junge ist nicht hier«, erklärte Enoch. »Mein Maultier ist in ein Loch getreten und hat Tom abgeworfen. Er hat sich das Bein gebrochen, vielleicht auch die Hüfte. Wir kamen zu diesem Schäfer, ich hab ihn dortgelassen, um Hilfe zu holen. Morgen früh werden wir aufbrechen, Bibs kommt mit mir.«
»Wir kommen auch mit«, sagte Roland zornig und zog sein Schwert. »Wirtin, bring uns was zu essen.«
Es dauerte eine Ewigkeit, bis sie den Lammeintopf verzehrt hatten. Beim Ale langten alle kräftig zu, besonders Magnus, und der Wirt holte einen Eimer voll Nachschub. Nur Enoch trank nichts; er hatte sich vor der Tür ausgestreckt und ließ Roland nicht aus den Augen.
Das Kaminfeuer brannte langsam herunter, die Fackeln waren schon längst erloschen. Magnus lag besoffen da; Roland schnarchte in der Nähe des Feuers; die zwei Nonnen kauerten beisammen; der Wirt und seine Familie befanden sich wahrscheinlich unter mir, denn ich konnte sie nicht sehen; Enoch saß noch immer vor der Tür, er war still, aber seine Augen

waren geöffnet. Der Wind machte sich jetzt mit eisigem Atem breit. Ich wußte nicht, was ich tun sollte.
Da erhob sich der Schotte langsam. Wie eine Katze durchquerte er den Raum und tippte mich an. Er bedeutete mir, mich langsam zu erheben. Vorsichtig stemmte ich mich auf die Ellbogen. Eines der Bretter knarrte, quietschte, brach durch!
»Das Kind! Halt!« schrie Roland.
Mit mir auf der Schulter rannte Enoch los wie ein Stier. Ich sah, daß Petronilla ihren Umhang über Rolands Kopf warf, als wir hinaus in die Dunkelheit rannten. Enoch öffnete die Stalltür und schlug Rolands und Magnus' Pferden aufs Hinterteil. Wiehernd galoppierten die erschrockenen Tiere davon. Wir stiegen auf das Maultier und ritten Richtung Straße, aber Roland wartete schon. Enoch schleuderte seinen Speer gegen Rolands Brustpanzer. Der schrie auf und stürzte zu Boden.
So schnell wir konnten, ritten wir davon. Vor uns lag die Nacht wie ein schwarzes Loch. Wir sagten nichts, fühlten nichts, außer der Freude, noch am Leben zu sein. Im Morgengrauen bog Enoch von der Straße ab und bahnte sich einen Weg durch den Wald. Mehrere Meilen ritten wir neben einem reißenden Fluß her, bevor wir unter einer Esche anhielten. Enoch hob mich runter.
»O Enoch, Ihr habt mir das Leben gerettet!« rief ich. »Wie kann ich Euch jemals danken?«
»Ich werd dir gleich sagen, wie du mir danken kannst.« Er grinste boshaft. »Alix Wanthwaite.«

7

Ich betrachtete das grausame Gesicht, das von bronzefarbenem, verfilztem Haar bedeckt war, die stahlblauen Augen, den siegessicher grinsenden Mund.

»Also, Alexander Wanthwaite. Du bist ein gerissenes Bürschchen, das muß ich zugeben.«

Ich faßte wieder Mut. Ich hatte mich wohl verhört und »Alix« verstanden; mein Geheimnis war also noch sicher. »Wie habt Ihr's herausgefunden?«

»Magnus Barefoot konnte es nicht für sich behalten, er flüsterte so laut mit Sir Roland. Ich brauchte nicht lange, um darauf zu kommen, daß Alex Want und Alex Wanthwaite dieselbe Person sind.«

»Äußerst pfiffig«, sagte ich.

»Ja, aber ich will alles wissen. Was wollen die von dir? Warum wollen sie dich töten?«

»Sie haben meine Burg geplündert«, sagte ich mit hohler Stimme. »Sir Roland hat meine Mutter ermordet.«

Das rührte selbst Enoch, er legte eine Hand auf meine Schulter. »Das tut mir leid, Kleiner. Kein Wunder, daß du nach ihr rufst.« Nach einer Weile fuhr er fort: »Also, Alex, was krieg ich dafür, dich sicher zu deinem Onkel nach London zu geleiten? Überleg dir's, denn wie es aussieht, wirst du ohne meine Hilfe nicht dort ankommen.«

Ich überlegte. Wahrscheinlich würde ich es nicht ohne ihn

nach London schaffen, denn selbst mit einer Armee im Rükken hätte ich mich nicht wieder auf die Dere Street getraut.
»Ich verspreche Euch, daß Ihr – sobald ich Wanthwaite wieder besitze – einhundert silberne Livres bekommt.«
Das schien mir eine großzügige Summe, deshalb erstaunte mich sein verächtlicher Aufschrei.
»Einhundert Livres für dein Leben? Sogar einem Schotten ist es mehr wert. Vielleicht bist du zu jung, um zu verhandeln, deswegen sage ich dir ganz einfach, was ich verlange. Nun, Alex, ich bin der jüngste Sohn, und wonach ich trachte, das ist Land und nur Land. Ich bring dich zu deinem Onkel – falls nötig, tu ich sogar noch mehr –, aber im Gegenzug versprichst du mir die Hälfte deines Landes, und zwar hier auf der Stelle. Die Hälfte deines Landes, nicht mehr und nicht weniger. Und kein weiteres Schachern und Verhandeln. Das sind meine Bedingungen.«
Das nahm mir allerdings den Atem. Nie, niemals würde ich auch nur einen Krümel von Wanthwaite hergeben, keinen einzigen Zweig, keinen Stein.
Lächelnd sah ich den Schotten an. »Ja, Enoch, ich verstehe. Die Hälfte meines Landes ist ein geringer Preis für mein Leben, und die andere Hälfte genügt mir auch. Das Risiko ist für uns beide groß. Warum sollte also nicht der Einsatz gleich groß sein?«
Er grinste triumphierend. »Du bist ein schlaues Bürschchen, und man merkt, daß du aus gutem Hause kommst. Gib mir deine Hand drauf.«

Wir übernachteten unter einer Weide, deren Zweige einen abgeschlossenen Raum bildeten. So waren wir nicht zu sehen, mußten uns aber auf dem schwammigen Boden, der von mehreren Rinnsalen durchzogen wurde, einrichten. Aus trockenen Ästen bauten wir Pritschen und krochen nah zueinander, um uns gegenseitig zu wärmen. Über Wanthwaite sprachen wir nicht mehr.

Der nächste Tag verging genauso und auch der folgende: schweigend und angespannt. Am dritten Abend waren wir beide hungrig, und uns war kalt; wir wagten jedoch nicht, ein Feuer zu machen oder Wild zu jagen. Enoch erklärte, daß man mit dem Tode bestraft werden könne, wenn man auf königlichen Gründen jagte. Nur Lance wurde satt.

Und tatsächlich, am nächsten Tag sah ich, daß es schönstes, zahmes Wild gab. Nur der König und seine Männer durften hier jagen. Zweimal sahen wir ausgestorbene Dörfer, deren Einwohner ihrer Felder beraubt worden waren, um für den Zeitvertreib des Königs Platz zu schaffen. Dort fanden wir auch wieder mal ein Dach über dem Kopf, Brunnenwasser und gutes Futter für Twixt und Tippet. Beim zweiten Dorf brachte Enoch das Gespräch wieder auf Wanthwaite.

»Wo genau ist denn diese Burg Wanthwaite? Da, wo wir uns trafen?«

Seine halbgeöffneten Augen glitzerten wie Wasser in der Sonne, und seine Stimme klang verräterisch freundlich, ich vermutete sofort einen Hinterhalt.

»Nein, ganz und gar nicht. Margery und ich waren schon mehrere Tage unterwegs. Ich sagte doch schon: Newcastle.«

»Dann ist es leicht zu finden.«

»Sicher.« Ich verbarg meine Furcht. »Apropos Entfernungen: Wie weit ist es denn noch bis London?«

»Ungefähr zwei Wochen.«

Zwei Wochen! Und ich hatte Margery versprochen, in einer Woche zurück zu sein. Ich überlegte, ob Enoch mich belog, dazu hatte er aber keinen Grund. Nein, ich mußte durchhalten und sofort zum König gehen, sobald ich in London war. Der König würde mit dem Schotten schon fertig werden.
Enoch fuhr fort, mich über Wanthwaite auszufragen, und ich erfand eine Lüge nach der anderen. Das war zwar Absicht, aber ich hätte ihm die richtigen Antworten gar nicht geben können, selbst wenn ich gewollt hätte, ich wußte viel zuwenig über meinen Besitz und dessen Verwaltung. Aber es war immer noch besser, Antworten zu erfinden, als zuzugeben, wie unwissend ich war. Damit hätte ich vielleicht mein wahres Geschlecht verraten, und ich dachte an die Warnung meines Vaters: Einem Mann konnte Wanthwaite zufallen, indem er mich heiratete. Mit einem Schotten verheiratet!
Enoch akzeptierte mich als Jungen, was mich einerseits ermutigte, andererseits überraschte. Meiner Meinung nach verriet ich mein Geschlecht mehrmals am Tag. Schließlich kam ich zu dem Schluß, daß für Enoch – hoffentlich auch für jeden anderen – die Sache erledigt war, nachdem einmal feststand, daß ich ein Junge war. Es schien ihm nicht aufzufallen, daß ich mich zum Wasserlassen immer zurückzog. Trotzdem prägte ich mir seine Bewegungen und Gewohnheiten ein und lernte, mich männlich und rüpelhaft zu benehmen. Hätte er sich plötzlich umgedreht, hätte er gesehen, daß ich in seinem Schatten wie ein Gockel einherschritt. Wenn ich mit ihm redete, schob ich die Unterlippe streitlustig vor, betrachtete ihn mit kühlem Blick, und meine Worte knackten wie Nüsse. Wenn wir über der verhaßten Hühnerlauchsuppe saßen, langte ich großzügig zu und kaute gierig mit offenem Mund,

wobei das Fett aus meinen Mundwinkeln triefte, dann rülpste ich, daß das Laub wackelte. Meine Nase schneuzte ich mit der bloßen Hand oder schneuzte gleich auf die Erde, statt meinen Ärmel zu benutzen, wie man mir beigebracht hatte. Seinen schottischen Akzent ahmte ich nicht bewußt nach, aber einer von uns beiden mußte sich anders anhören, denn seine Worte klangen nicht mehr fremd in meinen Ohren. Ich war nicht erpicht darauf, in sein kehliges Grunzen zu verfallen, aber vielleicht gingen wir so eher als Brüder durch.

8

Zwei Wochen später standen wir auf einer grasbedeckten Anhöhe und blickten hinab auf eine Menschenmenge. »Jetzt sind wir auf der Watling Street«, sagte Enoch, »hier läuft sie mit der Icknield Street zusammen und führt nach Dunstable. Leute aus dem Norden und aus Oxenford treffen sich hier, und wir können in der Menge untertauchen.«

Ich sah ihn ungläubig an. Selbst nach so langer Zeit sah er für mich immer noch wie die wildeste und haarigste Gestalt aus, die je das Licht der Welt erblickt hatte. Enoch konnte eigentlich nur in einer Menge Schotten untertauchen. Und außerdem wußten Northumbrien und Roncevaux von meiner Verkleidung, wodurch ich genauso auffiel wie Enoch. Aber wir mußten es wohl riskieren, denn Enoch meinte, die einzige andere Möglichkeit sei, wieder querfeldein zu reiten, und davon hatte ich wahrlich genug.

Auf der Straße wimmelte es von wunderlichen Menschen, aber ich war zu sehr damit beschäftigt, nach meinen Feinden Ausschau zu halten, als daß ich den Anblick hätte genießen können. Als wir sicher sein konnten, daß nur Fremde zu sehen waren, lenkte Enoch Twixt den Hang hinunter auf den gepflasterten Weg, Tippet hinterher, und Lance trottete im Schatten des Eselsbauches.

Mein Herz pochte heftig, als wir die Sicherheit der Wälder, die wir die letzten vierzehn Tage genossen hatten, hinter uns ließen. Mein Gesicht versteckte ich, so gut es ging, unter der Mütze. Es waren viele Ritter unterwegs, eine ziemlich ungehobelte Meute, eher Raubritter als edle. Auch Fußsoldaten waren zu sehen, einige hatte Schilde oder Überreste von Rüstungen dabei, andere trugen nur einen Helm. Allerlei Kirchenvolk war unterwegs: Priester, Mönche, Nonnen, Büßer, sogar zwei Eremiten. Die größte Gruppe stellten aber die Händler und Käufer, die auf dem Weg zum Londoner Markt waren. Ärzte in violetten Gewändern und grauen Handschuhen waren vertreten, merkwürdige Gestalten mit gelben Kreisen auf den Ärmeln und spitzen gelben Hüten, wohlhabende Gutsherren mit Perücken. Einmal kamen wir an zwei Sänften vorbei, in denen vornehme Damen mit hocherhobenen Häuptern saßen. Sie blickten so königlich drein wie zwei Schwäne.

Es war fürchterlich laut. Alles schrie und brüllte durcheinander, kleine Kinder quengelten, Kutscher knallten mit der Peitsche, um sich für ihre wackligen Holzwagen den Weg frei zu machen. Pferdewiehern und lautes Hufeklappern. Irgend jemand stimmte ein Lied an. Da erwachte trotz all meiner Bedenken auch in mir etwas Freude, doch plötzlich fiel der Schotte in den Refrain ein. Was war nur los mit ihm? Hatte er völlig vergessen, daß wir uns unauffällig verhalten mußten? Nicht nur, daß er lauter sang als alle anderen, er schmetterte irgendeine Melodie, die nur er zu kennen schien.

Ich versuchte mich möglichst klein zu machen, aber da wurde Twixt von einem Pferd zur Seite gedrängt.

Ich spähte unter meinem Hut hervor und sah ein pralles Weibsbild auf einem dicken Schimmel. Laut und unbekümmert entblößte sie ihre vorstehenden Zähne und sang noch falscher als Enoch. So eine kühne Person war mir noch nie untergekommen, anscheinend eine Hühnerhändlerin, denn auf ihrem Gaul transportierte sie einige Käfige voll. Ihren Rock hatte sie gerafft, so daß er mehr entblößte als verbarg. Rotes, lockiges Haar stahl sich unter dem weißen Kopftuch hervor, das runde, sommersprossige Gesicht war umrahmt von langen Ohrgehängen; die gezupften Augenbrauen wölbten sich über jadegrünen Augen. Den Gürtel in der Taille hatte sie so eng geschnürt, daß ihre Hüften und Brüste wie Melonen hervorquollen.

Sie schmetterte einige Takte, dann lachte sie lauthals, und ihre Hühner fielen gackernd ein.

»Sehr schön«, sagte der Schotte.

»Ach was, Ihr macht Euch lustig über mich!« Und sie stieß ihn so heftig, daß er das Gleichgewicht verlor. Lance knurrte.

»Schau da, ein Wolf! Habt Ihr je die Tierschau im königlichen Schloß gesehen?«

»Wir waren noch nie in London.« Enoch zog seine Mütze. »Enoch Angus Boggs, zu Diensten, und mein kleiner Bruder Alex.«

Ich warf ihm einen bitterbösen Blick zu, weil er mich nicht als Tom vorgestellt hatte, aber er war viel zu beschäftigt, um meinen Verdruß zu bemerken.

»Dann seid Ihr also Schotte! Ich liebe die Schotten. Deswegen könnt Ihr auch so gut singen! Ich heiße Gladys Stump und bin auf dem Weg von Oxenford zum Markt in Smithfield, um Hühner zu verkaufen.« Sie machte ein ernstes Gesicht. »Seit mein lieber Mann unter der Erde ist, muß ich selbst für mich sorgen. Jawohl, ich bin eine arme Witwe.« Sie kniff die grünen Augen zusammen und fügte verschmitzt hinzu: »Nun ja, so arm bin ich gar nicht, wenn ich nur einen starken Kerl hätte, der sich um mein Gut kümmerte, denn er hat mir einiges hinterlassen.«

»Ihr werdet bestimmt nicht lange allein bleiben. Ich beneide jetzt schon den glücklichen Burschen, der Euch und Euer Geflügel kriegen wird.«

»Ihr wart also noch nie in London? Ohne einen kundigen Führer ist man in dieser Stadt verloren.«

Enoch streckte die Hand aus, um den Hals ihres Pferdes zu tätscheln, landete aber auf ihrem Schenkel. »Ich hatte gehofft, Ihr könntet uns ein bißchen herumführen, falls Ihr nicht die ganze Zeit Hühner verkauft.«

»Ich zeig Euch gern die Stadt.« Sie lachte wieder schallend.

Die Straße wurde immer belebter, und es stellte sich heraus, daß Gladys fast jeden kannte.

»Durch welches Tor der Stadtmauer kommt man nach London, Gladys?« fragte Enoch.

»Das nächste ist Ludgate.«

»Ist das eng?«

»Ja, aber warum wollt Ihr das wissen?«

»Nun ja, ich muß wohl beichten. Also, vor ein paar Tagen hatte ich an der Grenze einen Streit mit einem von diesen schrecklichen Engländern, und er hat mir geschworen, er würde in London auf mich warten und es mir dann heimzahlen. Und die einzige Möglichkeit, mich zu erwischen, scheint mir eines der Tore zu sein. Versteht Ihr?«

»Ich wette, er fürchtet sich auch vor Euch.« Sie streckte eine Hand nach seinem muskulösen Arm aus. »Laßt nur Gladys Stump machen, ich führ Euch durch Smithfield.«

Die Straße schlängelte sich abwärts, wir bogen nach links ab,

und plötzlich, wie durch Zauberei, lag London vor uns. Enoch und ich staunten nicht schlecht. Von hier oben sah es aus, als läge London in einer Mulde, die an drei Seiten von Mauern begrenzt war und auf einer Seite vom Fluß. Die goldene Abendsonne fiel auf Hunderte von Türmchen, die wie Bäume in einem Wald zwischen Häusern aufragten.
Als wir uns dem Tor näherten, schlug Gladys vor, ich solle auf Lance aufpassen, da in der Stadt gefährliche Köter rumliefen. Ich brachte ihn dazu, auf Tippets Rücken zu springen, wo ich ihn festband.
Die Menschenmenge wurde immer größer, und wir mußten uns hindurchzwängen, um über die zwei Brücken zu gelangen. In der Nähe mahlten Mühlräder, und der Lärm der Stadt schwoll immer mehr an. Die Mauer, die neben Ludgate emporstieg, war etwa fünfzehn Fuß hoch, auf ihr standen Wächter. Bettler mit ausgestreckten Händen säumten den engen Durchgang. Wir vermieden diesen gefährlichen Weg und folgten Gladys willig an der Außenseite der Mauer entlang. Ich atmete erleichtert auf, als wir nach Smithfield gelangten. Dort wimmelte es von Pferden und Straßenhändlern. Gladys sagte, wir sollten warten, bis sie ihre Hühner verkauft habe, denn es war Freitag, Markttag, und danach, wenn es dunkel war, würden wir Newgate passieren. Das schien ein guter Plan zu sein, wir stiegen also ab und schauten uns um. Wir sahen uns den Tanzbären an, das Wurfringspiel und das Speerwerfen. Seit Dunsmere konnte ich jedoch an solchen Vergnügungen keine Freude mehr finden. Traurig ließ ich den Kopf hängen.
Die Schatten wurden länger, und Harfner und Flötenspieler spielten auf. Enoch bat Gladys um einen Tanz. Ich saß im

feuchten Gras und schmiedete Pläne, während ich den Tänzern zusah. Wie sollte ich den König nur finden? Endlich kamen Enoch und Gladys zurück und meinten, es sei jetzt Zeit einzukehren.

Wir kamen durch Newgate und fanden uns in der Dämmerung auf einer großen Durchgangsstraße wieder. Ich erfreute mich an der Schönheit der Stadt, an den ordentlichen Häuserreihen. Wenn man den Blick aber nach unten richtete, bot sich dem Auge nicht viel Schönes, denn auf der Straße lagen Kot und stinkende Abfälle, von denen Fliegen, Krähen und anderes Getier angezogen wurden. Herumstreunende Kühe, Ziegen, Schafe und Hühner trugen zu dem ganzen Unrat bei.

Wir bogen von der Hauptstraße ab und kamen zu einer abfallenden Seitengasse; vor uns lag die in der Abendsonne glitzernde Themse. Sie war groß wie ein See, das grüne Ufer auf der anderen Seite war kaum auszumachen. Gladys sagte, es sei Ebbe, und als wir näherkamen, konnten wir Sandbänke unter dem seichten Wasser erkennen. Wir ritten bis ganz ans Ufer; unser Gasthaus befand sich nur zwei Häuser vom Fluß entfernt.

»Nun, ich hab mein Wort gehalten, Kleiner. Ich hab dich sicher und unversehrt nach London gebracht«, sagte Enoch, als wir abstiegen. »Morgen gehen wir zu deinem Onkel George, und am Sonntag können wir vielleicht schon wieder nach Norden aufbrechen.«

»Ja aber …« stotterte ich. »Onkel George weiß von gar nichts, ich habe ihn auch noch nie gesehen und …«

Der Schotte blickte mich an. »Jetzt erzähl mir nicht, daß er dir nicht helfen wird, Alex.«

Seine Stimme ließ mich erschauern.

»Ganz und gar nicht. Nur … er ist nicht von dieser Welt.«
»Er ist tot?«
»Nein, natürlich nicht. Ich meine, er ist Mönch!«
Zum Glück kam gerade Gladys aus der Tür, zusammen mit einem hinkenden Mann, der ein Holzbein hatte. Sie stellte ihn als Jasper Peterfee vor.
Enoch und ich folgten ihnen ins Haus. Wir mußten uns dukken, um nicht in den Seilen hängenzubleiben, die von der Decke baumelten und unserem verkrüppelten Gastgeber bei der Fortbewegung halfen.
Erleichtert stellte ich fest, daß mir der Wirt wegen Lance ein kleines Nebenzimmer zugewiesen hatte, das man durch Enochs Stube erreichte. Ich hatte mir schon Sorgen darüber gemacht, wie ich es im gleichen Zimmer mit dem Schotten vermeiden konnte, mein Geheimnis zu offenbaren. Im Freien war das leicht gewesen, denn wir hatten nicht mal unsere Strümpfe gewechselt. Wir gingen wieder hinunter und leisteten Gladys beim Abendessen Gesellschaft. Ein Junge hatte schon kalte Fleischpasteten, Ale und Kirschkuchen gebracht. Wir blickten durch das geöffnete Fenster auf die Themse. Es war in der Tat ein schöner Anblick.
»Was ist das da links für ein großer Kirchturm, Gladys?« wollte ich wissen.
»Das ist die Kathedrale St. Paul's. Sie ist erst vor kurzem fertiggestellt worden.«
»Und dieses Riesending dahinter?« fragte Enoch. »Diese große, rosa schimmernde Festung?«
»Westminster, wo der König hofhält, wenn er in London ist.«
»Wenn er in London ist?« entfuhr es mir schrill. »Wo soll er denn sonst sein, wenn nicht in London?«

»Wo soll er denn sein, fragt der Kleine. Nun, mein Lieber, er könnte tausend Meilen entfernt sein, in Aquitanien oder auf der anderen Seite des Kanals, in der Normandie, vielleicht in Anjou, und immer noch wäre er in seinem Königreich. Wenn er doch seine Familie nur genausogut regieren könnte.«
»Ist die Königin also immer noch im Gefängnis?« fragte Enoch amüsiert.
»Im Gefängnis?« rief ich entsetzt. »König Heinrich hat seine eigene Frau ins Gefängnis geworfen?« Waren denn alle Mächtigen grausam und brutal? Das Herz rutschte mir fast in die Stiefel.
Gladys beugte sich vor und tätschelte meine Hand. »Mach dir nichts draus, Kleiner. Königin Eleonore ist nicht in einem gewöhnlichen Gefängnis, sondern in einem Turm eingesperrt und hat es wahrscheinlich recht bequem.«
»Und sie kann froh sein, daß sie nicht gehenkt wurde«, fügte Enoch hinzu. »Sie hat die Söhne gegen den Vater aufgehetzt. Er hat ihnen aber verziehen und ihr Leben verschont.«
»Aber er hat die Königin ins Gefängnis geworfen«, sagte ich noch einmal. »Wie lange ist sie denn schon dort?«
»Hm, also mein Harry starb …« Gladys zählte an den Fingern ab. »Das müssen jetzt vierzehn Jahre sein.«
»Vierzehn Jahre!« Länger, als ich bisher gelebt hatte. Diese fürchterlichen Neuigkeiten über den König versprachen nichts Gutes. Der sollte einen Mann für mich auswählen?
Als ich allein in meinem Kämmerchen war, legte ich mich vor dem niedrigen Fenster auf den Bauch und blickte über die schindel- und strohgedeckten Dächer Londons, die sich unter dem dunkler werdenden Himmel erstreckten. Irgendwo in diesem Labyrinth warteten Roland von Roncevaux und seine

Ritter auf mich. Obwohl die Luft lau war, fröstelte mich. Der königliche Hof zu Westminster – morgen würde ich Jasper Peterfee fragen, wie man da hinkam und wann er geöffnet war.
Unterdessen war da das Problem Enoch. Wir würden uns bald trennen, denn wie er gesagt hatte, hatte er mich sicher und unversehrt nach London gebracht. Es war bestimmt leicht, in dieser riesigen Stadt unterzutauchen, aber nicht ganz so leicht, den richtigen Weg zu finden und sich durchzuschlagen.
Ich mußte den König aufsuchen.

9

In mein Kämmerchen konnte man nur durch einen sehr engen Durchgang gelangen. Am nächsten Morgen wurde ich von lautem Fluchen geweckt. Enoch versuchte, sich durch den Gang zu quetschen. Schließlich saß er vor mir und starrte mich wütend an.

»Also, Kleiner, wir müssen uns mal ernst unterhalten. Erzähl noch mal von diesem Onkel, wie genau soll der helfen?«

»Mein Vater war überzeugt davon, daß er mir behilflich sein kann, Wanthwaite wiederzuerlangen. Er wußte, daß George Mönch ist.«

»Vielleicht hat er Beziehungen zum Hof«, sagte Enoch nachdenklich. »Ja, das kann sein. Aber jetzt werde ich dir mal was sagen: Falls sich herausstellen sollte, daß dieser Onkel keine Hilfe ist oder du mir schon wieder eine Lüge aufgetischt hast, werden wir die Angelegenheit unter uns regeln. Kapiert?«

Was seine erregten blauen Augen sagten, verstand ich sehr wohl, wußte aber nicht, was er mit »die Angelegenheit regeln« meinte.

»Nicht ganz. Außerdem lüge ich nicht.«

»Hör zu: Falls du lügst, werde ich dich bestrafen. Falls der Onkel nicht helfen kann, schuldest du mir immer noch die Hälfte deines Landes, und wir werden einen anderen Weg finden. Klar?«

»Jawohl«, flüsterte ich.

Er kroch wieder durch das Loch und ließ mich mit meinen Gedanken allein.
Gladys wollte uns an diesem Samstag ganz London zeigen. Enoch sagte freudig zu, doch ich lehnte ab; ich hatte zu große Angst, gesehen zu werden. Es wäre mir auch lieber gewesen, wenn Enoch im Wirtshaus geblieben wäre, denn Roncevaux kannte ihn schließlich auch.
Als Enoch und Gladys weg waren, schickte ich nach warmem Wasser und wusch mich und meine Kleidung in dem hölzernen Kübel, der in Enochs Stube gestellt wurde. In der warmen Sonne, die durchs Fenster fiel, trockneten meine Kleidung und mein Haar schnell. Dann ging ich nach unten, um mit Jasper Peterfee zu sprechen.
Der verkrüppelte Wirt erwies sich als äußerst nützlich. Westminster war in der Nähe einer Gaststätte in Charing. Er wußte jedoch nicht, ob König Heinrich in London weilte. Wochentags konnte man dem Kanzler Anliegen vortragen, und die Höflinge würden mir sagen können, wo sich der König befand. Ich gab ihm zwei silberne Livres und bat ihn, Schweigen über dieses Gespräch zu bewahren.
Am Sonntag war mir das Glück nicht hold: Gladys Stump entschloß sich, noch einen Tag zu bleiben. Enoch bestand darauf, daß ich zur Messe ging, um mich nach Onkel George zu erkundigen. Ich sträubte mich und gab zu bedenken, daß Roland bestimmt auch in St. Paul's sein würde, aber am Ende mußte ich doch einlenken, denn Enoch meinte, wenn ich mich weigerte, sei das ein Beweis dafür, daß ich log. Natürlich hatten wir keinen Erfolg in der Kathedrale.
Gladys und Enoch begleiteten mich wieder zum Gasthaus, wo sie mich allein zurückließen. Heute war das Wetter nicht

besonders schön, und ich hatte eigentlich nichts zu tun. Meine trübsinnigen Gedanken kreisten um Enoch. Wenn er heute wieder so spät zurückkam wie gestern, wollte ich schon verschwunden sein. Obwohl er mein Leben gerettet hatte, konnte ich es nicht erwarten, ihn loszuwerden. Allerdings wollte ich nicht, daß er mich für einen undankbaren Betrüger hielt, der nicht zu seinem Wort stand.

Ich aß allein zu Abend. Nachdem Enoch und Gladys auch nach dem Essen noch nicht zurück waren, ging ich schließlich zu Bett. Ich wollte vor Morgengrauen fliehen. Sollte Enoch mich ruhig dafür hassen.

Glockenläuten weckte mich, und ich hörte Enoch in der Kammer nebenan rumoren. Gut, dann konnte ich mich also noch verabschieden. Ich schlängelte mich durch den Gang. In Enochs Kammer flackerten Kerzen.

Er lag nackt auf der Pritsche und wand sich wie im Schmerz. Was hatte er nur? Sein Hintern zuckte auf und ab, während er stöhnte.

»Enoch?« sagte ich leise. »Geht's Euch nicht gut?«

»Aye, ja, jetzt, oh ...«

Ich konnte es kaum glauben, unter sich hatte er Gladys begraben. Er hielt ihre Handgelenke fest, und sie schrie.

Mein Kopf hämmerte, ich verlor den Verstand! Die toten Körper Maisrys und meiner Mutter kamen mir in den Sinn.

»Nein! Nein! Aufhören!« schrie ich.

Vor mir sah ich Maisrys Blut, mein eigenes Blut nach der ersten Nacht mit Enoch, und auf einmal war mir alles klar! Er war doch ein mordendes Ungeheuer! Mit seinem Hauer schlug er nachts zu!

Ich warf mich auf seinen nackten Rücken, schrie und kratzte,

wollte ihn umbringen! »Keine Angst, Gladys, ich rette Euch!« schrie ich.
»Was? Was um –«
»Du meine Güte, ein Kobold sitzt mir im Nacken!« schrie Enoch und warf sich zur Seite, ich fiel zu Boden.
Schnell sprang ich auf und stand dem Feind gegenüber, im Licht der Kerze sah ich die Schlange. Ich stürzte mich auf das Monster.
»Au! Mein Schwanz! Was ist nur mit dir los? Bist du von allen guten Geistern verlassen?«
Wie eine Axt landete seine Faust auf meinem Kinn, und ich knallte gegen die Wand.
»Der hat mich kastriert! Ich bring dich um, du falsche Kröte!«
»Was ist denn los? O Gott, ist er ab? Wer war das?« schrie Gladys und beugte sich über Enoch.
»Alex, dieses feine Bürschchen! Ein Teufel ist das!«
Lance kam knurrend angerannt, sprang an Enoch hoch und warf ihn zu Boden.
Brüllend erhob Enoch seinen Dolch. »Ich bringe das Vieh um!«
Obwohl ich mich vor Schmerzen kaum bewegen konnte, warf ich mich über Lance und hielt sein Maul zu. »Still, Lance.«
»Hilfe! Ein Wolf! Hilfe!« Laut schreiend und splitternackt rannte Gladys umher.
Bald schon kam Jasper Peterfee ohne Holzbein angehumpelt, ihm folgten gaffende Gäste.
»Was ist denn geschehen?« fragte Peterfee den stöhnenden Schotten. »Hat er Euch gebissen?«
»Verschwindet«, ächzte Enoch. »Alles in Ordnung. Der Hund hat verrückt gespielt.«

Peterfee zog die Tür zu und ließ Enoch, Gladys und mich allein.
»Ob Bruder oder nicht, den würde ich übers Knie legen, bis er nicht mehr laufen kann«, sagte Gladys. »Geht's Euch gut, mein Lieber?«
»Ich werd's Euch morgen beweisen. Aber jetzt muß ich mich erst mal um diesen Tölpel kümmern.« Ich bemerkte zufrieden, daß ich das Ungeheuer immerhin verscheucht hatte. »Alex, hast du den Verstand verloren, was ist nur los? Ich will dich noch mal verschonen, aber entschuldige dich wenigstens bei Gladys.«
Wütend sah ich das nackte Weib an. »Ich hab ihr doch das Leben gerettet«, brachte ich mit blutendem Mund hervor. »Sie sollte mir danken.«
»Tausend Tode will ich sterben, wenn sich das so anfühlt!« Sie brüllte vor Lachen.
»Er wollte Euch töten!« rief ich. »Das kann ich beweisen. Ich hab schon zweimal zugesehen.«
»Du Lügner, du Schuft!« brüllte Enoch. »Wenn ich dich erwische! Ich schlag dich zusammen!«
Mit erhobenen Fäusten warf er sich auf mich, doch Gladys hielt ihn fest. »Das werdet Ihr nicht! Ich kenn doch die Männer! Bewußtlos wollt Ihr ihn schlagen, damit er mir nicht die Wahrheit erzählt! Ihr habt also Frauen umgebracht? Und schwafelt vom schwachen Geschlecht, Ihr mit Eurer Schönrednerei!«
Nun stürzte auch sie sich auf das Ungeheuer. Enoch schrie wie am Spieß!
»Danke, Alex!« sagte Gladys. Und zu Enoch gewandt: »Ich hab dich wirklich für was Besseres gehalten!«

Sie stolzierte nackt, die Tunika hinterherschleifend, zur Tür. »Gladys, wartet doch!« Enoch rannte ihr nach, drehte sich kurz um und zischte: »Du bleibst hier! Mit dir rechne ich noch ab!« Dann verschwand er. Erschöpft sank ich an der Wand nieder. Ich betastete meinen Kiefer. Er war nicht gebrochen, nur die Zunge blutete. Warum behauptete Gladys nur, daß sie das gewollt hatte? Das Pochen in meinem Kopf ließ nach, und mein Verstand kehrte langsam zurück. Vielleicht sollte ich lieber gehen, bevor Enoch zurückkam – falls ich doch einen Fehler begangen hatte. Ich kroch in mein Kämmerchen, wo ich das Ziegenfell und mein Bündel zusammenraffte, schnappte Lance und verbrachte die Nacht bei Twixt im Stall.

10

Es war eine stürmische, verregnete Nacht; das Stroh war jedoch trocken und roch gut. Langsam beruhigte ich mich wieder, spürte die Verletzungen jetzt aber um so mehr: Die Schulter war ganz blau, der Nacken verrenkt, und der Kopf tat fürchterlich weh. Verflucht sei der verdammte Schotte, man sollte ihn an seinem mörderischen Organ aufknüpfen!

Gegen Morgen ließ der Regen nach, und dichter Nebel zog auf. Mit ausgestrecktem Arm verschwand meine Hand in dicken silbernen Schwaden. Ich wußte kaum, wo ich hintreten sollte, aber wenigstens gab mir der Nebel Deckung.

Ich tastete mich an der Mauer entlang und ging Richtung Westminster. Zu meiner Linken hörte ich schaukelnde Schiffe auf der Themse; die Gestalten in den Straßen bekamen langsam Konturen. Blind griff ich nach einem Umhang.

»Entschuldigt, mein Herr, ist das der Weg nach Charing?«

»Laß mich in Ruhe!« schnarrte eine Frauenstimme.

»Hier fängt Charing an«, sagte eine andere Stimme.

Die Nebelschwaden rissen schließlich auf, und ich stand vor einer hohen Steinmauer. Durch ein hölzernes Tor kamen und gingen Leute, zwei bewaffnete Wächter kontrollierten den Menschenstrom. Ich sah dem Treiben eine Weile zu und überlegte mir eine Strategie. Einige Menschen konnten das

Tor stets ungefragt passieren: Jungs, die Brote und Ale mit sich trugen. Als zwei auftauchten, die ich schon beobachtet hatte, folgte ich ihnen zu einer Großküche, in der Händler und Matrosen saßen. Genau wie sie stellte ich mich an und kaufte drei frische Kapaunbrote. Um mich etwas zu stärken, schlang ich schnell eins hinunter, die anderen trug ich vor mir her und folgte den Jungen durchs Tor.

Im Hof herrschte ein großes Durcheinander, und ich verlor sie aus den Augen. Bedienstete polierten Speere und Rüstungen, Pferdepfleger striegelten königlich geschmückte Tiere, und Jäger trainierten Wolfs- und Jagdhunde. Ich hatte keine Ahnung, wohin ich gehen sollte; verärgert stieß mich ein Mönch zur Seite.

»Steh nicht im Weg rum, Junge. Bring deine Sachen weg und verschwinde.«

Ich lief ihm nach und gelangte in eine großzügige Gartenanlage. Ich rannte der schwarzen Robe des Mönchs hinterher. Er lief erstaunlich schnell und hatte schon die kleine Brücke über den reißenden Bach überquert, als ich gerade an der anderen Seite ankam. Nun gab es nur noch einen möglichen Weg, ich schritt durch das Portal des viereckigen Turms, der an den Palast grenzte.

Ich kam in eine dunkle Vorhalle, deren Boden mit schlammigen Fußspuren bedeckt war und in der eine steile Treppe nach oben führte. Ich hielt mich an der steinernen Balustrade fest und folgte den Männern, deren Stimmen hohl im Gang widerhallten. In der oberen Etage lief ich durch einen Flur, der aus verschiedenen Kammern bestand. In der letzten Kammer befand sich eine lange Wendeltreppe, die in einen überfüllten Raum führte.

Es war ein schöner Raum mit niedriger Decke und Fenstern in den kleinen Türmchen, durch die viel Licht einfiel, so daß die roten Wandbehänge mit dem königlichen Wappen leuchteten. Möbel oder Sitzgelegenheiten gab es nicht. Die Binsenstreu war durchnäßt und mit Tierkot bedeckt, denn Hunde und Falken gab es zuhauf. Ich suchte eine Ecke, von der ich alles beobachten konnte, dort quetschte ich mich neben einen alten Chorherrn, der auf die Schiffe und Fährboote auf der Themse hinabblickte.

Langsam konnte ich Unterschiede in der riesigen, plappernden Menschenmenge ausmachen: Da waren Kirchenmänner, Adelige und Ritter. Einige Männer hockten vor kleinen, faltbaren Schachtischchen, andere liefen geschäftig umher. Nach einiger Zeit trat ein Beamter durch die Tür und rief einen Namen. Ein Mann erhob sich von seinem Schachspiel und antwortete.

»Hast du die Brote für Walter Map mitgebracht, Junge?« fragte der Chorherr plötzlich. »Ich habe gehört, wie er Kapaun bestellte.«

Durchdringende braune Augen blickten mich unter einer gerunzelten Stirn an.

»Ja, aber ich kann ihn nicht sehen.«

»Na ja, vielleicht nicht von da unten, aber hören kann man seine grelle Stimme ganz gut. Hör nur, wie er sich mit dem Baron von Ely streitet, den haßt er noch mehr als die Juden und Zisterzienser.«

Ich spitzte die Ohren, konnte aber nichts verstehen. »Möchtet Ihr ein Brot? Ich hab zwei.«

»Danke.« Er nahm es, ohne zu bezahlen. »Ich heiße Richard von Monte und arbeite in der Schatzkammer.«

»Alexander Wanthwaite«, stellte ich mich vor, »Ihr kennt Euch sicher gut aus am Hofe, könntet Ihr mir vielleicht –«
»Still!« Er hob die Hand, als zwei Höflinge in Reisekleidung vorbeihuschten.
»Herzog Richard und König Philipp belagern ja gerade die Stadt …«
»Aber dort ist es auch sehr neblig. Der König wird sicher …«
Schon waren sie verschwunden.
Der alte Mann wirkte verzweifelt. »König Heinrich mischt sich zu sehr in die Angelegenheiten des jungen Königs ein, dabei sind sie grundverschieden. Richard läßt sich nicht manipulieren.«
Ein hagerer alter Mann kam aus der Kammer des Königs, sofort wurde er von aufgeregten Männern umringt. Richard von Monte und ich erhaschten nur ein paar Wortfetzen.
»… wird sich einen Weg bahnen.«
»Herzog Richard ist ein Verräter …«
»König von England …«
»Barone fallen ab, besonders aus Maine …«
»Das würden sie nicht wagen!«
Es handelte sich anscheinend um eine heikle Angelegenheit. Die Männer wirkten erschöpft und ratlos.
»Das war Ranulf von Glanville«, sagte der Chorherr, nachdem der hagere Mann wieder verschwunden war. »Ihm werden alle Neuigkeiten mitgeteilt.«
»Und warum nicht dem König?« fragte ich.
Bevor er mir eine Antwort geben konnte, brach zwischen zwei Hunden in der Mitte des Raumes ein Kampf aus. Das Gejaule und Gebell lenkte mich so ab, daß ich meinen Gedanken nicht mehr folgen konnte. Ich beobachtete, wie

die Besitzer versuchten, ihre Tiere zu beruhigen, plötzlich fiel mein Blick auf Magnus Barefoot!

Magnus Barefoot? Das konnte nicht sein! Doch da stand er, aus Fleisch und Blut. Ich versteckte mich hinter Richard von Monte und lugte unter seinem Ärmel hervor. Neben ihm ging Roland von Roncevaux.

Der Schweiß brach mir aus, und meine Beine zitterten. Roncevaux trug nicht mehr die verrostete Rüstung, sondern hatte sich für den Besuch am Hofe herausgeputzt. Er trug eine kirschrote, mit Eichhörnchenfell eingefaßte Robe und elegante grüne Stiefel, doch sein Gesichtsausdruck war finster und zynisch wie immer. Selbstsicher schritt er auf die Tür zu und sprach mit dem Wächter. Heiliger Benedikt, ich mußte ihm unbedingt zuvorkommen, sonst war es um Wanthwaite geschehen!

Verzweifelt wandte ich mich an den alten Mann. »Entschuldigung, mein Herr, wißt Ihr, wie ich König Heinrich sofort sprechen kann?«

»Tja, mein Junge, kannst du gut schwimmen?«

»Was meint Ihr?«

»Der König ist auf der anderen Seite des Kanals, schon seit November.«

»Bitte, mein Herr, es ist dringend, wo ist dieser Kanal, kann man hindurchwaten?«

»Was bist du für ein Dummkopf! Hast du noch nichts vom Englischen Kanal gehört? Ein gefährlicher Seeweg. Sogar gute Kapitäne fürchten sich vor den heftigen Stürmen. Auf der anderen Seite liegen einige Ländereien, die von unserem König regiert werden, als Lehen des französischen Königs sozusagen. Du hast doch die Höflinge gerade gehört. König

Heinrich ist wahrscheinlich in Le Mans, wo er gegen König Philipp von Frankreich kämpft und seinen eigenen Teufelssohn Richard.«
Ohne ein weiteres Wort stand er plötzlich auf und ging. Ich war Magnus' und Roncevaux' Blicken schutzlos ausgeliefert. Just in diesem Moment tauchte Walter Map auf, der in ein Streitgespräch mit einem der Höflinge vertieft war. Ich lief hinter ihnen her und kroch Walter Map vor Angst fast zwischen die Beine.
»Mein Gott, was ist denn das?« rief er. »Willst du mir ein Bein stellen?«
Der Umhang des Höflings verdeckte mich jetzt fast, doch dann, zu meinem Entsetzen, verlor ich sie bei einer scharfen Wendung und stand plötzlich gut sichtbar mitten im Raum. Instinktiv sah ich mich nach meinen Feinden um, genau in diesem Augenblick blickte Magnus Barefoot in meine Richtung.
»Alex!« rief er und deutete mit dem Finger auf mich.
Wie besessen rannte ich zur Tür hinaus. Ein bärtiger Mann, ich glaube, es war der Bischof von London, kam die Treppe herauf. Er ging durch die Tür und blockierte sie so für meine Verfolger, während ich davonhetzte.
Ich rannte in einen bewaldeten Park. Zwischen den Bäumen sah ich die glitzernde Themse; als ich unten ankam, stand ich aber wieder vor einer hohen Mauer. An der rannte ich entlang und suchte nach einem Tor. Da war eins – geschlossen! Ich rannte immer weiter, obwohl meine Lungen fast barsten. Plötzlich tauchten vor mir die Umrisse einer alten Abtei auf, und ich rannte durch das niedrige Portal. Dort wurde gerade eine Messe abgehalten. Ich zwängte mich durch die Betenden zum Tor auf der gegenüberliegenden Seite. Als ich zurück-

blickte, sah ich gerade noch, wie Roland von Roncevaux zwei Priester umrannte. Ich lief durch einen gewölbten Gang, auf der anderen Seite tauchte ich auf einer Londoner Straße wieder auf; der Nebel war inzwischen verschwunden.

Vor mir lag die Themse. An einem Hafenbecken sangen Arbeiter Seemannslieder, während sie Fischkisten verluden. Die Gegend war zu gut einzusehen, also rannte ich in die andere Richtung, zur Stadt hin. Ich keuchte eine steile Gasse hinauf, in der Handel aller Art betrieben wurde. Roncevaux war mir bestimmt dicht auf den Fersen. Ich durfte keine Zeit verschwenden. Ich rannte durch eine Schmiede, vorbei an einem ächzenden Blasebalg, durch eine Kupferwerkstatt, durch eine Gaststube und durch Ställe.

Dann zogen wieder Nebelschwaden auf. Fürs erste hatte ich Roncevaux und Barefoot zwar abgehängt, konnte ihnen aber jederzeit wieder in die Arme laufen. Umgeben von konturlosen Gestalten und hallenden Stimmen, tastete ich mich an feuchten Mauern entlang.

Ich irrte stundenlang umher. Die Abendglocken hatten schon geläutet, in den Straßen war es still und dunkel. Schließlich kam ich zu einer Tür. Ich stieß sie auf und betrat ein kleines Zimmer, in dem ein niedriges Feuer brannte. Davor waren die Umrisse eines großen Mannes zu sehen.

»Hast du es dir doch noch mal überlegt und bist zurückgekommen?« sagte Enochs Stimme.

»Nein!« schrie ich und wollte wegrennen.

Doch er hielt mich mit eisernem Griff fest. »Nicht so schnell, Bürschchen, wir haben noch einiges zu bereden. Setz dich!« Er stieß mich grob auf einen Schemel, seine Augen funkelten zornig.

»Ihr tut mir weh!« rief ich. »Was fällt Euch ein, mich zu schlagen?«

»Was fällt mir ein, dich zu schlagen? Du gemeingefährlicher Schurke, ich faß dich viel zu zart an. Umbringen sollte ich dich, aber da ist noch die Sache mit meinem Land.«

»*Eurem* Land! Glaubt Ihr ehrlich, ich würde einer schmierigen Schlange wie Euch Wanthwaite geben? Einem Schotten noch dazu?«

»Hör gut zu, du eingebildeter Baron«, sagte er mit rauher Stimme, »du bist nämlich noch lange kein Baron, sondern ein Bittsteller. Der König kann jemand anderem die Rechte an deinem Land geben. Du hast gar nichts zu vergeben, verstanden?«

»Es wird mir bald wieder gehören, und Ihr bekommt nichts davon ab. Ich teile doch mein Land nicht mit einem schottischen Ungeheuer.«

»An wen willst du dich denn wenden, Alex? König Heinrich sitzt irgendwo in Frankreich. Ich weiß mehr, als du denkst. Du hast Peterfee zu wenig gezahlt, von mir wollte er auch noch mal kassieren. Welches Schiff willst du nach Frankreich nehmen?«

»Wie soll ich nach Frankreich kommen? Roncevaux und Barefoot waren den ganzen Tag hinter mir her, die sind nämlich auch in London und –«

Mir kamen die Tränen. Enoch wartete, bis ich mich wieder gesammelt hatte.

»Wo hast du sie gesehen?«

Ich erzählte ihm, was geschehen war.

Er betrachtete prüfend seinen Dolch.

»Ich sag dir noch mal: Ich brauche Land, und ich werde auch

zu Land kommen, egal wie. Am liebsten wäre mir guter schottischer Boden, so wie Wanthwaite – nein, laß mich ausreden –, denn ganz Northumbrien gehört eigentlich den Schotten. Du bist dort geboren und daher auch ein Schotte. Aber die Engländer haben dich verdorben. Wir müssen eine solide Grundlage schaffen, damit ich dir vertrauen kann. Gib mir deinen Arm.«

»Wozu?«

Er griff nach meiner Hand und ritzte meinen Unterarm blitzschnell mit dem Dolch. Ich spürte den Schmerz noch nicht, da hatte er sich schon darübergebeugt und trank von meinem Blut. Ebenso schnell ritzte er sich und hielt mir den behaarten, blutenden Arm hin.

»Trink oder stirb.«

Diese Drohung überzeugte mich, denn sterben wollte ich noch nicht.

»Laßt mich los, mir wird schlecht!«

»Sprich mir nach: Von diesem Tag an sind Enoch Angus Boggs und ich Blutsbrüder. Ich erkenne Brüderlichkeit und Loyalität dem Clan gegenüber als die heiligsten Bindungen auf der ganzen Welt an. Ich schwöre beim Geist meiner Eltern, bei Gott und seinem Sohn, daß Enoch mein Bruder ist und ich ihn nie betrügen werde, bei meinem Tode. Amen.«

Unter Würgen wiederholte ich seine Worte.

»Warte, das war noch nicht alles. Wir bleiben bis zum Tode zusammen und – hör dir das gut an – werden einander nie in der Liebe hindern. Wir wollen einander unterstützen und unser Land zurückerobern. Ich will nichts mehr hören von deinem oder meinem Land; es ist *unser* Land. Wir sind jetzt Brüder, ein Tropfen schottischen Bluts macht aus dir nämlich einen Schotten. Und das ist mein Plan, hör zu, ich hab nämlich den ganzen Tag darüber nachgedacht.«

Er wollte nach Paris gehen, um dort Rechte zu studieren. Ich sollte meinen Wolfshund bei Jasper Peterfee lassen und mitkommen. Wir würden herausfinden, wo König Heinrich sich aufhielt, und versuchen, eine Audienz bei ihm zu erhalten. Sobald Wanthwaite wieder uns gehörte, würden wir heimkehren und das Land teilen. Ein Problem hatte er allerdings nicht bedacht: daß Roncevaux mich gesehen hatte.

»Auf der Themse können wir nicht nach Dover fahren. Wenn es morgen wieder so neblig ist, laß ich mir was anderes einfallen.«

Ich war hundemüde, aber eines wollte ich noch wissen: »Wo ist Gladys?«

»Sie lebt«, sagte er schroff, »trotz deiner Bemühungen hab ich sie noch zufriedengestellt. Wer wurde denn auf diese Art getötet?«

»Meine Freundin«, zum ersten Mal sprach ich die schreckliche Wahrheit aus, »und meine Mutter. Von Sir Roland.«

Der Schotte seufzte. »So was hab ich mir schon gedacht. Das tut mir leid, Kleiner. Er hat sie vergewaltigt, das mag ähnlich aussehen, ist aber was ganz anderes. Was ich und Gladys gemacht haben, ist so was wie … Fortpflanzen.«

Doch ich hatte meine Zweifel. »Ihr lügt. Fortpflanzung hab ich schon oft bei Tieren gesehen, das sieht ganz anders aus.«

»Das ist ein weitläufiges Thema, Kleiner, und wir können es gern irgendwann vertiefen. Komm, Bruder, ich hab was für dich.«

In seinem Zimmer durchwühlte er einen Beutel und brachte ein Stück Plaidstoff zum Vorschein.

»Das ist das Tartan-Muster unseres Clans, hier ist auch eine Brosche, mit der du es an der Schulter festmachen kannst.«

Verdutzt hielt ich still, als er ein grellbuntes Stück Stoff über mich warf und mich einen Boggs des MacPherson-Clans taufte.

»Denk dran, wenn du einen Schwur brichst, fällst du tot um«, sagte er zum Abschluß.

Ich kuschelte mich in das Plaid und dachte noch einmal über den Tag nach. Am schlimmsten war, daß ich Enochs Blut trinken mußte. Da ich ein Mädchen war, war das Bruderschaftsgelöbnis zwar nicht gültig, aber ich war mir nicht so sicher, ob ich nun tatsächlich Schotte war oder nicht.

Das wäre ein noch schlimmeres Schicksal als der Tod.

II

Am 24. Juni 1189 erreichten wir den Stadtrand von Paris. Als Mönche verkleidet waren wir aus London entkommen. Es regnete heftig, und wir hatten uns zum Schutz Tierhäute übergeworfen. Wir führten Twixt über die unbefestigte Chaussée de Saint-Lazare.

Bisher war die Reise gut verlaufen; Roncevaux hatten wir abgehängt. Ich machte mir allerdings Gedanken über den Verbleib König Heinrichs. Unterwegs hatte ich Engländer und Franzosen gefragt, wo er sich aufhalten könnte, war aber nur ausweichenden Blicken und vagen Ausflüchten begegnet.

Wir kamen im Schneckentempo voran, und es war schon fast dunkel, als wir endlich einen Übergang über die Seine erreichten. Dort stiegen wir ab, um unser englisches Silber in Parisis umzutauschen. Enoch versuchte, den günstigsten Wechsler zu finden. Ich wartete derweil unter einem Schindeldach, wo er mich schließlich zufrieden grinsend abholte. Jetzt wollten wir nach einer Übernachtungsmöglichkeit suchen.

»Ihr seid viel zu spät dran«, sagte ein Geldwechsler gehässig. »Aus Angst vor Räubern und streunenden Studenten werden alle Türen auf der Ile de la Cité bei Sonnenuntergang geschlossen.«

Verächtlich schaute Enoch auf ihn hinab. »Wir haben Euch nicht um Rat gebeten.«

»Falls Ihr Schwierigkeiten habt, was zu finden, versucht's mal bei Madame Annette an der Rive Gauche hinter Petit Pont, dort wohnen viele Studenten. Geht auf der Hauptstraße neben Petit Pont bis zur fünften Straße links, dann bis zum sechsten Haus auf der linken Seite. Ihr müßt dreimal lang und dreimal kurz anklopfen, sagt, daß Jean-David Euch schickt. Sie ist meine Cousine.« Damit knallte er den Fensterladen zu.

»Und bestimmt auch Geschäftspartnerin«, brummte Enoch.

Bald schon liefen wir durch die düsteren Straßen von Paris.

»Sieh dich nach einem Schild oder einer Laterne um, Kleiner.«

Ich hielt die Augen offen, konnte aber kaum was sehen. Der Regen schoß sintflutartig durch die Rinnsteine, und Twixts Hufe versanken immer tiefer im Schlamm. Dann schrie jemand, und ein Eimer Flüssigkeit ergoß sich über unsere Köpfe.

Fassungslos wischten wir die festeren Bestandteile des stinkenden Schauers ab. Enoch entfuhr ein markerschütternder Schrei.

»Laßt mich rein!« rief er zornig und trommelte gegen die Tür. »Laßt mich rein, oder ich bring Euch um! Macht auf!«

Doch die Franzosen ignorierten diesen schottischen Wutausbruch, und Enoch gab schließlich auf. Wir kamen an einen offenen Platz, wo wir uns erst einmal vom Regen säubern ließen. In einiger Entfernung entdeckte Enoch plötzlich ein Licht und rannte darauf zu. Als er wiederkam, kannte er den Weg zu Madame Annette.

Es war mitten in der Nacht, als wir schließlich dreimal lang und dreimal kurz an ihre Tür klopften. Enoch rief: »Madame Annette!«

Nur das Tosen des Regens antwortete.
»Madame Annette, laßt uns um Gottes willen rein. Euer Cousin Jean-David sagte, daß Ihr ein paar Fremde nicht in der Kälte stehenlaßt.«
Nachdem wir eine Weile gewartet hatten, rief ich schließlich auf französisch.
Sofort öffnete sich ein kleines Fensterchen in der Tür. »Sechs Parisis für sechs Monate, Ihr müßt im voraus zahlen.«
»Wir brauchen ein Zimmer für zwei Leute und nur für eine Nacht«, sagte Enoch in ungelenkem Französisch.
»Zwei Leute, das macht zwölf Parisis für sechs Monate, wenn Euch das nicht paßt, könnt Ihr gehen«, sie knallte das Fensterchen zu.
Enoch schrie ganz umsonst, am Ende gab er klein bei. Geld für nichts, spätestens in einem Monat würde ich wieder in England sein, und wenn ich hinschwimmen mußte. Wir führten die Tiere in den Stall und gingen dann ins Haus.
Im schwachen Kerzenlicht der dunklen Vorhalle streckte sich eine weiße Kralle nach unserem Geld aus. Unsere Blicke fielen auf einen weißen Schädel mit spärlichen schwarzen Haarbüscheln und hervorstehenden, schielenden Augen. Wortlos raffte Madame Annette ihre Röcke und lief auf dürren Beinen eine enge Treppe hinauf. In einer kleinen Kammer beugte sich ein junger Mann über einen Tisch, auf dem eine Pergamentrolle lag.
»Das ist der Gemeinschaftsraum«, zwitscherte sie mit hoher Stimme, »und Euer Schlafzimmer ist hier drüben. Da gibt es Betten, einen Nachttopf, und hinter dem Vorhang ist eine Stange für Eure Kleider. Der Topf wird nur einmal in der Woche geleert; es wäre also gut, wenn Ihr die Grube im

Schrank benutzt. Ihr könnt hier im Haus essen, oder ich geb Euch ein Bündel mit. Wein wird extra berechnet.«
Dann ging sie.
»Das war die Königin von Frankreich«, sagte unser neuer Genosse kichernd. »Ich heiße Dagobert du Près, Anatomiestudent aus Poitiers.«
Er war ein seltsamer Kerl: Die Haare standen ab wie Zweige, er hatte keine Augenbrauen und fleischige, violette Lippen.
Enoch fragte in sorgfältigem Französisch: »Ihr seid also Student? Wir wollen das Gesetz studieren. Bei Magister Malcolm von Petit Pont; vielleicht habt Ihr von ihm gehört?«
»Magister Malcolm ist der begehrteste Lehrer seit Abälard«, antwortete Dagobert. »Er unterrichtet allerdings nur die Besten – nicht irgendwelche Studenten.«
Enoch richtete sich auf und sagte mit kalter Stimme: »So ist es. Das ist übrigens mein kleiner Bruder Alex, und ich bin Baron Enoch Angus von Wanthwaite.«
So laut ich konnte, schrie ich: »Das ist eine Lüge! Was für ein räuberischer, dickköpfiger Schotte, so ein Schurke …«
Enoch schleuderte mich auf den Boden des dunklen Schlafzimmers und folgte mir. Ich rappelte mich auf und bearbeitete ihn mit den Fäusten. »Ich bring Euch um, Schlange! Baron von Wanthwaite, ich werd Euch helfen –«
Er hielt mir den Mund zu. »Still, mach nicht so einen Lärm. Du weißt doch, daß der Erstgeborene alles bekommt. Es wäre ja unsinnig, wenn du der Baron wärst und ich der ältere, landlose Bruder.«
Er würgte mich, daß mir fast die Augen aus dem Kopf fielen, doch er ließ nicht locker, und ich gab schließlich auf.

»Bevor Ihr mein Land und meinen Titel stehlen könnt, schlag ich Euch mausetot«, jammerte ich, als er mich endlich losließ.
Er grinste. »Darüber mach ich mir in zwei Jahren vielleicht Gedanken.«
Er zog die zusammengeklappten Betten hinter der Gardine hervor und breitete unsere Matten darauf aus; dann kletterte er ins Bett und schlief bald ein. Ich tauschte hinter dem Vorhang mein nasses Gewand gegen das trockene Plaid und legte mich vor Wut kochend ins Bett.
Mit meiner Geduld war ich am Ende. Ich war jetzt also in Frankreich und mußte den König aufsuchen. Was Enoch betraf, so sollte er doch in eine Abfallgrube fallen, wo er hingehörte.
Als ich aufwachte, war er verschwunden.

12

Verzweifelt rannte ich die Treppe hinunter, um ihn zu suchen. In der Vorhalle war er nicht, ich hastete in den Keller. Dort kroch Madame Annette auf dünnen Spinnenbeinen vor einem Weinfaß herum.
»Habt Ihr Enoch gesehen?«
Ich konnte ihrem Pariser Dialekt kaum folgen, verstand aber, daß Dagobert draußen auf mich wartete. Sie drückte mir zwei Päckchen in die Hand.
»Für Haute Tierce«, sagte sie schroff.
Ich erklomm die Stufen und stand plötzlich im hellen Sonnenlicht.
»Alex, hier bin ich!« Dagobert erschien hinter einem Wagen und lief über die schlammige Straße. »Aha, die Königin hat dir ein Küchlein gebacken, darf ich?« Er roch an den Essenspaketen und schüttelte sich angeekelt.
»*Merde.*«
»Habt Ihr meinen Bruder gesehen, Dagobert?«
»Er hatte es sehr eilig, er wollte Magister Malcolm aufsuchen. Er meinte, du bräuchtest deinen Schlaf. Ich soll dich zu ihm führen.«
»Danke«, sagte ich schüchtern. Ich nahm die frische, von Blumenduft geschwängerte Luft wahr und die Sonne, die durch neue Blätter fiel und die Welt in hellgrünes Gold tauchte.
»Keine Ursache, ich habe jetzt selbst eine Vorlesung.« Er

musterte mich mißtrauisch. »Willst du auch Heilkunde praktizieren?«
»Nein«, erwiderte ich, überrascht von seiner angriffslustigen Stimme.
»Verzeih mir, aber das muß ich fragen. Es gibt so viele Scharlatane, man kann gar nicht vorsichtig genug sein. Zur Zeit betrachten wir das Innere des Körpers. Weißt du zum Beispiel, wie dein Essen verdaut wird?«
Das wußte ich allerdings nicht.
»Normalerweise ist der Magen kalt. Wenn wir etwas essen, wird die Leber von unten entzündet und die Nahrung erhitzt. Verstehst du? Ist die Flamme zu niedrig, muß der Patient scharfe Speisen und Kräuter zu sich nehmen, um die Leber wieder zu entzünden.«
Sein teigiges Gesicht lief vor Begeisterung rot an. Durch seine Freundlichkeit ermutigt, stellte ich ihm meine übliche Frage.
»Es ist sicher großartig, in Paris zu studieren. Mich führt aber ein anderer Grund her, ich suche den englischen König. Wißt Ihr vielleicht, wo er sich zur Zeit aufhält?«
»Nein, ich weiß nicht, wo er ist.« Mit gesenktem Kopf lief er weiter.
Enttäuscht folgte ich ihm.
»Aber ich kenne eine, die es vielleicht weiß«, sagte er. »Die dicke Giselle. Hast du von ihr gehört?«
Ich schüttelte den Kopf.
»Na ja, vielleicht kennt man sie in England nicht. Hier ist sie sehr berühmt.« Er lächelte und entblößte blasses Zahnfleisch. »Ich führ dich zu ihr.«
»Macht Euch keine Mühe. Wenn Ihr mir nur sagt, wo sie wohnt …«

»Nein, nein, das macht mir keine Mühe, und du bist ja noch so jung.«
Ich wußte zwar nicht, was das damit zu tun hatte, aber bevor ich ihn fragen konnte, entdeckten wir Enoch.
»Äh, Dagobert, tut mir bitte einen Gefallen, erzählt Enoch nichts von der dicken Giselle. Ich möchte ihn gern überraschen.«
»Ich schwöre es beim heiligen Martin«, sagte er und drückte meine Hand.
Enoch kam uns bereits entgegen.
»Ihr seid ja so lahm wie zwei Bären im Winter. Alex, geht's dir besser? Du warst gestern so erschöpft.«
Er lief auf dem kleinen Grasstreifen inmitten des Weges neben uns her. Wir erreichten die geschäftige Rue de St. Jacques, und Dagobert erzählte uns vom Pariser Studentenleben. Es gab etwa siebentausend Studenten in Paris; altersmäßig bewegten sie sich zwischen zwölf und achtzig Jahren und kamen aus aller Herren Länder.
Auf einer schmalen Brücke drängten wir uns zwischen Händlern und Winzern hindurch, die Weinproben anboten; Studenten umlagerten Körbe mit geräuchertem Aal, Schweinelenden und Kapaun; alles aß und redete. Inmitten dieses Durcheinanders unterrichteten Lehrer, die in engen Durchgängen oder auf Plattformen standen.
»Da!« rief Dagobert und zeigte auf eine kleine Gasse. »Dort unterrichtet Magister Malcolm.«
Damit verschwand er.
Enoch hielt mich am Arm fest, und wir bahnten uns einen Weg zu einer Bank am Ufer der Seine. Wir sahen den Kindern zu, die im Fluß nach Münzen tauchten. Kaum hatten

wir uns niedergelassen, wurde die kleine Insel von lautem Glockengeläut erschüttert; ganz Paris schien aus Glockentürmen zu bestehen. Wir senkten die Köpfe zum Gebet und sahen wieder auf, als es still war. Auch die hämmernden Glocken der neuen Kathedrale von Notre-Dame waren verstummt.

Madame Annette hatte uns ein Schälchen Pudding und verschiedene Früchte in grobes Leinen gepackt. Gesättigt gingen wir schließlich zur Exedra. Wir erhoben uns, als Magister Malcolm, ein alter Mann mit leicht vorgebeugten Schultern und blendend weißem Haar, auf das Podest zuschlurfte. Trotz der Hitze war er in vollem Ornat; er trug einen roten, mit grauem Fell besetzten Umhang, auf den dicken Locken saß ein seltsames Brett mit einer goldenen Troddel. Zwei Studenten halfen ihm auf die Plattform, er bekreuzigte sich, ergriff einige pergamentene Blätter und leierte ein schnelles Gebet herunter.

Plötzlich fiel sein Blick auf Enoch. »Bei Gott!« rief er mit starker, jugendlicher Stimme. »Baron Enoch!«

Wie ein junger Hirsch sprang er von der Plattform und eilte auf uns zu. *Baron* Enoch? Was sollte das bedeuten? Dann wurde mir alles klar: Enoch hatte Malcolm eine Nachricht über Wanthwaite zukommen lassen! Ich sah zu, wie der alte Lehrer den Grobian unter Tränen umarmte.

Die beiden unterhielten sich in einer fremden Sprache, bis die Studenten ungeduldig wurden. Magister Malcolm riß sich los, seine Hand verweilte kurz auf Enochs Arm. So hatte ich Enoch noch nie gesehen, er war ganz hingerissen, als hätte er einen Heiligen im Arm gehalten.

Nun erscholl Magister Malcolms Stimme laut wie Donnergrollen. Ausführlich erzählte er vom Römischen Recht und dem Recht der Franken. Danach hielt er inne, um Fragen zu beantworten. Ich blickte mich um; die Studenten waren alles Männer, darunter viele Geistliche. Ich war ganz benommen und merkte gar nicht, daß die Vorlesung vorbei war.

Außer Magister Malcolm, Enoch und mir waren alle gegangen.

»Das ist mein neuer Bruder, Malcolm«, sagte Enoch.

Die scharfen Augen des alten Mannes ruhten lange auf mir. Er betrachtete mich, als wolle er mein Herz ergründen, dann berührte er sanft meine Wange. »Ein lieber Junge, ein lieber Junge. Du bist sehr traurig, nicht wahr? Bitte Jesus um Hilfe; er wird die Last von dir nehmen, du weißt doch, daß deine Eltern im Himmel sind.«

»Ja, ich weiß.« Das heißt, sie waren im Fegefeuer, bis ich Wanthwaite wieder in Besitz hatte. Ich schielte zu Enoch hin. Hatte er alles erzählt?

»Und jetzt hast du einen Bruder, einen ganzen Clan, der dich liebt.«

»Aye«, sagte ich unbeeindruckt.

»Enoch sagt, du möchtest mit ihm meine Rechtsvorlesung besuchen. Sie ist wahrscheinlich zu schwer für dich, aber du kannst gern zuhören.« Er lächelte so herzlich, doch ich durfte ihm nicht trauen, denn er war ja auf Enochs Seite.

Enoch sprach jetzt wieder schottisch, und Malcolms Augen wurden noch sanfter.

»Armes Kind. Laß dich nicht von Kummer und Übel aufzehren. Verbanne Haß und Rachegefühle aus deinem Herzen. Gottes Güte ist dir schon zuteil geworden, denn Er hat dir Enoch gesandt.«

»Ja, Sir, ich weiß. Danke.« Meine Augen wanderten zu »Baron« Enoch, und mein Herz wurde augenblicklich von Haß und Rachegefühlen erfüllt. Er wollte das Gesetz studieren, um Wanthwaite zu bekommen. Zur Hölle mit ihm!
»Warum nennt Magister Malcolm Euch *Baron* Enoch?« fragte ich ihn auf dem Heimweg.
»Das ist mein Name.«
»Ihr seid kein Baron!« schrie ich. »*Ich* bin der Baron.«
»Ich bin Baron von Dingle-Boggs«, sagte er blasiert.
Ich blieb auf der Stelle stehen. »Ihr lügt, und das wißt Ihr auch. Dingle-Boggs gibt's überhaupt nicht.«
»Doch, ich bin ein Boggs von Dingle-Boggs, Baron der ganzen Grafschaft.«
»Denkt Ihr, ich hätte vergessen, daß Ihr der jüngste Bruder seid?«
»Stimmt – oder besser, war ich. Meine beiden älteren Brüder starben vor einiger Zeit.«
»Starben?«
»Aye –« anzüglich grinsend beugte er sich über mich »– an den Blattern.« Er lachte laut über seinen makabren Witz.
»Wenn das stimmt, habt Ihr doch Land!« schrie ich.
»Ja, ein ganzes Stück.«
»Was wollt Ihr dann mit Wanthwaite?«
Seine Augen glitzerten hitzig. »Dingle-Boggs besteht nur aus Fels und Moor. Ich brauche fruchtbares Land unter der Korngrenze: Wanthwaite zum Beispiel. Und das werd ich auch bekommen!«
Ich wollte schnellstens die dicke Giselle aufsuchen. Ich mußte König Heinrich finden; je eher, desto besser.

13

Es war gar nicht so leicht, diesen Plan in die Tat umzusetzen, denn Enoch war ständig an meiner Seite. Die Rechtsvorlesung nahm viel Zeit in Anspruch, und Enoch hatte uns auch für die Logikvorlesung bei Magister Roger eingeschrieben, einem Schüler Abälards und einem anregenden, wenn auch ketzerischen Lehrer; Enoch studierte außerdem die neue arabische Mathematik.

Schließlich kam es doch einmal zu einer kurzen Unterredung mit Dagobert; er wollte mich zur dicken Giselle führen, wenn Enoch Malcolm allein einen Besuch abstattete.

Endlich war es soweit, und ich schlenderte wieder einmal mit Dagobert durch die Straßen; mich überlief ein köstlicher Schauder bei dem Gedanken, Enoch zu hintergehen.

Wir erreichten die dünner besiedelten Pariser Vororte; Dagobert bog von der Rue St. Jacques ab und in eine alte römische Straße ein, die von Gehölz und verfallenen Häusern umgeben war. Wir hielten schließlich vor einem grellrosa gestrichenen Haus an einer Kreuzung an. Im Hof dösten Pferde und Pferdepfleger. Aus dem Haus schallte lautes Lachen, Gesang und Flötenmusik. Giselle schien tatsächlich sehr bekannt zu sein. Zögernd folgte ich Dagobert; ohne Enoch war ich noch nie einer größeren Menschenmenge entgegengetreten.

Wir kamen zu einem Hof, der auf allen Seiten von zweigeschossigen Gebäuden umgeben war. Die Räume in der zweiten Etage hatten Balkone. Ein Baldachin lag zusammengerollt auf einem Dach, heute strahlte der freie Himmel. Mir fielen sofort der blühende Garten, die Weinranken und die überquellenden Blumentöpfe auf.

Die Menschen waren jedoch noch greller und bunter als die Natur. Studenten grölten herum, dreiste Frauen trugen Kleider in allen Farben des Regenbogens. Auch Soldaten und Händler waren da, und – zu meinem Erstaunen – Geistliche. Der Duft verbrannten Honigs, gegrillten Kapauns, von Ale und Wein lag in der Luft. An den Wänden waren riesige, lasterhafte Fresken; errötend wendete ich den Blick ab. Von dem Stimmengewirr wurde ich ganz benommen und wäre fast in ein versenktes Wasserbassin gefallen, in dem sich eine nackte, rosige Frau und ein ebenfalls nackter, kahlköpfiger Mann räkelten.

Langsam dämmerte mir, in welch lasterhaftem Haus ich mich befand; ich zog an Dagoberts Umhang. »Dagobert, bitte, ich glaube, ich sollte lieber nach Hause.«

Er schenkte mir keine Beachtung und zog mich weiter zu einer korpulenten, in Schwarz gekleideten Frau in der Ecke. Wir wühlten uns durch die Gäste, und ich hörte irgendwann auf, die Kniffe in meinen Hintern zu zählen. Giselle stritt sich mit einem Studenten, der seinen Mantel beim Würfeln eingesetzt hatte und ihn jetzt nicht hergeben wollte. Das konnte noch eine Weile dauern. Ich widmete meine Aufmerksamkeit einer talentierten Sängerin, leider war sie kaum zu hören.

Sie war zierlich, fast so klein wie ich, und zu farblos, um hübsch zu sein. Ihre Stimme hallte durch den Hof. Einige riefen über den Lärm hinweg: »Berthe! Berthe! Berthe soll singen!«

Sie lächelte wohlwollend, hob die Arme und lud die Gäste zum Mitsingen ein. Die Menge tobte, jubelte und stieß mit Bierhumpen an. Dagobert und ich sahen befremdet zu, dies übertraf alle Studentenfeiern. Plötzlich wurden wir von zwei schwarzen Armen umschlungen und an Giselles weichen Körper gepreßt.

»Ist das nicht schön?« fragte sie erregt.

»Was ist denn los? Warum diese Aufregung?« fragte Dagobert.

»König Heinrich ist tot! Richard ist jetzt König von England!«

Ich fiel in Ohnmacht.

Als ich wieder zu mir kam, lag ich unter einem Baum, mein Kopf im Schoß des Mädchens, das so schön gesungen hatte. Hinter ihr standen Giselle und Dagobert, vom Spiel der Sonne in den Blättern über ihnen wurde mir ganz schwindlig; ich schloß schnell wieder die Augen. Aus der Ferne erklang lauter Lärm.

»Ich glaube, er ist bei Bewußtsein«, sagte Berthe. »Alex, hörst du mich?«

Sie berührte meine Wange, doch ich wollte nicht aufwachen, diese schrecklichen Worte durften nicht wahr sein. Was sollte nun aus mir werden? Wie sollte ich ohne König Heinrich Wanthwaite jemals zurückbekommen?

Am Geruch ihres Rosenwassers erkannte ich, daß Giselle neben mir kniete.

»Komm schon, Jungchen, es ist alles in Ordnung. Du bist nicht verletzt. Trink das hier.«

Ich nippte an der brennenden Flüssigkeit.

»Geh zurück zu deinen Freunden, Dagobert. Wir kümmern uns um Alex.«

Ich öffnete die Augen. Berthe lächelte mir zu. Die dicke Giselle war jetzt auch viel sanfter als während des Streits mit dem Studenten. Mit großen braunen Augen blickte sie mich freundlich an; sie trug eine schwarze Tunika, die bis zu den Brustwarzen ausgeschnitten war.

»Was für ein süßer Pfirsich«, sagte sie. »So einen schönen Jungen hab ich noch nie zu Gesicht bekommen. Schau dir diese Haut an, Berthe, diese Augen. Hast du noch all deine Zähne, Alex?«

Ich nickte.

Berthe lächelte. »Es ist eine Schande, so viel Schönheit an einen Jungen zu verschwenden.«

»Auch Jungs sind zu manchem nütze», erwiderte Giselle und streichelte meine Wange. »Du fühlst dich doch schon besser, oder? Möchtest du jetzt gerne reden? Dagobert sagte, du wolltest etwas über König Heinrich erfahren.«

Ich vergrub mein Gesicht an ihrem Busen. Die Frauen schwiegen, während ich Giselles stetigem Herzschlag lauschte. Dann fragte Berthe, ob ich mir vielleicht ihre Menagerie ansehen wollte: Sie hatten Affen, einen Bären und Katzen aus Afrika. Ich nickte und rappelte mich auf. Giselle betrachtete mich prüfend von oben bis unten, als wäre ich ein Zuchtpferd; sie bog meinen Kopf zur Seite, hob das Haar hoch und begutachtete meine Ohren. Dann zog sie meine Oberlippe hoch und zählte meine Zähne. Diese merkwürdige Bestandsaufnahme befremdete mich. Die mütterliche Fürsorglichkeit hatte sie verloren; jetzt fielen mir die dicken Tränensäcke unter ihren Augen und die strengen Linien um ihren Mund auf sowie ihre groben Hände.

Auf dem Weg zur Menagerie plapperte Berthe fröhlich: »Das

hier ist Zizkas Jongleurschule, seine Tiere werden von Tue-Bœuf und dessen Frau Pax dressiert.«
»Wer ist Zizka? Und was ist eine Jongleurschule?« fragte ich schüchtern.
Berthe erklärte mir, daß Zizka der beste Jongleur Frankreichs war und oft vor Königen auftrat. Außerdem kannte er viele berühmte Troubadoure. Er kannte auch alle Heldenepen, zum Beispiel die neue Geschichte von König Artus und dessen Tafelrunde. Ob ich seine berühmte Bibliothek sehen wollte?
Ich nickte.
Die Bibliothek befand sich in einer großen Hütte, die gleichzeitig Zizkas Zuhause war. Er selbst war gerade nicht da. So viele ledergebundene Bände hatte ich noch nie gesehen; war dieser Zizka vielleicht ein Magier? Eine Sammlung von dieser Größe hatte bestimmt nicht einmal Magister Malcolm. Plötzlich wollte Giselle wissen, ob ich singen konnte.
»Ja, schon«, antwortete ich unsicher. Ich konnte wohl die Antwortstrophen in der Kirche mitsingen und die keltischen Weisen, die meine Mutter mir beigebracht hatte, doch so gut wie Berthe war ich nicht.
Als nächstes wollten wir uns den Bären Belle-Belle ansehen. Die Menagerie war zwar unterhaltsam, doch die menschlichen Aktivitäten interessierten mich mehr. Über einem Strohballen übte eine Zwergenfamilie einen gefährlichen Balanceakt. Noch furchteinflößender war allerdings eine Seiltänzerin ohne schützende Strohballen. Sie hatte eine lockige schwarze Mähne und scherte sich weder um Sicherheit noch um Keuschheit; man konnte direkt unter ihren Rock sehen.
»Das ist Dangereuse«, sagte Giselle.

»Was für ein passender Name«, erwiderte ich fröhlich.
Plötzlich bemerkte ich zu meiner Linken merkwürdige Gestalten.
Giselle bemerkte meine Verwunderung und sagte: »Das sind Taschendiebe. Sieh nur, wie wandlungsfähig sie sind. Man braucht Jahre, um so überzeugend zu humpeln wie die Pietres. Und dort sind die Sabuleux, mit der Seife sehen sie aus, als hätten sie Schaum vorm Mund. Die Francs-Mitoux dort drüben üben das Fallen, in der Öffentlichkeit täuschen sie Ohnmachten vor. All diese gewinnbringenden Künste werden in den Familien weitergegeben. Andere Betrügereien, wie das Fälschen von Dokumenten, kann man auch später noch von einem guten Meister lernen. Es gibt so viele Möglichkeiten wie gutgläubige Dummköpfe.«
Sie sagte das alles derart beiläufig, daß ich gar nicht gleich merkte, wovon sie eigentlich sprach. Doch plötzlich wurde mir bewußt, welche Betrügereien sie meinte, und ich wandte mich entsetzt ab. Heiliger Benedikt, ich mußte weg hier!
»Wo ist Dagobert? Ich muß zurück zu meinem Bruder«, sagte ich.
Mit eisernem Griff hielt sie mich am Arm fest. »Bald. Zuerst wollen wir über dein Anliegen reden.«
»Das ist gar nicht mehr nötig« – und ich sprach die fürchterlichen Worte aus – »jetzt, da König Heinrich tot ist.«
Doch ich mußte ihr in ein Zimmer folgen, Berthe blieb zurück. Sie preßte aus mir heraus, daß ich mit einer Nachricht meines toten Vaters unterwegs war; da der König nun aber tot war, hatte sich das allerdings erledigt. Ich hatte die ganze Sache eigentlich noch nicht aufgegeben, aber von hier wollte ich unbedingt fort.

»Warum muß es unbedingt König Heinrich sein? Warum willst du nicht mit König Richard reden?«
»Ich weiß nichts über ihn«, erwiderte ich besorgt. »König Heinrich hätte sich bestimmt an meine Familie erinnert, da einige meiner Vorfahren ihn im Krieg gegen den schottischen König unterstützt haben.«
Sie hob skeptisch die Augenbrauen. »Heinrich hatte viele Soldaten. Richard würde die Nachricht sicher genauso zu würdigen wissen, vielleicht sogar noch mehr. Richard ist ein sehr edler Mann, ganz und gar der Sohn Eleonores.«
Ich starrte auf die schwarzen Vorhänge, die sich hinter ihr im Wind bauschten, und versuchte, mich an die veränderten Umstände zu gewöhnen. Mein Vater hatte so eindrücklich von König Heinrich gesprochen. Ich durfte Enoch nie erzählen, daß mein Großvater mit von der Partie gewesen war, als König Heinrich den schottischen König gefangennahm. Durch den Sieg fühlte Heinrich sich von Gott bestätigt, ließ einen nationalen Feiertag ausrufen und schickte jedem englischen Adligen ein Empfehlungsschreiben, ebenjene Schriftrolle, die ich bei mir trug. Ob man Richard damit begeistern konnte, war fraglich, denn er hatte ja gegen seinen eigenen Vater gekämpft. Abgesehen davon würde er aber vielleicht doch das englische Gesetz würdigen und mir Wanthwaite trotz allem zurückgeben.
Giselle unterbrach meine Gedanken. »König Richard ist ein außerordentlich gerechter Mann. Außerdem ist es für einen neuen König immer von Vorteil, wenn er großzügiger als der alte erscheint.« Sie spielte mit meinen Locken. »Ich weiß nicht, was dich zum König führt, Alex. Ich kann dir aber versprechen, daß ich mich dafür einsetzen werde, daß du eine

private Audienz bei ihm bekommst. Bald trifft Zizka Ambrosius, vielleicht kannst du mit ihm gehen. Wenn du willst, frag ich ihn.«

»Wer ist Ambrosius?« fragte ich vorsichtig.

»Richards Troubadour und Zizkas ältester Freund.«

»Ich – ich denk drüber nach.«

»Tu das, aber laß dir nicht zuviel Zeit und bilde dir nicht ein, daß es einen anderen Weg gibt. Ohne Ambrosius' Hilfe kannst du nicht zu König Richard gelangen, denn der hat jetzt genug zu tun, zumal er sich auf den Kreuzzug vorbereiten muß. Audienzen gibt's nur für wichtige Leute. Dir bietet sich eine besonders glückliche Gelegenheit, mein Junge.«

»Danke, Ihr seid – Ihr seid sehr freundlich. Ich melde mich wieder«, stotterte ich. »Würdet Ihr mich jetzt bitte zu Dagobert bringen?«

Auf dem Heimweg gingen mir ihre Worte durch den Kopf. Ich wurde immer melancholischer; mit dem Tod König Heinrichs waren meine Hoffnungen, Wanthwaite zurückzubekommen, sehr geschrumpft. Und zum neuen König vorzudringen war fast unmöglich. Zudem konnte Richards baldiger Kreuzzug ins Heilige Land Jahre dauern. Was war er überhaupt für ein Mensch? Ich wollte alles über ihn herausfinden; aber leider war es wohl ziemlich gleichgültig, welchen Charakter Richard hatte, da ich ihm wahrscheinlich sowieso nie begegnen würde.

14

Zuerst wollte ich Giselles Angebot nicht annehmen. Weshalb hatte solch eine merkwürdige Person Zugang zum König? Aber sie war meine einzige Chance.

Enoch wollte eines Nachmittags allein mit Magister Malcolm speisen und schickte mich nach Hause.

»Mach dir keine Sorgen, falls es spät wird«, sagte er.

Ich verabschiedete mich schnell und hoffte, Dagobert in seinem Zimmer vorzufinden. Das Schicksal war mir wohlgesinnt; ich bat ihn, mich noch einmal zu Giselle zu führen.

Es war drückend und schwül, ein dunkler Himmel hing über uns. Die Stechmücken waren besonders lästig, sicher würde bald ein Gewitter aufziehen. Auf halbem Weg fielen plötzlich dicke Tropfen. Die Baumwipfel schaukelten im Wind, und heftiger Regen prasselte nieder. Wir hatten gerade das rosa Haus erreicht, als das Gewitter vollends losbrach.

Die Bediensteten brachten Tische und Speisen vorm Regen in Sicherheit. Giselle war nirgends zu sehen; ein Diener sagte, sie befände sich in ihrer Kammer.

»Soll ich mitkommen?« fragte Dagobert und schielte zum Würfeltisch.

»Nein, nein. Amüsiert Euch ein bißchen. Ich bin gleich wieder zurück.«

Als ich die Treppe zu Giselles Kammer hinaufging, zuckte ein weißer Blitz am Himmel, krachender Donner folgte. Ich klammerte mich an die Balustrade. Ich klopfte laut gegen Giselles Tür und versuchte, den Donner zu übertönen.

Es tat sich nichts, doch ich meinte, Stimmen zu vernehmen. Ich hatte bestimmt ein halbes dutzendmal geklopft und gab schließlich auf. Entweder war tatsächlich niemand da, oder sie konnten mich einfach nicht hören. Erschöpft lehnte ich mich an die Tür und schaute zum Himmel auf. Just in diesem Moment riß jemand die Tür auf, und ich fiel rückwärts in Giselles Kammer!

Erschrocken blickte ich nach oben, über mir befanden sich drei Gesichter und sechs Brüste. Drei splitternackte Frauen! Die dicke Giselle zog mich am Haar hoch. »Was fällt dir ein, in meinen Privatgemächern rumzuschnüffeln?«

»Au!« schrie ich. »Ich hab ja geklopft, aber …« Vor Schmerz konnte ich nichts mehr sagen.

Sie ließ locker. »Du bist doch der Junge, den ich für Zizka ausgesucht habe?«

»Ihr habt gesagt, ich soll wiederkommen«, jammerte ich mit tränenerstickter Stimme.

Sie ließ mich los, und die Damen musterten mich. Ich beäugte ebenfalls ihre sehr unterschiedlichen Körper. Giselles Speckfalten sahen aus wie herunterlaufendes Kerzenwachs. Neben ihr stand eine schöne, große Frau mit goldschimmerndem Körper. Die dritte, ein kleines verhutzeltes Frauchen, hatte einen flachen Hintern und hängende Brüste. Sie sprach als erste.

»Was machen wir jetzt mit ihm?«

»Ein schöner Junge. Er hat Angst«, sagte die Goldene und tätschelte meine Wange.

Die beiden wandten sich an Giselle, die mich eindringlich

musterte. »Ich hab einfach immer recht. Und ein scharfes Auge dazu. Sieht er nicht aus wie Amor persönlich?«
Die beiden nickten zustimmend.
Die dicke Giselle seufzte. »Ich werde ihn Zizka vorstellen. Machen wir mit unserem Ritual doch ruhig weiter, jetzt hat er schon so viel gesehen. Natürlich muß er Verschwiegenheit geloben. Das ist besser, als wenn wir ihn wegschicken und er alles ausplaudert. Was hältst du davon, Margot?«
Die Kleine sagte: »Ja, nageln wir ihn fest.«
»Tullia?«
»Ja, soll er ruhig schwören.«
Ich fühlte mich gleich besser. »Ich schwöre, daß ich nicht –«
»Du schwörst, wenn ich es dir sage«, unterbrach mich Giselle schroff. »Setz dich hin und halt den Mund. Alexander, stimmt's?«
»Ja, Alexander von Wanthwaite«, sagte ich kleinlaut.
Giselle schob mich in die Ecke neben dem Kamin und drückte mir eine Tasse Glühwein in die Hand. Die drei Frauen räkelten sich gemütlich auf dicken Kissen und unterhielten sich leise.
Nach einer Weile wandten sie ihre Aufmerksamkeit mir zu. Das Gewitter nahm an Stärke zu, die schwarzen Vorhänge bauschten sich im Wind, und der Donner grollte wie ein bissiger Hund. Die nackten Frauen erhoben sich und starrten auf mich herab.
»Soll er für Ambrosius sein?« fragte Margot nach einiger Zeit.
Giselle nickte.
»Ist er nicht zu jung?«
»Unsinn, Bernardo war erst acht. Wie alt bist du, Alexander?«
»Acht, Madame.«

Tullia beugte sich vor und griff in meine Locken. »Alexander der Große, wie passend. Ist er nicht goldig?«
Obwohl ich mir wie ein Stück Fleisch vorkam, genoß ich ihre Bewunderung.
»Ich möchte ihn zu Zizka bringen, solange es noch hell ist«, sagte Giselle. »Kürzen wir unsere Zeremonie doch einfach etwas ab.«
Sie verschwand hinter einem Vorhang und kam mit drei schwarzen Kerzen wieder. Sie steckte sie in einen Kerzenständer und zündete sie an. Unterdessen streuten die anderen beiden irgendein Pulver in den Wein. Dann bildeten sie einen kleinen Kreis und sangen ein Lied, mit dem sie den Teufel beschworen. Heiliger Benedikt! Das waren Hexen!
Ich rannte auf die Tür zu, doch Giselle erwischte mich am Haar und zog mich zurück, daß mein Hals knackte.
»Nein, das wirst du nicht, mein Junge. So genau wolltest du es gar nicht wissen, stimmt's? Dir geschieht nichts, wenn du tust, was wir sagen, aber du mußt schwören –«
»Ich schwöre ja! Laßt mich los!« Ich schrie, aber sie zwang mich auf die Knie, ich kauerte in einem Käfig aus Frauenbeinen.
»Du schwörst vorm Teufel persönlich und wirst mit deiner Seele bezahlen, wenn du das Gelöbnis brichst!«
Giselle zerrte hinter dem Vorhang eine Ziege mit gelben Augen hervor. Zwischen den kurzen Hörnern befestigte sie eine schwarze Kerze, dann fielen die Frauen vor dem Tier auf die Knie.
Margot sprach als erste, sie verbeugte sich dreimal.
»Gelobt sei der gefallene Engel Luzifer, Freund aller Frauen und Besitzlosen, ich schwöre dir ewigen Gehorsam.«

Darauf hielt sie mit einer Hand den Ziegenschwanz fest und küßte das Tier auf den Hintern.
Deus iuva me, heilige Maria, Sankt Georg, Sankt Martin, bitte, bitte, das erwarteten sie doch wohl nicht auch von mir? Mein Herz pochte so gewaltig, daß ich hoffte, ich würde in Ohnmacht fallen. Doch das geschah leider nicht, und ich wagte es nicht, diesen Frauen eine Ohnmacht vorzutäuschen.
Margot erhob sich, und nun war Tullia an der Reihe.
»Gott der irdischen Welt, gepriesen seist du! Schenk mir eine einfache Geburt und laß meinen Körper geschmeidig sein, damit er bald wieder seine frühere Form annimmt. Ich danke dir.«
Sie preßte ihre Lippen fest gegen das stinkende Hinterteil.
Giselle sprach sehr schnell: »Herr, beschütze mich auch weiterhin vor den giftigen Fängen der korrupten römischen Kirche. Ich danke dir.«
Jetzt kniete ich vor Satans eckigen, verschmutzten Hinterbeinen. Ich konnte kaum atmen, aber nackte Füße stießen mich voran.
»Laß meine unsterbliche Seele zur Hölle fahren, falls ich je ein Sterbenswörtchen von alldem verraten sollte. Nun mach schon, Alexander«, fauchte Giselle.
Ich schloß die Augen und dachte an Wanthwaite; mir schnürte es die Kehle zu, in meinem Kopf drehte es sich. Schnell wischte ich mit dem Ärmel über die besagte Stelle, hielt die Nase zu und küßte den Hintern der Ziege.
Auf einmal war alles vorbei, die Ziege wieder hinter dem Vorhang, die Hexen verschwunden und die dicke Giselle wieder angezogen. Draußen prasselte eisiger Regen auf mich nieder, und ich fing ihn dankbar mit offenem Mund auf, um

den Ziegengeschmack wegzuspülen. Giselle steckte mich unter ihren Umhang, und wir eilten quer über den Hof zu Zizkas Hütte.

Ohne anzuklopfen, traten wir ein; dort saßen zwei Männer an einem Schreibtisch. Die vielen brennenden Kerzen machten den Raum fast taghell. Giselle wrang das Wasser aus ihren Kleidern und fuhr mir durchs Haar. Ohne große Umschweife sagte sie: »Hier ist der Junge, von dem ich Euch erzählt habe, Zizka. Ich hoffe, Ihr habt noch keinen anderen für die Stelle.«

Welche Stelle? Welcher andere? Ich starrte Zizka an, der sich unwillig von seiner Arbeit losriß und auf uns zukam. Er war groß und wie ein Mönch gekleidet. Er hatte tiefliegende Augen und schwarzes Haar, das ungeordnet in die Höhe stand. Seine Haut war blaß und das spitze Kinn viel zu lang für sein Gesicht. Hinter ihm erhob sich ein merkwürdiges, zweigeteiltes Wesen: Auf einer Seite hatte er eine Glatze, auf der anderen braune Haare, sein Gesicht war zur Hälfte rot, zur Hälfte weiß angemalt, die gleichen Farben wiederholten sich in der Tunika und in der Hose. Grinsend starrte er mich ohne Unterlaß mit großen, unheimlichen Augen an. Zizka winkte mich zu sich.

»Komm näher, mein Junge; ich seh nicht sehr gut. Giselle hat mir nur Gutes von dir erzählt.«

Ermutigt von seiner freundlichen Stimme trat ich ins Kerzenlicht. Zizka kniff die Augen zusammen und rief auch den anderen Kerl zu sich: »Komm her. Wäre er nicht ein guter Amor? Das ist ehrlich beste Qualität.«

Der andere nickte begeistert.

»Wie heißt du, mein Junge, und wo kommst du her?«

»Ich heiße Alexander Wanthwaite, mein Herr. Ich bin nur zu

Besuch in Paris. Mein Bruder und ich studieren hier, wir sind aus ...«
»Aragon?« fragte er und fuhr über mein Plaid.
Ich überlegte kurz und hielt es für klüger, nicht die Wahrheit zu sagen. »Nein, aus Schottland.«
»So, so, kein Wunder, daß ich dich nicht einordnen konnte. Ich hielt Schottland immer für ein barbarisches Land, in dem es nur rauhe, haarige Gestalten gibt, die mit Knüppeln werfen. Da habe ich mich wohl getäuscht.«
Natürlich hatte er recht, doch ich widersprach ihm nicht.
»Erzähl mir von deinen Studien, Alexander.«
Mittlerweile fühlte ich mich ganz wohl und erzählte vom Kirchenrecht, vom Zivilrecht, von Logik, Universalismus und Nominalismus, fügte sogar noch einige medizinische Weisheiten an, die ich von Dagobert aufgeschnappt hatte. Zizka musterte mich die ganze Zeit eindringlich.
»Ihr habt recht, Giselle, er ist sogar noch besser als Bernardo. Nichts ist so aufregend wie eine Knospe kurz vorm Erblühen. Das bißchen Intellektualität macht ihn sogar noch delikater.«
»Hab ich's Euch nicht gesagt?« fragte sie triumphierend.
»Also, Alexander, du möchtest in meine Truppe aufgenommen werden?«
»Nein, Sir. Ich möchte König Richard treffen. Giselle sagt, Ihr könnt das arrangieren.«
Zizka warf Giselle einen fragenden Blick zu.
»Ich hatte noch keine Gelegenheit, mit ihm zu reden«, erklärte sie und sah mich verärgert an. »Wie hast du dir das gedacht? Daß wir Audienzen mit dem König wie Almosen verteilen? Natürlich mußt du dir so eine Audienz erst verdienen.«

»Kein Grund, ihn so anzufahren«, sagte Zizka sanft. »Alexander will bestimmt gern mit uns zusammenarbeiten. Ambrosius, Hoftroubadour und Geschichtsschreiber, hat mich und meine Truppe nach Chinon gebeten, um König Richard etwas vorzuführen, bevor er ins Heilige Land aufbricht. Ambrosius möchte, daß ich ein bestimmtes Stück aufführe, in dem früher ein zierlicher, hübscher Junge mitspielte. Der Junge von damals ist mittlerweile natürlich längst erwachsen. Ich muß die Rolle also mit einem neuen Jungen einstudieren. Wenn du ein bißchen singen kannst, wärst du genau richtig. Was hältst du davon? Hast du Lust?«

Es hörte sich alles so einfach an – und eine Audienz schien sicher.

»Ja, natürlich«, stimmte ich eifrig zu.

Plötzlich erbebte die Hütte, der Schreibtisch hüpfte, und einige Kerzen fielen zu Boden. Brüllend wie ein Stier rannte Enoch herein.

»Wo ist die Schlampe, die meinen Bruder entführt hat?« Mit erhobener Axt rannte er auf Giselle zu.

Doch die Taschendiebe, die hinter ihm herjagten, hielten ihn fest. Hinter ihnen tappte Dagobert, der mir zu verstehen gab, daß er mich nicht verraten hatte. Dann war es bestimmt Madame Annette gewesen.

Zizka stemmte die Hände in die Hüften und trat auf Enoch zu, um ihn genauer zu betrachten.

»So hab ich mir einen Schotten schon eher vorgestellt. Ja, ein wahrer Wilder.«

»Geht zur Seite, oder ich schlag Euch tot! Alex, komm her!«

Ich stellte mich neben ihn. »Das ist mein Bruder Enoch, mein

Herr. Ihr könnt Euren Männern sagen, sie sollen ihn loslassen. Er ist harmlos.«
»Harmlos soll ich sein? Wenn diese Kerle nicht schon so alt wären, würde ich ihre Eier zu Staub zermalmen. Und du, du Süßholzraspler, mit deinem unschuldigen Gesichtchen, du bist der undankbarste Kerl von allen! Dir werd ich zeigen, wie harmlos ich bin!«
Er war jetzt wieder frei, und ich lächelte Zizka dankbar an. Von mir aus hätten sie Enoch ruhig den Schlangen zum Fraß vorwerfen können. Trotzdem war ich froh, daß wir jetzt quitt waren, denn eben hatte ich *sein* Leben gerettet.
»Komm, wir gehn nach Hause.«
Ich rührte mich nicht vom Fleck.
»Man kann Euch gratulieren, Master Wanthwaite«, sagte Zizka gelassen. »Euer Bruder ist gerade unserer Truppe beigetreten, wir sind sozusagen die Aristokraten unter den Jongleuren.«
Enoch starrte mich mit großen Augen an.
Triumphierend sagte ich: »Ich werde König Richard treffen.«
»So, König Richard.« Enoch pfiff leise und wandte sich an Zizka. »Sehr schlau. König Richard, das ist also der Köder. Und wo ist die Falle?«
»Es gibt keine Falle, Enoch«, sagte Zizka lächelnd. »Alexander sagt die Wahrheit.«
Enoch zeigte mit dem Finger auf Giselle. »Diese fette Schlampe soll angeblich ein Treffen mit dem König für dich arrangiert haben? Seid ihr anderen Halunken denn auch so dick mit dem König? Bist du blind, Alex? Das wollen Aristokraten sein! Du weißt, wie sehr ich englische Könige verachte, aber vor solchen Genossen muß ich ja sogar König Richard in Schutz nehmen.«

Zizka wackelte verärgert mit dem Kinn, doch er blieb höflich. »Ihr tut recht, Enoch, König Richards Geschmack, was die Gesellschaft betrifft, mit der er sich umgibt, zu verteidigen. Aber der König findet Gefallen an den Künsten des Gesangs und der Dichtung. Schließlich kommt er nicht aus Schottland; er weiß die Poesie der Troubadoure zu schätzen. Es ist geradezu eine Ironie der Geschichte, daß die Darsteller dieser schönen Künste sich außerhalb des Gesetzes befinden. Es bleibt uns nichts anderes übrig, als uns mit Leuten von schlechtem Ruf abzugeben. Wir sind aber trotzdem ganz anders.« Dann wiederholte er noch einmal, was er vorher schon über Ambrosius gesagt hatte.
»Ich will König Richard sehen«, sagte ich bestimmt.
»Sei still, Alex.« Enoch betrachtete Zizka eine ganze Weile, er schien beeindruckt. Dann glitt sein Blick über die Bücherregale, den ausgesuchten Schreibtisch, die schönen Kerzen. Ich wußte, daß er überzeugt war, als er auf französisch sagte: »Wieviel bezahlt dieser Ambrosius Euch für Alex?«
Zizka zuckte mit den Schultern. »Nur eine geringe Summe, kaum von Bedeutung. Es kommt uns darauf an, der Kunst zu dienen.«
»Die Kunst für Euch, Geld für Alex und mich.«
»Für Euch!« entfuhr es mir. »Wer hat Euch denn darum gebeten mitzukommen?«
Zizka schritt auf Enoch zu, damit er ihn besser sehen konnte. »Natürlich bekommt der Junge von uns zu essen, solange wir unterwegs sind. Auch ein Dach überm Kopf und Kostüme.«
»Alle seine Ausgaben und ein Entgelt für jede Vorstellung«, sagte Enoch unnachgiebig. »Was muß er tun?«
Wieder zuckte Zizka mit den Schultern. »Fast nichts. Singen,

ein wenig tanzen. Er ist von der Statur her genau das, was ich suche.«

Enoch kniff die Augen zusammen. »Wofür genau hat er die richtige Statur?«

»Bitte, Monsieur Wanthwaite, wollt Ihr mich in Verlegenheit bringen? Ihr seht doch selbst, daß er ein süßer Junge ist. Er soll Amor spielen; vielleicht auch noch eine andere Rolle oder ein paar Soloauftritte.«

»Ich möchte das schriftlich«, befahl Enoch. »Und schreibt genau auf, was er tun soll, denn er macht keinen Handschlag mehr. Wir bekommen für jede Vorstellung zwei Parisis, und Kost und Logis sind für uns beide frei. Ich werde mich um ihn kümmern.«

»Betrug!« schrie die dicke Giselle. »Wenn der Schotte auch bezahlt werden will, soll er doch gegen den Bären kämpfen.«

Zizka und Enoch beäugten sich wie zwei Hunde, die sich auf der Straße begegnet waren. Ich hoffte sehr, daß Zizka ihm überlegen sein würde, aber es sah nicht danach aus.

Sie feilschten weiter, und Enoch setzte sich meistens durch. Dann ging es um den Termin der Abreise.

»Ambrosius meinte, irgendwann zwischen April und Juni nächsten Jahres«, sagte Zizka.

»*Nächstes Jahr!*« brüllte ich. »So lange kann ich nicht warten! Ihr habt mir doch versprochen, ich könnte ihn gleich sehen!«

Alle außer Enoch starrten mich verwundert an.

»Lieber Himmel, mein Kind«, wies Zizka mich sanft zurecht. »In deinem Alter vergehen doch sechs Monate wie im Fluge.«

»Aye, Kleiner, wir warten und studieren das Gesetz; Astronomie wäre auch noch gut. Zu den Proben kommen wir nämlich nur samstags her.«

»O nein«, jammerte ich.
Mit einem Händeschütteln wurde alles besiegelt, und sie einigten sich über den schriftlichen Vertrag. Auf dem Weg nach draußen sagte ich zu Giselle: »Vielen herzlichen Dank für Eure Hilfe. Ich – ich –«
»Ich hoffe, du wirst unsere Erwartungen erfüllen – bei dem Preis«, ihr Blick durchbohrte mich.
Enoch, Dagobert und ich gingen zum Tor, dort war Twixt festgebunden. Enoch wollte Dagobert dazu zwingen, im kniehohen Schlamm nach Hause zu waten, doch unser Freund machte ein so mitleiderregendes Gesicht, daß er auch noch aufsteigen durfte. Wir machten uns auf den langen Rückweg. Nicht einmal das ständige Donnern und Blitzen konnte Enoch zum Schweigen bringen; die Welt konnte untergehen, er würde immer noch zornige Reden führen.
»Eines versprech ich dir: Du wirst bei der ganzen Sache unschuldig bleiben, und wenn ich dich festketten muß.«
»Da kommt Ihr zu spät!« schrie ich, mit meiner Geduld schließlich völlig am Ende. »Ich bin nicht mehr unschuldig!«
Kaum hatte ich das gesagt, teilte sich der Himmel, und unter ohrenbetäubendem Krachen zuckte ein Feuerwirbel herab! Twixt stolperte, ich murmelte ein leises Gebet und leistete Abbitte.
»Was für ein Blitz!« sagte Enoch ehrfürchtig. Dann, als wir weiterritten: »Wie meinst du das, du bist nicht mehr unschuldig?«
»Ich weiß genausoviel wie Ihr«, versuchte ich meinen Versprecher zu vertuschen. »Schließlich besuchen wir dieselben Vorlesungen.«

»Ja, von manchen Dingen weißt du genausoviel wie ich«, sagte er gedankenverloren.
Dem hatte ich es also gezeigt, doch meine Gedanken rumorten weiter. Das Wissen um Satan verdarb mir alle Freude.
Später, als ich gemütlich im warmen Bett lag, grübelte ich immer noch. Plötzlich schoß ich kerzengerade in die Höhe.
Darüber, daß ich nur noch an Enoch gedacht hatte und sein Bestreben, einen Teil von Wanthwaite zu bekommen, hatte ich Roland von Roncevaux und Osbert von Northumbrien ganz vergessen! Möglicherweise hatten sie bereits eine Audienz beim König gehabt und Wanthwaites Schicksal besiegelt! König Richard war im August in London gekrönt worden, jetzt war November.
Ich fiel so heftig ins Bett zurück, daß Enoch sich grunzend auf seiner Matte herumwarf. *Deus iuva me,* jetzt konnte ich nur noch hoffen, daß König Richard gerecht und christlich war und meinen Anspruch anerkennen würde.
Sonst war ich verloren.

Zweites Buch

König Richard

15

Zizka sollte recht behalten: Die nächsten sechs Monate vergingen wie im Fluge. Von Sonnenaufgang bis Sonnenuntergang trieb mich Enoch von einer Vorlesung zur anderen, so daß zum Grübeln keine Zeit blieb.

Mein Körper reifte nicht heran, *Deo gratias.* Meine Brust war noch flach, ich hatte auch nicht mehr geblutet; in Arthurs Kleidern war noch reichlich Platz.

Doch in meinem Innern fand ein beunruhigender Wandel statt, von dem Enoch anscheinend nichts bemerkte. Vielleicht hatte ich in Madame Annettes Küche ein Fieber aufgeschnappt oder mich mit Pariser Wasser vergiftet. Das Symptom war jedenfalls ein schreckliches Brennen im ganzen Körper, das bis in den Kopf stieg. Oft überkam mich grundlos übermäßige Freude, danach wurde ich wiederum so melancholisch, daß ich stundenlang unbeweglich am Ufer der Seine saß. Ich kam schließlich zu der Überzeugung, daß meine Leber entzündet war, und bat Dagobert um ein Elixier. Er wußte nicht genau, was er mir geben sollte, und fragte deshalb seinen Meister. Der wiederum meinte, daß meine Leber sicher nicht entzündet war, viel wahrscheinlicher sei, daß ich von einem Dämon besessen war. Ich sollte zur Beichte gehen, riet er. Da ich nichts zu beichten hatte, mußte ich mich wohl oder übel mit diesen Gefühlen abfinden.

Im Juni endlich verließen wir Paris. Ich befürchtete, daß

Roland von Roncevaux und Osbert von Northumbrien sich Wanthwaite schon unter den Nagel gerissen hatten. Ganz Schottland war käuflich, weshalb nicht auch Wanthwaite? Daraus ergab sich die heikle Frage: Konnte ich König Richard dazu bewegen, solch eine Entscheidung rückgängig zu machen? Ich mußte es wenigstens versuchen. Außerdem hatte ich Angst davor, wieder Alix zu sein. Ich war nicht mehr das unwissende Kind; weiblich zu sein beinhaltete jetzt viele bekannte und unbekannte Gefahren. Unweigerlich mußte ich an meine Mutter und Maisry denken.

Doch bei meiner Geburt waren die Würfel gefallen, daran ließ sich nichts mehr ändern.

Die Nacht war schwarz, als wir zum Burgtor von Chinon hinaufritten. Am Horizont leuchteten die Sterne besonders hell, als regnete es reife Früchte. Lagerfeuer, erklärte Enoch; Kreuzfahrer, die auf König Richard warteten. Als unsere ungelenken Wagen über den Weg holperten, wurden wir sogleich von Bauern und Bogenschützen umringt, die wissen wollten, ob wir zum Trupp des Königs gehörten. Wir gingen weiter, über die Zugbrücke, vorbei an den Wachen, durch den fackelhellen Burghof. Schließlich erreichten wir den Küchengarten, wo wir unser Lager aufschlugen.

Endlich waren wir im Schutz der Burg von Chinon und am Ende einer einjährigen Reise. Ich sah zu dem vertrauten und doch so geheimnisvollen Firmament auf und spielte in Gedanken noch einmal durch, was ich sagen wollte. *Laudatur Maria,* der König war bestimmt ein freundlicher Mensch! Angesichts meiner Jugend und meiner jämmerlichen Lage würde er sicher Mitleid empfinden. Aus der Ferne erklang die

Hymne der Kreuzfahrer, aus einer anderen Richtung ertönte das *Te Deum.*
Alle erwarteten König Richard.

Am nächsten Morgen erfuhren wir, daß er noch heute eintreffen sollte, allerdings zu spät für unsere Aufführung. Die würde tags darauf stattfinden. Wir probten noch einmal wie besessen. Zizka war gar nichts recht zu machen; er führte sich auf, als hätte er es nur mit Schwachsinnigen zu tun. Nach einer besonders zermürbenden Probe stahl ich mich heimlich davon, um Ruhe zu finden und mich auf die viel wichtigere Sache vorzubereiten: das Gespräch mit dem König.
Mit der Laute unterm Arm flüchtete ich ins Innere der Burg. Ich lief durch den Garten, vorbei an einer blütenumrankten Mauer und schlitterte eine steile Böschung hinab. Dort endlich fand ich ein ruhiges Plätzchen. Ich setzte mich auf einen moosbewachsenen Stein und erfreute mich am Spiel von Sonne und Schatten. Ich griff in die Saiten und spielte das Lied, das Zizka noch am meisten bemängelte.
Während ich sang, wurden plötzlich einige Zweige der Hecke von zarter Hand zur Seite gebogen, und mein Blick fiel auf ein bezauberndes Mädchen. Hellbraune Locken umrahmten ein blütenförmiges Gesicht, und die Augen waren von gleicher Farbe. Das reizende Geschöpf trug ein grünes Satinkleid, das die schmale Taille umspannte.
Ich wagte nicht zu sprechen, denn ich fürchtete, ein bloßes Trugbild vor mir zu haben.
Sie gesellte sich zu mir und fragte: »Wo kommst du denn her, hübscher Junge?«
»Ich gehöre zu Zizkas Truppe«, antwortete ich zögernd und

befürchtete, sie würde mich deswegen verachten. »Kennst du ihn?«

»Natürlich kenne ich Zizka. Meine Herrin, Baronin Marie, kennt alle berühmten Künstler. Aber wer bist denn du?«

»Ich heiße Alexander von Wanthwaite.«

»Und ich bin Lady Isabelle von Troyes. Du singst sehr schön, Alexander, König Richard wird begeistert sein. Darf ich?« Sie griff nach meiner Laute.

»Ja, bitte.«

Sie zupfte ein paar Akkorde, summte, suchte nach der richtigen Tonlage und spielte ein Lied. Danach reichte sie mir die Laute mit fragendem Blick.

»Ein schönes Lied«, sagte ich. »Hast du das selbst komponiert?«

»Ja, unter Baronin Maries Anleitung. Hat es dir wirklich gefallen?«

»O ja, sehr«, sagte ich leidenschaftlich.

»Dann sind wir also Freunde.« Mit geschlossenen Augen streckte sie mir den Mund entgegen. »Besiegeln wir's mit einem Kuß.«

Sanft berührte ich ihre Lippen mit den meinen.

Dann sprang sie auf. »So, jetzt will ich dir jemanden vorstellen.«

Sie nahm mich an der Hand, und wir stolperten die Böschung hinauf. Im Garten liefen wir an lustwandelnden Damen vorbei, deren lange Schleppen hinter ihnen im Kies schleiften. Wir kamen zu einem kleinen, von Hecken umstandenen Viereck. Dort saß eine Frau ganz allein. Sie trug eine diamantbesetzte Krone auf dem braunen Haar.

»Madame«, Isabelle fiel auf die Knie. »Ich möchte Euch mei-

nen lieben Freund Alexander vorstellen, er ist mit Zizka unterwegs. Alexander, das ist Prinzessin Alice Capet von Frankreich, König Philipps Schwester.«
»Es ist mir eine große Ehre, Madame«, sagte ich und fiel ebenfalls auf die Knie.
Das war König Richards Zukünftige? Eine unscheinbare Frau mit schlaffer Haut, Falten und grauen Strähnen im Haar? Ihre haselnußbraunen Augen blickten ohne jedwede Verwunderung oder Neugier in die Welt.
»Bitte erhebt Euch«, sagte sie mit tonloser Stimme.
»Wäre es nicht schön, wenn Alexander bei Eurer Hochzeit singen würde?« rief Isabelle. »Er hat eine unglaublich schöne Stimme.«
Prinzessin Alice wurde ein wenig munterer. »Ja, das würde mir gefallen.«
»Bestimmt wird die Hochzeit bald stattfinden, sicher noch hier in Chinon. Baronin Marie meinte, daß König Richard vorher nicht ins Heilige Land aufbrechen wird.«
»Ich wünsche uns beiden, Isabelle, daß es nicht mehr lange dauert«, sagte Prinzessin Alice.
»Nein, o nein!« Isabelle schüttelte verärgert den Kopf und rief: »Ihr heiratet einen Gott, ich dagegen einen Tölpel! Alex, das ist wahr. Man hat mich einem Deutschen versprochen, der wie eine Ratte stinkt. Außerdem ist er ein Tyrann.«
Die Prinzessin lächelte geistesabwesend über diesen Wutausbruch; bei dem Wort »Gott« flog allerdings ein Schatten über ihr Gesicht.
»Mit Eurer Erlaubnis entferne ich mich jetzt«, sagte ich, denn ich war voller Sorge, daß Enoch plötzlich angepoltert kommen und mir diese neue Freundschaft verderben könnte.

»Ich komme mit«, Isabelle hakte sich unter, und wir verabschiedeten uns von der nachdenklichen Prinzessin.
»So«, sagte meine neue Freundin, sobald wir außer Hörweite waren, »ich habe dich also schon mal beim englischen Hof eingeführt. Wenn du später Troubadour bist, ist das ganz nützlich. Alice ist zwar langweilig, aber sehr loyal. Richard wird sich bestimmt einige Mätressen halten, er soll ja genauso lüstern wie tapfer sein.«
»Sind denn alle Prinzessinnen so leblos?«
Isabelle lachte lauthals. »Um Himmels willen, nein! Warte, bis du Baronin Marie kennenlernst. Sie ist auch eine französische Prinzessin. Aber sie ist so schlau wie ihre Mutter Eleonore, manche behaupten, sie habe auch deren Courage. Die beiden haben ein Buch verfaßt, woraufhin Papst Clemens sie exkommunizieren wollte. Das hätte er auch, aber sie waren schlau genug, es von Andreas Capellanus, einem Geistlichen, schreiben zu lassen, und damit war es ein religiöses Buch.«
»Was für ein Buch? Gedichte?«
»Nein, ein Traktat über die Regeln der Liebe, wie sich Männer in der Liebe verhalten sollen.«
Ich blieb stehen und sah sie verwundert an.
»Was genau meinst du mit ›Liebe‹, Lady Isabelle? Und seit wann kann eine Frau einem Mann etwas beibringen?«
»Aha, siehst du?« Sie drohte mit dem Finger. »So was kann nur ein Mann fragen. Wir Frauen sind von Natur aus überlegen und kennen uns mit der Liebe sehr gut aus. Ihr Männer kennt ja nur Wollust. Deswegen kämpft und tötet ihr auch; vergewaltigt, wenn euch danach ist.«
Ich wähnte mich am Rande einer alles umwälzenden Entdek-

kung und stotterte: »Halt, warte, lauf nicht weg. Ich muß das jetzt wissen. Bitte sag mir, damit ich weiß, wenn ich heirate –« Sie winkte brüsk ab. »Wer spricht denn vom Heiraten? Die Ehe hat doch nichts mit Liebe zu tun. Die Liebe ist eine reine Herzensangelegenheit und daher meistens ehebrecherisch.«
Ich war sprachlos.
»Männer verspüren natürlich Lust, das weißt du ja vielleicht schon« – sie warf mir einen kurzen Blick zu – »aber Lust allein ist eine Sünde. Deswegen verbietet die Kirche auch die Lust in der Ehe und erläßt Gesetze gegen jede Freude.«
Äußerst verwirrt versuchte ich, das Gesagte zu verstehen. »Hält sich denn König Richard an die Gesetze?«
»König Richard? Wer weiß das schon? Natürlich glaubt er an Ritterlichkeit und Höflichkeit.«
»Ja, aber was die Ehe angeht, wenn er Ehepartner auswählt.«
»Das weiß ich nicht. Außerdem hat es damit nichts zu tun.«
Ich war ganz konfus. »Jetzt verstehe ich gar nichts mehr. Können Mann und Frau sich nicht einfach lieben? Müssen Ehen immer schlecht sein?«
Sie lachte verächtlich. »Unter welchem Stein hast du dich denn die ganze Zeit versteckt? Was glaubst du denn, weshalb Marie und Eleonore diese Regeln verfaßt haben? Die beiden hätten auch lieber glückliche Ehen geführt, aber die Erfahrung hat sie etwas anderes gelehrt. Das Ungleichgewicht ist einfach zu groß: Männer haben Macht und Besitz, doch Liebe muß frei sein. Ich muß diesen alten Baron Konrad heiraten; glaubst du etwa, den liebe ich?«
Sie drehte sich um und rannte weg, die grüne Schleppe wand sich hinter ihr wie eine Schlange. Ich lief zurück zu unserem Lager. Von weitem schon sah ich Enoch, der vor dem Zelt

stand, machte kehrt und rannte in ein kleines Pappelwäldchen, dort warf ich mich ins Gras. Ich mußte nachdenken. Mit ihren merkwürdigen Informationen hatte Isabelle meine Sinne ganz verwirrt. In meinen Adern rauschte das Blut. Mir schwindelte, und ich war von einem unbestimmten Begehren erfüllt. Nicht von Liebe, denn wen sollte ich schon lieben; und auch nicht von Wollust, die Maisry und meiner Mutter den Tod gebracht hatte. Würde ich auch einem Widerling zur Frau gegeben werden? Ich drückte meine heiße Stirn ins kühle Gras und bat die Jungfrau Maria um Hilfe, sie sollte König Richard gnädig stimmen. Denn von ihm hing alles ab.

Etwa eine Stunde später rief mich Lady Isabelle: »Alex, er kommt! Komm mit auf die Mauer!«

Ich ließ die goldenen Sandalen fallen, die ich gerade säuberte, und rannte ihr hinterher.

Isabelle sprang mit geschürzter Schleppe auf eine hohe Mauer. Enoch und ich folgten ihr.

»Sehen kann man ihn noch nicht, er ist hinter der Kuppe dort, aber ich höre schon die Trompeten.« Da fiel ihr Blick auf Enoch. »Wer seid Ihr denn?«

»Der Bruder Eures Freundes«, erwiderte er trocken.

Dann bemerkten wir eine weitere Person: Neben uns stand Prinzessin Alice und sah gedankenverloren in die Ferne.

»Madame«, Isabelle verneigte sich, Enoch und ich taten es ihr nach.

»Bitte, Lady Isabelle, keine Umstände. Ein großes Ereignis, nicht wahr?« Ihr Gesichtsausdruck strafte ihre Worte Lügen.

»Da!« rief Isabelle.

Enoch hob schützend die Hand vor die Augen und blickte in

die Sonne. »Ich glaube, Lady Isabelle hat recht, hinter den Baumwipfeln dort hinten wirbelt Staub auf.«
Angestrengt spähten wir in dieselbe Richtung, und tatsächlich, eine der Wolken, die über dem Tal hingen, bewegte sich auf uns zu, sie glitzerte: Rüstungen, die Sonnenstrahlen reflektierten! Mein Herz klopfte, meine Hände zitterten. Endlich! Sicherlich würde er mir Wanthwaite zusprechen und einen edlen Ritter zum Mann geben!
»Na also, hatte ich doch recht!« Isabelle lachte. »Jetzt seh ich ihn! Das ist doch der König, oder, Prinzessin? Da, unter dem Baldachin!«
»Ja, das war der Baldachin seines Vaters«, erwiderte Prinzessin Alice mit leicht geröteten Wangen, »der rotgoldene Seidenbaldachin der Plantagenets.«
»Sie nehmen ihn weg, damit man ihn sehen kann«, stellte Enoch fest. »Sieh nur, Alex, in der Mitte, der auf dem hohen Schlachtroß, das ist dein König.«
Der König auf seinem spanischen Hengst war jetzt gut zu erkennen. Das rote, juwelenbesetzte Kreuz funkelte in der Sonne. Auf seinem langen karmesinroten Schild prangten drei goldene Löwen. Neben ihm ritten die bedeutendsten Herzöge und Bischöfe des Königreiches; Richard stellte sie alle in den Schatten. Er winkte der jubelnden Menge huldvoll zu.
»Es lebe der König! Es lebe König Richard!« hörte ich mich plötzlich rufen.
Für einen kurzen Augenblick, als er auf unserer Höhe war, sah ich ihn ganz deutlich, wenn auch aus einiger Entfernung. Zweifellos, er war ein Gott. So einen großen Mann hatte ich noch nie gesehen, neben ihm wirkten die anderen wie Zwerge. Er hatte ein ovales Gesicht, hohe Wangenknochen, ein

gemeißeltes Kinn, golden glänzendes, lockiges Haar. Am meisten zeichnete ihn allerdings seine Haltung aus: Er wirkte gebieterisch stark und zugleich sanft; seiner grenzenlosen Macht schien er sich durchaus bewußt zu sein. Dann verschwand er hinter einem Gehölz und kam direkt unter uns wieder zum Vorschein. Jetzt sahen wir allerdings nur seinen Kopf und sein Pferd.

»Es lebe König Richard!« schrie ich noch einmal, aber er schaute nicht nach oben.

»Kommt mit!« rief Isabelle. »Wir wollen zusehen, wenn er in den Burghof reitet!«

Sie und Enoch rannten davon, ich verfing mich unglücklich in Prinzessin Alices Schleppe.

»Oh, entschuldigt, Madame. Da ... jetzt seid Ihr wieder frei.«

»Frei?«

Unsere Blicke begegneten sich, und ich spürte für einen kurzen Augenblick ihre Verzweiflung.

»Welch großartiges Ereignis«, bemerkte sie trocken.

»Ja, großartig«, wiederholte ich unsicher.

Ich rannte die Treppe hinunter und traf Zizka, der uns erwartete. Wir sollten sofort zurückkommen, um uns auf die große Vorstellung morgen vorzubereiten. Endlich war es soweit.

Bei Morgengrauen stellten Zizka und Pax einen hölzernen Zuber in unser Zelt. Pax sollte mir beim Ankleiden behilflich sein.

»Wenn es Euch nichts ausmacht, wasche ich mich allein«, sagte ich bestimmt.

Mein Wunsch verwirrte Pax offenbar. Zizka flüsterte ihr zu, daß ich noch sehr jung und besonders schamhaft sei, und

beide verschwanden. Ich schloß sorgfältig die Zeltklappe hinter ihnen, warf mir eine lange Decke über die Schulter und zog mich darunter aus. Meinen Schatzgürtel verbarg ich in einer Mulde, die ich vorsorglich neben meiner Pritsche ausgehöhlt hatte. Armer Enoch! Wenn er von meinem Reichtum wüßte! Er notierte sich alles, was er für mich ausgab. Ich wollte auch alles zurückzahlen, aber nicht von diesem Schatz, der zur Zeit meine einzige Sicherheit darstellte. Flink hüpfte ich in die Wanne. Ich tauchte ganz unter, damit auch die Haare naß wurden, und seifte mich gründlich ein.
Nachdem ich mich ausgiebig geschrubbt hatte, kletterte ich aus der Wanne und trocknete mich ab. Dann zog ich die Unterwäsche meines Amor-Kostüms an. In den hautfarbenen Strümpfen sah ich nackt aus, so wollte es Zizka. Die restlichen Kleidungsstücke des Kostüms legte ich zur Seite, während des Schminkens wollte ich nur ein altes Hemd tragen.
»Hast du auch an deine Zähne gedacht?« fragte Pax kritisch, als ich zum Vorschein kam.
Die hatte ich allerdings vergessen. Ich schnappte mir ein paar Haselnußtriebe und etwas Wolle, tauchte einen Bimsstein in ein Gemisch aus Gerstenmehl, Salz und Honig und reinigte die Zähne gründlich. Als ich fertig war, ließ ich mich vor Pax nieder; auf einer Holzbank zwischen uns standen allerlei Tiegel mit exotischen Farben und Pudern.
Sie griff mein Kinn und betrachtete mich prüfend. »Da gibt's nicht viel zu verbessern. Ach ja, jung müßte man noch mal sein. Trotzdem will ich der Natur ein wenig nachhelfen, mein Süßer. Alabasterpuder ist allerdings zu weiß für dich. Warte hier.«
Nach kurzer Zeit kam sie mit einem gefüllten Korb zurück und

mischte eine Substanz aus Kichererbsenpulver, Eiweiß und Rosenwasser, die sie auf Gesicht, Hals und Schultern auftrug. »Das ist gut«, murmelte sie, »noch ein bißchen Sandelholz für die Wangen, etwas Rot für die Lippen – gut. Deine Augenbrauen und Wimpern lassen wir. So, jetzt kümmern wir uns um dein Haar. Ist es noch feucht? Gut.«

Sie mischte Olivenöl, Alaun und Honig zu einer Masse, die sie mit einem Kamm in meinem Haar verteilte. Dann wickelte sie die Haare um einen warmen Stock, so daß Ringellocken entstanden.

»Willst du sehen, wie's aussieht?« fragte sie und reichte mir ihre kostbare Spiegelscherbe aus französischem Glas.

Ich betrachtete mich von allen Seiten, meine Haut strahlte perlmuttfarben, und meine Lippen ähnelten einer Rose. Aus dem Glas blickten mir die grauen Augen meines Vaters entgegen; vor Schreck wäre mir beinah der Spiegel aus der Hand gefallen!

Wieder allein im Zelt, befestigte ich ein winziges Stück Gaze an der Schulter, ein lasterhaftes Kleidungsstück, doch laut Zizka hatte Amor so etwas getragen. Dann noch der schmale Goldgürtel, die goldenen Sandalen, die ich bis zum Knie schnürte, Bogen und einige Pfeile sowie Maske und Flügel.

»Zizka!« schrie ich. »Komm her!«

Er kam mit gerunzelter Stirn. »Was gibt's, Alex? Du bist nicht der einzige, der sich ankleiden muß.«

»Diese Flügel«, sagte ich verärgert, »die stinken!«

Er schnupperte und brüllte: »Tue-Bœuf!« Der kam herbeigeeilt, und Zizka sagte: »Sag deinem schwachsinnigen Koch Julian, daß das Fleisch ranzig geworden ist und nur so von Maden wimmelt! Er soll sofort noch einen Schwan schlachten!«

Tue-Bœuf trottete davon, und Zizka beäugte mich sorgfältig. »Pax hat sich selbst übertroffen. Ein leckeres Häppchen werden wir da heute abend servieren.«

»Wann ist denn meine Audienz beim König?« fragte ich besorgt. »Habt Ihr sie schon arrangiert?«

»Die Audienz?« Er lachte grimmig. »Damit habe ich nichts zu tun. Es hängt davon ab, wie gut dem König dein Auftreten gefällt.«

Ich war wie vor den Kopf geschlagen, das durfte nicht wahr sein. »Mein Auftritt? Was hat der denn mit der Audienz zu tun? Ich will ja schließlich nicht Hofsänger werden, sondern muß eine wichtige Angelegenheit mit ihm besprechen.«

»Es liegt ganz allein an dir«, sagte er schleppend, »ob er dich sehen will oder nicht. Sing am besten lieblich und hell; achte auf die hohen Töne, die sind manchmal etwas flach.«

»Aber in Paris habt Ihr doch versprochen … Die dicke Giselle sagte, sie sei die einzige Person, die mir Zugang zum König verschaffen kann.«

»Dann beschwer dich bei Giselle. Ich habe nur gesagt, daß ich dich nach Chinon bringe, und das habe ich getan.«

»Was ist mit Eurem Freund Ambrosius?«

»Ambrosius ist kein Zauberer. Er kann den König wohl kaum dazu überreden, dich zu empfangen, wenn du nicht vorher einen guten Eindruck hinterläßt, oder? Wenn du so gut spielst, wie du aussiehst, hast du überhaupt nichts zu befürchten.«

»Kann ich doch gar nicht«, jammerte ich. »Ihr selbst sagt doch, daß ich nicht gut singen kann. Ihr habt es mir doch versprochen!«

»Ich habe gesagt, daß ich dich zum König bringen werde und daß Ambrosius *vielleicht* eine Audienz arrangieren kann. In deinem Vertrag steht nichts anderes. Komm, wir holen jetzt die Flügel.«

»Das glaube ich nicht«, sagte ich. »Enoch wollte doch alles schriftlich festhalten. Er muß Euch doch gesagt haben, daß ich mit dem König reden will. Ihr habt ihn betrogen!«

Zizka betrachtete mich amüsiert. »Du überschätzt meine Fähigkeiten und vielleicht auch Enochs Absichten. Ich dachte, er handle in deinem Interesse. Es wird schon alles gutgehen, und du bekommst deine Audienz. Dieses Gerede regt dich jetzt nur unnötig auf.«

Das hätte ihm allerdings früher einfallen sollen. Ich wußte nicht, wer an der vertrackten Situation schuld war, Enoch oder ich selbst. Warum war ich so dumm gewesen? Ließ ihn die Konditionen des Vertrags aushandeln! Und jetzt mußte ich also Erfolg haben, um eine Audienz zu bekommen, wie irgendein hergelaufener Jongleur – nur mit weniger Talent. Das war, als zöge ich unbewaffnet in eine Schlacht. Kein Wunder, daß Zizka mich bei den Proben so geplagt hatte – das war nötig gewesen!

Die Küche war das reinste Schlachtfeld. Überall Blut, Innereien und Fliegen. Die Köche wedelten mit Knochen in der Luft herum, während ein paar Knaben versuchten, die herumliegenden Federn wieder in die gekochte Hühnerhaut zurückzustecken.

»Warte hier«, befahl Zizka, »ich suche Julian und sehe nach deinen Flügeln.«

Er durchquerte die Küche, indem er von einer trockenen Stelle zur nächsten hüpfte, und verschwand hinter einem Torbogen. Kurz darauf kam er wieder zurück und hielt in der Hand ein paar frische Flügel.

»Da ist noch Blut dran«, sagte er. »Du kannst hierbleiben, während Pax sie säubert und an deiner Kluft befestigt. Setz dich hier auf den Stuhl und laß den Umhang an. Einen blutverschmierten Amor können wir nicht gebrauchen.«
Julian reichte mir eine Tasse gewürzten Weines, die ich gierig austrank. Und Zizka kam mit den neuen Flügeln zurück.
»Sieh dich vor, Alex, du mußt lange warten.« Zizka nahm mir die Tasse ab. »Und du kannst aus deinem Käfig nicht raus, wenn du erst mal drinsitzt.«
»Was für ein Käfig?« Leicht taumelnd folgte ich Zizka und Julian zum Speisesaal.
Dort befanden sich Hofmarschalle, Edelmänner und Zeremonienmeister, in edlem Rot und Gold gekleidet. Seit gestern abend hatte sich hier einiges verändert. Über den Gobelins hingen üppige Blumengirlanden, und die Blumenteppiche auf dem Boden verwandelten den Saal in eine duftende Laube. Die Tische waren mit goldenen Tellern gedeckt. Julian lief auf den oberen Tisch zu, an dem der König allein in seiner ganzen Größe sitzen würde. An seinem Platz stand eine riesige, eiserne Pfanne, auf der sich eine große Torte befand; die Pfanne hatte drei Griffe, von denen mit Blumen umwundene Seile zur Decke führten. Neben der Pfanne befand sich eine weitere Torte, die die Heilige Stadt Jerusalem samt Golgatha darstellte. In der Mitte prangte Richard mit hocherhobenem Kreuz.
»Warum haben die das jetzt schon aufgebaut?« fragte ich Zizka. »Das ist doch der letzte Gang des Essens. Wird der nicht auf einem Wagen reingerollt?«
Er zeigte auf die Seile. »Du wirst von dort oben zu uns herunterschweben.«

Ich blickte nach oben und sah, daß die Seile unter der gewölbten Decke und in schwindelerregender Höhe an Rollen befestigt waren.
»Nein, das mach ich nicht!« schrie ich. »Das ist ja lebensgefährlich! Außerdem hat mir niemand was davon gesagt!«
»Ich wußte in Paris noch nicht, ob der Apparat funktioniert. Julian sagt, er sei in Ordnung.«
Julian nickte ungeduldig. »Los, setz dich rein, wir haben nicht viel Zeit.«
»Davon steht nichts in meinem Vertrag!« heulte ich.
»Doch, natürlich. Soll ich Enoch holen?«
Sprachlos blickte ich ihn an und ließ mich schließlich in die Tortenmitte heben. Zizka legte mir die Flügel an, setzte einen Kranz frischer Rosen auf meinen Kopf und befestigte die Maske, denn Amor war natürlich blind.
»Mach dir keine Sorgen, mein Junge. Du singst schließlich nur ein paar Strophen, und außerdem siehst du aus wie ein kleiner Gott.«
»Halt deinen Kopf hier in diese Ecke, sonst erstickst du«, erklärte Julian. »Da ist ein Luftloch. So, halt ganz still, wir streichen jetzt kochenden Zucker auf den Rand, damit der Deckel kleben bleibt.«
Ich legte meinen Kopf auf die verschränkten Arme, es wurde warm, und dann war auch schon der Deckel drauf. Quietschend wurde die Pfanne nach oben gezogen. Nach einer Weile kam ich unter der Decke an, und die Pfanne stand still, *Deo gratias.*
Aber es war so heiß! Mit meiner mehlverstopften Nase kriegte ich kaum Luft; außerdem hatte ich schreckliche Blähungen. Wenigstens konnte man mich nicht hören; wie ein Esel

rülpste ich vor mich hin, bekam aber überhaupt keine Erleichterung.
Über mein Rülpsen hinweg hörte ich bald die Trompeten, das Festmahl hatte begonnen. Ich versuchte mir vorzustellen, wie der König an der Tafel Platz nahm, ebenso Marie und Isabelle. Das Bankett schien eine Ewigkeit zu dauern, oder hatte man mich etwa vergessen? Doch plötzlich schaukelte die Pfanne, und ich wurde langsam heruntergelassen. Ich versuchte, meine steifen Muskeln zu lockern. Die Pfanne knallte auf den Tisch; ich machte mich bereit, um auf mein Stichwort hin aus der Torte zu springen, die jetzt jubelnd und applaudierend von den Gästen begrüßt wurde. Mein Herz pochte laut: Der entscheidende Moment war gekommen!
Ich holte tief Luft und richtete mich auf … doch ich konnte mich gar nicht aufrichten! Mit einem lauten Schlag knallte mein Rücken gegen den Deckel, und der gab nicht nach. Merkwürdig, vielleicht war ich zu zaghaft. Ich drückte mehrmals dagegen, doch der Deckel gab nicht nach! Ich hämmerte dagegen, es passierte überhaupt nichts, genausogut hätte ich sechs Fuß unter der Erde sein können! Gedämpft hörte ich Zizka singen, er sang den Part, zu dem ich mich eigentlich verbeugen sollte.
»Amor steigt zu Euch hernieder und bringt mit die schönsten Lieder.«
Panisch wie ein Küken, das in einem steinernen Ei gefangen ist, schlug ich um mich. Schweiß rann mir über Arme und Beine, als ich mich immer wieder dagegen stemmte. Warum war ich so schwach, daß ich den Zucker nicht durchbrechen konnte? Vielleicht war es gar kein Zucker! Ich erschauerte. Es war Mörtel, gegen den ich da ankämpfte. Wieder so ein Plan

des elenden Schotten: Er wollte mich bei lebendigem Leib begraben! Bis die Torte angeschnitten würde, wäre ich längst erstickt.

»Amor steigt zu Euch hernieder …«

Zizka brüllte die Strophe noch einmal, er dachte sicher, ich hätte ihn nicht gehört. Enoch sollte zur Hölle fahren! Mit aller Kraft spannte ich meine Muskeln an und sprang noch einmal gegen den Deckel. Ich war draußen!

Freudiger Applaus begrüßte mich. Wegen der Maske konnte ich jedoch nichts sehen und tastete nach Pfeil und Bogen. Gleichzeitig versuchte ich, auf den Zehenspitzen zu balancieren, so wie Zizka es mir gezeigt hatte. Die Musik erklang. Ich nieste einige Küchenkrümel und zwang mich zu einem Lächeln.

»König Richard, edler Streiter,
Vor Euch verneigt Amor sich,
Euer Licht scheint immer weiter,
Richard, wir lieben dich …
Wir lieben dich!«

Ich schoß den kleinen Strohpfeil ab in Richtung König.

Ein Hund heulte vor Schmerz laut auf.

Heiliger Benedikt! Ich riß die Maske runter und stellte fest, daß ich mit dem Rücken zum König stand. Ich beugte mich nach vorn, um zu sehen, ob ich das arme Tier erlegt hatte, und sah einen Hund, der sich gemächlich am Ohr kratzte.

Und plötzlich krachte aus meinem Hintern ein Furz, den man bis Paris hören konnte!

Entsetzt drehte ich mich um.

Mit einer königlichen Hand hielt sich Richard die Nase zu,

mit der anderen wedelte er nach frischer Luft. »Bei Gottes Kehle!« schrie er so laut, daß alle es hörten. »Amor hat mich mit griechischem Feuer beschossen!«
Der ganze Saal tobte angesichts seiner Schlagfertigkeit, ich wäre am liebsten gestorben.
»Das tut mir leid, vergebt mir bitte«, wimmerte ich. Wanthwaite war verloren! Zizka spielte noch einmal meine Melodie, und ich sang, diesmal mit dem Gesicht zum König. Ich konnte ihn kaum sehen im Schein der vielen Fackeln. Aber er sah mich sehr wohl. Verzweifelt blickte ich ihn mit den grauen Augen meines Vaters an. Beim Geist meiner Eltern beschwor ich ihn, uns doch noch zu retten. Wie der richtige Amor wollte ich in sein Herz vordringen.
Ich machte eine tiefe Verbeugung und sackte schließlich auf einem kleinen Hocker zu Füßen des Königs zusammen. Für den Rest der Darbietung starrte ich nur noch gebannt auf diese Füße. Sie waren so groß wie Boote und in roten, reichlich verzierten Samt gehüllt. Die langen Spitzen hingen über das Podest und wackelten im Rhythmus der Musik. Dann klopfte etwas auf meinen Schädel. Der König schlug mit dem Zeigefinger den Takt auf meinem Kopf. Das stetige Trommeln hypnotisierte mich geradezu. War das vielleicht ein Zeichen? Sollte ich ihm zulächeln?
Dann kamen die Trommler und kündigten die letzte Darbietung an. Dangereuse bestieg die Plattform und beugte die Arme, als hätte sie Flügel. Ihr Taubenkostüm aus Federn schimmerte silbrig im Schein der Fackeln. Musik erklang zu ihrem graziösen Tanz, und das Publikum verstummte, als sie an einem Seil schaukelte. Sie gab eine beeindruckende Vorstellung. Dann beugte sie sich nach vorn und ließ unzählige

weiße Tauben, die unter ihrem Kostüm versteckt waren, emporsteigen.
Sofort stiegen alle Falken im Saal auf und fielen über die Tauben her. Hunderte blutgetränkter weißer Federn flogen durch den Saal, als die Falken ihre Beute zerfetzten! Das Publikum sprang jubelnd auf und applaudierte bei diesem Höhepunkt des Programms – nur der König und ich nicht.
Mit seinen langen Fingern strich König Richard mir einige Krümel aus dem Haar und spielte mit meinen griechischen Ringellocken.
Da erklang die Fanfare, der König richtete sich auf. Verzweifelt drehte ich mich um und schaute nach oben. Sein Gesicht schien so weit weg zu sein, doch er lächelte mir zu.
»Wie heißt du, mein Junge?« fragte er, während die anderen Würdenträger sich ebenfalls erhoben.
»Alexander von Wanthwaite«, antwortete ich.
»So, Alexander.« Er nickte bedeutungsvoll.
Unsere Kapelle spielte noch einmal auf, als der König und sein Gefolge von dannen gingen. Ich war zu benommen, um mich zu bewegen. So nah und trotzdem so weit von ihm entfernt, alles nur wegen der Hinterlist des Schotten! Niemals würde der König sich dazu herablassen, mir eine Audienz zu gewähren.
Ich vergrub das Gesicht in meinen Händen, um meine Tränen zu verbergen.

Der Schierling war vertrocknet, und mir war noch keine andere Methode eingefallen, um Enoch loszuwerden. Wir saßen vor dem Zelt und starrten in die Dunkelheit; ich wollte nicht hineingehen.

»Mach dich nicht verrückt, Kleiner. Furzen ist schließlich kein Verbrechen. Du mußt dein Schicksal einfach akzeptieren.«
»Den König werde ich jetzt nie mehr zu Gesicht bekommen. Warum habt Ihr das denn in dem Vertrag nicht zur Bedingung gemacht? Ihr wißt doch, daß ich nur aus diesem Grund nach Chinon gekommen bin. Ihr habt mich hintergangen!«
»Damit habe ich nichts zu tun. Richard allein trifft die Entscheidung. Uns wurde nur die Möglichkeit garantiert, ihn zu sehen, und das haben wir.«
»Ihr wolltet, daß Julian mich in der Torte für immer einsperrt. Ihr wolltet mich nicht nur betrügen, sondern gleich umbringen. Ihr habt gehofft, ich würde ersticken, stimmt's?«
Er wirkte aufgebracht. »Was? Weshalb sollte ich das tun? Mit der Torte hatte ich rein gar nichts zu schaffen.«
»Weil Ihr Wanthwaite haben wollt, deshalb. Ihr haßt mich!«
Wir sprangen beide auf.
»Hör zu, Alex. Du hast anscheinend wieder mal eine deiner merkwürdigen Stimmungen. Es tut mir ja leid, Kleiner, aber diese Beleidigungen hör ich mir nicht länger an. Wirst du dich also entschuldigen, oder muß ich dich dazu erst zwingen?«
Trotz der Dunkelheit sah ich seinen erhobenen Arm. Für diesen Abend war ich allerdings genug gebeutelt worden, ich rannte ins Zelt.
Am nächsten Morgen wollte mich Enoch mit einem neuen Plan aufheitern: Er wollte selbst um eine Audienz beim König bitten. »Alex, ich versprech dir, morgen ist Wanthwaite unser. Warte hier auf mich.«
Nachdem er gegangen war, entledigte ich mich endlich des Amorkostüms und zog wieder meine Tunika und den Schatzgürtel an. Dann überlegte ich, was zu tun war. Auch

wenn Zizka jetzt lieber auf mich verzichtete, lag meine einzige Chance darin, bei den Jongleuren zu bleiben. Zizka schien meine Gedanken zu erraten, er rief nach mir.
»Alex, zieh die rote Tunika an, wir haben eine Verabredung mit Ambrosius.«
»Geht ohne mich«, erwiderte ich.
Er öffnete die Zeltklappe. »Unsinn. Gestern wolltest du von gar nichts anderem reden; dieses Treffen habe ich wegen dir arrangiert. Heiliger Sankt Martin, schau nicht so trüb drein und zieh dich um!«
Er ging wieder nach draußen, und ich tat, wie mir geheißen.
»Schon besser«, sagte Zizka, als ich auftauchte. »Vielleicht führt dich dein Patzer doch noch zum Erfolg. Es war nicht allein deine Schuld. Julian hatte Angst, die Torte könnte auseineinderfallen, und hat gekochten Zucker verwendet, der ist hart wie Mörtel; er hätte Eiweiß nehmen sollen.«
Wir gingen zu den Gemächern des Königs am anderen Ende des Schlosses und erklommen eine Treppe, die in eine kleine Kammer führte. Vor dem Fenster stand ein fülliger Mann mit einer Schriftrolle in der Hand.
»Gottes Segen, Ambrosius. Hier ist unser Wunderkind, Alexander von Wanthwaite.«
»Na, alter Freund, für einen Schauspieler seid Ihr schon früh zugange. Ich freue mich über Eure Pünktlichkeit, es ist noch so viel zu erledigen in diesen zwei Tagen!«
Ambrosius schlurfte uns entgegen und ergriff meine Hand mit seinen feuchten Fingern. Der Flaum auf seinem sonst kahlen Kopf schimmerte im Sonnenlicht, die hellblauen Augen leuchteten freundlich. Er machte einen liebenswürdigen Eindruck.

»Na, mein Junge, mir ist zu Ohren gekommen, daß du sehr begabt bist. Von deinem komödiantischen Talent habe ich ja gestern abend schon eine Kostprobe erhalten. Kannst du lesen und schreiben?«

Ich ahmte Enochs arrogante Art nach und erwiderte kühn, daß ich für mein Alter äußerst gebildet sei.

Er lächelte. »Welche Sprachen sprichst du, und wie schnell kannst du schreiben?«

Ich wußte zwar nicht, was das mit einer Audienz beim König zu tun hatte, aber da ich nichts riskieren wollte, erzählte ich ihm von den Sprachen, meinen Reisen sowie den Studien des Rechts und der Logik. Ambrosius nickte und warf Zizka einen Blick zu.

»Komm rüber ans Fenster, mein Junge, damit ich dich besser sehen kann.« Er sah mich freundlich an, doch ich fühlte mich unwohl und schämte mich wegen gestern abend. Eine seltsame Stimmung lag in der Luft, denn alles, was Zizka und Ambrosius sagten, schien doppelte Bedeutung zu haben. »Zizka, Ihr habt tatsächlich nicht übertrieben.«

»Er ist ein gutaussehender Junge«, erwiderte Zizka trocken.

Ambrosius beäugte mich weiter, seine höfliche Maske war jetzt einem kühlen, berechnenden Gesichtsausdruck gewichen.

»Alex, ich hab gehört, du willst den König treffen«, sagte er schließlich.

»Das ist richtig, deswegen bin ich hier.«

Der Troubadour nickte. »Ist dem so. Nun, du hast Glück. König Richard kann heute abend nach seinem Treffen mit dem Erzbischof von Canterbury etwas Zeit für dich erübrigen.«

»Willst du dich nicht bei Ambrosius bedanken?« forderte Zizka mich schroff auf, bevor mir die Bedeutung des Gesagten richtig klar wurde. »Es kommt schließlich nicht jeden Tag vor, daß –«

»Danke, vielen Dank, mein Herr! Mein Traum – meine Hoffnungen gehen in Erfüllung! Ich werde Euch Eure Freundlichkeit ewig danken. Seid Ihr sicher? Wann soll ich denn erscheinen? Soll ich –«

Zizka hielt mir den Mund zu. »Übertreib nicht, mein Junge. Hab ich's nicht gesagt?«

Ambrosius gluckste vor Lachen. »Eine gute Wahl, Zizka. Seine Begeisterung gefällt mir. Ja, das wird gutgehen.«

Zizka blieb noch bei dem Troubadour, während ich benommen im Hof herumlief. Trotz meiner verpatzten Darbietung, trotz Enochs List würde ich den König zu sehen bekommen! Ich beobachtete die vorbeiziehenden Wolkenfetzen, lauschte dem Bellen eines Hundes. Diesen Augenblick wollte ich für immer in Erinnerung bewahren, das Schicksal hatte mir Wanthwaite zurückgegeben.

Ich rannte zur Kapelle, um meinen Eltern zu danken.

Als ich das Gebet beendet hatte, traf ich auf Zizka, der jetzt erst von Ambrosius kam.

»Alex«, er legte einen Arm um meine Schulter und führte mich zu einer Bank. »Alex.«

Ich wartete. So zaghaft kannte ich ihn gar nicht.

»Alex«, sagte er zum dritten Mal, »ich hoffe, daß du vom König das bekommst, was du erwartest. Du bist noch sehr jung, und in unserer Truppe wurdest du sehr verwöhnt.«

Ich fragte mich, worauf er anspielte. Was hatte das alles mit Wanthwaite zu tun?

»Der König ist ...« Er zögerte wieder. »Nun, er sieht sehr gut aus, wie du weißt. Er ist ritterlich, höflich, elegant und sehr

begabt, aber ... Du mußt immer daran denken, daß er der König ist.«
Mir wurde mulmig. »Was wollt Ihr damit sagen, Zizka?«
»Ich will dich nur warnen. Überlaß dem König, welche Themen zur Sprache kommen, und versuch nicht, mit ihm zu streiten.«
»Weshalb sollte ich mit ihm streiten?«
Er zuckte mit den Schultern, sah mir aber nicht in die Augen. »Weil du nicht besonders unterwürfig bist. Kein König akzeptiert es, wenn man ihm widerspricht oder ihn belügt. Behandle ihn wie den königlichsten aller Könige.«
Nachdem er gegangen war, gingen mir seine Worte im Kopf herum. Hätte ich Zizka nicht so gut gekannt, hätte ich vermutet, daß er sich schuldig fühlte und dies eine Art Wiedergutmachung sein sollte. Sollte er sich ruhig Sorgen machen, ich würde jedenfalls den König sehen!

Vor Stunden schon hatten die Glocken geläutet, und ich durfte immer noch nicht in Richards Gemach. Ich war sofort nach der abendlichen Vorstellung in meinem Alexander-der-Große-Kostüm zu ihm gerannt. Außer mir war niemand in der Vorhalle wach. Der Sekretär des Königs lag schlafend über dem Schreibtisch, einige Ritter lagen ausgestreckt auf dem Boden, und Enoch schnarchte neben mir.
Wie ein großer Rabe stürmte plötzlich der Erzbischof von Canterbury aus Richards Kammer; vom Knallen der Türen wurden alle wach. Er wandte sich an den müden Sekretär und sagte schroff: »Schickt den nächsten rein.«
Der schaute erschöpft in sein Buch und fuhr mit dem Zeigefinger die Eintragungen entlang.

Enoch trat auf mich zu und sagte: »Alexander von Wanthwaite ist der nächste.«
»Genau, der Junge von Ambrosius, den hatte ich ganz vergessen. Komm, mein Junge, ich melde dich an.«
Enoch drückte meine Schulter, und ich sah bebend zu ihm auf. Dann folgte ich dem Sekretär.
Ich war allein mit König Richard.
Er stand in der anderen Ecke der gewölbten Kammer und blickte aus dem Dachfenster in die schwüle Nacht. Die Flammen der Fackeln flackerten im Luftzug, auch sein weißes Gewand flatterte. Schließlich drehte er sich um und schritt auf mich zu. Das bißchen Verstand, das ich noch hatte, verflog; beinahe hätte ich vergessen, mich zu verbeugen.
»Steh gerade, mein Junge, ich will dich ansehen.«
Er schritt auf einen Tisch mit Flaschen zu und füllte zwei Kelche mit Rotwein, einen reichte er mir. Dann näherte er sich mit einer Kerze. Wir taxierten einander. Seine dunklen Augen schimmerten blaugrau im Kerzenlicht; er hatte hohe, geschwungene Augenbrauen, ein langes Kinn mit einem kleinen Bart und eine vorstehende Unterlippe. Er lächelte spöttisch.
Er klopfte spielerisch auf meine Nase. »Alexander-Amor, ich bin mit dir zufrieden.«
»Ihr meint –«
»Ich meine, daß du das hübscheste Kind bist, das ich je gesehen habe, und ich habe schon viele gesehen. So, wollen wir uns bekannt machen? Ambrosius sagte, du seist ein gebildetes Kerlchen, nicht nur musisch begabt. Du kannst Latein lesen und schreiben?«
»Ja, Herr, auch Französisch und Englisch.«

Erstaunt hob er die Brauen. »Hat Zizka dich unterrichtet?«
»Zum Teil.«
»Ich muß schon sagen, er hat sich selbst übertroffen. Selten findet man in den Straßen von Paris einen solch belesenen Jungen.«
Das war mein Stichwort.
»Nur – ich bin kein Pariser Straßenjunge.«
»Nein?«
Er streckte eine riesige Hand nach mir aus, mir stockte der Atem. Aber er legte nur einen Zeigefinger an meine Wange und fuhr hinab zum Kinn. Ich redete weiter.
»Nein, ich bin gar nicht aus Paris. Und Recht und Sprachen habe ich auf Petit Pont gelernt, nicht von Zizka.«
»Ein Student also.« Er lächelte wissend. »Du bist doch viel zu jung, wie alt bist du?«
»Neun«, sagte ich schnell und wollte mich sogleich verbessern, denn ich war ja zwölf, und das würde er bald herausfinden.
»Das ist allerdings sehr jung«, sagte er nachdenklich. »Mal sehen, ob du alt genug bist, uns noch ein Glas Wein zu holen.« Er reichte mir seinen Kelch.
Ich zitterte etwas beim Eingießen. Dann sah ich ihn wieder an.
»Und ich bin nicht aus Paris, Eure Hoheit. Ich komme aus England.«
»Gut!« Er lachte. »Sehr gut. Ich will dir ein Geheimnis verraten: Ich hasse die Franzosen! Und die Engländer liebe ich, das sind ja schließlich meine Untertanen. So, du bist also ein Student englischer Nationalität und lernst außerdem Jonglieren. Ich –«

»Nein!« unterbrach ich ihn. Sein Blick verdüsterte sich. »Verzeiht, Eure Hoheit, bitte fahrt fort.«
»Das werde ich, aber sag mir zunächst, worin ich mich getäuscht habe.«
Ich atmete tief durch, es war soweit. Ich wollte mich jetzt in Alix verwandeln.
»Ich bin Alexander von Wanthwaite, Baron in Eurem Land.«
Baron? Was war nur mit mir *los? Baron?*
»Baron von Wanthwaite?« fragte der König mit gerunzelter Stirn. »Aus dem Norden, in der Nähe Schottlands?«
»Jawohl, Northumbrien«, sagte ich schnell. »Der größte Besitz neben der Grafschaft, den englischen Königen gegenüber waren wir immer loyal. Mein Großvater und mein Vater ...« Ich erzählte von der Belagerung und der Einnahme von Alnwick, bei der mein Großvater zugegen gewesen war. Schließlich zog ich das Empfehlungsschreiben König Heinrichs hervor.
Der König studierte es genau. »Warum hast du das niemandem gesagt? Zizka und Ambrosius wissen nichts davon, oder?«
»Nein, Eure Hoheit, unsere Burg wurde geplündert; seitdem bin ich auf der Flucht und fürchte um mein Leben.«
»Geplündert? In England? Ich dachte, die Schotten wären erfolgreich zurückgeschlagen.«
»Ja, das stimmt auch. Es war unser eigener Graf, Osbert von Northumbrien, er will ganz Northumbrien. Er entsandte als Mönche verkleidete Soldaten; so kamen sie in die Burg und metzelten alles brutal nieder.«
»Das ist absurd! Osbert von Northumbrien ist immer ein treuer Ritter gewesen. Und du, kleiner Baron, bist ein Geschichtenerzähler, ein Lügner.«

Ich betrachtete die riesige Gestalt vor mir und sagte kühl: »Ich lüge nie. Osbert von Northumbrien und sein Stiefsohn Roland von Roncevaux sind mir bis London gefolgt, um mich zu töten, denn ich sollte nicht zu Euch gelangen. Das wäre ihnen fast gelungen, wenn ich nicht einem freundlichen Schotten begegnet wäre.«
»Aber Northumbrien ... Northumbrien war doch ...« Er sank aufs Bett. »Warum bist du nicht sofort zum Grafschaftsgericht gegangen?«
Ich dachte an meinen Vater und an Malcolm, als ich die nächsten Worte sagte: »Wie Ihr wißt, ist Northumbrien fast ein eigenes Land, eine Pfalz, und die Soldaten des Königs kommen nicht so weit nach Norden. Deswegen ist Osbert von Northumbrien der Richter des Grafschaftsgerichts. Ich kann mich doch nicht beim Täter selbst beklagen.«
»Aber Osbert von Northumbrien ...« Er schüttelte den Kopf. »Wann war das?«
»Am 22. Mai 1189«, antwortete ich.
»Aha, das erklärt auch ...« Jetzt lachte er tatsächlich.
Ich erschrak. »Warum fragt Ihr, mein Herr? Haben die beiden schon mit Euch verhandelt? Vielleicht während Eurer Krönung? Ich weiß, daß sie in London waren.«
Er dachte nach. »Osbert, sagst du? Was ist das für ein Mann? Kannst du ihn beschreiben?«
Mit zitternder Stimme schilderte ich die teuflischen Taten, von denen meine Mutter mir erzählt hatte. *Deo gratias,* daß der König mich diesem Monster nicht zur Frau geben konnte!
»Hol mir noch ein Glas Wein, während ich nachdenke«, befahl er. Als ich ihm den Wein reichte, sagte er: »Nein, mein kleiner Baron, ich versichere dir, daß ich nie mit einem

Osbert gesprochen habe. Niemand hat Anspruch auf Wanthwaite geltend gemacht. Sollte das geschehen, werde ich die Täter bestrafen und selbst die Burg einnehmen. Du brauchst also nichts zu befürchten.«

Ich nippte zum ersten Mal an meinem Wein und kam zum zweiten Punkt. »Deswegen, mein König, habe ich diesen langen Weg auf mich genommen. Ich möchte Euch um eine schriftliche Bestätigung mit Eurem Siegel bitten, die ich dem Obersten Richter in London zeigen kann. Einen solchen Befehl müßte Osbert von Northumbrien doch anerkennen, oder?«

Er betrachtete seinen Wein, leckte die Oberlippe und lächelte. »Nichts einfacher als das. Ich übergebe dir hiermit deine Ländereien mit allen Privilegien, *teste me ipso.* Das war ein unterhaltsames Gespräch, und ich konnte endlich mal wieder jemandem einen Gefallen tun.«

Tränen stiegen mir in die Augen. Nun war diese erdrückende Last von mir genommen. Die Erleichterung stieg mir zu Kopf, mir wurde schwindlig vor Freude. Ich erinnerte mich ans Protokoll und fiel auf die Knie. »Vielen Dank, wie kann ich Euch je danken?«

»Da du aber wahrscheinlich keinen Vormund hast, der deine Geschäfte erledigt, bis du volljährig bist, müssen wir mit der Übergabe Wanthwaites noch etwas warten.«

»Ich brauche keinen Vormund, mein Herr. Ich kann –«

»Selbst die Ritter in den Kampf führen, wenn nötig? Ländereien und Vasallen verwalten? Mit neun Jahren?« Er lachte herzlich. »Mit Sprachen und Musik kommst du da nicht weit. Du mußt erst mal für diese Position ausgebildet werden. Was hat dir dein Vater beigebracht?«

Mein Vater hatte mich zwar in mancher Hinsicht wie einen Jungen behandelt, aber Richards Fragen hatten mir gezeigt, wie wenig ich wirklich wußte. Ich sah ihn stumm an.
»Nicht viel, das dachte ich mir. Damals warst du ja auch erst sieben oder acht, viel zu jung. Schau nicht so traurig, mein Junge. Ein König ist schließlich dazu da, sich um seine Schützlinge zu kümmern, oder? Das paßt auch alles ganz gut in meine Pläne.«
Etwas spät fiel mir ein, daß er dieses Treffen einberufen hatte, nicht ich. »Wie meint Ihr, Hoheit?«
»Nun, wie du weißt, war Zizka einer Aufforderung Ambrosius' gefolgt, als er nach dir suchte. Einen begabten jungen Jongleur, der lesen und schreiben kann. Weißt du nicht, weshalb?«
Ich schüttelte den Kopf. »Nein, ich habe keine –«
»Tja, anscheinend nicht, denn diese Ehre wird Straßenkindern nur selten zuteil, und wir hielten dich schließlich für ein Straßenkind. Du solltest von Ambrosius als Schreiber und Troubadour ausgebildet werden.«
»Welch große Ehre«, erwiderte ich demütig.
»Ja, allerdings. *Ars longa, vita brevis.* Und du kannst dir ruhig noch etwas Zeit lassen, und dafür bist du an meinem Hof bestens aufgehoben. Ich werde mich persönlich um dein Wohlergehen kümmern.« Seine kräftige Hand strich über meine Locken. »Du wirst mein persönlicher Page sein, bis du volljährig bist.«
Was »volljährig« genau bedeutete, war mir nicht ganz klar, aber ich wußte schon, welche Ehre mir gerade zuteil geworden war und was das für meine Zukunft bedeuten konnte. Teil des königlichen Hofes!

»Vielen Dank, mein Herr, ich weiß gar nicht, wie ich meine Dankbarkeit ausdrücken soll. Wie kann ich Euch zu Diensten sein? Was soll ich tun?« fragte ich.
Er lächelte angesichts meines Eifers. »Nun, zuerst müssen wir dich ausstaffieren. Du bekommst ordentliche Kleidung und ein Pferd.«
Ein Pferd? Für einen Pagen? Vielleicht hatte ich ihn nicht richtig verstanden. »Wozu brauche ich ein Pferd?«
»Bei Gottes Kehle, mein Junge, zum Reiten natürlich, oder willst du etwa zu Fuß gehen?«
»Wohin soll ich denn reiten?« fragte ich, jetzt vorsichtiger.
»Du kommst natürlich mit nach Jerusalem!«
»Jerusalem!« schrie ich und sackte zusammen, der König fing mich gerade noch auf.
»Ich dachte, du würdest dich freuen.« Mein Kopf lag auf seinem muskulösen Arm, und ich atmete den Duft von Zedernholz ein. »Das ist der größte Ritterzug überhaupt, wichtiger noch als die Suche nach dem Heiligen Gral, denn es geht um das Wohl der ganzen Christenheit.«
Ich erschauerte, und er hielt mich fester.
»Besiegeln wir's mit einem Kuß«, sagte er, und sein Gesicht kam näher. Seine Augen waren blaue Perlen, er roch nach Wein und Minze. »Ich freue mich schon darauf, noch mehr von deiner romantischen Odyssee zu hören.«
Er preßte seine Lippen auf meine. Sie waren warm und zart, und mein Herz hüpfte vor Freude.
»Dir bleibt nicht viel Zeit. Geh morgen zu Sir Roger, er wird dich einweisen, und zu Sir Gilbert, meinem Pagen, der gibt dir weitere Instruktionen.«
Ich bedankte mich nochmals und ging dann rückwärts mit

vielen Verbeugungen zur Tür. König Richard lächelte zufrieden.

Heftiger Regen prasselte auf unser Lederzelt. Ich beklagte mich bitterlich bei Enoch, doch der saß regungslos und schwieg.
»Warum sagt Ihr nichts?« fragte ich und hoffte auf ein Wunder, das mein Schicksal ändern würde.
»Jerusalem«, sagte er. »Kleiner, ich weiß gar nicht, was ich sagen soll. Mein Gott, Jerusalem!«
Erschöpft kauerte ich in der Dunkelheit, es war sehr kalt.
»Denkt Ihr, ich muß mit? Ich könnte ihm doch erzählen, daß ich krank geworden bin.«
Er schwieg.
Oder ich könnte ihm sagen, daß ich ein Mädchen bin!
Ich erschauerte bei dem bloßen Gedanken. Mir war klar, daß ich nicht mit Richards Gnade rechnen konnte, wenn diese Lüge aufflog. Außerdem würde ich bestimmt eher den Kreuzzug überleben als eine schlechte Ehe. Aber wie sollte ein Mädchen mit einer Armee Männer zurechtkommen?
»Da verschlägt's mir die Sprache«, sagte Enoch verdrießlich.
»Jerusalem, für ein Kind ist das die Hölle!«
Dann mußte ich ihm noch mal das ganze Gespräch schildern Wort für Wort.
»Das war alles?«
»Ja.«
»Dann hast du ihm also nicht gesagt, daß wir Brüder sind?«
»Ich sagte, daß wir zusammen reisen.«
»Wir sind Brüder!« brüllte er. »Wanthwaite gehört uns beiden!«

»Dazu war keine Zeit«, jammerte ich.
Er packte mich an der Schulter. »Du kannst mir nichts vormachen. Der König denkt vielleicht, du bist ganz ein Süßer, aber ich weiß, was für ein Skorpion du bist. Diesmal hast du dich allerdings mit deinem eigenen Stachel verletzt. Jerusalem! Sag, wem gehört Wanthwaite?«
»Mir! Ich bin der Erbe!« sagte ich kühner, als mir zumute war.
»Falsch! Versuch's noch mal: Wem gehört Wanthwaite?«
»Ihr wollt nur, daß ich sage, es gehört uns beiden, aber das werde ich niemals sagen. Niemals!«
»Niemals?« Er lachte bitter. »Ich wollte eigentlich nur die Wahrheit hören. Aber die kennst du gar nicht.«
Ich wußte nicht, worauf er hinauswollte.
»Dann sagt Ihr es mir doch. Wem gehört Wanthwaite?«
»König Richard von England, dem gehört's. Das ist das Gesetz. Wenn du der einzige Erbe bist, fällt Wanthwaite zwangsläufig an den König.«
»Ja, wenn ich ein *Mädchen* wäre!« schrie ich.
»In deinem Alter macht das keinen Unterschied. Du bist nicht volljährig, und deshalb geht der Besitz an den König. Er kann damit machen, was er will. Vielleicht gibt er ihn dir; aber wahrscheinlich fällt er vorher im Kampf, oder du fällst bei ihm in Ungnade.«
»Aber mein Vater sagte … mein Vater dachte …«
»Daß König Heinrich noch lebt und sich an euch erinnere. Vielleicht. Besonders großzügig war der allerdings auch nicht. Wer weiß schon, was König Richard tun wird. Wenn du mich als deinen Bruder vorgestellt hättest, der ein Anrecht auf Wanthwaite hat, dann würde die schriftliche Bestätigung

etwas nutzen. Jawohl, Alexander, deine Habgier hat dich um Wanthwaite gebracht.«

Das war eine schmerzliche Erkenntnis. Jetzt erinnerte ich mich wieder daran, daß König Richard sich nach einem Vormund erkundigt hatte. Hätte ich Enoch als meinen leiblichen Bruder vorgestellt, dann besäße ich jetzt wenigstens die Hälfte des Kuchens, so blieb mir gar nichts. Ich hatte ganz vergessen, daß ich nicht nur ein Mädchen, sondern noch ein Kind war.

Aber hatte ich denn eine Garantie dafür, daß Enoch teilen würde? Hatte er nicht schon meinen Titel gestohlen? Wenn es von ihm abhing, wäre ich sicherlich der landlose jüngere Bruder und wäre genauso schlecht dran wie jetzt. Falls er mich überhaupt am Leben lassen würde.

Mit diesen bedrückenden Gedanken schlief ich ein.

Nachdem am nächsten Morgen die dritte Gebetsstunde geschlagen hatte, machte sich Enoch zu seiner eigenen Audienz mit dem König auf. So ernst hatte ich ihn noch nie gesehen. Kaum war er verschwunden, rief Zizka mich ins Hauptzelt. Grimmig ging ich dem Verräter entgegen. Ambrosius war auch da. Zizka sah verstimmt aus, Ambrosius amüsiert.

»Nun, Baron Alex, du hast uns alle an der Nase herumgeführt!« sagte Ambrosius. »Was bist du doch für ein kluger Junge, ein Verlust für die Welt der Troubadoure. Ich hoffe trotzdem, daß ich dich in den Künsten der Musik und Dichtung unterrichten darf, deiner Stellung wäre das angemessen. Weißt du, daß König Richard französische und provenzalische Gedichte verfaßt?«

»Ich weiß, daß er ein begabter Mann ist«, sagte ich und starrte Zizka wütend an. »Ich hatte keine Ahnung, daß mir die Ehre zuteil werden würde, ihn auf dem Kreuzzug zu begleiten.«

Zizka starrte zurück, sein spitzes Kinn wackelte vor Wut. »Das hättest du auch nicht, wenn ich gewußt hätte, daß du ein Baron bist! Du hast mich betrogen!«
Ambrosius sah Zizka an, dann mich. »Aber du gehst doch sicher gern mit«, meinte er. »Es kommt nur selten vor, daß König Richard solch junge Männer in seine Obhut nimmt.«
Da dieses Gespräch dem König sicherlich zu Ohren kommen würde, bejahte ich. Ambrosius schien es zu überzeugen. Er tätschelte meine Schulter und machte sich dann auf, Vorbereitungen für die lange Reise zu treffen.
»Du bist ein Dummkopf, Alex«, fauchte Zizka. »Es war dumm, zu heucheln, und noch dümmer, deine wahre Identität preiszugeben. Ambrosius hätte sich um dich gekümmert, hätte dich gut ausgebildet und aus dem Krieg herausgehalten! Jetzt bist du Richards Gnade ausgeliefert. Ich glaube kaum, daß du das überleben wirst! Kannst du überhaupt kämpfen? Weißt du, was Richard erwartet?«
»Ihr wagt es, mich einen Heuchler zu nennen?« schrie ich ihn an. »Und mich vor den Gefahren des Kreuzzugs zu warnen? Ihr habt mich doch kaltblütig ausgeliefert! Ihr hättet mich warnen können! Euch trifft die Schuld, wenn ich sterbe! Und was Richard angeht, er wird sich über Euren Verrat sehr freuen!«
Ich rannte aus dem Zelt. Bevor ich zu Sir Roger ging, wollte ich Isabelle noch einmal sehen. Am Tor zum Hof der Frauen prallten wir fast zusammen, sie hatte mich ebenfalls gesucht.
»Oh, Alex. Hast du schon gehört? König Richard wird Prinzessin Alice nicht heiraten, sie muß ins Gefängnis, bis er zurückkommt! Ist er nicht ein Scheusal? Sie ist zwar eine Langweilerin, aber ins Gefängnis! Meine Herrin Marie ist ganz außer sich, denn Alice ist ihre Halbschwester.«

Ich berichtete von meiner Unterredung. Isabelle sackte auf einer Bank zusammen und betrachtete mich mit großen, bewundernden Augen.
»Du bist ein *Baron?*«
»So ist es.« Am liebsten hätte ich ihr gesagt, daß ich eine Baronin war, ein zwölfjähriges Mädchen, genau wie sie. Aber ich hielt mich zurück. Zuerst mußte ich es dem König sagen, das war der Wunsch meines Vaters.
»Wo liegt Wanthwaite? Ist es ein großes Lehen?«
»Das größte in Northumbrien, wunderschönes Land. Ich wünschte, ich wäre dort.« Meine Stimme bebte.
»Ach was, das glaub ich nicht. Als Page des Königs am Kreuzzug teilzunehmen ist doch eine große Ehre. Davon kann ich nur träumen.«

Ich mußte lange auf Sir Roger warten, der sich noch um einige andere Leute kümmerte. Schließlich wandte er sich mir verdrossen zu.
»Du sollst also Page werden. Ich wünschte, der König würde es mich wissen lassen, wenn er jemand Neues einstellt. Eigentlich gibt's genug Pagen. In seiner Kammer kannst du im Augenblick auf keinen Fall anfangen, denn ich kann dich jetzt nicht ausbilden und Gilbert auch nicht. Laß dich ordentlich einkleiden; geh zum Stallmeister, nimm dir eins von den beiden Pferden, die noch übrig sind. Zur Zeit haben wir keinen Platz für dich, du wirst allein lagern müssen.«
Er scheuchte mich weg; ich ging schweren Herzens. Ich sollte allein reiten, allein in der Wildnis lagern. Wo sollte ich überhaupt ein Zelt herbekommen? Mußte ich mich selbst um mein Essen kümmern?

In der Kleiderkammer ließ ich mich einkleiden und holte mir dann ein Pferd. Als ich wieder in unserem Zelt war, zog ich den kleineren der zwei rot-goldenen Umhänge an und rollte den anderen zu einem Bündel zusammen. Dann kümmerte ich mich um meinen Grauschimmel und gab ihm von Twixts Hafer zu fressen. Weil er grau war, nannte ich ihn ›Thistle‹.

Als Enoch am späten Nachmittag zurückkam, schlief ich fest. Im Zelt war es schwül und warm, und mein Kopf fühlte sich an, als steckte er in einem Schraubstock. Er weckte mich.

»Komm nach draußen, Kleiner. Da drin ist ja nicht mal genug Luft für 'ne Fliege.«

Müde stolperte ich hinter ihm her.

Er fühlte meine Stirn. »Hast du Fieber? Oder liegt das nur an der Hitze? Hast du Hunger?«

»Ja«, sagte ich. Am besten, ich schlug mir den Bauch noch einmal richtig voll, vor mir lag ja eine längere Fastenzeit.

»Heiliger Sankt Georg, wo hast du denn das häßliche Pferd her?«

»Es ist nicht häßlich«, rief ich verärgert. »Das ist ein Grauschimmel, und er heißt Thistle.«

Enoch pfiff fröhlich, während wir unser Essen zubereiteten. Anscheinend war er froh darüber, mich los zu sein, selbst wenn ihm Wanthwaite entging, dachte ich voller Selbstmitleid. Ich fragte mich, ob mich je irgend jemand ganz uneigennützig mögen würde oder ob mein Besitz immer der Köder war. Dann fiel mir ein, daß Enoch gerade vom König kam.

»Worüber habt Ihr mit dem König geredet?« fragte ich vorsichtig.

»Über die Burgen, die er dem schottischen König zurück-

gegeben hat, und ein bißchen über meine Familie, an die er sich noch erinnert.«
Meine Neugier war entfacht. »Habt Ihr mit ihm auch über mich gesprochen?«
Er spuckte einen Knochen aus. »Ja, ich hab ihm klargemacht, daß wir Brüder sind.«
»Und, was hat er gesagt? Etwas über Wanthwaite?«
Enoch rülpste herzhaft und zog dann eine Pergamentrolle hervor. »Ja, er hat mir ein Schreiben gegeben, ich soll es aufbewahren.«
»Gebt her!« Ich griff danach, doch er hielt es hoch in die Luft.
»Nicht so schnell, Jungchen. Du hast ja bewiesen, daß du unseren Besitz nicht schützen kannst, deswegen paß ich jetzt drauf auf.«
»Ich will es nur mal ansehen. Was steht denn drin?«
»Die Bedingungen habe ich ausgehandelt«, sagte er kühl. »Sei ganz unbesorgt.«
»Ja, so wie Ihr die Bedingungen mit Zizka ausgehandelt habt! Da kann ich mich ja glücklich schätzen, wenn mir ein Fleckchen Erde für mein Grab bleibt.«
»Alex, habe ich dich je betrogen? Das Schreiben besagt, daß ich dein rechtmäßiger Vormund bin, bis du volljährig bist. Bis dahin verwalte ich den Besitz allein.«
»*Falls* ich je volljährig werde, wolltet Ihr wohl sagen.« Ich war den Tränen nahe. »Ihr wißt ganz genau, daß ich den Kreuzzug kaum überleben werde.« Der König hatte mich also gleich doppelt verraten: Ich mußte mit auf diesen verdammten Kreuzzug, und außerdem hatte er den Schotten als meinen rechtmäßigen Vormund eingesetzt. Ich überlegte. »Wer

bekommt denn Wanthwaite, wenn ich sterbe? Ihr oder der König?«

Der Schotte stocherte mit dem Dolch zwischen seinen Zähnen. »Diese Möglichkeit haben wir gar nicht bedacht. Aber ich schätze, dem König wäre es recht, wenn er oben im Norden einen Schotten hätte, auf den er sich verlassen kann.«

Ich war wie vor den Kopf geschlagen. Ich mußte nach Jerusalem ziehen, und Enoch würde nach London eilen, mich für tot erklären, und Wanthwaite wäre sein! Falls ich überleben sollte, wäre sowieso alles zu spät.

Ich wandte ihm den Rücken zu und dankte Gott, daß dies meine letzte Nacht mit Enoch war. Voller Verachtung sagte ich: »Ich hoffe, Ihr genießt Euren Sieg. Ich hasse Euch, und ich hasse den König. Ihr nutzt meine schreckliche Lage aus, um Euch zu bereichern.« Ich legte den Kopf auf die Knie. »Und Ihr schickt mich auf diese Reise, damit ich Euch nicht im Weg bin.«

»Komm schon, Alex.« Er rüttelte mich an der Schulter. »Der König ist gar nicht so übel, wie du denkst. Hör auf zu jammern und hör mir zu. Der König ist sehr besorgt um dein Wohlergehen, deshalb … schau her.«

Er drehte meinen Kopf zu sich, und teilnahmslos blickte ich auf sein buntes Hemd: Er hatte auf sein Plaid ein Kreuz genäht.

»Siehst du, Kleiner? Der König hat mich zu deinem Vormund eingesetzt, unter der Bedingung, daß ich auf dich aufpasse. Ich komm mit auf den Kreuzzug!«

16

Weder der König noch Enoch konnten mir weismachen, daß ihnen mein Wohlergehen am Herzen lag. Der König brauchte einen getreuen Schotten im Norden, und Enoch bedurfte – was Wanthwaite betraf – der Zustimmung des Königs. Ich war für beide eigentlich nur eine austauschbare Schachfigur. Das war mir aber erst einmal egal. Ich war froh, daß Enoch mich weiterhin begleiten würde. Er hatte sich in der Kleiderkammer schon eine Uniform geholt, weigerte sich allerdings, sie zu tragen. Er hatte auch ein Pferd bekommen, es hieß Firth. Seine Aufgaben waren nicht ganz klar umrissen, einerseits sollte er mich beschützen, andererseits sollte er dem Stallmeister zur Hand gehen. Um seine Nahrung sollte er sich selbst kümmern, während ich ab Vézelay vom König verpflegt werden würde. Als erstes mußten wir uns genug Verpflegung für den Ritt nach Vézelay besorgen. Die ganze Nacht hindurch beluden wir Twixt mit allerlei Waren.

Bevor ich schließlich auf meinem Ziegenfell einschlief, ging mir durch den Kopf, daß der Schotte mich fürs erste davor bewahren würde, entdeckt zu werden. Als Mädchen inmitten einer Armee war ich nicht so sicher wie unter den Jongleuren, doch in Enochs Zelt – sozusagen in die Höhle des Löwen – würde mir niemand folgen.

Nach dem Morgengebet bestiegen wir die Pferde, Twixt hatten wir im Schlepptau. In der Nähe des königlichen Quartiers stellten Hunderte von Baronen ihre Kompanien zusammen und bereiteten ihre Ritter auf den Kreuzzug vor. Wimpel in allen möglichen Farben und Formen waren zu sehen und zeigten den Rittern, wo ihre Herren waren. Eine Fanfare ertönte, und lautes Jubelgeschrei stieg zum König auf; wir erhaschten nur einen kurzen Blick auf den roten Umhang und die goldene Krone, als er vom Turm herabwinkte. Er nahm seinen Platz an der Spitze des Zuges ein, und wir verloren ihn aus den Augen. Enoch führte unsere Pferde zum Tor und über den Burggraben.

Das Heer hinter uns wuchs immer mehr an. Zum ersten Mal wurde mir die Großartigkeit dieser heiligen Reise bewußt.

Wir waren auf dem Weg nach Vézelay. Begeisterte Menschen säumten die Straße und riefen uns zu; sie boten uns Speise und Trank an. Enoch nahm das Dargebotene – Käse, Mehl, geräucherten Aal und Wein – bereitwillig an und belud Twixt damit. Wir sammelten unterwegs nicht nur Vorräte, sondern auch weitere Kreuzfahrer auf.

Außerhalb der Stadtmauern Vézelays schlugen wir unser Lager auf. Der französische König und Richard sollten hier zusammentreffen.

Bevor wir uns die Stadt ansahen, bestiegen wir die Stadtmauer. Es bot sich ein wahrhaft beeindruckender Anblick: So weit das Auge reichte, sah man Männer und Pferde.

»Ein Ding der Unmöglichkeit.« Enoch schloß die Augen. »Das kann nicht gutgehen.«

»Was?«

»Das Land hat nicht genug Nahrung für so viele. Ohne Plünderungen ist das nicht zu schaffen. Vor uns liegt eine schwere Zeit.«

Ich dachte derweil an meine eigene Lage: Wie sollte ich inmitten solch einer Meute unentdeckt bleiben? Doch jetzt mußte ich mich erst einmal in der Abtei melden, wo der König residierte. Es war Zeit für meine erste Lektion bei Sir Gilbert und den anderen Pagen. Ein Wächter führte mich durch eine strenge, weiß getünchte Kapelle, dahinter befand sich eine Säulenhalle, und dann kamen die Gemächer des Königs. Man schickte mich in einen prunkvollen Raum, dort hingen die reichverzierten Gobelins, die mir schon in Chinon aufgefallen waren. Zwei junge Männer machten sich dort an langen Tischen zu schaffen.

»Du bist sicher Sir Alex«, sagte der kleinere der beiden freundlich. »Ich bin Sir Eduard, und das ist Sir Gilbert.«

Wir begrüßten uns. Sir Eduard war ein hübscher, etwa zwanzigjähriger Kerl. Er hatte ein feines Kinn, klare Augen und eine samtene Haut. Tonangebend war zweifellos Sir Gilbert; er war so unhöflich, ich traute meinen Ohren kaum. Lag es daran, daß ich selbst so unbeholfen war? Mit seinen großen Mandelaugen und dem knospenhaften Mund sah Sir Gilbert irgendwie merkwürdig aus. Er war fast so groß wie König Richard, bewegte sich allerdings so ungelenk, als hätte er keine Muskeln. Er hatte einen leichten Buckel, hängende Schultern und krumme Beine. Fehlende Anmut versuchte er mit eleganter Kleidung zu vertuschen. Ein leichter Duft und goldene Spitzen bewiesen, daß er seine Toilette sehr ernst nahm. Sir Gilberts Gesicht war glatt, die Wangen dicklich, die Augen safrangelb. Er hatte einen schön geschwungenen Mund und perfekte Zähne. Bei seinem ununterbrochenen Lächeln

blieben seine Augen kalt. Nach einer kühlen Begrüßung bellte er seine Befehle geradezu in meine Richtung.
»Wir haben schon viel von dir gehört, Alex. Schade, daß du schon morgen abend beim König bedienen sollst, bei so einem wichtigen Treffen. Das setzt große Geschicklichkeit voraus. Wie alt bist du?«
»Neun, Sir.«
»Neun.« Er schauderte angewidert. »Und, was ist dein Geheimnis? Verrat es uns ruhig. Wie hast du dich beim König eingeschlichen? Hast du geweint? Ja, das wird's sein. Du hast ihn mit Tränen von mangelndem Talent und mangelnder Intelligenz abgelenkt. Was für eine rührselige Geschichte hast du denn erzählt? Zier dich nicht, sag's uns. Wir haben ganz gern mal was zu lachen.«
Er deckte den Tisch, während seine beleidigenden Bemerkungen ganz beiläufig auf mich niederprasselten.
Sir Eduard legte eine Hand auf meine Schulter. »Mach dir nichts draus, Alex. Sir Gilbert macht nur Spaß.«
»*Au contraire*, hör gut auf mich, Alex, denn ich lasse es nicht zu, daß der Haushalt des Königs verkommt. Was verstehst du vom Weinausschank? Kennst du den Lieblingswein des Königs, die Reihenfolge, in der bedient wird? Komm, erzähl schon, weshalb du für den König so unersetzlich bist.«
»Ich bin nicht unersetzlich«, lenkte ich ein. »Der König ist mein Vormund, da meine Eltern tot sind. So kann er am besten auf mich aufpassen, das hat er jedenfalls gesagt.«
In gespielter Überraschung stemmte Sir Gilbert die Hände in die Hüften. »Du bist nicht unersetzlich! Habt Ihr das gehört, Sir Eduard? Man beachte seine Demut, seine vorgetäuschte Unwissenheit. Also, hör gut zu, ich wiederhole nichts: Der

König badet in seiner Kammer und kleidet sich dort an. Du wirst das Wasser für ihn bereiten, eine neue Tunika rauslegen, ihm beim Entkleiden behilflich sein und die alte Wäsche wegnehmen. Alles klar?«

»Ja. Äh, nicht ganz. Was soll ich rauslegen, und wo finde ich den Wasserzuber?«

»Komm, ich zeig's dir.« Sir Eduard warf Sir Gilbert einen verächtlichen Blick zu und erklärte mir alles noch einmal, öffnete die Garderobe des Königs, zeigte mir den Zuber, den Korb für schmutzige Wäsche und erläuterte die ganze Prozedur.

Sir Gilbert fuhr unterdessen gehässig fort und erklärte, wie der Wein zu servieren war, wie man ihn kühl hielt und in welcher Reihenfolge die Gäste zu bedienen waren. Er betonte, wie wichtig Diskretion sei, da in meinem Beisein Staatsgeheimnisse besprochen würden. »Kein Sterbenswörtchen an Außenstehende, das wäre Verrat!« endete er. »Trotzdem mußt du die Ohren spitzen, denn der König wird dich später vielleicht befragen.«

»Ich verstehe.«

»Mach dir keine Sorgen, Alex. Ich komme morgen vor dem Treffen und versichere mich, daß alles seine Ordnung hat«, tröstete mich Sir Eduard.

Wir wurden entlassen. Sir Gilbert hielt mich kurz zurück. »Warte einen Moment, Alex. Ich will noch unter vier Augen mit dir reden.«

Er bemühte sich jetzt nicht einmal mehr um ein Lächeln. Seine Augen funkelten hart wie Edelsteine, die Lippen waren verächtlich geschürzt. »Ich weiß nicht, wie du den König getäuscht hast, du kleiner Schurke. Einiges will ich klarstellen. Erstens, du stinkst widerlich. Der König war bestimmt erkältet, als er dich eingestellt hat, anders kann ich es mir nicht erklären, daß er einen solchen widerlichen Gestank toleriert hat. Zweitens zu deinem Aussehen: Soll das eine Uniform sein?«

Ich sah an dem sackförmigen Umhang hinunter; es war ja nicht meine Schuld, daß er mir zu groß war.

»Bring das auf der Stelle in Ordnung«, fuhr er mit Grabesstimme fort. Dann trat er näher. »Und bilde dir bloß nichts ein.«

Bevor ich wußte, wie mir geschah, griff er nach meinem vorstehenden Schatzgürtel und kniff ihn bösartig. Ich spürte natürlich nichts, dachte aber daran, wie Enoch geschrien hatte, als ich ihn an derselben Stelle gepackt hatte, und mir war klar, was Sir Gilbert bezweckte.

Schreiend sprang ich zurück. »Was soll das?«

»Du bist nicht so männlich, wie du denkst. Versuch nur nicht, dich einzuschmeicheln, das würdest du bereuen, das schwöre ich dir. Jetzt hau ab und mach dich fertig.«

Blind vor Angst taumelte ich auf die Straße. Zuerst rannte ich zur Kleiderkammer und bat um Schere, Nadel und Faden. Dann rannte ich zu dem mit Weiden umstandenen Brunnen, den ich vom Fenster aus gesehen hatte. Mit dem Dolch meines Vaters schnitt ich verschieden lange Zweige ab, holte beim Schreiber ein Stück Pergament und rannte zurück in mein Zimmer. Dort warf ich die Zweige auf den Boden, um sie der Größe nach zu ordnen.

Ich wollte mir ein Glied basteln.

Bevor ich mit dem Zuschneiden der Weidenruten und des Pergaments beginnen konnte, mußte ich mir eine Form überlegen, mit der ich ungehindert Wasser lassen konnte, ohne daß jemand auf den Gedanken käme, meine Männlichkeit anzuzweifeln. Ich versuchte herauszufinden, wo genau der Wasserstrahl herkam und hinspritzte, und stellte fest, daß ich diese Körperpartie kaum kannte. Ich mußte es einfach ausprobieren, danach würde ich mich gründlich waschen. Nach einigen Versuchen hatte ich die Quelle gefunden. Ich würde ein Gebilde von etwa einer Handlänge herstellen müssen, das zu meinem Körper hin schräg geöffnet war und sich zu einem kleinen Löchlein an der Spitze verjüngte. Die Weidenruten entsprachen nicht ganz meinen Bedürfnissen. Sie waren auch nicht flexibel genug; entweder würde mein Glied ständig nach unten hängen oder nach oben stehen. Ich beschloß, daß es glaubwürdiger aussah, wenn es nach oben gerichtet war, so daß sich beim Pinkeln ein gebogener Strahl ergab.

Mit dem Pergament ließ sich noch einiges verbessern. Ich ölte es ein, um es wasserdicht zu machen. Dann wickelte ich es um den Weidenzweig, formte und polsterte ihn, so daß er einem Glied recht ähnlich sah. Mittlerweile hatte ich einen gewissen Stolz auf mein Werk entwickelt. Dann nähte ich das Ganze an dem Geldgürtel fest, den ich meinem Oberschenkel anpaßte. Jetzt mußte ich nur noch die Tunika so abändern, daß ich meine Konstruktion durch den Schlitz anfassen konnte, ohne daß sie sichtbar wurde. Endlich war ich fertig. Ich wusch mich flink und kleidete mich neu an. Das Glied beulte die Tunika aus wie ein kleiner Zeltpflock. Vergeblich versuchte ich, es runterzudrücken, gab dann aber auf; das würde wahrscheinlich niemanden stören. Ein zu hartes und zu langes Glied schien für Männer – nach meinen bisherigen Beobachtungen – nicht von Nachteil zu sein.

Als ich am nächsten Nachmittag die Stufen zum Quartier des Königs erklomm, war ich sorgfältigst hergerichtet. Sir Gilbert und Sir Eduard erwarteten mich bereits. Sir Gilbert nahm zwar meine neue Aufmachung wahr, war aber immer noch giftig.

»Warum kommst du so spät?« Sir Gilbert deutete auf die rote Brokatrobe auf dem Bett. »Genau so muß sie daliegen. Der König ist sehr eigen mit seiner Kleidung, sie muß immer ganz frisch sein. Hier ist der Korb für die schmutzige Wäsche; stell ihn erst mal unter den Tisch. Das Wasser ist schon im Zuber, hier sind Seife und Handtuch. Das hättest du übrigens alles selbst machen sollen.«

Damit entfernte sich Sir Gilbert; Sir Eduard blieb und erklärte mir, wie der Wein zu handhaben war.

»Heute abend nimmst du die goldenen Kelche – die stehen hier. Der Wein muß kühl sein. Siehst du, ich habe die Flasche in kaltes Wasser gelegt. Falls sich die Gäste verspäten, mußt du noch einmal frisches Wasser holen.«

Er ging zum Fenster und zeigte mir den Brunnen.

»Wie viele Gäste werden denn erwartet?«

»Angeblich drei, aber man kann nie wissen. Ich hab fünf Kelche bereitgestellt, das dürfte genügen. Es ist sehr wichtig, daß du die Gäste in der richtigen Reihenfolge bedienst, nach ihrem Rang.«

»Zuerst den König ...«

Er nickte, lächelte und verschwand. Ich blieb allein zurück und prüfte die Wassertemperatur. Dreimal schleppte ich den schweren Kübel zum Brunnen, um den Wein kühl zu halten. Mittlerweile stand die Venus strahlend an einem dunkelblauen Himmel. Plötzlich näherten sich Stimmen und Schritte.

Der König rief: »Dann nimmt König Philipp eben nicht am Kreuzzug teil, das ist mir doch einerlei!«
Bedeutete das etwa, daß wir nach alldem doch nicht losziehen würden? Da eilte der König schon herein, ich verbeugte mich, König Richard winkte mir zu.
Mercadier, Algais, Louvart – die Heerführer des Königs –, Ambrosius sowie der König, es waren genau fünf Leute. Ich füllte einen schweren, diamantbesetzten Kelch randvoll mit Wein, so daß ich ihn nicht mehr tragen konnte. Ich goß ein wenig zurück in die Flasche, traf aber nicht ganz. Verstohlen versicherte ich mich, daß niemand diesen Patzer bemerkt hatte. Der Kelch war jetzt naß. Ich wischte ihn an meiner Tunika ab und trug ihn vorsichtig zum König.
Hilflos stand ich mit dem zweiten Kelch da, wer war der Rangnächste? Ambrosius deutete mit dem Kopf auf Mercadier.
Der Heerführer nahm den Kelch entgegen und sagte: »Wenn er in Frankreich bleibt, wird er durchs Vexin direkt in die Normandie ziehen. Das Vexin ist für Eure Verteidigung von größter Bedeutung.«
»Denkt Ihr, das wüßte ich nicht?« erwiderte der König wütend. »Außerdem gehört das Vexin rechtmäßig mir, es ist Teil von Alice' Aussteuer.«
Da die Weinflaschen nicht sehr groß waren, stellte ich schon eine zweite kalt. Den Rest der ersten goß ich in den dritten Kelch. *Deus iuva me,* der König hatte seinen ersten Kelch schon geleert. Ich mußte mich beeilen. Ich nahm den königlichen Kelch entgegen, schenkte einen für Louvart ein und bediente beide gleichzeitig. Langsam wurde ich besser.
Der König legte Krone und Umhang ab. Ich eilte ihm gerade

noch rechtzeitig zu Hilfe. Doch wohin damit? Verwirrt stand ich da, während Ambrosius zwei weitere Kelche mit Wein füllte, einen für sich selbst und einen für Algais. Er lächelte mir zu.

König Richard begann jetzt, sich auszuziehen. Mit Entsetzen sah ich zu, wie er seinen Umhang aufschnürte und fallen ließ. Mittlerweile wußte ich zwar, wie ein nackter Mann aussah – aber der König! Er trug die üblichen Beinlinge und eine Hose; ich beobachtete fasziniert, wie er sich ihrer entledigte und gleichzeitig ununterbrochen über König Philipp wetterte.

Ambrosius gab mir einen Schubs. »Heb sie auf, Alex«, flüsterte er. Ich wurde dunkelrot, denn seit einer Weile schon starrte ich auf das Gehänge des Königs, das genauso groß war wie alles andere an ihm.

Ich ließ die Wäsche fallen und holte die rote Robe. Der König beugte sich unterdessen über die Waschschüssel und schrubbte sich gründlich. Ich stolperte über die am Boden liegende Hose; mein Blick fiel auf den Hintern des Königs, der mit roten Pusteln bedeckt war. Hatte er sich wund geritten? Ich stellte mich auf die Zehenspitzen, und er beugte sich, damit ich ihm die Robe überstreifen konnte.

»Ich kenn den Schurken doch, kämpfen will er nicht, aber die Hand aufhalten, wenn's was zu holen gibt«, sagte er, und sein Kopf kam zum Vorschein. »Dieser verdammte Geizkragen! Der saugt mich noch völlig aus.«

Ich atmete erleichtert auf. Der König war angekleidet.

Wohin mit der schmutzigen Wäsche? Ich sah mich nach einem geeigneten Platz um. Beiläufig warf ich sie schließlich neben dem Bett zu Boden, dann tat ich so, als glättete ich die

Felldecke und kickte die stinkenden Kleidungsstücke unters Bett. Ich war zufrieden mit mir.

»Ruhe.« Richard hob warnend die Hand. »Ich glaube, die Gäste sind im Anmarsch.« Wütend sagte er noch: »Was fällt de Sabloil ein, meine Anordnungen so auszulegen, wie es ihm paßt? Ich meine es durchaus ernst: Matrosen, die Streit anfangen, werden über Bord geworfen. Schickt einen Boten und laßt das ausrichten, Louvart.«

»Ja, Eure Majestät.«

Sich entschuldigend eilten die drei Heerführer an den Männern vorbei, die in die Kammer kamen. Der Erzbischof von Canterbury trat mit einer verächtlichen Miene ein. Von seinem Begleiter, Ranulf von Glanville, dem Verfasser des englischen Gesetzbuches, das Malcolm oft gelobt hatte, war ich sehr beeindruckt. Mir fiel ein, daß ich ihn in Westminster schon einmal gesehen hatte. Er war ein zierlicher Mann mit markanter Nase, einem ausgeprägten Kinn und dunklen, klugen Augen. Hubert Walter, sein Neffe, sah ihm zwar ähnlich, wirkte allerdings bei weitem nicht so respekteinflößend.

Verdutzt sah ich zu, wie sich der Gesichtsausdruck des Königs schlagartig veränderte: Auf einmal war er nicht mehr der zynische, grobe Soldat, der er im Beisein der Heerführer gewesen war. Er glich nun wieder einem strahlenden Heiligen. Ein Schubs von Ambrosius riß mich aus diesen Betrachtungen; er deutete mit dem Kopf auf den schmutzigen Wasserzuber. Heiliger Benedikt! Den mußte ich natürlich ausleeren. Ich schnappte ihn und blickte mich suchend um. Unters Bett paßte er nicht, aus dem Fenster konnte ich das Wasser auch nicht schütten. Aber wohin damit? Eigentlich gab es nur eine

Möglichkeit: Ich goß es zu dem kühlen Wasser, in dem die Weinflaschen standen.
»Meine Herren, willkommen in unserem kleinen Quartier. Macht es euch gemütlich und vergeßt das Protokoll. Alex, den Wein bitte.«
Ich schreckte auf; sicher würde er mich später wegen meiner Nachlässigkeit tadeln. Wie leicht hatte es doch der König. Er schnippte einfach mit dem Finger – ich hatte aber keine Kelche mehr! Schnell sammelte ich die gebrauchten ein, ob ich die wohl noch einmal benutzen könnte? Ich blickte flehentlich zu Ambrosius, doch der war in ein Gespräch mit Ranulf vertieft. Ich tauchte die Kelche ins Weinwasser.
Mir wurde fast übel! Da schwamm das schmutzige Badewasser des Königs! Was sollte ich tun? Ich trocknete die Kelche an meiner mittlerweile schon recht feuchten Tunika ab.
Ambrosius trat zu mir. »Ich helf dir. Nach dem König kommt der Erzbischof.«
Ich lächelte ihn dankbar an.
»Ein treuer Untertan muß dem König ohne Widerrede gehorchen«, sagte Ranulf und nahm den Wein entgegen.
Leicht gesagt, dachte ich grimmig.
Richards Augen funkelten gefährlich, als er fragte: »Alex, hast du auch Kuchen für uns?«
»Ja, mein Herr.« Errötend kämpfte ich mit den Tränen.
Während ich Wein nachschenkte und den Kuchen auf einer Platte arrangierte, war es für einen Augenblick still. Dann schnitt Hubert ein neues Thema an. Es ging nun darum, wer eigentlich der Feind war. Verwundert hörte ich, daß der Erzbischof alle als Ketzer bezeichnete, die nicht der römisch-katholischen Kirche angehörten. Schließlich beendete König

Richard dieses Streitgespräch mit den Worten: »Es gibt so viele Gründe für einen Kreuzzug wie Kreuzfahrer. Ich selbst bevorzuge den allereinfachsten: zur Ehre Gottes.«

»Wie wir alle. Wie wir alle«, schnarrte der Erzbischof.

Die Zusammenkunft näherte sich anscheinend ihrem Ende. Zum Glück, denn der Wein ging zur Neige, und ich wußte nicht, wo die Vorräte waren.

Nach dem letzten Gast wollte auch ich gehen, doch der König hielt mich am Arm fest.

»Nicht so schnell, mein Page. Mit dir sind wir noch nicht fertig. Nach dem Protokoll mußt du warten, bis du entlassen wirst.«

»Verzeihung, mein Herr«, murmelte ich. Ich schwitzte schrecklich; es war ein sehr warmer Abend, und meine Nerven lagen blank. Ich konnte mich nicht daran erinnern, was nun nach Sir Gilberts Angaben zu tun war.

Der König nahm die Krone ab, öffnete Umhang und Tunika, streckte die Arme nach vorn, damit ich ihm beim Entkleiden half.

»Ach, das ist besser«, stöhnte er. »So eine schrecklich schwüle Nacht. Gibt's noch Wein? Schenk uns beiden ein und laß hören, an was du dich noch erinnerst.«

Er streckte sich nackt auf dem Bett aus und bedeutete mir, näher zu kommen. Mein Schrecken, den König nackt vor mir zu sehen, hielt sich diesmal in Grenzen, ich war aber trotzdem so aufgeregt, daß ich aus Versehen eine Rotweinspur auf seinem Bauch hinterließ.

»Verzeihung«, sagte ich und wollte sie wegwischen.

Er lachte. »Das macht nichts, es ist erfrischend. Nun, wie geht's dir? Welches Pferd hast du dir ausgesucht?«

»Oh, das graue. Vielen Dank auch, mein Herr.«
»Gern geschehen«, er verbeugte sich lächelnd. »Hat es auch einen Namen?«
»Thistle.«
Er rieb den Stoff meiner Tunika zwischen Daumen und Zeigefinger. »Endlich hast du etwas Ordentliches anzuziehen. Das ist viel kleidsamer als dieser Sack, den du in Chinon anhattest.«
Mein Herz hüpfte. Wußte er alles? War ihm der Schatzgürtel aufgefallen? Hatte Sir Gilbert mich deshalb geprüft? Nein, er konnte nicht wissen, daß ich ein Mädchen war, sonst würde er mich nicht mit auf den Kreuzzug nehmen oder sich nackt vor mir auf dem Bett ausstrecken. Mein Herz beruhigte sich.
»In Chinon führte ich ein interessantes Gespräch mit einem jungen Schotten, einem jungen Ritter aus adliger Familie. Weißt du, wen ich meine?«
Ich runzelte die Stirn. »Ja, Enoch Angus Boggs.«
»Soviel ich weiß, hat der schottische König ihn zum Ritter geschlagen, nachdem er sich in irgendeiner Clan-Auseinandersetzung verdient gemacht hatte. Wie steht ihr zueinander?«
Am liebsten hätte ich gesagt: »Gar nicht, er ist nur hinter meinem Land her«, aber das hätte den König sicher verärgert, da er Enoch schon zu meinem Vormund gemacht hatte. Ich mußte aufpassen, was ich sagte.
»Er sagt, ihr seid Brüder«, ermunterte mich der König.
»Das stimmt nicht, mein Herr. Er beschützt mich, und dann war da dieses Ritual. Wir leckten –«
»Leckten?« fragte der König interessiert. »Was sagst du da?«

Verschämt erzählte ich, wie der Schotte und ich Blutsbrüder geworden waren.
»Bei Gottes Kehle, für so abergläubisch hielt ich nur die Sarazenen. Was habt ihr euch denn geschworen?«
Ich ratterte die Bedingungen herunter: Treue bis zum Tod, Hilfe in allen Lebenslagen, keine Einmischung in Liebesangelegenheiten.
»Aha«, unterbrach mich der König. »Das war also kein Ritterschwur. Und? Gestehst du dem Schotten seine Geliebten zu?«
Ich errötete bei dem Gedanken daran, wie ich über ihn und Gladys Stump hergefallen war.
»Zuerst nicht, aber jetzt schon«, sagte ich leise.
»Warum zuerst nicht?« Er hob mein Kinn an.
»Ich wußte nicht, was er da tat. Ich hatte noch nie … ich dachte, er bringt sie um.«
Der König verschluckte sich und prustete einen Strahl Wein über seinen Bauch. Ich sollte ihn abwischen. Hilflos sah ich mich um, das nasse Handtuch wollte ich nicht benutzen. Schließlich rieb ich ihn mit der bloßen Hand ab, der Wein lief an seiner Seite herunter.
»Noch einmal«, befahl er.
Diese Prozedur war nicht besonders angenehm, und ich errötete, als er meine Hand führte. Lächelnd ließ er sie los.
»Das reicht. Und wie steht's mit dir, kleiner Alex? Gefällt es dir, wie der Schotte sich um dich kümmert?«
So sehr ich Enoch auch haßte, ich wollte nicht lügen. »Ich glaube, er paßt sehr gut auf mich auf. Er beschützt mich, gibt mir zu essen, achtet darauf, daß ich unschuldig bleibe.«
»Unschuldig? Bist du noch unschuldig?«

»Ich glaube schon.«
»Du glaubst es nur?«
»Wenn ich es wüßte, wäre ich ja nicht mehr unschuldig.«
Er lachte lauthals. »Bravo! Da bin ich aber froh! Nun gut, es ist spät, Zeit für einen Gutenachtkuß, dann kannst du gehen.«
»Jawohl, mein Herr.«
Ich zögerte und wartete darauf, daß er sich erhob, er blieb aber liegen. Ich beugte mich über ihn und wollte seine Lippen höflich berühren; er schnappte mich aber, und ich fiel auf ihn. Seine Lippen preßten sich auf meine, so daß meine Zähne schmerzten und mein Herz wieder verrückt spielte. Mit zitternden Knien richtete ich mich auf.
»Ja, der Schotte wird alle Hände voll zu tun haben.« Er lächelte mit halbgeschlossenen Augen. »Ich war heute abend sehr zufrieden mit dir, Alex.«
»Danke.« Ich verbeugte mich schnell und stolperte hinaus. Der König lachte in seiner Kammer.

17

Wir ritten nach Lyon-sur-Rhône. Tagsüber regnete es die ganze Zeit, als stünde eine Sintflut bevor; nachts war es schwül und feucht, und Stechmücken fielen zu Tausenden über uns her. Tags darauf wühlten wir uns wieder durch den schwarzen Schlamm.

Nach einer Woche erreichten wir eine Brücke, die nördlich von Lyon über die Rhone führte. Hier wollten wir kampieren und auf Nachzügler warten. Der Regen hatte zwar endlich aufgehört, aber es war weiterhin morastig und schlammig. Die Könige wollten die Brücke überqueren und in den höher gelegenen Wäldern auf der östlichen Seite des Ufers lagern. Zuerst ritt Philipp mit seinem Heer über den rauschenden Strom. König Richard befahl, daß nur sein Haushalt mitkommen sollte, die übrigen englischen Kreuzfahrer sollten im Matsch ausharren. Enoch und ich ritten hintereinander, da die Brücke sehr schmal war. Ich ritt voran. Beim Anblick des schäumenden Wassers unter mir wurde mir ganz schwindlig.

»Wohin jetzt?« fragte ich.

Enoch gab keine Antwort. Ich drehte mich um und stellte fest, daß ich der letzte war, der die Brücke überquert hatte. Durch irgendein Mißverständnis waren einige Männer des königlichen Haushalts auf der westlichen Seite geblieben. Ich führte Thistle am Ufer entlang, durch die Gischt des Wasserfalls konnte ich Enoch auf der anderen Seite sehen. Er rief mir etwas zu, doch das Getöse war zu laut. Dann winkte er, ich winkte zurück; da war nichts zu machen. Ich ritt zum Lagerplatz und sah zu, wie das königliche Zelt aufgebaut wurde. Wie die Speichen eines Rades wurden lange Wagen um das Hauptzelt herum aufgestellt; so wurden Plätze für die Barone und ihre Männer eingeteilt. Twixt vermißte ich noch mehr als Enoch, heute abend würde es nichts zu essen geben. Wenigstens hatte ich mein Ziegenfell dabei, auf dem ich schlafen konnte.

Doch ich hatte Glück; Ambrosius lud mich ein, sein Mahl mit ihm zu teilen. Die Nacht war sehr ungemütlich, ich wurde von Stechmücken geplagt und freute mich schon auf die nächste Nacht im Lederzelt.

Ein heller, warmer Tag brach an, und die Vögel begrüßten ihn mit fröhlichem Gezwitscher. Das französische Zelt wurde abgebaut, und die Franzosen machten sich zum Abmarsch bereit. König Richard wollte König Philipp verabschieden. Letzterer würde weiter nach Genua ziehen. Dann kam Richard zurück und befahl, daß nun die Engländer den Fluß überqueren sollten. Der Weg nach Marseille lag offenbar auch im Osten. Enoch war der erste, er führte Twixt und Firth. Ich hockte im Gras und sah zu, wie sie näherkamen.

Die Pferde gingen nur unwillig über die schmalen Holzplanken und das tosende Wasser, aber eins nach dem anderen wurde vorangetrieben, und langsam setzte sich der ganze Zug in Bewegung. Ungefähr einhundert berittene Männer befanden sich jetzt auf der Brücke. Enoch kam immer näher, er lächelte. Auf einmal blickte er voller Entsetzen unter sich. Ich sprang auf. Eine Planke nach der anderen brach unter ihnen durch, und die Männer mit ihren Pferden schlitterten hilflos ins Wasser; Enoch als allererster!

»Enoch!« schrie ich.

Unter Rufen und Schreien brach die ganze Brücke zusammen. Ungläubig sahen die Männer am Ufer zu, König Richard sprang auf.

»Helft ihnen!« schrie er. »Holt Taue! Lanzen! Los, bewegt euch!«

Er riß sich die Kleider vom Leib und stürzte sich in die Fluten. Er rief nach einer Lanze.

»Haltet Euch fest!« schrie er einem zappelnden Ritter zu.

Andere folgten seinem Beispiel und konnten einige Männer retten, die anderen versanken im Wasser.

»Enoch!« schrie ich und watete bis zur Hüfte in den Fluß. Mein Schrei verlor sich im Gebrüll der andern. Es war ein großes Durcheinander; ein Strudel warf mich um. Als ich mich wieder aufrappelte, sah ich Enochs Kopf in einer Entfernung von etwa hundert Fuß auf den Wellen hüpfen. Schnell wie ein Pfeil schoß er vorbei.

»Enoch!«

Ich stolperte die Böschung hinauf und rannte am Fluß entlang. Hinter einer Biegung und einem kleinen Wehr wurde die Rhone immer schneller; einige Männer trieben in der Rückströmung, aber nicht Enoch. So schnell ich konnte, lief ich weiter, so schnell wie der Fluß war ich allerdings nicht. Schließlich bekam ich keine Luft mehr und gab keuchend auf.

Vielleicht hatte ich ihn übersehen, niemand sonst war so weit flußab getrieben worden. Er war bestimmt schon irgendwo am sicheren Ufer und suchte mich. Ich ging zurück, durchsuchte jeden Strauch und Busch, vielleicht lag er irgendwo bewußtlos. An der Brücke herrschte immer noch Chaos. Einige Männer und Pferde standen mittlerweile wieder auf wackligen Beinen am Ufer, aber Enoch war nicht unter ihnen. Richard und andere kämpften noch immer um das Leben der Männer. Sie kamen ihnen mit Tauen zu Hilfe und tauchten nach ertrunkenen Kreuzfahrern. Enoch konnte gar nicht bis hierher zurückgeschwommen sein; er mußte irgendwo weiter unten am Fluß sein.

Ich rannte noch einmal bis zum Wehr. Als die Sonne sank, gab ich schließlich unverrichteter Dinge auf. Alle Pferde waren gerettet worden, und nur drei Männer wurden vermißt. König Richard ging erleichtert von einem Mann zum andern und bedankte sich mit einem Händeschütteln für ihre Hilfe. Die Priester hielten einen Dankgottesdienst ab. Im Überstehen dieser Tragödie sahen sie ein gutes Omen für den Kreuzzug.

Als der volle Mond am Himmel stand, ritt ich mit Thistle noch einmal die Strecke am Fluß ab. Ich rief Enochs Namen, doch es nützte nichts.

Am folgenden Tag gab der Fluß zwei Leichen frei. Sie waren so entstellt und verstümmelt, daß man sie kaum erkennen konnte. Enoch war nicht dabei.

Wie sollte der König nun seine Soldaten ohne Brücke über die Rhone führen? Nachdem Kundschafter ergebnislos flußauf und flußab nach einer anderen Brücke gesucht hatten, ließ Richard Holzplanken aneinanderbinden, so daß eine schwimmende Brücke für die restlichen Männer entstand. Nach zwei Tagen waren wir wieder vereint und konnten weiterziehen. Ich setzte unterdessen meine planlose Suche fort. Obwohl ich mir sagte, daß es nutzlos war, gab ich nicht auf,

bis mein Körper streikte. Ich saß auf einem kleinen Hügel am Fluß und beobachtete, wie die Ritter langsam über das gefährliche Wasser schritten.
Die Trauer um Enoch überwältigte mich geradezu. Das wunderte mich, denn ich hatte ihn doch gehaßt. Wie oft hatte ich ihm einen schrecklichen Tod gewünscht, und jetzt konnte ich es nicht ertragen. Ich war so traurig wie damals, als ich meine geliebte Maisry verlor. Lagen Haß und Liebe so nah beieinander? Mir wurde klar, daß ich Glück gehabt hatte, Enoch zu begegnen, denn mit dem Haß auf ihn konnte ich damals die große Trauer überwinden. Jetzt fühlte ich mich leer und auf mich selbst zurückgeworfen.
Ohne Enoch schien es keinen Grund mehr für meine Reise zu geben. Jetzt war ich schon seit zwei Jahren unterwegs; eigentlich mußte ich nach Norden ziehen, ich reiste aber immer weiter nach Süden; Wanthwaite wollte ich retten und war nun auf einmal unter den Rettern Jerusalems. Alles war so sinnlos geworden.
Jetzt war Enoch tot. Ich hatte keine Kraft mehr.
Die Fanfare zum Abmarsch ertönte. Ich versteckte mich hinter einem Busch. Thistle ließ ich in Ruhe grasen. Ich rollte mich zusammen und wollte nur noch schlafen.

»Alex, wach auf. Du bleibst sonst zurück.«
Ambrosius stand über mir, ich sah ihn mit müden Augen an.
»Geht schon mal ohne mich«, murmelte ich. »Ich hol Euch wieder ein.«
»Ich dachte, der Schotte kümmert sich um dich.«
Ich hörte mein eigenes verrücktes Lachen. »Ja, sicher, der liegt im Fluß und will Aale mit mir fangen.«

Seine Schritte entfernten sich. Ich schlief sofort wieder ein, Ameisen krabbelten über mein Gesicht; plötzlich wurde ich hochgehoben.

»Nein!« rief ich flehentlich. »Ich will hierbleiben!«

Jemand band mich auf Thistle fest, flößte mir Wasser ein und steckte mir einen Honigzipfel in den Mund.

Ambrosius ritt zu meiner Rechten, Sir Eduard zu meiner Linken. Wie aus weiter Ferne vernahm ich das Knarren der Sättel, Männerstimmen und Gelächter. Manchmal – wenn er nach Fliegen schlug – traf mich Thistles Schweif. Von Trauer betäubt, war ich jenseits dieser Erlebnisse und jenseits aller Qual.

Tropfen fielen, gereizt wischte ich sie aus dem Gesicht; doch es kamen neue, immer mehr. Nach drei Tagen schönen Wetters begann es also wieder zu regnen. Das war aber kein gewöhnlicher Regen. Am grauen Horizont flackerten Blitze, und Donner grollte drohend. Die Männer versuchten ihre Habseligkeiten mit Decken und Häuten so gut wie möglich zu schützen. Der reißende, anschwellende Fluß, den wir hinter uns gelassen hatten, ging mir nicht aus dem Kopf. Irgendwo lag noch ein verstümmelter Körper. Der Regen spülte meine heißen Tränen fort.

Ambrosius lehnte sich über Thistle, raunte Sir Eduard etwas zu und galoppierte davon. Ein Blitz jagte den anderen, und der Regen wurde immer stärker. Gegen die tobenden Naturgewalten war mit dem Willen nichts mehr auszurichten. Ich legte meinen Kopf auf Thistles Hals, atmete den warmen Pferdegeruch ein und dachte an Enoch.

Jemand richtete mich wieder auf und ergriff die Zügel. Langsam schlängelten wir uns durch den Morast, ein krachender

Blitz beleuchtete riesige Felsen am Wegesrand. Ich wurde vom Pferd gehoben und weitergereicht, schließlich lag ich an einer nach Zedernholz duftenden Brust.
»Ist er verletzt?« hörte ich den König fragen.
»Nur im Herzen. Das ist genauso schlimm.«
»Er bleibt hier.«
»Ich kümmere mich um ihn, mein Herr, schließlich bin ich für ihn verantwortlich.«
»Danke, Sir Gilbert. Ich glaube, ich trage die Verantwortung für ihn«, erwiderte der König.
Trotz meiner Benommenheit empfand ich Dankbarkeit.
Der König ließ sich irgendwo im Trockenen nieder, ob in einem Zelt oder unter einem Felsvorsprung, weiß ich nicht, ich hatte die Augen geschlossen. Ich bemerkte nur, daß er sich mit angewinkelten Beinen irgendwo anlehnte und mich unter den Umhang gehüllt an seine Brust hielt wie ein kleines Kind. Meine Wange lag auf seiner warmen Haut, ich hörte seinen kräftigen Herzschlag; ich hatte eine Zuflucht gefunden.
Anscheinend war ich eingeschlafen. Ich wachte auf, als der König sich erhob; es war bereits dunkel. Der Regen hatte etwas nachgelassen, und das Zelt des Königs war schon errichtet worden.
»Nun, Alex, ich hoffe, du hast dich ausgeruht«, sagte er. »Heute abend bleibst du hier.«
Er führte mich in das Zelt, in dem Sir Gilbert und Sir Eduard damit beschäftigt waren, den Tisch zu decken und das Bett des Königs herzurichten. Sir Gilbert warf mir einen giftigen Blick zu, und ich versteckte mich hinter der Tunika des Königs. Sir Eduard trat auf mich zu und fragte nach meinem

Befinden. Ich wollte ihm antworten, brachte aber keinen Ton raus.
»Stellt für den Jungen eine Schüssel ans Ende der Tafel«, befahl der König.
Sir Gilbert tat, wie ihm geheißen; als er an mir vorbeikam, flüsterte er mir ins Ohr: »Glückwunsch, du hast dich selbst übertroffen. Treib's nur nicht auf die Spitze.«
Laternen wurden entzündet; der König aß, trank Wein; Bischöfe und Barone versammelten sich und redeten über Strategie. Wie hart der König doch arbeitet, dachte ich, als er sich mit ernstem Blick über eine Landkarte beugte. Im schwachen Licht wirkten seine Gesichtszüge sanfter. Er war sicher der klügste Mensch auf Erden.
Schließlich waren alle Lichter bis auf eines gelöscht, und auch Sir Gilbert hatte sich verabschiedet. Erst jetzt wandte sich der König wieder mir zu. Er wischte mir den Schweiß von der Stirn.
»Ich habe heute nachmittag erst von der Sache mit deinem schottischen Bruder gehört. Das tut mir sehr leid, mein Junge; das ist ein großer Verlust.«
Statt dankender Worte entfuhr mir nur ein Schluchzen.
»Ist schon in Ordnung, Alexander. Ehrliche Trauer ist keine Schande. Der Himmel ist ihm jedenfalls gewiß, denn er starb im Namen Gottes. Der Papst hat allen Kreuzfahrern die Absolution erteilt.«
Mit diesen Worten wollte er mich beruhigen, doch sie waren so endgültig: Enoch war tot.
Als König Richard mir einen Gutenachtkuß geben wollte, bemerkte er meine Tränen. Seufzend nahm er mich in den Arm. »Komm, Alex, du sollst nicht allein sein in dieser Nacht.«

Er trug mich zu seinem großen Bett und legte mich trotz meiner feuchten Kleider hinein. Er ließ seine Gewänder fallen und legte sich neben mich. Mir war zwar bewußt, wie merkwürdig es war, daß ein zwölfjähriges Mädchen mit dem nackten König in einem Bett lag, aber irgendwie machten seine Stärke und Freundlichkeit daraus eine selbstverständliche Angelegenheit.
Als Sir Gilbert mich weckte, lag ich wieder auf meiner Pritsche. Der König war schon angekleidet und tunkte sein Brot.

Ich war verzweifelt und fühlte mich sehr einsam. Wir zogen jetzt durch eine Landschaft, in der es schon lange nicht mehr geregnet hatte. Unter der sengenden Sonne war die Erde ausgedörrt. Viele Ritter waren nackt bis auf einen Lendenschurz und befrachteten ihre Pferde oder Knappen mit Rüstungen und Waffen. Die armen Fußsoldaten schleppten sich unter der Last dahin, manche sanken am Wegesrand nieder und sahen uns mit stumpfem Blick an, als wir vorbeiritten. Männer erbrachen sich und wurden von Krämpfen geschüttelt. Zwei fuchtelten wild mit den Fäusten und schrien erbost, sie würden nicht weiterziehen auf diesem Höllenmarsch.
Jemand ergriff meine Hand. Ich sah auf, neben mir ritt König Richard. Er lächelte wortlos. So ritten wir mehrere Meilen nebeneinanderher. Dann legte er meine Hand wieder auf meine Zügel, drückte sie sanft und galoppierte nach vorn, wo ein Bogenschütze mit blutenden Füßen saß. Als ich auf ihrer Höhe war, wickelte der König die blutenden Füße in eine seidene Schärpe, die er in Streifen gerissen hatte. Als er sich erhob, schenkte der Bogenschütze ihm einen dankbaren, bewundernden Blick.

Den ganzen Tag lang ritt der König auf und ab, half hier und dort, hörte sich Klagen an oder betete mit einem weinenden Kreuzfahrer. Er liebt diese Menschen, stellte ich staunend fest. Am späten Nachmittag gesellte er sich wieder zu mir, kam mit seinem Roß dicht heran und legte einen Arm um meine Mitte, während wir dahintrabten. Ich war überwältigt von seiner Gegenwart. Lautlos weinte ich vor mich hin.
Als ich am Abend mein Ziegenfell vor Ambrosius' Zelt ausbreitete, stand plötzlich Richard vor mir.
»Ab heute schläfst du in meinem Zelt.«
Kurz darauf lag ich in dem seidenen, saalgroßen Zelt; eine kühle Brise wehte herein. Ich lauschte dem Gemurmel der Berater, die sich über die beste Strategie unterhielten. Wir müßten diese Woche noch Marseille erreichen, sagte der König, denn dort warte die Flotte auf uns. In dieser Hitze sollten wir so eine Strecke schaffen? Da bleibt keine Truppe mehr übrig, sagte jemand. Ich schlief ein.
Am nächsten Tag verzehrte ich Rindersuppe und einen bitteren Trank aus Ochsenhoden, der meine Kräfte wiederherstellen sollte. Der König kümmerte sich um die Kreuzfahrer und bot freizügig seine Hilfe an. Erst am späten Nachmittag hatte er Zeit für mich.
»Wie geht's dir, Alex? Fühlst du dich besser?«
»Ja, mein Herr.« Schüchtern sah ich ihn an. »Vielen Dank für alles.«
Er lachte strahlend und umfing wieder meine Taille. Nach einigen Meilen nahm er den Arm weg, und ich vermißte seine Berührung.
»Alex, niemand kann oder will deinen Schotten ersetzen, aber ich hoffe, daß du mich als deinen Beschützer betrachtest. Du

bist mein Mündel und ich dein König; das ist eine stärkere Bindung als Blutsbande, glaub mir.«
An jenem Abend konnte ich den Pagen beim Weinausschank zur Hand gehen. Nachdem die Berater und Pagen gegangen waren, nahm mich der König hoch und drückte mich fest.
»Gute Nacht«, flüsterte er. Ich erwiderte seinen Kuß, um meine Dankbarkeit zu zeigen.
Und ich *war* dankbar, auch wenn ich mich in den Schlaf weinte.

18

Marseille sandte uns zur Begrüßung Heerscharen von Stechmücken entgegen. Die Blutsauger kannten keine Standesunterschiede und machten Brüder aus uns allen. Es war sehr schwül; feucht klebte die Haut an Sätteln und Kleidung, sie stank wie ranzige Butter.

Am späten Nachmittag stand der König mit einigen Beratern auf einem Hügel und blickte hinab auf den Hafen. Unter den fürchterlichen Mückenstichen war Richards Gesicht weiß wie Schnee. Er war auch noch von anderen häßlichen Pusteln übersät, und seine Augen glänzten merkwürdig.

»Zum Teufel«, donnerte er heiser, »wo ist meine Flotte?«

Wir blieben ihm die Antwort schuldig und starrten ungläubig auf die kleinen Fischerboote, die auf der flachen Scheibe des Mittelmeers schaukelten.

Maurice von Craon, ein getreuer Ritter, versuchte den König zu beschwichtigen. »Der Seeweg ist gefährlich, mein Herr. Man sagt, die stürmischen Gegenwinde der Straße von Gibraltar können Schiffe wochenlang aufhalten.«

Richards Augen waren hart wie Granit. »Von März bis August? Ich hoffe, die Kapitäne lassen sich hier nicht ohne eine gute Entschuldigung blicken.«

Murrend trieb er sein Pferd an.

Im Palast, wo der königliche Haushalt beherbergt wurde, hörten wir Neuigkeiten von der säumigen Flotte. Zwei

Schiffsführer, Robert de Sable und Richard Canville, hatten eine andere Richtung eingeschlagen und waren nach Portugal gesegelt, um dem dortigen König im Kampf gegen die Mauren beizustehen. Die Kreuzfahrer hatten Juden und Mauren überfallen, Frauen vergewaltigt und geplündert; schließlich hatten sie sogar auf die Christen übergegriffen! Der König von Portugal hatte einen Boten geschickt, um sich bei König Richard zu beschweren; Juden und Mauren stünden unter seinem Schutz. Lissabon sei stolz darauf, daß so viele verschiedene Volksstämme einträchtig miteinander lebten. Er verlangte vom englischen König eine sofortige Entschuldigung und Wiedergutmachung.
Unglücklicherweise war ich zugegen, als König Richard diese Botschaft erhielt. Auf seiner Haut erschienen häßliche Flekken, er röchelte, und seine Augen quollen fast aus den Höhlen. Ich wurde ganz starr vor Schreck. Was hatte er bloß? Würde er sterben? Er schlug mit dem Kopf hin und her, verkrampfte die Kiefer und wurde plötzlich von einem heftigen Anfall geschüttelt. Die ganze Welt schien mit seinem riesigen Körper ins Wanken geraten zu sein! Schreiend warf ich mich auf ihn.
»Mach, daß du wegkommst!« Mercadier setzte mich unsanft vor die Tür.
Dort lag ich auf dem Boden, mein Herz war dem Zerspringen nah. Der König durfte doch nicht sterben!
»Alex, was ist denn los?« Sir Eduard half mir auf.
Mit unzusammenhängenden Worten berichtete ich, was ich gesehen hatte.
»Komm, schnell.«
Eduard zog mich hinter sich her, die Treppe runter in die

Eingangshalle, dort lehnte Sir Gilbert am Torbogen und sah auf die Straße.

Ich klammerte mich an Sir Eduard. »Was hat der König denn?«

»Ein fürchterliches Leiden, niemand weiß genau, was es ist«, erklärte der Page. »Wir, die mit ihm leben, haben das schon oft erlebt. Du darfst aber auf keinen Fall darüber reden, das wäre dein Tod, verstehst du?«

»Nein.«

»Laßt ihn doch sagen, was er will«, höhnte Sir Gilbert. »Der Liebling des Königs kann doch nichts falsch machen. Geh schon, Alex, und halt seine Hand.«

»Gilbert, warum seid Ihr immer so ekelhaft?« fragte Sir Eduard scharf. »Er ist ein armes Waisenkind, hat auch noch seinen Bruder verloren und ist gar nicht alt genug, Euer Rivale zu sein! Könnt Ihr Euch nicht ein wenig zusammenreißen?«

Mit diesen Worten verschwand Sir Eduard in der Menschenmenge, und ich blieb mit Sir Gilbert zurück.

»Sir Eduard hat natürlich recht«, sagte Sir Gilbert. »Du solltest dich wirklich nicht im Palast sehen lassen, nachdem du einen Anfall des Königs mitbekommen hast. Das duldet er nicht, auch wenn du es bist. Verdrück dich am besten erst mal, sieh dich doch ein wenig am Hafen um.«

Ausnahmsweise befolgte ich seinen Rat.

Ich hastete die Treppe hinunter und verschwand in den Straßen Marseilles. Es dämmerte schon, und an den Straßenecken wurden Fackeln entzündet; es waren aber immer noch viele Menschen unterwegs. Eingeschüchtert lief ich die Straßen entlang und kauerte mich in Torbögen, wenn mir allzu rauhe Burschen entgegenkamen.

Ich wußte nicht, wie lange ich unterwegs war, mehrere Stunden vielleicht, schließlich war ich im Hafengebiet und versteckte mich hinter einer Fischtonne. In der Ferne konnte ich die roten Lämpchen der Fischerboote sehen, die sich im Wasser spiegelten. Ich war vor Angst ganz starr, trotzdem entdeckte mich jemand.

»Seht nur, da ist ja der Liebling des Königs, bietet wohl nebenher heimlich Oblaten feil!«

Ein besoffener Kerl mit einem verdreckten Kreuz auf der Brust streckte die Hand nach mir aus, stolperte und bekam mich nicht zu fassen. Schielende Augen und ein geifernder Mund tauchten wieder über dem Rand meiner schützenden Tonne auf, und er beschimpfte mich erneut.

Neben ihm stand noch ein Kerl, der mir mit gekrümmtem Finger zuwinkte: »Komm schon, Bürschchen, versuch's doch mal mit 'nem richtigen Schwanz aus Lincolnshire.«

Er zog mich auf die Straße, wo sich einige Schaulustige um uns versammelten. Sie stießen mich grob umher und machten rohe Scherze. Ich war völlig hilflos.

»Kann dein Horn auch blasen?«

»Oder bläst du das Horn?«

»Ach, der Süße weint, seht nur. Hast Sehnsucht nach deinem Richard, he?«

Sie zwangen mich auf die Knie. Ich mußte an Maisry denken, Sir Rolands klappernde Rüstung – alles war so deutlich, als wäre es erst gestern geschehen.

Ein fetter Kerl hob seine Tunika hoch, darunter kam ein speckiger, behaarter Bauch zum Vorschein. Er kam immer näher, ich hielt die Luft an.

»Na mach schon auf!«

Kratzende Fingernägel, irgend jemand versuchte, meinen Mund zu öffnen. Ein Schrei, Knochen splitterten … ich schmeckte Blut.

»Seine Hand ist ab! Wer seid Ihr, zum Teufel?«

»Im Namen des Königs, hört sofort auf damit!«

Mercadier!

»Gnade, laßt uns am Leben! Wir wußten nicht, daß er zum König gehört!«

»Fragt ihn, wir haben ihm nichts getan!«

»Wir sind Christen, genau wie Ihr …«

Ich wurde auf ein Pferd gehoben, Degen klirrten.

Heulend und entmannt sanken die drei Halunken zu Boden.

»Weißt du, wo wir sind?« fragte Louvart.

Ich nickte. »Im Palast.«

Mercadier wusch mir das Gesicht ab. Ich wußte nicht, wie wir hierhergekommen waren oder wie spät es war.

»Du bist nicht verletzt, Alex«, beruhigte mich Mercadier. »Die haben dich nicht ausgezogen, oder?«

»Er hat sich wieder gefangen«, sagte Louvart. »Wir bringen ihn am besten zum König.«

Mercadier lächelte. »Als der König hörte, daß du dich in den Straßen rumtreibst, mußten wir dich suchen. Er will sich vergewissern, daß dir nichts fehlt. Kannst du aufstehen?«

Ich nickte.

Als wir das Gemach des Königs betraten, wurden ihm gerade Blutegel aufgesetzt. Er war immer noch sehr blaß.

»Gott sei Dank, Alex! Wo war er?«

»Unten am Hafen«, erwiderte Mercadier und fuhr dann in einer Sprache fort, die ich nicht verstand. Entsetzt sah mich

der König an. Er richtete noch einige Fragen an Mercadier, dann sank er mit geschlossenen Augen zurück.
Der Arzt stellte eine blutgefüllte Schüssel zur Seite und verband den Arm des Königs. »Ihr müßt Euch nun ausruhen, mein Herr.«
»Unmöglich«, erwiderte der schroff. »Ich muß mich um die Schiffe kümmern, sonst verfaulen wir noch in diesem Loch. Die Pisaner kommen bald, um zu verhandeln. Geht jetzt, ich will mit dem Jungen reden. Mercadier, wir danken Euch!«
Mercadier lächelte und verschwand mit den anderen.
Der König musterte mich mit müden Augen und streckte den verbundenen Arm aus. Ich stolperte auf ihn zu. Tränen rannen über meine Wangen, während er leise und beruhigend in einer fremden Sprache sang.
»Willst du mir erzählen, was passiert ist?« fragte er schließlich auf französisch. »Warum bist du nur in diese gefährliche Gegend gegangen? Hat dich niemand vorm Hafen gewarnt?«
Wut stieg in mir auf, doch ich schüttelte den Kopf. Sollte jemand anders Sir Gilbert verraten, ich wollte es nicht auf dem Gewissen haben.
»Ich habe mich verlaufen. Ich habe Sir Eduard gesucht und habe mich verlaufen.«
Stockend wiederholte ich, was mir zugestoßen war. Als ich erwähnte, daß sie mich »Königs Liebling« genannt hatten, kamen wieder die häßlichen Pusteln zum Vorschein.
»Das haben sie gesagt?« Er bebte. »Weißt du, was sie damit meinten, Alex?«
»Nein, mein Herr, ich hab auch noch nie Oblaten verkauft, ich war nicht mal Meßdiener.«
Ein Lächeln huschte über sein Gesicht. »Dein Schotte hat gut

auf dich aufgepaßt. Ich werde in Zukunft auch wachsamer sein, aber ich bin ein sehr beschäftigter Mann. Ich möchte, daß du mir versprichst, nie mehr allein wegzugehen, ohne dich bei Sir Eduard oder Sir Gilbert abzumelden.«

»Ja, mein Herr.«

Sir Roger kam herein und verkündete die Ankunft der Pisaner; ich wurde entlassen. Im Gehen sah ich noch, wie sich Richards Gesichtsausdruck ganz schnell verwandelte, er empfing seine Gäste mit einem strahlenden Lächeln.

Ich quälte mich durch eine lange, schlaflose Nacht. Was hatten die Matrosen nur von mir gewollt? Und warum? Die Szene ging mir immer wieder durch den Kopf, und ich wartete sehnsüchtig auf den Morgen und auf das Verblassen der Erinnerungen.

Ich vermißte Enoch sehr. Ich hatte schon um seine lebhafte Kameradschaft und die Essensvorräte getrauert, nun fehlte mir zum ersten Mal auch sein Schutz. Ich hatte bisher Gefahren nicht richtig einschätzen können. Jetzt war ich klüger.

Am nächsten Morgen traute ich mich kaum aus meinem Zimmer. Der König hatte mich für diesen Tag großzügig von meinen Pflichten entbunden, doch wo sollte ich hingehen? Ich stand im Torbogen und betrachtete die belebte Straße. An der nächsten Ecke sah ich eine Kirche, dort wollte ich Zuflucht suchen, vielleicht fand ich bei Gott Trost. Ich gab Sir Eduard Bescheid und ging langsam über das Kopfsteinpflaster.

In der Dunkelheit der Kirche fühlte ich mich sogleich besser. Es war ein großes Gebäude mit vielen Nischen und Kapellchen. Ich wußte nicht, welcher Heilige für mein Anliegen zuständig war. Ein untersetzter Priester, der gerade Almosen einsammelte, bemerkte mein Zögern.

»Kann ich dir helfen, mein Kind?«

»Ja, Pater. Ich hab meinen Bruder verloren.«

»Oh, welch großer Verlust. Wie ist er denn gestorben?«

»Er ist in der Rhone ertrunken.« Nur mit Mühe brachte ich die schrecklichen Worte über die Lippen.

»Er ist ertrunken?« Der Priester wurde lebhaft. »Hast du gesehen, wie er ertrunken ist? Hast du seinen Leichnam gesehen? Ihn beerdigt?«

»Äh, nein, aber er ist ganz sicher tot. Ich hab gesehen, wie er weggetrieben wurde, und vier Tage lang ergebnislos nach ihm gesucht.«

Der Priester stellte sein Körbchen ab und faßte mich an der Schulter. »Gott hat dich an den richtigen Ort geführt, mein Kind. Wir können dir helfen, du kennst doch sicher Sankt Lazarus, oder?«

Ich folgte ihm durch das dunkle Mittelschiff. Wir flüsterten, da wir die Betenden nicht stören wollten.

»Ist das der Mann, den Gott von den Toten erweckt hat?« fragte ich.

»Genau der. Nachdem er wieder lebendig war, kam er nach Marseille. Siebenundzwanzig Jahre lang war er hier Bürgermeister, er starb mit neunzig Jahren. Er wurde berühmt, weil er Wunder wirkte. Er hat viele Tote wieder zum Leben erweckt, und da wir am Meer liegen, waren das vor allem Matrosen, ertrunkene Matrosen.«

Ich erschauerte. »Glaubt Ihr …?«

»Das liegt ganz bei Gott, aber du solltest es versuchen.«

Wir gingen durch den Kreuzgang und kamen zu einer kleinen Kapelle.
»In dieser Krypta ist Sankt Lazarus beerdigt. Man kann seinen Kieferknochen besichtigen, die bedeutendste Reliquie der ganzen Christenheit. Ich zeig ihn dir für zwei Denare.«
Schade, daß Enoch nicht sehen konnte, wie willig ich mich für ihn von meinen Münzen trennte! Der Priester öffnete eine eiserne Schatulle, darin befand sich ein brauner, vermoderter Knochen mit zwei Hauern.
»Mit diesen Zähnen hat er unserem Herrn Jesu zugelächelt«, erklärte der Priester. »Ich laß dich jetzt allein.«
Ich kniete auf den ausgetretenen Stufen nieder. Ich wollte dafür beten, daß Enoch in den Himmel kam. Doch was sollte er dort, da gab es sicher keine anderen Schotten. Vielleicht sollte ich doch um ein Wunder bitten, obwohl ich meine Denare nur ungern für eine solch unsichere Sache hergab. Aber der Priester hatte es mir ja geraten.
Hinter mir knieten zwei ältere Frauen, die den Rosenkranz herunterleierten, das wollte ich auch tun.
»Heiliger Sankt Lazarus, ich bete für die Rückkehr Enoch Boggs'; Heiliger Sankt Lazarus ...«
So verbrachte ich Stunden. In der Kirche war es angenehm kühl. Nur die Frauen störten mich etwas, sie stießen mich dauernd an. Schließlich langte ich hinter mich und stieß die Hand höflich, aber bestimmt zurück.
»Alex! Alex!«
Wer kannte hier meinen Namen? Und diese Stimme!
»Es reicht, hör auf! Du bist doch nicht etwa unter die Betbrüder gegangen, oder? Komm schon, ich hab dir viel zu erzählen.«

Ich wirbelte herum, vor einem blendenden Licht stand die leibhaftige Seele Enoch Angus Boggs'!
»Es hat geklappt!« schrie ich und fiel ihm besinnungslos entgegen.

Später erzählte mir Enoch, welchen Ärger er noch mit dem Priester gehabt hatte, der behauptete, dies sei das vierhundertdritte Wunder gewesen. Die beiden Frauen stimmten ihm zu, sie hatten ja mein Gebet gehört. So fand Enoch also Eingang ins Buch der Wunder.
Er führte mich zu einem kleinen Garten, dort standen Firth und Twixt. Sie waren ebenfalls wiederauferstanden, obwohl ich sie gar nicht in meine Gebete eingeschlossen hatte. Enoch packte Haggis aus, erhitzte es über einem kleinen Feuer und erzählte seine Geschichte. »Ein ganz schön mächtiger Strom, diese Rhone. Aber mir konnte sie nichts anhaben, ich bin ja mit den Wasserfällen und Bergseen im schottischen Hochland aufgewachsen. Die Pferde fanden aber keinen Halt, deswegen bin ich immer weiter abgetrieben. Erst nach zehn Meilen oder so half uns jemand an Land.«
Mein Erstaunen legte sich etwas. »Nur zehn Meilen? Wo wart Ihr denn die ganze Zeit?«
»Nun ja, ich hatte alle Vorräte verloren. Da hab ich mir gedacht: Hier ist jungfräuliches Land, da nehm ich lieber was für Alex mit.«
Das Wort »jungfräulich« weckte mein Mißtrauen. »Wer half Euch denn aus dem Fluß? Wie war ihr Name?«
Das traf ihn unvorbereitet. »Äh – Poll. Paul hieß er.«
»Poll, Polly schätze ich. Sie war bestimmt hübsch«, ich schob mein Haggis zur Seite.

»Ja, und auch sehr behilflich. Sie hat mir Vorräte mitgegeben und sogar ein Lamm fürs Haggis geschlachtet.«

Wütend sprang ich auf. »So, das habt Ihr also alles für den armen kleinen Alex getan. Habt Euch bei einem Weibsbild rumgetrieben, während ich fast verhungert wäre!« Dann sprudelten all die Schimpfworte hervor, die ich von ihm gelernt hatte: »Blöde Pißnelke, stinkendes Schwein, Trunkenbold … Geht doch wieder zu Eurer Alten! Ich brauch Euch nicht mehr!«

Er griff mich unsanft am Arm. »Alex, es gibt gar keinen Grund, eifersüchtig zu sein! Ein Mann ist schließlich ein Mann, das solltest du doch wissen!«

»*Eifersüchtig*«, heulte ich. »Eifersüchtig! Wegen Euch? Ich bin nicht eifersüchtig, aber Ihr seid schließlich mein *Blutsbruder*! Blut ist dicker als Wasser! Ihr seid eine Schande für die MacPhersons!«

Das war die schlimmste Beleidigung, er erbleichte.

»Ich schwör dir, ich wollte dich nicht im Stich lassen. Ich wußte doch, daß Ambrosius bei dir war und daß der König sich um dich kümmert. Sag, ist es dir schlecht ergangen?«

»Ja, sehr schlecht, aber ich lebe noch.« Plötzlich dämmerte mir, was er bezweckt hatte. »Das wolltet Ihr doch, stimmt's? Daß ich sterbe! Dann wäre ganz Wanthwaite Euer! Die Schriftrolle habt Ihr bestimmt nicht verloren, oder?«

Eine Hand schnellte verräterisch an sein Hemd.

»Ich kenn Euch doch, Enoch Angus Boggs. Ihr hattet gehofft, hier in Marseille zu hören, daß ich irgendwo im Straßengraben verendet bin. *Ich* bin das eigentliche Wunder! Ich bin derjenige, der überlebt hat! Verzieht Euch doch nach Schottland! Ich will Euch nicht mehr sehen!«

»Du bist ja verrückt! Um die Wahrheit zu sagen, an dich habe ich überhaupt nicht gedacht ... am Anfang jedenfalls. Du bist doch bloß ein kleiner Kerl, der gar nicht weiß –«

Ich rannte weg, zurück zum Palast und in meine kleine Kammer. Als Enoch kurz darauf hereinkam, sah ich nicht auf. Er hockte sich vor mich.

»Komm schon, Kleiner, ich wußte doch, daß du beim König gut aufgehoben warst.«

Ich sah ihn immer noch nicht an.

»Ich glaube, du hast vergessen, was wir uns geschworen haben – daß wir uns in Liebesangelegenheiten nicht im Weg stehen würden.«

Wütend starrte ich ihn an; ich weigerte mich, irgend etwas zu sagen.

Tags darauf wurde Enoch ins Gemach des Königs gerufen. Mit hochrotem Gesicht kam er zurück.

»Was wollte der König?« fragte ich interessiert.

Wütend schlug er mit der Faust gegen die Wand. Tausende von Stechmücken wurden aus ihrem Mittagsschlaf gerissen.

»Habt Ihr ihm von Polly erzählt?« ermunterte ich ihn.

»Halt deine dumme Klappe«, knurrte er.

Wir gingen auf die Straße. Ich wußte, daß er nicht lange schweigen konnte.

»Er sagt, er hätte mich damit beauftragt, auf sein ›königliches Mündel‹ aufzupassen – das bist übrigens du –, und ich hätte meine Pflicht vernachlässigt.«

Ich freute mich; König Richard hatte ihn zurechtgewiesen.

»Er hat Regeln für mich aufgestellt, wie für irgendeinen seiner

Matrosen. Falls ich nicht gehorche, dann über Bord mit Boggs.«
Das hörte ich allerdings nicht gern, Richard meinte es ernst. Ich wußte, daß eine geringe Klage von mir das Todesurteil für Enoch bedeuten konnte. Ich war zwar wütend auf den Schotten, aber in den vergangenen Tagen hatte ich gemerkt, daß er mir lebendig lieber war als tot. Obwohl er ein untreuer Kerl war, brauchte ich ihn mehr denn je. Ich mußte vorsichtig sein. Enoch konnte ich mit dem Zorn des Königs in Schach halten, bei Richard selbst würde ich mich aber nie beklagen.

19

Eine Woche lang verhandelte Richard mit den gerissenen Pisanern über den Preis der Flotte. Irgendwie einigten sie sich schließlich, und der König verkündete, daß wir am siebten August aufbrechen würden. Die Hälfte der Männer würde unter Führung von Ranulf von Glanville und dem Erzbischof von Canterbury direkt ins Heilige Land segeln; die anderen würden über Messina nach Sizilien fahren, wo Richard Gold und weitere Vorräte mitnehmen wollte, die er von seiner verwitweten Schwester Johanna, der Königin Siziliens, geerbt hatte. Dort würden wir auch wieder die französischen Truppen treffen.

An einem schönen, windigen Tag saßen Enoch und ich auf dem Deck des königlichen Schiffes und lauschten den Glokken, die zur Messe riefen. Sie schallten von den zwanzig Langbooten, die neben uns segelten, herüber. Der König rief mit hocherhobenen Armen: »*Annuit coeptis*«, und wir brachen auf! Segel flatterten im Wind, Wellen klatschten gegen das Schiff, und Matrosen sangen vor Freude. Kaum hatten wir uns an das Schaukeln und Wiegen des Schiffes gewöhnt, gingen wir auf der Höhe von Nizza vor Anker; der König wollte nur einige Stunden am Tag segeln.

In Genua verweilten wir zwei Tage, und Richard besuchte dort König Philipp, der mit einer Kolik zu Bett lag. Dann segelten wir weiter Richtung Süden; es war ein Wunder, daß wir uns überhaupt fortbewegten, denn die See war ganz glatt, und es blies nur eine träge Brise. Die Küste rollte an uns vorbei wie eine Kulisse auf lautlosen Rädern. Wir brauchten zwei Wochen, bis wir den nächsten Hafen erreichten: Salerno. Hier wollte König Richard zehn Tage bleiben, um seine körperlichen Leiden auszukurieren, bevor wir nach Osten aufbrachen. Mit seinen Beratern machte er sich auf zur Medizinischen Akademie von Salerno, einer weltweit einzigartigen Institution.

Als er wieder zurückkehrte, wirkte er sehr niedergeschlagen. So melancholisch hatten wir ihn noch nie erlebt, anscheinend handelte es sich um eine Gemütskrankheit. Weshalb hatte sich der König so verändert? Von Ambrosius erfuhr ich, daß die Ärzte festgestellt hatten, daß auf der ganzen Familie von Anjou angeblich ein Fluch laste. Richard war angeblich der Teufel leibhaftig. Kein Wunder, daß er so verzweifelt war. Aber es gab Hoffnung, denn die Ärzte waren überzeugt davon, daß sie den Teufel austreiben konnten, und das sollte er mit Gold bezahlen.

Der König brütete zwei Tage über dieser Sache und verkündete dann, daß er allein auf die Jagd gehen wolle.

Daraufhin brach die Hölle los. Obwohl sie das aufbrausende Temperament des Königs kannten, widersprachen die Barone leidenschaftlich. Das habe man ja noch nie gehört, daß ein König sein Leben aufs Spiel setze, indem er sich allein unters feindliche Volk mische.

Nervös sah Richard in die Menge. »Nun, dies eine Mal will ich nachgeben. Mein Page wird mich begleiten und beschützen.« Er zeigte auf mich.

Die vernichtenden Blicke aller waren auf mich gerichtet.

»Alex, bewaffne dich gut«, befahl der König, so daß alle es hören konnten. »Wir nehmen auch einen Falken mit, falls du nicht ständig kampfbereit bist.«
»Ja, mein Herr«, erwiderte ich.
Später sagte Enoch zu mir: »Du wirst nicht allein mit dem König in diese Falle gehen!«
»Ihr habt ihn doch gehört, niemand kann ihn aufhalten.«
»Dich kann ich aber aufhalten!«
»Schlagt Ihr mir etwa vor, dem König ungehorsam zu sein?«
»Nein«, sagte er geheimnisvoll, »aber ich werde auch nicht ungehorsam sein.«
Sollten sich die anderen über meinen Auftrag ruhig lustig machen. Vielleicht konnte ich die Feinde des Königs nicht schlagen, aber meine Anwesenheit würde ihm guttun. Das Schicksal hatte es gewollt, daß ich den König begleitete; das Schicksal wollte auch, daß ich ihn heilte. Ich dachte lange nach, bis ich einen ziemlich guten Plan hatte.
Als wir bei Morgengrauen aufbrachen, machte König Richard einen gesunden und glücklichen Eindruck. Er trug grüne Jagdkleidung ohne königliche Abzeichen; seine Haut war gebräunt, sein Haar glänzte golden. Auch ich hatte die Uniform abgelegt und trug die Tunika, die Pax für mich angefertigt hatte. In unserer »Verkleidung« waren wir viel ungezwungener und galoppierten den Strand entlang durch die zurückweichenden Wellen.
Dann ritten wir landeinwärts; vor den ungläubigen Augen der Bauern, die sich über Zuckerrohr und Weinreben beugten, sprangen wir über Hecken und Gräben. Wir donnerten über Felder und an Dörfern vorbei – schneller, immer schneller. Zur Mittagsstunde erklommen wir einen kleinen Berg, der

von einem Wasserfall in zwei Hälften geteilt wurde. Obwohl der Himmel über uns noch blau erstrahlte, lag der Berg zum Teil schon in abendlichem Dämmerlicht, wir blieben auf der hellen Seite. Hier sah es ganz anders aus als in England; so ähnlich stellte ich mir den Meeresboden vor: schwarze, knorrige Baumstümpfe schlängelten aus Felsen hervor, ihre Blätter glänzten golden, und in der Luft lag ein grüngelber Dunstschleier. Seltsame Blumen wucherten aus kleinen Felsspalten, und in den Wiesen blühten büschelartige, pastellfarbene Sterne.

Unter uns sahen wir einen Reiher, der in der Talsenke in einem Fluß nach Fischen tauchte. König Richard nahm seinem Falken die Haube ab, hielt ihn aber noch am Ledergurt. Während ich gegen einen hohlen Baum trommelte, stieß der Falke kräftige Schreie aus, der Reiher flog davon.

»Ihm nach«, der König warf den Falken in die Luft.

Der Reiher senkte den Kopf und schraubte sich mit seinen kräftigen Flügeln höher; er versuchte, dem Falken zu entkommen, doch dessen flinkere Schwingen teilten die Luft wie Butter. Er kreiste über dem Reiher, und plötzlich stieß er hinab! Ein Blitz aus Blut und Federn! Die verhedderten Vogelkörper fielen auf die Kiefernwipfel hinab. Wir ritten ihnen nach und steckten den Vogel in den Sack.

Die Faszination des Tötens erlebte ich an diesem Nachmittag noch öfter. Als die Sonne im Zenit stand, waren unsere Säcke gefüllt. Wir suchten nach einer günstigen Stelle, um ein Feuer zu machen. Ein warmes Gefühl durchströmte meine Brust, als ich hinter dem König herritt.

Er hielt kurz an und wartete auf mich. Schweigend nahm er meine Hand, und so ritten wir langsam weiter.

Plötzlich war der Wald zu Ende, und wir standen auf einem hohen Felsvorsprung; vor uns lag das glitzernde Meer. In tiefstem Einverständnis ließen wir uns eine Weile nieder. Danach ritten wir weiter durch den Wald. Ein starker, fast betäubender Duft lag in der Luft.
»Warte«, sagte der König, »ich glaube, ich höre Wasser.«
Wir stiegen ab und gingen über einen Teppich blauer Blumen zu einer Felsansammlung. Ich folgte dem König, der sich zwischen den Felsen hindurchschlängelte, und wir kamen zu einer Wiese, die ganz von Felsen und Bäumen abgeschirmt war und durch die ein kleines Rinnsal floß.
»Zu schön, um wahr zu sein«, sagte der König. »Komm mit.«
Er setzte sich inmitten der Blumen nieder und betrachtete versunken einen Regenbogen, dabei wurde er zunehmend melancholisch. Er streckte sich seufzend neben dem Flüßchen aus. Ich sammelte unterdessen Feuerholz, säuberte und rupfte die Vögel und schnitzte einige Bratspieße. Bald schon brutzelten die Vögel über der Flamme, und mein Magen knurrte zufrieden. Ich ließ Richard schlafen, reden konnten wir später.
Als die ersten Vögel fertig waren, weckte ich ihn sanft und reichte ihm den Spieß mit der saftigsten Wildschnepfe. Er stieß ihn weg.
»Hol mir etwas Wein aus der Satteltasche.«
Hastig trank er aus dem Lederbeutel und lehnte sich wieder mit geschlossenen Augen zurück.
Nach kurzem Zögern aß ich die drei gebratenen Vögel selbst und legte noch ein paar aufs Feuer. Ich bemühte mich, leise zu sein und nicht laut zu schmatzen, damit er schlafen konnte. Die nächsten Spieße waren fertig, sollte ich ihn wecken?

Plötzlich setzte er sich auf.

»Hast du das auch gehört?«

»Das sind Eichhörnchen in den Bäumen.«

Er legte sich wieder hin. Aber er schlief nicht, das erkannte ich an dem zuckenden Wangenmuskel. Ohne die Augen zu öffnen, fragte er: »Weißt du, wie spät es ist?«

»Man kann die Glocken hier nicht hören, mein Herr, aber die Sonne zeigt bald die neunte Gebetsstunde, glaube ich.«

Seufzend richtete er sich auf. »Ich möchte überhaupt nicht weg von hier.«

»Wir – wir könnten reden«, ich räusperte mich und sagte mit festerer Stimme: »Enoch und ich haben viele wundersame Dinge erlebt, soll ich Euch vielleicht davon erzählen?«

Er antwortete nicht, und ich verstand das als Aufforderung.

»Jemand erzählte uns von dem griechischen Helden Ödipus. Das war eine sehr interessante Geschichte, sie handelte von« – *Deus iuva me* – »einer Familie, auf der ein Fluch lastet.«

Er starrte mich immer noch schweigend an, und ich quasselte weiter.

»Die Heiden glaubten anscheinend an solche Flüche, selbst heute glauben noch manche Leute daran. Ich denke nicht, daß es so was in Wirklichkeit gibt. Es ist wie mit den Reliquien, eine widerspricht der anderen, versteht Ihr?«

»Nein, ich verstehe gar nichts«, sagte er kühl. »Was willst du mir denn sagen?«

Schweiß brach mir aus allen Poren. »Nun, irgend jemand behauptet zum Beispiel, er habe den Teufel an diesem oder jenem Freitag gesehen, und jemand anders, der weit weg wohnt, will den Teufel am gleichen Tag gesehen haben. Einer von beiden muß sich irren, das meine ich.«

Er verlor das Interesse an meinen wirren Gedanken, trank noch etwas Wein und legte sich wieder zurück. Ich plapperte weiter.

»Manche Ärzte behaupten, daß jemand, der aus einer verfluchten Familie kommt, der Teufel persönlich ist. Und deshalb wird diese Person krank, um für all die Sünden zu büßen.«

Sein Hals rötete sich, und um seinen Mund herum wurden einige Pusteln sichtbar. Bevor er etwas sagen konnte, sprach ich hastig weiter.

»Aber diese Person kann unmöglich der Teufel sein, denn ich habe den Teufel selbst gesehen. Deswegen irren sich die Ärzte, versteht Ihr?«

»Du hast den Teufel gesehen?« fragte er mit erhobenen Augenbrauen.

»Ja, und er hat mit Euch überhaupt keine Ähnlichkeit«, bestätigte ich kühn.

»Und deswegen – sieh mir bitte nach, wenn ich ein bißchen schwer von Begriff bin –, deswegen täuschen sich die Ärzte von Salerno, und ich brauche gar nicht exorziert zu werden?«

»Ja, genau so ist es. Ich habe Satan gesehen, war ganz nah dran. Ich habe ihn sogar berührt.« Ich erschauerte.

Der König lächelte, aber er sagte ernsthaft: »Das behauptest du, aber auch du könntest dich irren. Was genau hast du gesehen?«

Ich hatte eigentlich schon alles erzählt, was ich mit meinem Gewissen vereinbaren konnte. »Vergebt mir, mein Herr, aber ich habe gelobt zu schweigen. Bei meiner Ehre schwöre ich, daß ich die Wahrheit sage: Ihr seid nicht der Teufel, denn ich habe ihn persönlich gesehen.«

»Alex, du darfst mich nicht so auf die Folter spannen. Ich bin dein König! Ich befehle dir zu reden.«

Ich wagte mich ein wenig weiter. »Nun, habt Ihr – kennt Ihr die dicke Giselle? Oder habt Ihr schon mal von ihr gehört?«

»Die dicke Giselle?« Er überlegte. »Nein, ich glaube nicht.«

»Sie wohnt in Paris und ist so etwas wie eine Zauberin, sie hat das Zweite Gesicht.«

»Eine Hexe?«

Ich nickte. *Deus iuva me,* hoffentlich ging ich nicht zu weit, ich wollte schließlich nicht meine Seele verlieren, um die des Königs zu retten.

»Hat sie dir von dem Fluch erzählt, der auf den Anjou liegt?«

Ich nickte wieder.

»Ich bin froh, daß mein persönlicher Wahrsager nur Gutes von mir denkt«, bemerkte er trocken. »Du sagst, du hast den Teufel gesehen. Erzähl mir davon, das allein würde mich überzeugen.«

»Wenn ich das tue, dann – die dicke Giselle sagte, daß –«

»Ich habe mich wohl in dir getäuscht. Du bist wie all die andern, liebst mich nur, wenn du etwas von mir willst – in deinem Fall Wanthwaite –, aber es ist dir gleichgültig, ob dein König leidet.«

Er lächelte zynisch, blickte dann jedoch so verloren, daß es mir fast das Herz brach.

»Weil ich Euch treffen wollte, ging ich zu diesem fürchterlichen Haus, in dem Zizka und Giselle leben. Giselle sagte, sie könne mir eine Audienz mit Euch ermöglichen. Ich landete zufällig in ihrem Zimmer, als dort eine Hexenversammlung stattfand.«

Ich mußte jedes Wort der Hexen wiederholen und sie ganz genau beschreiben, deshalb kam ich mit meiner Erzählung nur schleppend voran.

»Ich merkte die ganze Zeit schon, daß wir nicht allein waren, da war dieser Gestank. Es roch nach Weihrauch und Wein, da war aber noch so ein ekliger Geruch.«

»Spann mich nicht so auf die Folter. Das war Satan, oder?«

»Ja, er stand hinter einem schwarzen Vorhang. Als er zum Vorschein kam, erkannte ich den Geruch sofort, denn er roch wie die meisten Ziegen.«

»Satan war eine *Ziege?*«

Seine Verwunderung überraschte mich, es war doch allgemein bekannt, daß Satan häufig die Gestalt einer Ziege annahm.

Er biß sich auf die Lippe, und seine Augen funkelten begierig. »Sprich weiter, ich will alles hören.«

Mir wurde ganz heiß, und ich starrte beschämt zu Boden, während ich weiterredete: »Wir mußten uns hinknien, um ...« Ich erzählte ihm, daß die Hexen beteten, und kam dann zu meinem Auftritt: »Ich hatte den Abgrund der Hölle vor Augen und mir wurde schwindlig. Es ist gar nicht so leicht, Böses zu tun. Aber ich mußte Euch doch unbedingt sehen, also kniff ich die Augen zusammen, hielt die Luft an und küßte das Hinterteil.«

Da – es war gesagt! Entgeistert sah ich, wie Richard zu Boden fiel und von einem Anfall geschüttelt wurde. Heiliger Benedikt, was hatte ich angerichtet! Er rang nach Atem, stieß erstickte Schreie aus und trommelte mit den Fäusten auf die Erde. Entsetzt warf ich mich auf ihn.

»Hört auf, mein Herr, hört auf! Soll ich Wein holen?«

Er stöhnte weiter, schlug auf die Erde ein, verzog das Gesicht. Dann bemerkte ich endlich, daß er *lachte.*

Ich hockte mich hin und wartete verwundert. »Ich glaube, Ihr habt mich nicht richtig verstanden, mein Herr. Ich habe *Satan* gehuldigt!«

Darauf verfiel er in noch schlimmere Zuckungen und hielt sich vor Lachen die Seiten. Schließlich mußte ich die ganze Geschichte noch einmal Wort für Wort wiederholen.

»Alex, du ahnst nicht, wie sehr du mir geholfen hast«, er umarmte mich erleichtert. »Ich bin überzeugt davon, daß du Satan gesehen hast, und da ich weiß, daß du meinen Hintern nie geküßt hast, kann ich nicht Satan sein.«

Zum Glück konnte er mein Gesicht nicht sehen, denn diese Feststellung schockierte mich sehr.

»Es geht mir schon viel besser, jedenfalls habe ich jetzt einen Riesenhunger. Gibt's noch was zu essen?«

Ich sah zu, wie er gierig drei schrumpelige Rotkehlchen verschlang, und hoffte, daß mein Opfer nicht umsonst gewesen war. Es schien ihm tatsächlich besserzugehen, obwohl er den eigentlichen Kern meines Geständnisses nicht verstanden hatte. Nun ja, wie die Priester sagen: Gott wirkt auf viele Arten. Falls ich zu Richards Rettung beigetragen hatte, so wurde mir das vielleicht in den himmlischen Büchern gutgeschrieben.

Nachdem der König gesättigt war, machte er sich zum Aufbruch bereit. Er hob mich in den Sattel und drückte mich an sich.

»Vielen Dank für dein Vertrauen, Alex. Lachen ist weitaus billiger und weniger schmerzhaft als Exorzismus. Du solltest dich für deine Dienste entlohnen lassen.«

Wir waren recht weit im Landesinnern und kamen auf einen staubigen Weg, der zu einem sandfarbenen Dorf führte; in der Ferne sah man das leuchtendblaue Band des Meeres. Richard fragte einen Schäfer nach dem Namen des Dorfes, es hieß Gioia.

Die Einwohner des Ortes warfen Richard haßerfüllte Blicke zu. Er merkte gar nicht, daß die Menschen ihre Tätigkeiten unterbrachen, um ihn wütend anzustarren. Ich bemerkte es aber und bekam Angst. Als wir das Dorf fast passiert hatten, seufzte ich erleichtert auf. Plötzlich zügelte der König sein Pferd.

»Alex, hörst du das?«

»Ja, das ist ein Vogel.«

»Das ist nicht irgendein Vogel, das ist ein Falke!«

Ich hörte genauer hin, er hatte recht. Da schrie ein verängstigter Falke. Die Schreie kamen aus einer verfallenen Holzhütte zu unserer Rechten.

Richard erblaßte vor Wut. »Was fällt diesen Bauern ein, einen königlichen Vogel zu halten? Halt mein Pferd fest und meinen Falken.«

Er stieg ab und schritt durch die klapprige Tür. Ich hörte, wie er mit tiefer Stimme Befehle erteilte, darauf folgte entrüstetes Geschrei des Falkenbesitzers. Weitere Stimmen fielen ein. Ich konnte den Dialekt zwar nicht verstehen, aber sie überhäuften den König zweifellos mit Flüchen und Verwünschungen. Er brüllte seine herrischen Befehle jetzt lauter, doch die Bauern waren ihm offenbar zahlenmäßig überlegen.

Mit einem schönen Falken in der behandschuhten Rechten stolperte er aus der Tür. Mit der anderen Hand versuchte er,

die kraftlosen Angriffe des menschlichen Gesindels abzuwehren.
Da blitzte Eisen auf.
»Gib mir den Falken wieder und mach, daß du wegkommst! Ich zähl bis drei, dann bringe ich dich um!« schrie ein zahnloser Kerl.
Wie der Blitz warf der König mir den Falken zu und zog sein Langschwert. Er war für den geschickten Umgang mit dieser Waffe bekannt, und kein Ritter hätte ihn je zum Kampf mit ihr herausgefordert, doch davon wußten diese Bauern nichts.
Vier weitere Dolche blitzten auf. Ich hielt die Falken an den Ledergurten fest und zog den Dolch meines Vaters.
Der zahnlose Wicht stieß mit seinem Dolch schnell wie eine Schlange zu, Richard aber war flinker und schlug die Waffe entzwei. Der Wicht duckte sich, Richards Schwert prallte gegen die Wand und brach bis zum Griff ab!
Welch entsetzliches Omen! Der König warf den nutzlosen Griff weg und hob zwei Steine auf, als sich der kleine Kerl böse grinsend näherte. Eins, zwei, der König wehrte die Schläge mit Steinen ab. Doch dann wurde er verletzt. Von allen Seiten prügelten sie jetzt auf ihn ein. Sie waren mit Messern, Stöcken und Steinen bewaffnet. Ich schob Richard meinen Dolch zu, doch damit konnte er sich gegen so viele nicht wehren. Nach einem geschickten Ablenkungsmanöver gelang es ihm, zwei Männer niederzustrecken. Doch es kamen immer mehr Gegner.
Plötzlich ertönte aus der Ferne ein markerschütternder Schrei. Eine Staubwolke donnerte heran. Eine Streitaxt wirbelte durch die Luft, die kannte ich doch …
Enoch!

Mit dem Kriegsgeschrei der Hochländer trieb er sein Pferd mitten in die Menschenmenge und verteilte tödliche Hiebe nach allen Seiten. Während er wie ein Berserker um sich schlug und mehrere Bauern zu Fall brachte, lenkte er Firth nach hinten und trampelte so einige Feinde nieder. Er befreite Richard aus der Menge und stellte sich drohend vor ihn. Blitzschnell saß der König wieder auf seinem Pferd, und wir preschten in Windeseile davon.
Wir galoppierten geradewegs aufs Meer zu. Erst als wir den Kiesstrand erreicht hatten, zügelte der König abrupt seinen Hengst. Er starrte Enoch an, der grinste breit; seine weißen Zähne blitzten in dem mit Waid gefärbten, blauen Gesicht.
»Danke, Enoch, du hast uns das Leben gerettet!« sagte ich ungestüm.
Gleichzeitig rief der König erbost: »Was fällt Euch ein, mir zu folgen? Gegen meinen Befehl! Ihr Verräter!«
Bevor Enoch etwas erwidern konnte, gab der König seinem Pferd die Sporen und sagte grimmig: »Kommt.«
Der Schotte warf mir einen besorgten Blick zu, und wir ritten der grüngekleideten Gestalt hinterher durch die seichten Wellen des zurückweichenden Meeres. Nur einmal ritten wir landeinwärts, um die Stadt Bagnara in einem großen Bogen zu umgehen. Dann ritten wir weiter am Strand entlang. Schließlich hielten wir bei zwei Fischerbooten an, die Fischer entluden gerade ihren Fang. Richard stieg ab und tauschte ein Geldstück gegen einen Fisch. Er unterhielt sich mit den Fischern, Enoch und ich warteten, bis er zurückkam.
»Steigt ab«, befahl er. »Die beiden werden uns zum Leuchtturm dort drüben rudern. Wir verbringen die Nacht dort.«
Das war ein seltsamer Befehl. Beunruhigt sahen wir hinüber

zu der Felsküste und dem Leuchtturm. Der König befahl den Fischern, daß sie sich bis zum nächsten Morgen um die Pferde und Falken kümmern sollten. Einer schnappte sich deren Zügel und Gurte, während der andere sich ins Ruderboot setzte. Enoch und ich wateten hinter dem König her; wir versanken bis zu den Knöcheln im Schlamm, um uns herum trieben tote Köder. Ein Mann stieß das Boot an, und wir glitten langsam über das blauschwarze Wasser. Der König saß wie eine gemeißelte Statue da, nur sein Haar wehte im Wind.

Schließlich erreichten wir die Felsinsel. Der König befahl den Fischern, uns bei Morgengrauen wieder abzuholen. Sie ruderten zurück, und wir folgten Richard und erklommen den steilen Pfad. An den scharfen Felskanten ritzten wir unsere Füße auf, und der Wind fegte durch die Gewänder, doch Richard schritt unbeirrt voran. Nach einer geraumen Weile hielten wir schließlich schweißüberströmt im Schatten des Leuchtturms an.

Ich stand zwischen Enoch, der am Leuchtturm lehnte, und dem König. Das Verhalten des Königs ängstigte mich; seine Hand lag griffbereit auf dem Dolch. Auch Enoch ahnte die Gefahr und verlagerte unmerklich sein Gewicht, so daß er das Messer im Strumpf leichter erreichen konnte.

Daß Richard so gefaßt war, erschien mir bedenklicher als seine üblichen Wutausbrüche.

»Ihr habt Euch widersetzt, Schotte!«

Enoch versuchte einzulenken und sagte: »Hab ich nicht, mein Herr. Ihr habt bestimmt, daß Ihr allein auf die Jagd gehen wollt, und so geschah es auch. Und ich befolgte Euren Befehl, daß ich Alex nicht aus den Augen lassen darf. Wenn ich mich recht entsinne, habt Ihr diese Anweisung noch nicht aufgehoben.«

»Dreht mir nicht die Worte im Mund herum!« rief der König zornig. »Gebt zu, Ihr habt mir hinterhergeschnüffelt!«

»Ich bin dem Jungen gefolgt, ich hab nicht geschnüffelt!«

»Habt Euch im Wald versteckt und uns belauscht! Widersprecht mir nicht! Ihr habt Euch zu Alex' Wachhund gemacht, um gegen mich vorzugehen!«

»Ich hab ihn beschützt.« Enoch betonte jedes Wort. »Die Einwohner hier richten sich nicht nach dem Gesetz und können sehr gefährlich sein.«

»Vor mir wollt Ihr ihn beschützen! Als ob ich eine Gefahr wäre! Bei Gott, gebt mir Antwort wie ein Mann, sonst werde ich Euch zum Reden zwingen!«

Enochs blaue Augen leuchteten. »Die Antwort kennt nur Ihr selbst«, erwiderte er und fügte sarkastisch hinzu: »Mein Herr.«

Der König hob die Hand.

»Nein!« schrie ich und warf mich vor Enoch. »Nein, bitte nicht. Er ist mein Bruder – meine ganze Familie!«

Sie brüllten durcheinander. »Alex, geh weg!« und »Kleiner, geh aus dem Weg!« Grobe Hände packten mich, doch ich klammerte mich an die Fellweste des Schotten.

»Dann müßt Ihr mich auch töten! Ich darf ihn nicht noch einmal verlieren!«

Ich biß mich an Enoch fest wie eine Zecke.

Schließlich sagte der König schnaufend: »Alex, das ist ein Befehl!«

Mit Tränen in den Augen sah ich ihn an. »Wenn Ihr glaubt, daß ich Euch geheilt habe, so gesteht mir diesen einen

Wunsch zu, laßt ihn am Leben! Ich habe schließlich mein ewiges Leben für Euch aufgegeben und werde meine Eltern nie mehr sehen. Das macht alles nichts, aber meine irdische Familie darf ich nicht schon wieder verlieren. Bitte!«

Der König starrte mich an, als sei ich von allen guten Geistern verlassen. »Was hast du aufgegeben?«

Ich warf dem unbewegten Schotten einen Blick zu und sah dann den König warnend an. »Ihr wißt schon, was ich Euch erzählt habe, von der dicken Giselle – meine Seele habe ich verspielt.«

Richard runzelte die Stirn und ließ dann zu meiner großen Erleichterung den Dolch sinken. »Ich will nicht undankbar sein, Alex, obwohl ich es furchtbar finde, daß dieser Schurke Nutzen daraus zieht.«

»Ich kann mich sehr gut selbst verteidigen«, versicherte Enoch etwas kleinlaut.

»Danke, mein Herr, Ihr seid der gütigste König!« Ich sank vor Richard auf die Knie und umarmte seine Waden.

»Ich laß Euch heute entkommen, aber denkt nur nicht, daß die Sache damit ein Ende hat. Habt Ihr verstanden?«

»Jawohl«, antwortete der Schotte.

»Gut«, die Stimme des Königs bebte vor Wut. »Was Eure Vermutungen bezüglich Alex betrifft, so vergebe ich Euch nicht. Seht Euch vor, denn das nächste Mal bin ich nicht so gnädig.«

Aber jetzt war er gnädig, und nur darauf kam es an. Ich hoffte, daß Enoch den Mund halten würde. In der darauf folgenden Stille überlegte ich, worum es eigentlich ging. Dachte der Schotte tatsächlich, daß Richard mir etwas antun könnte? Aber warum? Ich hatte den König doch nie verärgert.

Richard fuhr fort: »Und Ihr kümmert Euch in Zukunft nur dann um den Jungen, wenn ich nicht bei ihm bin. Verstanden?«

»Ja, mein Herr.«

Sie starrten sich immer noch wütend an, vieles blieb ungesagt.

Als käme ihm der Gedanke erst jetzt, sagte Richard: »Wir sind Euch äußerst dankbar dafür, daß Ihr uns heute nachmittag zu Hilfe gekommen seid.«

Enoch erwiderte sarkastisch: »Keine Ursache, mein Herr, Ihr hattet die Angelegenheit völlig im Griff.«

»Mein Schwert hat mich verraten«, verteidigte sich der König.

»Ja, aber dank Eurer königlichen Geschicklichkeit hättet Ihr sicher noch gesiegt. Wie jeder Ritter hab ich nur meine Pflicht getan und kam meinem König zu Hilfe.« Der Schotte verbeugte sich.

Richard nickte. »Wie dem auch sei. Entschuldigt mich jetzt bitte, ich will mir die Meerenge dort unten etwas genauer ansehen. Von hier oben kann man alles gut überblicken. Schotte, bratet diese Fische, ich hab schrecklichen Hunger. Alex, du kommst mit mir.«

Er warf Enoch die Fische zu und entfernte sich. Ich sah Enoch kurz an.

Er raffte sich zu einem schwachen Grinsen auf und sagte: »Gute Arbeit, kleiner Bruder. Du bist ein echter MacPherson.«

Ich rannte Richards langem Schatten hinterher.

Wir standen auf dem Felsvorsprung einer Klippe, die etwa hundert Fuß steil zum Meer abfiel. Unter uns kreisten Möwen und zerrissen die Stille mit ihren heiseren Schreien. Die sinkende Sonne ließ das Meer wie flüssiges Feuer aufflammen. Mit gerunzelter Stirn schirmte der König die Augen vor der Sonne ab.

»Kannst du was sehen, Alex?«

»Ich sehe Rauch an zwei Stellen, dort und dort.«

»Das sind Vulkane, Stromboli und Ätna. Dort zu unserer Rechten ist nämlich Sizilien. Aber ich meinte im Wasser. Warte – ich glaube – bei Gott – da sind sie! Sieh nur, zweihundert Boote, das ist Saladins Untergang!«

Ich hielt ihn sicherheitshalber fest, als er sich nach vorn über die Klippe beugte, und kniff die Augen zusammen, damit ich die kleinen Schiffe in der Meerenge sehen konnte. Ich wunderte mich wieder einmal über König Richards Gemütsschwankungen und versuchte, mich selbst freudig zu geben, doch innerlich zitterte ich noch. Hätte er Enoch wirklich getötet? Welch schreckliche Vorstellung!

Der Monolog des Königs wurde von Enochs Rufen unterbrochen: »Essen!« Ein strahlendes Lächeln hatte sich auf Richards Gesicht ausgebreitet, und er konnte sich vom Anblick seiner Flotte kaum losreißen. Als wir um den Leuchtturm gingen, blieb er auf einmal stehen und sagte ernst: »Warte.«

Ich sah besorgt auf.

»Ich entschuldige mich dafür, daß es so lang gedauert hat, bis ich verstanden habe, weshalb du das Geständnis nicht ablegen wolltest. Das fiel dir nicht leicht, nicht wahr?«

Erschüttert senkte ich den Kopf. »Giselle zwang mich, bei meiner Seele zu schwören, daß ich nichts verraten würde.«

»Ich verstehe.«

Er hob mein Kinn hoch, ich mußte ihm in die Augen sehen.

»Du hast dich also geopfert, um mich von dem Fluch zu heilen?«
»Ich wollte beweisen, daß er nicht wahr ist«, verbesserte ich ihn.
Jetzt trug er keine Maske, seine blaßgrauen Augen wären bis zu meiner Seele vorgedrungen, wenn ich noch eine gehabt hätte.
»Du hast dein ewiges Leben für meine Gesundheit verspielt?«
»Ja.«
Mit trüben Augen suchte er den Horizont ab. »Bist du sicher, daß ich dieses Opfer wert bin?«
Ich antwortete eifrig: »Natürlich, ich würde alles für Euch tun.«
Er betrachtete mich nachdenklich. »Weißt du, es gibt noch einen Fluch, der auf unserer Familie lastet. Keiner von uns kann sich an Kindern erfreuen.« Er lachte freudlos. »Alex, auch ich habe meine unsterbliche Seele gegen ewige Verdammnis eingetauscht. Ich habe meinen Vater umgebracht.«
War das ein Scherz? Nein, er meinte es ernst.
»Ja, da bleibt dir die Luft weg. Ich bereue es nicht. Sein Leben oder meines. Trotzdem …« Er lehnte sich an die Mauer des Leuchtturms. »Du kannst dir sicher vorstellen, daß ich nicht gerade erpicht darauf bin, Erben zu zeugen.«
Alle Worte, die mir in den Sinn kamen, waren töricht angesichts dieses unglaublichen Geständnisses. Ich dachte an meinen eigenen Vater und daran, wie sehr ich ihn geliebt hatte. Hatte Richard einst auch so für König Heinrich empfunden?
Im Sonnenuntergang wirkte König Richard wie ein Schatten, der in die dunkle Steinwand des Leuchtturms gemeißelt war. Mit seinen Gedanken war er weit weg, ob in der Vergangen-

heit oder Zukunft, konnte ich nicht sagen. Nach einer Weile nahm er mich wieder wahr und zog mich an sich. Wir blickten aufs Meer hinaus. Er fuhr mir durchs Haar.

»Alex, wenn ich mir erlaube, dich zu lieben, wirst du dich irgendwann gegen mich wenden?«

»Niemals, mein Herr, niemals.«

»Das sagst du jetzt«, bemerkte er.

Ich sah ihn an. »Ich meine es ernst.«

Er ging in die Knie, so daß er auf meiner Höhe war, und schlang seine kräftigen Arme um meinen Hals.

»Angenommen, ich würde mich weigern, dir Wanthwaite zu geben.« Lächelnd erwartete er meine Antwort. »Siehst du?«

Wie könnte er mir Wanthwaite verweigern? Warum würde er das tun? Anscheinend wollte er mich nur prüfen.

»Ich liebe Euch nicht, weil Ihr mir mein Zuhause wiedergeben könnt, mein Herr.«

Er strich mir das Haar aus dem Gesicht. »Nein? Vielleicht nicht, aber ein König kann sich da nie sicher sein.«

Ich hatte Mitleid mit ihm, denn genauso fühlte ich mich als Erbin. Würde mich je irgend jemand um meiner selbst willen lieben? Enoch hatte sich auch nur wegen Wanthwaite mit mir angefreundet.

»Ich weiß es, mein Herr«, sagte ich und war davon auch überzeugt. »Ihr – Ihr seid … ich meine, König Philipp würde ich nie und nimmer lieben, auch wenn er mir tausend Wanthwaites geben könnte.«

Lachend legte er seine Stirn gegen meine. »Das ist allerdings ein überzeugendes Argument. Ich liebe nur dich – dich und meine Mutter.«

Ich war betrübt, er sorgte sich um meine Treue, während ich

mir Gedanken darüber machte, ob er mich auch noch lieben würde, wenn er wüßte, daß ich ein Mädchen war. Er hatte sein Vertrauen einem Kind geschenkt, das ihn schon längst betrogen hatte.

»Was denkst du?« fragte er und hielt mein Kinn fest.

»Ich werde mich nie gegen Euch wenden«, wiederholte ich, »aber ... nun, Ihr kennt mich nicht ... ich meine, erst heute habt Ihr zu hören bekommen, daß ich keine Seele habe. Vielleicht habe ich ja noch andere Fehler, die genauso schwerwiegend sind.«

Er richtete sich auf und drückte mich fest an sich. »Gut, daß du die Sprache auf Charakterschwächen bringst, auch ich habe große charakterliche Unzulänglichkeiten. Ich bin ein großer Sünder.«

»Nicht so wie ich!«

»Ach was, du hast ja keine Ahnung«, sagte er traurig. »Ich habe meinen Vater ermordet, und es gibt noch andere –«

»Das ist mir egal«, unterbrach ich ihn.

Er lächelte. »Liebe hat jedenfalls immer was mit Treue zu tun. Schwöre mir deine Treue, Alex.«

Wir schworen, einander treu zu sein und uns immer zu lieben. Wir besiegelten unseren Schwur mit einem langen Kuß, nach dem wir beide Tränen in den Augen hatten.

»Ich dachte schon, einer sei ins Meer gefallen«, sagte Enoch mißmutig, als er um die Ecke kam.

Richard legte einen Arm um meine Schulter, und wir gingen zurück zum Feuer.

20

Mit unserem Auftreten werden wir überzeugen.«
Diese Worte Richards wurden bis zu den niedrigsten Rängen weitergetragen, als wir über die Meerenge nach Messina segelten. Es war die herrlichste Kriegsflotte, die je zusammengestellt worden war. Die bemalten Segel, die glitzernden Schilde und blumengeschmückten Piken waren eine Pracht! Richard war in königliches Rot gekleidet, und sein Umhang, der von einer Goldspange gehalten wurde, flatterte im Wind, als er auf dem Kastell stand. Er sah aus wie ein vom Himmel gefallener Apollo. Ich stand auf dem Deck der *Trenchemer* und betrachtete ihn stolz, schließlich war es *mir* zu verdanken, daß es ihm gutging. Dafür hatte ich meine Seele verspielt. Wem ich danken sollte, wußte ich nicht recht: Gott oder dem Teufel?

»Seht Ihr König Tankred? Oder Philipp?« rief der König Baron von Leicester zu.

Der Baron erwiderte: »Nein, mein Herr, am Strand sind sie nicht. Vielleicht sind sie innerhalb der Stadtmauern? Sie werden schon wissen, warum!«

Wir standen an der Reling und hielten Ausschau nach königlichen Abzeichen. Beim Anblick Messinas überlief mich ein kalter Schauer. Die Stadt erstreckte sich weiß wie Schnee an einer steilen Böschung, die sich von der dunklen Bergkette abhob, die im Schatten des bedrohlichen Ätna lag. Sie war von einer hohen Mauer umgeben; zwischen Mauer und Meer erblickten wir winkende, schreiende Männer.

»Sind das unsere Kreuzfahrer?« wollte Richard von Baron Robert wissen. Sein verräterischer Wangenmuskel zuckte.

»Ich glaube schon, mein Herr. Sie tragen unsere Kreuze.«

Gereizt fragte der König: »Warum sind da keine Messiner? Warum gibt's keinen königlichen Empfang?«

Die Antwort blieb aus.

»Ich glaube, da kommt eine Abordnung«, flüsterte ich Enoch zu. »Sieh nur, Bischöfe, ein roter Teppich und Pferde.«

»Die hat Richard heute morgen selbst abgesetzt, damit er einen guten Eindruck macht, wenn er durch die Straßen reitet. Sieh nur, da ist zum Beispiel unser Bischof von Evreux.«

Die Ruderer wendeten das Boot längs des Landungsstegs, eine Planke wurde heruntergelassen, und die Fanfare ertönte. Lachend und winkend ging König Richard vom Schiff, das *Te Deum* erklang, und Kerzen wurden angezündet. Ambrosius hatte das alles inszeniert; wir gaben uns selbst eine Vorstellung. Nur die Kreuzfahrer am Strand waren spontan und schier verrückt vor Freude, denn auch sie gehörten zu Richards Streitern. Es waren gewöhnliche Fußsoldaten, die von Marseille hergelaufen waren und uns erwarteten.

»König Richard, rette uns!«

»Essen, um Gottes willen, gebt uns etwas zu essen!«

Enoch schaute besorgt drein. Wir reihten uns ins Gefolge des Königs ein, und Enoch wies mich darauf hin, daß uns die Heerführer des Königs vorm Pöbel schützten. Wir ritten los.

»Gnade! In Jesu Namen, gebt uns Brot!«

Ein Mann, der wie eine Vogelscheuche aussah, griff nach Thistles Zügeln; Enoch jagte ihn weg.

»Verzieh dich auf die andere Seite, Kleiner«, sagte er und schwang seine Axt.
Verwirrt spähte ich an ihm vorbei auf die rasende Menschenmenge. Ich glaube, es waren Engländer und Normannen, sie schienen verzweifelt genug, um zu töten. Dann fielen mir zwei andere Kerle auf, die mit ihren schwarzen, langen Umhängen und lockigen, knielangen Bärten ebenfalls wie Vogelscheuchen aussahen. Sie schrien, machten obszöne Gesten und zogen ihre Unterlider herunter.
»Sind die aus Messina?« fragte ich Enoch.
»Ja, allerdings«, erwiderte er grimmig, »das sind griechische Christen, Geier der byzantinischen Kirche. Wie mögen erst die anderen Messiner sein, die Juden und Araber!«
Als wir weiterritten, tauchten immer mehr dieser Kerle inmitten der Menschenmenge auf, wir kamen kaum noch vorwärts. Dann ging es überhaupt nicht mehr weiter.
Brüllend galoppierten Mercadier und Louvart, die an der Spitze des Zuges gewesen waren, an uns vorbei. »Bildet eine geschlossene Front! Stellt die Pferde in zwei Reihen, die Mitte bleibt frei! Los, beeilt euch!«
Enoch zog Thistles Schnauze an Firths Hinterteil, alle anderen taten es ihm gleich, bis wir wie zwei lebende Mauern einen Mittelgang schützten. Durch diese Schneise galoppierte wutentbrannt König Richard; ihm folgten Bischöfe und Barone.
»Dem König hinterher!« rief Louvart.
Wir ritten zurück zu den Schiffen.
Als wir dort ankamen, hatte Richard schon seine Rüstung angelegt, den langen Schild mit den drei Löwen hielt er in der einen, das Schwert in der anderen Hand. Der Bischof von

Evreux läutete eine Glocke und bat um Stille; der König wollte vom Kastell herab zu uns sprechen.
»Auf Befehl des sizilianischen Königs, des Usurpators Tankred und König Philipps von Frankreich ist uns der Zutritt nach Messina verwehrt worden. Die Kreuzfahrer, die vor uns ankamen, mußten ohne Wasser und Brot außerhalb der Mauern ausharren, während sich die Franzosen in der Stadt die Bäuche vollschlugen. Meine Schwester« – seine Stimme zitterte vor Wut – »wird wie eine gewöhnliche Gefangene im Gefängnis von Palermo festgehalten und wurde ihrer Aussteuer beraubt. Sechs Barone und ihre Ritter werden mich begleiten. Alle anderen bleiben auf dem Schiff, bis wir zurückkommen. Im Namen des heiligen Georg!«
Nach zwei endlos erscheinenden Tagen kehrte Richard als strahlender Sieger zurück, winkend hießen wir ihn auf der *Trenchemer* willkommen, er hatte den Zugang nach Messina erkämpft. Neben ihm ritt die schönste Frau, die ich je gesehen hatte: Königin Johanna. Sie winkte herrschaftlich und lachte ebenso strahlend wie Richard. Schnell machten wir uns bereit und ritten wieder nach Messina, diesmal ohne jeden Trubel. Wenn man uns jetzt Respekt zollte, war das Richards Schwert zu verdanken.

Richards Zorn richtete sich gegen König Philipp. Er ließ dem französischen König ausrichten, daß er ihn am kommenden Nachmittag aufsuchen sollte. Da Sir Eduard krank darniederlag, mußte ich Sir Gilbert zur Hand gehen.
Er begrüßte mich mit eiskalten Augen, als ich Richards Kammer betrat.
»Ich hoffe, du hast keine Läuse«, näselte er in seiner gewohnt

unfreundlichen Art. »Das kann passieren, wenn man sich mit Ungeziefer abgibt.«

Meine Kleidung war frisch gewaschen. »Ich habe keine Läuse«, erwiderte ich, »und mein Haar habe ich mit Zitronensaft gewaschen. Aber ich verstehe Eure Bedenken, denn mein Haar ist ziemlich dick. Zu schade, daß Eures schon so dünn wird.«

»Das ist ein Zeichen meiner Kraft in anderen Bereichen.« Aber ich hatte ihn getroffen, er errötete. »Schieb die Eichentische in die Mitte des Raumes, ich geh derweil runter und hol den Kuchen.«

Diesen Schlagabtausch hatte er gewonnen, denn die Eichentische waren viel zu schwer. Ich holte einige Diener zu Hilfe. Als Sir Gilbert zurückkam, deckte ich gerade Leinentücher über die Tische und verteilte die Weinkelche.

»Hol mir ein Tablett – nein, du Idiot, das silberne.« Er stemmte die Hände in die Hüften. »Auf eines will ich dich aufmerksam machen, ich hoffe, du kannst dir das merken. Du bedienst die Franzosen, nur die Franzosen, das heißt also König Philipp. Ich glaube, er kommt allein. Hast du verstanden?«

»König Philipp, ja. Wenn zwanzig Engländer kommen, laß ich sie verdursten.«

»Ich kümmere mich um die Engländer. Keine Sorge, die verdursten nicht. Still jetzt, der König kommt.« Mit unterwürfigem Blick wandte er sich zur Tür.

»... fällt uns in den Rücken wie der reinste Judas«, ertönte Richards Stimme, mein Herz schlug heftiger. Seit der Jagd war ich ihm nicht mehr so nah gewesen.

Er stürmte in die Kammer, gefolgt von seiner Schwester Johanna.

»Heiliger Benedikt, Richard, ich wußte gar nicht, daß Ihr unserem Vater so ähnlich seid«, sagte sie mit tiefer, kehliger Stimme.

Ihr Sandelholzduft und sein Zederngeruch ergaben eine kräftige Mischung. Sie drehte sich abrupt um und holte sich ein Stück Kuchen, die Schleppe raschelte auf dem Boden. Sie ähnelte ihrem Bruder auf geradezu unheimliche Weise. Groß, blond und selbstbewußt machte sie sich über die Familie lustig.

»Was soll das denn heißen?« rief Richard. »Nichts habe ich mit Heinrich gemeinsam.«

»Nein?« Sie hob die Augenbrauen. »Ihr seht nicht aus wie er, das stimmt, eher wie unsere Mutter Eleonore. Aber Ihr habt sein aufbrausendes Temperament.«

»Bei Gottes Kehle! Soll ich mir etwa von dieser französischen Ratte auf der Nase herumtanzen lassen? Diese Beleidigungen einfach hinnehmen? Verdammt will ich sein, wenn ich das tue. Und falls ich König Heinrich darin ähnlich bin, dann zieh ich mir diesen Stiefel gern an.«

Die Königin lächelte und streichelte ihm über das wutverzerrte Gesicht. »Ich wollte Euch nicht beleidigen, lieber Bruder. Aber ich vermisse den süßen Jungen, den ich in Poitiers zurückließ. Ihr hattet sanfte Augen und zart geschwungene Lippen, wart geradezu zart wie ein Engel. Ihr seid verändert, damals wart Ihr noch nicht so cholerisch wie Heinrich.«

»Wir müssen uns weiterentwickeln oder verkümmern«, erwiderte der König trocken.

»Ja, leider.« Sie nickte. »Wer hätte damals gedacht, daß ich bei unserem nächsten Treffen die enterbte Witwe eines Hurenbocks sein würde.«

»Johanna«, sagte der König lächelnd, »Ihr seid eine wunderschöne Frau, doch Ihr benehmt Euch immer noch wie ein Kind.«

Jetzt verzerrte sich ihr Gesicht im Zorn, und sie sagte mit kratzender Stimme: »Ihr wagt es, so mit mir zu reden? Ich, die enterbt wurde, im Gefängnis saß und andere fürchterliche Dinge erdulden mußte?«

Der König lächelte noch immer. »Habt Ihr sie erdulden müssen, oder habt Ihr sie zugelassen? Wie konntet Ihr Tankred nur erlauben, Euer Gold zu stehlen? Wart Ihr zu einfältig, um den Schatz ordentlich zu verstecken?«

Sie wirbelte herum und schlug mit der Faust auf den Tisch. »Gebt mir Wein!«

Ich stand am nächsten und drückte ihr einen silbernen, mit Wein gefüllten Becher in die zitternde Hand.

»Ich glaube«, sagte sie sarkastisch, »Ihr habt Schuld daran, daß das Gold verlorenging. Hättet Ihr Euch auf der Reise nicht unnötig aufgehalten, wärt Ihr vor dem französischen König hier eingetroffen, ich wäre nicht ins Gefängnis gekommen und hätte auch noch mein Gold.«

Richard sah grimmig drein. »Dieser französische Verräter! Er und Tankred wollen den Kreuzzug vereiteln. Und ein Dieb ist er auch! Bei Gottes Kehle, ich werde ihn büßen lassen! Darauf gebe ich Euch mein Wort, Johanna. Mein Wort als König.«

Sie umarmten sich. Er betrachtete sie wie ein Liebender.

Bittere Galle stieg in mir auf, als ich dieser innigen Szene zwischen Bruder und Schwester beiwohnte, ich haßte Johanna dafür. So durfte sie ihn nicht streicheln und küssen, er war doch ihr Bruder. Warum beachtete Richard mich nicht?

War er so betört von seiner verführerischen Schwester, daß er unseren Schwur vergessen hatte?
Von unten waren Stimmen zu hören, sicher waren die Franzosen im Anmarsch. Richard genehmigte sich einen Schluck Wein. Er schenkte mir ein kurzes Lächeln, und dann stellte er sich neben Königin Johanna.
König Philipp betrat den Raum. Er war sehr drahtig und etwa zehn Jahre jünger als Richard. Mit seiner näselnden Stimme und seiner erhabenen Haltung wirkte er genauso arrogant wie dieser. Beide waren bis zu den Stiefelspitzen königlich. Ich hatte gehört, daß König Philipp mangelnde Körpergröße und Anmut durch seinen scharfen Verstand wettmachte. Der energische Mund, die stechenden Augen und die überzeugende Stimme zeugten von großer Selbstsicherheit.
König Richard huldigte ihm mit einem Kniefall.
»Steht auf, Bruder, und sagt mir, was Euch …«
Seine Stimme versagte, und Richard blickte fragend zu ihm auf. König Philipp starrte Johanna an. Es folgte eine lange Stille, und der englische König erhob sich langsam. Was war nur geschehen? Litt der französische König auch an einer merkwürdigen Krankheit?
Nein, die wunderschöne Königin hatte ihm die Stimme verschlagen. Ich betrachtete sie beunruhigt. Vielleicht war sie eine Hexe, obwohl sie ganz und gar nicht der dicken Giselle ähnlich sah. Ich blickte verstohlen auf ihre Hände, vielleicht hielt sie da ein Amulett, dann auf ihre Lippen, vielleicht murmelte sie gerade eine Zauberformel, aber da war nichts.
»Ich möchte … wer seid Ihr? Ich möchte …« Er war so nervös, daß er nicht mehr sprechen konnte.
Mit erhobenen Brauen schickte sich Richard an, seine

Schwester vorzustellen, und hob ihre zarte Hand. »Ich möchte Euch Philipp vorstellen, König von Frankreich, Philipp, das ist meine Schwester, die Königinwitwe von Sizilien.«
Stürmisch beugte sich König Philipp über Johannas Hand, während Bruder und Schwester bedeutsame Blicke wechselten. Betroffen stellte ich fest, daß ich gerade zugesehen hatte, wie sich ein Mann verliebt hatte. Genauso wurde es in Liedern und Gedichten beschrieben: Amor hatte ihm einen Pfeil ins Auge geschossen und ihn verzaubert.
Der französische König richtete sich auf und stotterte einige unzusammenhängende Silben.
»Wir sind hoch erfreut«, erwiderte König Richard, als Philipp eine Pause machte. »Mit so einer Begrüßung hatten wir eigentlich gerechnet, als wir in Messina ankamen.«
Zögernd wandte sich König Philipp Richard zu, sein Gesichtsausdruck und seine Stimme nahmen wieder die ursprüngliche Distanziertheit an.
»Einen Überfall konnten wir wohl kaum jubelnd empfangen, Richard. Wie eine Besatzungsmacht habt Ihr Messina betreten. Eure Männer plündern und rauben.«
Richard blickte grimmig. »Sie wollen nur das Brot, für das sie bezahlt haben. Meine Männer sind hungrig, Philipp.«
»Ja, das weiß Tankred«, erwiderte Philipp bissig. »Hungrig nach Gold.«
Auf Richards Haut bildeten sich Pusteln, wie in Marseille. »Falls Ihr von Johannas Gold sprecht, Philipp, ja, wir dürsten nach Gerechtigkeit. Das war ihre Aussteuer.«
Johanna nagte an ihrer Unterlippe und sagte: »Ich bitte Euch, mein Herr, gebt meine Aussteuer zurück. Sonst werde ich nie mehr heiraten können.«

Philipp wurde wieder etwas sanfter, und er erwiderte: »Ich versichere Euch, daß Ihr wieder heiraten werdet. Eure Schönheit und Anmut, Ihr seid ganz bezaubernd … ich selbst … würde …«
Richard sah ihn nachdenklich an.
»Ja, meine Schwester ist eine wunderschöne Königin. Trotzdem bleibt es dabei: Gebt ihr das Gold zurück.«
Johanna sah ihn warnend an, doch er beachtete sie nicht.
»Wenn Ihr sie bestehlt, bestehlt Ihr uns alle, denn die Königin hat uns ihre Aussteuer für den Kreuzzug zugesagt.«
»Wie bitte? Was habe ich?« schrie Johanna erschrocken auf.
»Für Euch?« Philipp ließ Johannas Hand fallen.
Auch ich war verdutzt. Richard mochte ein großartiger Krieger sein, ein Diplomat war er nicht. Warum hatte er nicht verschwiegen, was er mit dem Gold vorhatte? Ich würde Enoch meine wahren Pläne nie verraten.
Aus Philipps verblüfftem Grinsen wurde eine Grimasse. »In diesem Fall bekomme ich die Hälfte ihrer Aussteuer, so haben wir es in Vézelay abgemacht. Zu gleichen Teilen.«
»Die Beute teilen wir zu gleichen Teilen«, erwiderte Richard zornig. »Verdammt sollt Ihr sein, wenn Ihr auch nur eine unserer Goldmünzen anrührt.«
Unser Gold! Heiliger Benedikt! Richard war nicht besser als Enoch. Die Blattern wünschte ich allen habgierigen Brüdern! Er nahm einfach ihre Aussteuer und stritt sich mit dem französischen König darüber, als ob ihr nicht mal eine Münze davon zustand.
»Richard, ich habe Euch nicht –« begann Johanna feurig, doch er hob die Hand und unterbrach sie. Das Temperament der Anjou hatte ihn gepackt.

»Ich habe an Papst Clemens geschrieben«, fuhr er zu Philipp gewandt fort, »und ihm mitgeteilt, daß Ihr Euren Treueeid hier in Messina gebrochen habt. Ich habe Eure Exkommunikation verlangt.«

»Einen ähnlichen Brief habe ich von Vézelay abgeschickt«, konterte Philipp, »und habe Eure Exkommunikation verlangt, da Ihr Euren Schwur gebrochen habt, meine Schwester Alice zu heiraten.«

Richard entblößte die Zähne in einem verzerrten Lächeln. »Habt Ihr ihm auch geschrieben, warum ich mein Versprechen nicht einhalten kann?«

Er spielte anscheinend auf ein dunkles Geheimnis an, begierig erwartete ich Philipps Antwort. Doch ich wartete vergeblich. Fest preßte er die Lippen zusammen. Richard hatte gewonnen.

Königin Johanna legte besänftigend eine Hand auf Philipps Arm. »Genug der Drohungen. Mein Herr, ich vertraue auf Eure Ehre und weiß, daß Ihr mich nicht enttäuschen werdet.«

Er bemühte sich, mit ruhiger Stimme zu antworten. »Meine Königin, ich schwöre bei meinem königlichen Amte, daß Eure Aussteuer umgehend ausgehändigt wird. *Teste me ipso.*«

Sie belohnte ihn mit einem langen, bedeutungsvollen Lächeln, und die Atmosphäre entspannte sich etwas.

Richard winkte uns zu. »Sir Gilbert, Alex, bringt uns Wein.«

Während wir sie bedienten, unterhielten sie sich über andere Dinge, hauptsächlich über Seewinde, denn König Richard war ganz erpicht darauf, ins Heilige Land zu segeln. Ich drückte mich in der Nähe der Königin herum und sog ihren Sandelholzduft ein. Kein Wunder, daß König Philipp und auch Richard so hingerissen von ihr waren. *Deus iuva me.*

Kurz darauf ging der französische König, von der Königin

verabschiedete er sich sehr herzlich, den König beachtete er kaum.

»Heiliger Sankt Martin«, seufzte Johanna, nachdem er gegangen war. »Eleonore wäre heute abend stolz auf mich gewesen. Schließlich hab ich diese Verführungskünste von ihr gelernt. Bring mir was zu trinken, mein Junge.«

Ich nahm den Becher entgegen, schielte zu Sir Gilbert und schenkte der Königin ein.

»Na, das ist ja ein hübsches Kerlchen«, bemerkte sie, als ihr Blick auf mich fiel. »Aber noch so jung, wohl gerade der Brust entwöhnt. Wie alt bist du denn, mein Junge?«

Ich mußte erst überlegen. »Neun, Eure Hoheit.«

»Ein Kleinkind noch, Richard, Ihr müßt diesen Jungen aus Messina entfernen. Er ist dazu geschaffen, die Stadt in Aufruhr zu versetzen.«

Der König fuhr mir durchs Haar. »Ich habe Alex' Schutz zu meiner persönlichen Aufgabe gemacht.«

»Aha«, sagte sie ironisch. »Der glückliche Alex.«

Doch er war schon wieder mit anderen Dingen beschäftigt und meinte: »Eure Verführungskünste wirken bei Philipp weitaus besser als meine Drohungen. Was haltet Ihr davon, Königin von Frankreich zu werden?«

Johanna lächelte verschmitzt. »Dazu sage ich nicht nein, wenn Ihr es wollt. Eine Doppelhochzeit: Ich heirate Philipp und Ihr Alice.«

»Ich meine es ernst, Johanna. Was haltet Ihr von Philipp? Ihr wärt die mächtigste Frau Europas.«

»Das ist sehr großzügig, vielen Dank. Aber ich habe keine Lust, dieses Scheusal zu ehelichen, nur um Euch das Vexin zu sichern – zumal Ihr das auch von Alice haben könnt.«

»Wer spricht denn von Lust, Johanna? Es ist doch unser Ziel, Ruhe an der normannischen Grenze zu bewahren, dafür ist das Vexin von größter Bedeutung.«

Sie kniff den Mund zusammen und sagte schroff: »Das ist Euer Ziel, nicht meines. Mir ist die Sumpflandschaft völlig gleichgültig. Mit zwölf Jahren schickte mich mein Vater nach Palermo; ich ging, weil der König meine Aussteuer hatte. Jetzt gehört sie mir, und ich treffe meine eigenen Entscheidungen.«

»Seid Euch nicht zu sicher«, sagte Richard gedehnt. »Das Gold gehört mir.«

Breit grinsend warf Johanna ihm die Arme um den Hals. »Aber Richard ist nicht Heinrich, und Ihr werdet mir meinen Anteil geben. Ich schlag Euch einen Handel vor: Ihr könnt mein Gold haben, ich geb Euch sogar noch mehr, als Kredit; im Gegenzug darf ich Euch auf dem Kreuzzug begleiten; wenn wir wieder in Europa sind, könnt Ihr mir alles zurückzahlen und einen leidenschaftlichen Mann aussuchen, der mir ein Kind macht. Was haltet Ihr davon?«

»Bei Gottes Kehle!« Lachend stampfte Richard mit dem Fuß auf. »Das ist ganz meine Schwester: Sie bereitet mir Kopfschmerzen und will dafür die ganze Welt, gleichzeitig nehmt Ihr mir den Wind aus den Segeln, indem Ihr sagt, ich wäre nicht besser als Heinrich, wenn ich Euch widerspreche. Nun gut, dann auf nach Jerusalem, Johanna!«

Sie sprang in seine geöffneten Arme.

Und ich wurde wieder eifersüchtig. Ich wollte diese Königin auf dem Kreuzzug nicht dabeihaben. Hatte Richard nicht gesagt, daß es Frauen verboten war, am Kreuzzug teilzunehmen? Auch er war ihren Verführungskünsten verfallen.

Schließlich verabschiedeten sie sich mit einem süßen Lächeln und verschwanden ohne einen Blick zurück. Kaum fiel die Tür hinter ihnen ins Schloß, knallte mir Sir Gilbert eine runter.

»Was fällt Euch ein, mich zu schlagen?« brüllte ich ihn an.

»Du hast die englische Königin bedient!« jammerte er. »Nachdem ich dir eingebleut hatte, daß du nur die Franzosen bedienen sollst!«

»Sie bat mich um etwas zu trinken! Ich sag dem König, daß Ihr mich geschlagen habt! Der wird Euch bestrafen!«

Er ließ mich los. »Kannst du ruhig, dann erzähle ich, was ich über *dich* weiß.«

Erschrocken suchte ich in seinen gelben Augen nach einem Anhaltspunkt und erinnerte mich plötzlich daran, wie er mir an die Hose gefaßt hatte. *Er wußte, daß ich ein Mädchen war!* Ich stürmte aus der Kammer.

»Seine Rache könnte tödlich sein, Kleiner. Hast du schon gehört, daß Sir Eduard nach England zurückreist?« sagte Enoch später, nachdem ich ihm die Szene geschildert hatte.

»Nein! Warum?«

»Die Einzelheiten kenne ich nicht, aber dieser Sir Gilbert läßt Pagen kommen und gehen wie ein Priester die Sünder bei der Beichte. Eigentlich ist der Haushalt des Königs Sir Gilberts Hof.«

»Glaubt Ihr, ich sollte es dem König erzählen?«

Er runzelte die Stirn. »Sir Gilbert darf dich auf keinen Fall ungestraft schlagen, aber du mußt die Zeit für eine Beschwerde gut wählen. Nach deinem Bericht zu schließen, hat der König große Probleme hier in Messina.« Er überlegte. »Warte lieber auf eine günstigere Gelegenheit.«

21

Drei Tage später verließen Johanna und ihr Gefolge den Palast und zogen um in die Abtei von Bagnara, die Richard für sie eingenommen hatte. Ich war erleichtert, daß sie weg war. In Messina wurde mir bald langweilig; wir waren gefangen in dieser unwirtlichen Stadt.

Die Soldaten sprachen von Meuterei, sagte Enoch. »Manche glauben, der König sei vom Antichristen verwünscht worden und könne deshalb nicht weiterziehen. Viele haben ihr Hab und Gut verkauft, um am Kreuzzug teilzunehmen, und haben keine Lust, in diesem Drecksnest zu überwintern.«

»Es ist noch nicht Winter.«

»Ja, aber auf See ist sehr wohl Winter, die nächsten günstigen Winde kommen im März. Vorher können wir nicht aufbrechen.«

Die Kreuzfahrer hatten Geld eingesetzt, ich etwas viel Wertvolleres: Zeit. Mit jedem Tag, den ich älter wurde, rückte das Unheil näher. Bangend untersuchte ich meinen Körper und erschrak über jeden Insektenstich. Alles mögliche konnte passieren, unliebsame Haare oder – viel schlimmer – meine Brüste konnten wachsen.

Zum Glück hatte der König sein Versprechen gehalten und kümmerte sich um meine Bildung. Ich wurde in Ritterlichkeit und höfischem Benehmen unterrichtet, trotzdem wurde mir die Zeit lang.

Deshalb freute ich mich sehr, als Sir Roger mich eines Tages im Spätherbst zu sich rief und sagte, ich solle den König bei einem Ausflug ins Landesinnere begleiten. Es wunderte mich, daß auch der von König Philipp sehr geschätzte Baron Wilhelm des Barres mit von der Partie war. Er war ein gutaussehender Edelmann, fast so groß wie der König und trug einen blauen, wunderschönen Umhang. Er lächelte leutselig, doch uns allen war etwas mulmig bei dem Gedanken, Philipps besten Freund unter uns zu haben.
Wir ritten bis Haute Tierce und machten dann Rast auf einer kleinen Ebene neben einem griechischen Amphitheater. Scherzend und lachend ließen sich die Ritter im versengten Gras nieder. Während sie ihre mitgebrachten Speisen verzehrten, bediente ich den König. Nach einer Weile entdeckte jemand die Bambusrohre, die hinter einer Säule wuchsen.
»Mit solchen Stöcken haben wir als Jungs Scheingefechte ausgetragen«, sagte er. »Was haltet ihr von einem Spiel?«
Einige waren vom Essen noch zu träge, aber andere bestiegen ihre Pferde und fochten mit den Bambusrohren wie mit Lanzen im Turnier. Da wandte sich Wilhelm des Barres an den König.
»Mein Herr, ich habe gehört, daß Ihr einen Jungen in Eurer Obhut habt und ausbildet. Kann er denn schon mit der Stechpuppe umgehen?«
Der König sah mich an und lächelte. »Dafür ist er noch zu jung.«
»Ich fing mit acht an«, bemerkte des Barres. »Was haltet Ihr davon: Ich baue eine Stechpuppe, und Ihr erklärt Eurem Schützling, was zu tun ist? Das wäre doch ein angenehmer und zugleich nützlicher Zeitvertreib.«

Des Barres wollte Richard herausfordern, und der ließ sich darauf ein.

»Komm her, Alex, ich erklär es dir.«

Der König lächelte ermutigend und erläuterte, daß man bei dieser Technik dem Gegner die Lanze in die Magengrube stieß.

»Die echte Waffe ist viel zu lang und zu schwer für dich, deswegen fertigen wir eine leichtere aus Bambus an. Die Stechpuppe ist einfach ein Holzpfahl, der wie ein Mann angezogen wird. Sie bewegt sich also nicht, und die ganze Sache ist ungefährlich. Das Schlimmste, das passieren kann, ist, daß du nicht triffst. Bist du soweit?«

»Jawohl, mein Herr«, antwortete ich und war hoch erfreut über die Aufmerksamkeit, die mir zuteil wurde.

Die Barone erinnerten sich an ihre ersten Versuche mit der Lanze und reihten sich auf, um mich bei meinem ersten Ritt anzuspornen. Obwohl keine richtige Lanze, war der Rohrstock doch sehr unhandlich und zitterte in meiner Hand. Ich stellte mich mit Thistle hinter die Linie, klemmte den Stock unter den Arm und zielte auf die Stechpuppe, die jetzt verkleidet war und ein Breitschwert in der Holzhand hielt, damit sie echter wirkte.

»Los!« rief der König.

Mir war sofort klar, daß ich fehlen würde, ich war zu zaghaft und in der falschen Gangart gestartet. Ich stieß den Stock erst gar nicht in die Stechpuppe, sondern trabte zurück, um es noch einmal zu probieren. Ich war aufgeregt und wollte den König unbedingt zufriedenstellen.

»Los!« rief er.

Diesmal kam ich gut weg. Der Wind säuselte in meinen Oh-

ren, die Lanze stieg in die Luft wie ein Falke und traf. Ich war begeistert, hatte genau zwischen die Rippen getroffen!
»Ich hab's geschafft!« brüllte ich.
Plötzlich stieß mich etwas von hinten, ich fiel und schlug der Länge nach hin, und mir wurde schwarz vor Augen! Mit der Nase im Gras, fragte ich mich benommen, was passiert war. Ich war noch bei Bewußtsein, doch zu erschrocken und atemlos, um zu sprechen.
Als sie mir aufhelfen wollten, schrie ich vor Schmerz auf. »Faßt mich nicht an!«
Für kurze Zeit verlor ich die Besinnung. Kraftlos schlug ich auf die Hände ein, die an meiner Hose zerrten.
»Nein, nein, hört auf«, sagte ich mit tränenerstickter Stimme.
Und sie ließen mich gehen.
»Das Breitschwert hat ihn getroffen!« schrie der König. »Ich will mir diese Stechpuppe ansehen. Wer hat sie auf eine Drehstütze gestellt?«
Entferntes Gelächter und Verneinungen drangen an mein Ohr.
»Das war immer so, als ich ausgebildet wurde«, erklärte des Barres. »Hättet Ihr ihn darauf hingewiesen, wäre nichts passiert.«
»Ich ging davon aus, daß Ihr ritterlich handelt, deshalb kam mir eine solche Warnung nicht in den Sinn«, erwiderte der König erzürnt.
Des Barres war beleidigt. »Seht Euch vor, mein Herr. Ich kann solche Verleumdungen nicht einfach hinnehmen.«
»Ihr seid eine Schande für alle Ritter, und ich schließe Euch hiermit vom Kreuzzug aus! Das hätte ich schon letztes Jahr tun sollen, als Ihr Euer Ehrenwort in Aquitanien ge-

brochen habt, und jetzt ein zweites Vergehen! Greift zur Waffe!«

Noch immer auf dem Bauch liegend sah ich, wie Richard und des Barres sich ernsthaft mit Schwertern bekämpften. Die Barone sahen besorgt zu, als Richard mehrere Treffer landete, des Barres seine Waffe verlor und sich am Hals seines Pferdes festklammerte. Der Sattel des königlichen Pferdes hatte sich gelockert, und Richard schwang sich flink auf ein anderes, um weiterzukämpfen. Zum ersten Mal kam mir der Gedanke, daß er wirklich vom Teufel besessen sein könnte; er kämpfte wie ein Verrückter. Schließlich mischten sich die anderen Barone ein, Leicester griff nach den Zügeln des königlichen Pferdes, doch Richard schlug wütend auf ihn ein und schrie: »Das fechte ich mit ihm allein aus!«

Wilhelm des Barres dämmerte langsam, wie ernst es dem König war, und gab seinem Pferd die Sporen.

»Tretet mir nie wieder unter die Augen!« schrie Richard ihm nach. »Ich bin Euer Feind, auf immer und ewig!«

Dann herrschte Stille, mir war, als hörte ich das Heulen der Götter in der Arena. Das war auch das letzte, das zu mir durchdrang, bevor wir wieder in Messina ankamen; dort wurde ich von meinen eigenen Schreien wach. Ich schrie nicht wegen der fürchterlichen Schmerzen, sondern weil ich mich weigerte, ausgezogen zu werden.

Zuerst versuchte Enoch vorsichtig, meine Hose herunterzuziehen, um sich meinen Hintern anzusehen. Ich drohte ihm, ich würde ihn umbringen, und er ließ mich gehen. Ich pinkelte aber willig in einen Becher, den er neben meine Pritsche gestellt hatte.

Dann kam König Richard. Er kniete sich nieder, so daß er

auf meiner Augenhöhe war. Ich lag bäuchlings auf der Pritsche.

»Glaub mir, Alex, ich werde dich rächen, und wenn es meine letzte Tat ist.«

Ich glaubte ihm.

»Der Schotte sagt, du hast kein Blut im Urin, es geht dir also bestimmt bald besser. Trotzdem werde ich meinen Leibarzt Orlando beauftragen, dich zu untersuchen. Alex?« Seine Hand lag auf meiner Wange. »Es tut mir leid, daß du wegen mir leiden mußt.«

»Wegen Euch?«

»Du bist meine Achillesferse.«

»Was soll das bedeuten – Achilles?«

»Achilles war ein großer Krieger, den die Götter in den Fluß Styx tauchten, um ihn unverletzlich zu machen. Dabei hielten sie ihn an der Ferse fest. Seine Feinde hatten es deshalb auf diese verwundbare Ferse abgesehen und töteten ihn schließlich.«

Verständnislos starrte ich ihn an.

Er bemerkte meine Verwirrung. »Du bist meine Achillesferse, weil ich dich sehr mag. Wer dir etwas antut, verletzt damit auch mich.«

Wärme durchflutete meinen geschundenen Körper. Richard drückte seine Lippen leicht auf die meinen und ging. Enoch setzte sich zu mir.

»Bitte, Enoch«, flehte ich ihn an. »Ich sterbe, wenn mich dieser Hornochse Orlando anfaßt, und das wäre Eure Schuld! Sagt ihm, er soll wegbleiben.«

Sein bärtiges Gesicht kam mir näher. »Du übertreibst ein bißchen, mein Kleiner. Wegen deinem kleinen Pimmel brauchst du dich nicht zu schämen. Sei nicht so eitel.«

»Ihr versteht überhaupt nichts!« plärrte ich. »Meiner ist wahrscheinlich länger als Eurer. Aber ich darf die Reliquien zwischen meinen Beinen nicht durcheinanderbringen, das wäre mein Tod!«

»Reliquien? Mein Gott, Alex, du bist verrückter, als ich dachte. Die meisten Männer sind stolz auf ihre Eier, aber mir ist noch keiner untergekommen, der sie ›Reliquien‹ nennt.«

Schweiß strömte über mein Gesicht, ich war jetzt selbst überzeugt von dem, was ich sagte: »Ich trage Reliquien meiner Eltern in einem Gürtel bei mir. Ein Fläschchen mit Blut und Haaren, eine Schriftrolle und noch andere Sachen. Bevor mein Vater starb, sagte er, wenn ich diese Sachen durcheinanderbringe, dann würden meine Eltern zur Hölle fahren, und ich würde mich bald zu ihnen gesellen. Hier, fühlt mal.«

Ich legte seine Hand auf den Wulst an meinem Innenschenkel.

Voller Mitgefühl sagte er: »Sicher, Kleiner, das versteh ich. Der Wunsch eines Sterbenden kann wie ein Fluch auf einem lasten. Versuch jetzt zu schlafen, und ich halte Orlando von dir fern.«

Er ging, und ich schlief ein.

Es war schon dunkel, als er mich weckte. »Ich habe alles geregelt, Kleiner. Ich hab mit König Richard gesprochen und ihn davon überzeugt, daß ich mich allein um dich kümmern kann. Und jetzt kommt das Beste: Er schickt uns nach Bagnara zu Königin Johanna, dort sind wir sicher. Vielleicht finden wir dort einen Araber, der uns seine Sprache lehrt. Das könnte nützlich sein, falls wir in Gefangenschaft geraten. Was hältst du davon?«

Ich lächelte müde, sagte aber nichts. Einerseits war ich froh, dieses Gefängnis und die Eifersüchteleien endlich hinter mir zu lassen, andererseits fröstelte mich bei dem Gedanken, von Richard getrennt zu sein.

Der grobe Scherz mit der Stechpuppe war nicht die einzige Beleidigung, die des Barres Richard zugefügt hatte. Richard machte sich Gedanken über die spöttischen Bemerkungen, meine lückenhafte Ausbildung betreffend. Deshalb kam der König in weniger als einer Woche, nachdem wir in Bagnara eingetroffen waren, mit einem jungen Ritter namens Sir Roderick an, der mich in der Kampfeskunst ausbilden sollte.
»Sir Roderick ist sehr geschickt«, sagte der König. »Außerdem hat er ein sonniges Gemüt und ist sehr geduldig.«
Der junge Ritter mit den braunen Locken verbeugte sich und errötete bei dem Lob. Um mein Herz wurde es sofort ganz warm. Mir gefielen seine Sommersprossen und die Stupsnase.
»Ich möchte, daß der Junge zuerst mit dem Schwert umgehen lernt, dann mit der Keule. Mit der Lanze warten wir lieber noch. Er soll mehrere Stunden am Tag reiten und sich auch im Bogenschießen üben.«
»Ja, mein Herr«, versprach Sir Roderick.
»Gut, wenn ich Zeit habe, komme ich samstags immer vorbei und seh mir an, welche Fortschritte er macht. So, Alex, zeig mir jetzt bitte deine Kammer, ich will sehen, ob sie in Ordnung ist.«
Ich zeigte ihm die sonnendurchfluteten Räume, dort trafen wir auf Enoch, der eine hölzerne Kugel schnitzte. Der König begrüßte ihn kühl.

»Ihr habt es hier recht luxuriös«, sagte er, »weitaus besser als ich in meinen kleinen Räumen.«
»Ja, wir sind zufrieden«, antwortete Enoch ebenso kühl.
Ich ärgerte mich über das Verhalten der beiden und versuchte, Richards Aufmerksamkeit auf die hölzerne Kugel zu lenken.
»Mein Herr, ratet mal, was das werden soll.«
»Es gibt viele Objekte mit dieser Form. Was soll es sein?«
»Die Welt!« rief ich spöttisch. »Wir werden von einem heidnischen Araber namens Ibn-al-Latif unterrichtet, der behauptet, die Welt sei rund!« Ich erwartete sein höhnisches Gelächter, statt dessen wandte er sich interessiert an Enoch.
»Ist das wahr? Hat er Beweise?«
»Die Bewegungen der Himmelskörper, die Rundung des Meeres«, erwiderte Enoch lakonisch.
Der König wog die Kugel in der Hand, warf dem Schotten einen prüfenden Blick zu, legte sie wieder hin und ging. Auf dem Weg zu Sir Roderick ergriff er meine Hand.
»Wenn ich samstags komme, Alex, möchte ich genau erfahren, was du von dem Araber gelernt hast.«
»Ja, mein Herr.«

Richard kam erst nach Weihnachten wieder. Ich machte mir Sorgen. War er meiner etwa überdrüssig geworden? Meine Stimmung war geradezu grotesk; ich weinte heimlich und wurde manchmal von solch tiefer Melancholie erfaßt, daß Enoch mir wieder mit seinen schrecklichen Heilmitteln hinterherlief. Das Leben war mühsam und anstrengend.
Dann sah ich eines Tages Mercadier, der an unseren Räumen vorbeiritt. Ihm folgte der König. Am liebsten hätte ich meinen Federkiel hingeworfen und wäre ihnen entgegengerannt.

Den ganzen Tag über wartete ich darauf, daß er mich zu sich rief, doch vergeblich. Am nächsten Morgen stand ich früh auf; als ich feststellte, daß er mit Johanna allein ausgeritten war, brach mir fast das Herz.

Enoch hatte Richards Ankunft gar nicht bemerkt. *Deo gratias,* denn ich konnte seine Spötteleien nicht ertragen. Ich versuchte, mich in meine Arabischstudien zu vertiefen, doch es gelang nicht. Schon bald zankten wir uns wieder, und mir kamen die Tränen. Enoch blickte mich fragend an.

»Was ist los, Kleiner? Stört dich irgend etwas?«

»Ja, Ihr stört mich«, keifte ich. »Kann ich denn nicht einmal allein sein? Ich muß nachdenken.«

»Na dann geh doch und denk nach. Am besten geht das am Wasser. Warum gehst du nicht ein bißchen am Strand spazieren?«

Verblüfft über sein Verständnis entschuldigte ich mich für meine Schroffheit. Ich holte mir in der Küche etwas Proviant. Kurz darauf ließ ich die Abtei hinter mir und lief mit gesenktem Kopf südwärts, zum Strand. Als ich endlich ungestört war, ließ ich den Tränen freien Lauf. Ich schluchzte laut auf, als mir klar wurde, wie einsam ich war. Niemand auf der ganzen Welt liebte mich oder kannte mich richtig, am wenigsten der König. Er behauptete zwar, daß er mich liebte, doch wo war er, wenn ich ihn brauchte? Es war ungerecht, mir erst Hoffnungen zu machen und sie dann zu enttäuschen.

Unter der südlichen Wintersonne war es schwül und heiß. Ich zog die Schuhe und Hose aus und watete ins Wasser. Als ich herauskam, spürte ich den erfrischenden Wind an den nackten Beinen. Dann ging ich noch einmal hinein, jetzt fühlte sich das Wasser warm an. Ich bückte mich nach einem dunklen Schatten auf dem Grund und förderte eine hornförmige Muschel zutage. Sie war wunderschön! Ich steckte sie ein und suchte weiter. Schließlich schleppte ich meine Schätze in der durchnäßten Tunika zu einem Ginsterbusch. Dort ließ ich mich nieder und packte Brot und Käse aus.

Ich war verschwitzt, und mein Haar war voller Sand. Um den Durst zu stillen, saugte ich eine Zitrone aus und rieb sie dann über den Nasenrücken, dessen Haut dünn und gespannt war. Dann ging ich wieder zurück ans Meer. Ich verlor jegliches Zeitgefühl. Lang und dünn fiel mein Schatten übers Wasser, als ich ungelenk durch die Wellen watete. Ich bückte mich, um eine kleine Seeraupe vom Bein zu lesen, und als ich mich wieder aufrichtete, stand König Richard auf einem Hügel über mir und beobachtete mich.

Er sah aus wie eine griechische Statue. Er hatte einen Fuß vorgestellt und trug das Haar kürzer. Ich erstarrte, meine Füße wankten auf dem rutschigen Sandboden.

»Ich habe dich vermißt, Alex«, sagte er.

»Ich Euch auch.« Ich ging auf ihn zu, fiel aber der Länge nach ins Wasser.

Klatschnaß wie ich war, hob er mich hoch und trug mich auf den trockenen Sand. Sein Herz schlug im Takt mit den Wellen, und sein Lachen erfüllte die Luft.

»Ich bin froh, daß du in meiner Abwesenheit nicht erwachsen geworden bist, Amor. Johanna und ich sahen dich vom Hügel da drüben und fragten uns, was du wohl sammelst.« Er hob eine Muschel hoch.

»Die schenke ich Euch, wenn Ihr wollt«, murmelte ich.

»Danke, ich werde sie gut aufbewahren.« Er blies auf der Muschel und erzeugte einen hohlen Ton. Dann setzte er sich

hin und zog mich zu sich hinunter. Ich war ganz verwirrt vor Verlegenheit und Glück; ich zitterte. Um uns herum summten Bienen auf gelben Blüten, während ich verzweifelt nach Worten suchte.
Er sah mich vergnügt an. »Sag, Alex, macht es dir etwas aus, daß wir so lange auf Sizilien warten müssen?«
»Aber nein«, rief ich begeistert, »ich liebe die Gegend, und ich lerne so viel von dem arabischen Philosophen.«
»Halt still, da ist eine Zecke auf deinem Bein.« Er beugte sich nach vorn, pflückte sie ab und ließ die Hand auf meiner Wade liegen. »Welche Fächer?«
Ich starrte seine gebräunte Hand an, den edlen Ring, die rechteckigen Fingernägel. Obwohl mir warm war, überzog mich eine Gänsehaut.
»Was interessiert dich denn am meisten?« ermunterte er mich.
Geistesabwesend starrte ich ihn an, seine Frage war mir schon wieder entfallen. Seine Augen … ich mußte etwas sagen. »Nun, der Körper, ja, der Körper, ich meine, er weiß eine …«
»Was weiß er?«
»Er weiß viel über die Sterne, Astronomie aus Ägypten oder Griechenland und daß die Welt rund ist«, beeilte ich mich zu sagen.
»Mich interessiert der Körper.« Er betrachtete meine Beine. »Hat er erklärt, weshalb deine Haut so perlweiß ist?«
Ich starrte seine Hand an, die wie ein Brandeisen auf meinem Bein lag.
»Nein, aber er hat uns eine Zeichnung gezeigt, eine Karte vom Körper, wie er innen und außen aussieht.« Ich errötete schon wieder.
»Deine Beine sind sehr feminin.«

Es kribbelte auf meinem Kopf. »Er hat uns erklärt, wie Blut entsteht und daß es Meerwasser sehr ähnlich ist.«
»Deine Knochen, ganz delikat, ganz wie dein Namensvetter.«
»Mein Namensvetter?«
»Alexander der Große. Du warst ihm so ähnlich in jener ersten Nacht in meiner Kammer. Er ist mein Idol, weißt du. Ich vergötterte ihn geradezu, als ich in deinem Alter war. Hast du auch ein Idol?«
»Ja.« Wir sahen einander an und konnten unsere Blicke nicht mehr abwenden.
»Deine Augen«, murmelte er. »Ich werde nicht schlau aus ihnen, sie schimmern wie Schneeflocken. Woran denkst du?«
Ich wendete meinen Blick ab, bevor er meine Gedanken erriet. Ich spürte, daß er mich immer noch betrachtete, doch ich sagte nichts.
»So ein milder Tag, ich könnte ewig hier liegen.«
Er legte sich zurück und zog mich sanft nieder, dabei fuhr er mit der Hand direkt über meine Weidenzweige!
»Oh!« Erschrocken schoß ich in die Höhe.
»Was ist los? Noch eine Zecke?« Er beugte sich besorgt vor und legte die Hand wieder auf mein Bein.
»Nein, nein, da ist ein Dorn im Sand.«
»Da.« Mit seiner freien Hand glättete er den Sand und zog mich wieder zu sich, diesmal streichelte seine Hand mein Glied! Ja, er streichelte es!
»Erzähl mir mehr von deinem Unterricht.«
»Aristoteles, Biologie, das Meer, Chemie – aber nichts über Dämonen.«
»Wir wissen ja, daß es keine Dämonen gibt, nicht wahr?« Er befeuchtete die Lippen und wartete. Nach einer unerträg-

lichen Stille, in der wir nur Blicke austauschten und schwer atmeten, sagte er: »Ich muß zurück.«
»Ja«, ich seufzte, mir war ganz schwindlig. »Nein, nicht.«
»Befiehlst du mir etwa hierzubleiben?« sagte er scherzend.
Ich schüttelte schweigend den Kopf, ich war im Bann einer Illusion, die ich festhalten wollte. Mein Vater ging fort …
»Alex, was hast du nur?« Er griff meine Schulter. »Bist du krank?«
»Mein Vater – mein Vater«, flüsterte ich.
Er war nun ganz ruhig. »Erinnere ich dich an deinen Vater?«
»Ja. Nein. Ihr seid ihm sehr ähnlich. Aber nicht wirklich.«
»Sprich weiter, keine Angst«, ermutigte er mich sanft.
»Er hat mich oft gekitzelt, bis ich um Gnade bettelte. Und wir hatten einen Geheimkuß, nur wir beide. Am letzten Tag hielt er mich so … hätte ich doch nur gewußt …«
Richard hatte sich in den Sand gelegt und hielt mich mit ausgestreckten Armen in die Höhe.
»Bitte, mein Herr, Ihr müßt nicht … ich bin viel zu schwer.«
Langsam senkte er mich auf seine Brust herab. Seine Hände in meinen Achseln suchten nach der kitzligen Stelle.
»Da? Da?«
Mit einer Hand hielt er mich fest, und mit der anderen kitzelte er mich, während ich wild um mich schlug. Ich lachte, prustete und rief um Gnade, doch er hörte nicht auf. Ich stöhnte, meine Weidenzweige taten weh, er mußte sie doch auch spüren.
»Halt, jetzt gib mir den Geheimkuß.«
Ich sah ihn bestürzt an. Mein Herz pochte, ich beugte mich vor, Stirn, Wange, Wange, Kinn, Mund. Seine Lippen waren geöffnet, sie waren ganz warm. Ich sah ihn an.

»Du bist ein seltsamer Junge, Alex, weißt du das?« flüsterte er.
»Nein!« entfuhr es mir. Heiliger Benedikt, hatte ich mich mit diesem Kuß verraten? »Wie meint Ihr das?«
Es kam mir vor, als wäre das alles schon einmal geschehen, ich ahnte, was er sagen würde.
»Zum einen bist du recht erwachsen für dein Alter ...« Ja, zwölf statt neun. »So sensibel und gefühlvoll ...« Ein Mädchen eben. »Und dann das.« Er verlagerte seinen Körper, so daß die Weidenzweige sich in uns beide bohrten. Ich starrte ihn verständnislos an.
»Ich weiß nicht, was Ihr meint.«
Er hob die Brauen. »Ich glaube doch, Alex.«
Und ich wußte es. Jeder, der meinen Schwanz fühlte, mußte merken, daß er unecht war.
»Ihr« – ich konnte es kaum aussprechen – »wißt es?«
»Natürlich.«
»Wie? Seit wann?«
Er lächelte.
»Seit du mir deinen süßen Hintern zugewandt und ins Gesicht gefurzt hast.«
Ich versteckte meinen hochroten Kopf an seiner Brust. Natürlich! Das dürftige Amor-Kostüm, damals trug ich noch nicht den Schatzgürtel und hatte noch kein künstliches Glied gebastelt. Er hatte von Anfang an gewußt, daß ich ein Mädchen war! Ich kam mir töricht vor, daß ich ihm so lange etwas vorgemacht hatte, und hätte gerne gewußt, weshalb er mir nicht früher gesagt hatte, daß er Bescheid wußte, doch ich traute mich nicht zu fragen.
»Keine Angst, Alex. Du brauchst dich nicht zu schämen.«

Ich hob den Kopf. »Ihr seid nicht verärgert?«
»Bei Gott, weshalb sollte ich?« Er lächelte.
»Und Ihr werdet nichts unternehmen – werdet es niemandem sagen?« fragte ich.
»Ganz bestimmt nicht. Das ist unser Geheimnis.«
Mir war ganz merkwürdig zumute, ich wußte nicht, was ich tun oder sagen sollte. Der König hatte also die ganze Zeit gewußt, daß ich ein Mädchen war.
Er nahm mein Gesicht in seine Hände. »Du magst mich also wie einen Vater.«
»Ihr … Ihr …«
»Aber das könnte ich ja sein, alt genug bin ich schließlich.«
»Ja.«
Seine Augen blickten ernst. »Und du bist so jung, das erschwert eine Unterhaltung. Normalerweise mache ich nicht … ich meine, an dir liegt mir sehr viel, Alex. Ich will dir nicht weh tun. Verstehst du? Nenn mich bitte Richard, wenn wir allein sind.«
»Ja, Richard.«
Seine Augen machten mich ganz verrückt. »Gibst du mir noch einen Kuß?«
Er schloß die Augen. Seine Zunge wagte sich vor, seine Zähne berührten meine Lippen: Zuerst dachte ich, ich würde an seiner Zunge ersticken, doch dann wurde der Kuß plötzlich süß wie Honig. Seine Hände glitten zu meinen Hüften, wir bewegten uns im Rhythmus der zischenden Wellen.
»Jetzt küß mich«, flüsterte er.
Ich stieß meine Zunge in seinen Mund vor, ein merkwürdiges Gefühl, wir kamen uns immer näher, er nestelte an den Schnüren meiner nassen Tunika, dann stöhnte er unter

großem Zittern auf, zog meinen Kopf an seine Brust und hielt mich ganz fest.
So lagen wir eine ganze Weile, das Meer zog sich zurück; unser Atem beruhigte sich. Durch sein Haar hindurch sah ich den Ginsterbusch, die Bienen. Dann hob er meinen Kopf, und wir sahen uns an. Seine Augen – es war unbeschreiblich, als wären wir nackt.
»Alex?« sagte er. »Ich bin ein alternder, aber mächtiger König, du ein neunjähriger Page, und ich liebe dich. Kannst du das verstehen?«
Ich nickte.
Er lächelte wehmütig. »Ich auch, aber sonst würde es niemand verstehen. Ich liebe dich.« Er lächelte voller Freude. »Und du?«
Ich legte die Stirn gegen seine Wange, damit er mich nicht sehen konnte. »Ich liebe Euch«, flüsterte ich.
Er drückte mich noch einmal fest an sich. »Wir gehen besser, bevor dein schottischer Schäferhund die Herde zusammentreiben will.« Er biß zärtlich in mein Ohr. »Ich liebe dich.«
Nachdem wir den Sand aus unseren Kleidern geschüttelt hatten, gab er mir einen langen Abschiedskuß.
»Ich verspreche dir, daß wir bald zusammensein werden, mein Liebling. Ich vermisse dich schon jetzt.«
Damit ging er in Richtung Abtei davon. Auf dem Hügel blieb er kurz stehen, winkte mir noch einmal zu und verschwand.

22

Vielleicht hatte Enoch gar nicht gemerkt, daß der König da war; ich befürchtete allerdings, er würde mir ansehen, was geschehen war. Ich war zugleich erregt und voller Schuldgefühle. Um mich nicht zu verraten, schlich ich mit hängenden Schultern herum wie ein geschlagener Hund. Enoch nörgelte deswegen an mir herum.

»Zeit für deine Medizin, du läßt dich ja hängen wie ein Mädchen«, sagte er.

Ich mußte meine Taktik ändern; ich bewegte mich wieder wie vorher, stolzierte einher und sprach so laut wie Enoch selbst – da war er zufrieden.

Die Wochen vergingen, ohne daß der König wiederkam. Bestimmt wurde er von dringenden Angelegenheiten abgehalten. Ich wurde trübsinnig. Vielleicht traf er Vorkehrungen, mich von nun an als Mädchen mitzunehmen? Das war's bestimmt – es war zu gefährlich, weiterhin in Verkleidung zu reisen. Er mußte die Erlaubnis des Papstes einholen, hoffentlich bekam er sie. Reiste Johanna nicht auch ohne päpstliche Erlaubnis mit?

Manchmal dachte ich voller Sorge an Wanthwaite. Heiliger Benedikt, was mußte der Geist meines Vaters denken! Statt einen Ehemann für mich zu suchen, nahm mich der König selbst zur Geliebten.

Weitere Wochen zogen ins Land. Mir gingen die Argumente

aus. Vielleicht hatte der König doch nur mit meinen Gefühlen gespielt. Hatte mich geküßt, Süßholz geraspelt und mich fast verführt, und für ihn war all das nur ein Spiel gewesen. Ich fühlte mich verletzt und erniedrigt. Alle Eventualitäten hatte ich bedacht, nur nicht die, daß er mich vergessen könnte! Ich konnte mich nicht länger verstellen und mußte schließlich Enochs bittere Medizin schlucken.
Als uns der König schließlich nach Messina befahl, war ich so bedrückt, daß ich gar nicht abreisen wollte.

Es war ein sehr kalter Tag Ende Februar. Enoch und ich betrachteten den furchteinflößenden hölzernen Belagerungsturm, den Richard hatte errichten lassen.
»Nicht gerade einladend«, bemerkte Enoch. »Aber gut für Kriegszwecke. Sieh nur, er steht auf Rädern, so daß man ihn bis an die feindliche Mauer schieben kann. Dann können die Bogenschützen direkt ins Lager der Feinde schießen. Merkwürdig, daß der König hier wohnt.«
»Nicht schlimmer als die Räume, in denen er vorher war, und hier gibt's wahrscheinlich keine Ratten.«
Wir traten zögernd ein. An den Wänden loderten Fackeln, die den feuchten Raum mit Rauch statt mit Licht oder Wärme füllten. Ritter lungerten teilnahmslos herum. Gegen die Kälte waren sie in Felle gehüllt. Sir Roger sagte, wir sollten uns bei Sir Gilbert im vierten Stock melden; die Räume des Königs befanden sich im fünften Stock. Wir kletterten die Stiege hinauf, Stricke dienten als Treppengeländer. In einem Eckzimmer fanden wir die Pagen. Mißmutig wie immer erklärte mir Sir Gilbert, daß man mich nur gerufen hatte, weil die beiden neuen Pisaner Pagen das Protokoll noch nicht

kannten. Erstaunt starrte ich die Pisaner an. Sir Gilbert hatte Antonio und Giorgio ausgesucht, obwohl dem König viel daran lag, seine persönlichen Bediensteten selbst auszuwählen. Mittlerweile wußte ich allerdings nicht mehr, was der König eigentlich wollte. Die beiden sahen sehr gut aus, wenn auch für meinen Geschmack etwas zu grobschlächtig.
»Steht etwas Besonderes an?« fragte ich Sir Gilbert.
»Der französische König und sein Hof werden in Kürze zu einer wichtigen Unterredung erwartet.« Er beäugte mein Gewand. »Ich hoffe, du hast vor nicht allzu langer Zeit gebadet.«
Dazu sagte ich nichts. Er konnte schließlich sehen, daß ich sauber und frisch wie eine Frühlingsblume war. Ich hatte mir auch ein neues Gewand aus heller, goldener Wolle gefertigt und es in königlichem Rot eingefaßt.
Wir betraten die Kammer des Königs. Er trug ein weißes, mit Eichhörnchenfell verziertes Gewand, einen goldenen Gürtel um die Taille und eine einfache goldene Krone auf dem Haar, das ihm wieder bis auf die Schultern reichte. Er unterhielt sich gerade mit dem Erzbischof von Rouen und drehte sich nicht um. Mein Herz klopfte so laut, daß ich sicher war, er müßte es hören.
Sir Gilbert stieß mich unsanft auf die hölzernen Gerüste zu, die als Tische dienen würden. Sie waren wunderbar ausgestattet, die bevorstehende Konferenz schien von äußerster Wichtigkeit zu sein. An den Holzwänden hingen Gobelins und dicke Felle, die allerdings die kühle Meeresbrise nicht abhalten konnten, die durch den ganzen Turm fegte.
Innerhalb kurzer Zeit füllte sich der Raum mit Edelmännern aus König Richards Gefolge. Sie verbeugten sich vor dem König, wechselten ein paar Worte mit ihm und gingen dann zur

Seite, um den Nachkommenden Platz zu machen. Sir Gilbert schickte uns Pagen mit Wein und Kuchen hierhin und dorthin, während Bedienstete von unten Tabletts hochtrugen. Trotz dieser Geschäftigkeit ließ ich den König nicht aus den Augen. Er wandte sich mehrere Male um; mir stockte jedesmal der Atem, wenn ich sein Gesicht erblickte. Er hatte sich verändert, sah viel ernster aus. Er strahlte auch, aber auf andere Art als damals, als wir am Strand lagen, asketischer, ja, das war das richtige Wort.

Als die Fanfare erschallte, stellten sich Normannen und Engländer auf eine Seite, um für die Franzosen Platz zu machen. Richard stand auf der Plattform mit dem Thron.

Protzig betraten König Philipp und sein Gefolge den Raum. Von den Edelmännern, die ihm folgten, kannte ich nur den Herzog von Burgund. König Philipp bestieg den Thron an Richards Seite und wartete, bis sein ganzes Gefolge eingetreten war. Dann betrachtete er Richard anmaßend und streckte ihm die Hand zum Kuß entgegen.

»Ich hoffe, Ihr habt Euch von Eurer Züchtigung erholt, Bruder.«

Entgeistert sah ich König Richard an. Wer hatte es gewagt, ihn zu züchtigen?

»Ja, das hab ich«, erwiderte er.

Wie hatte ich mich nach dieser tiefen Stimme gesehnt!

»Bitte büßt doch hier ein zweites Mal«, zog König Philipp ihn auf. »Ganz Messina und auch ich möchten wissen, was Ihr mit ›*peccatum illud*‹ meintet. Kommt schon, Ihr seid unter Euresgleichen, und wir sind einfach neugierig. Erst tut Ihr öffentlich und nackt Buße und spannt uns jetzt auf die Folter, das ist nicht sehr nett.«

Nackt? Buße? Was war nur geschehen, seit wir uns das letzte Mal gesehen hatten? Hatte es etwas mit mir zu tun?
»Meine Aussage war einfach und verständlich«, entgegnete Richard bemerkenswert ruhig. »Ich sagte, daß mir die Dornen der Lust über den Kopf gewachsen waren und daß ich ihrer nicht mehr Herr wurde.«
Mir fiel das Kuchentablett aus der Hand!
Das machte einen schrecklichen Lärm, und alle erschraken. Zum ersten Mal streifte mich König Richards Blick, doch er schien mich gar nicht zu erkennen; Sir Gilbert sah mich wütend an. Ich bückte mich nach dem Kuchen; wenn als nächstes mein Name fiel, würde ich auf der Stelle tot umfallen.
König Philipp nahm den Faden wieder auf. »Ruft mich doch beim nächsten Mal zu Hilfe. Nichts würde ich lieber tun, als die Dornen Eurer Lust zu beschneiden. Die Einzelheiten würde ich trotzdem gerne hören. Doch sagt, warum habt Ihr Euch jetzt entschlossen zu büßen?«
Richards Lächeln erhellte den Raum. »Ich habe gebeichtet, weil ich mich auf die Ehe vorbereiten möchte.«
Mit mir! dachte mein närrisches Herz, obwohl ich wußte, daß es Alice war, denn mich hatte er ja mit der Beichte aus seinem Leben verbannt. Mir hatte er davon nichts gesagt, mich nicht mehr besucht, obwohl alle es wußten! Sir Gilbert drückte mir einen juwelenbesetzten Weinkelch in die Hand und bedeutete mir, ich solle König Philipp bedienen.
»Macht keine leeren Versprechungen, Richard, ich warne Euch.« Ängstlich näherte ich mich König Philipps Thron. »Mich würde nichts mehr freuen als Eure Hochzeit, aber macht mir nichts vor.«
König Richard zuckte mit den Schultern, sein Lächeln hatte

sich in ein anzügliches Grinsen verwandelt. »Nichts hat mir je so viel bedeutet. Ich möchte, daß Ihr mich von meinem Eheversprechen gegenüber Prinzessin Alice entbindet, damit ich meinem Herzen folgen und Lady Berengaria von Navarra heiraten kann.«

König Philipp sprang auf und schrie: »Niemals! Niemals! Bevor Ihr Alice im Stich laßt, bring ich Euch um!«

Seine Worte wurden von heftigem Armwedeln begleitet, er stieß den Weinkelch auf meinem Tablett um. Rotwein ergoß sich wie Blut über König Richards weißes Gewand. Die Könige beachteten dieses Mißgeschick gar nicht, doch Sir Gilbert zog mich am Haar zurück.

»Du blöder Idiot! Dies ist dein letzter Abend als Page!« zischte er.

Ich schluckte die in mir aufsteigende Galle runter und kauerte mich hinter die bauschenden Gobelins. Seinem Herzen wollte er folgen, *Berengaria!*

König Philipp hatte sich schneller wieder gefangen als ich, er kannte den englischen König schließlich auch viel besser. Er besprach sich kurz mit dem Herzog von Burgund und gab sich kontrolliert, wenn auch wütend. »Meine Kundschafter teilen mir mit, daß Euch die Tochter von Sancho dem Weisen zusammen mit Eurer Schwester Johanna entgegenreist. Sie sind angeblich bereits in Brindisi, ist das richtig?«

Richard nickte. »Sie warten auf mein Wort.«

»So ist das also«, sagte der Franzose, »wahre Liebe, hm? Das ist genauso überzeugend wie Eure Buße; eine farblose Prinzessin ohne Land und ohne Schönheit. Deshalb riskiert Ihr den Ausschluß aus der Kirche? Das ist töricht, Richard, ganz falsch. Papst Clemens wird Euch nie von Eurem Versprechen gegenüber Alice entbinden.«

Deo gratias, daß der französische König so intelligent war und die Prinzessin so häßlich.

»Wären Eure Kundschafter noch weiter nach Norden gereist«, sagte Richard ruhig, »hättet Ihr auch erfahren, daß Papst Clemens vor kurzem gestorben ist.«

Philipp stöhnte auf, das war ganz klar ein Punkt für England. Unsere Barone sahen den Franzosen erwartungsvoll an, verschlagen beobachteten sie, wie er um seine Haltung rang.

»Vor Gott besteht Euer Schwur noch immer«, sagte er rasch. »Und ich werde Euch nicht entbinden! Entweder Ihr heiratet Alice, oder Ihr heiratet niemanden!«

Zwei Bischöfe wisperten Richard etwas ins Ohr, doch er schüttelte sie ungeduldig ab. »Ich heirate Berengaria, und Ihr werdet mich entbinden. Ihr kennt die Gründe.«

Offensichtlich wußten einige, worauf Richard anspielte, denn er war sofort von murmelnden Beratern umgeben.

»Philipp, das ist Eure letzte Gelegenheit. Ich gebe Alice' Aussteuer zurück.«

Selbst dadurch ließ sich der Franzose nicht bewegen.

»Ihr wißt, daß ich die französische Prinzessin nicht heiraten kann, weil sie keine Jungfrau ist«, sagte Richard kühl und betonte jede Silbe.

Ein Raunen ging durch den Raum. Sie war keine Jungfrau? Aber sie war ihm doch versprochen!

Philipp saß bewegungslos. »Ihr habt keine Beweise«, zischte er.

Richard konterte: »Alice kam als Kind an unseren Hof. Mit neun Jahren wurde sie die Geliebte meines Vaters!«

König Heinrich und Alice! *Deus iuva me,* zu diesem alten Lüstling hatte mich mein Vater geschickt. Die arme Alice!

»Das ist eine Lüge! Eine verleumderische Lüge!« schrie König Philipp, und sein Gefolge protestierte lauthals.

König Richard sagte mit erhobener Stimme: »Mit zwölf hatte sie eine Totgeburt, er blieb trotzdem bei ihr. Meine Mutter Eleonore sperrte er ins Gefängnis, damit er dieses gottlose Verhältnis weiterführen konnte.«

»Wenn das die Wahrheit ist, weshalb habt Ihr um sie gekämpft?« fragte Philipp. »Weshalb habt Ihr Euch mit uns verbündet und wolltet sie heiraten? Oder habt Ihr zufälligerweise erst nach Heinrichs Tod von der Affäre erfahren?«

»Ich habe Alice benutzt, um gegen den König vorzugehen. Glaubt Ihr tatsächlich, ich würde diese Hure zur Königin machen? Glaubt Ihr, ich würde das meiner Mutter antun, nach allem, was sie durchstehen mußte? Und hört auf, so scheinheilig zu grinsen, denn auch Ihr hattet Hintergedanken bei unserem gemeinsamen Vorgehen. Ihr wolltet England zerschlagen!«

Wütend starrten sie sich an.

»Und jetzt wollt Ihr sie wieder benutzen, um Eure Mutter, diese Schlampe, zu rächen!« schrie Philipp. Als er gekommen war, stach sein blasses Gesicht vom Blau seiner Robe ab, nun thronte ein puterroter Kopf auf dem meerblauen Gewand. Er war unbewaffnet, doch der Herzog von Burgund stand neben ihm, die Hand griffbereit am Schwert.

Richard erhob sich, erzürnt über die Beleidigung seiner Mutter. Er überragte den Franzosen, und seine Stimme bebte vor Zorn. »Was mußte meine Mutter alles erleiden! Die Herzogin von Aquitanien, Königin von England, war mit Eurem Vater, diesem Eunuchen, verheiratet, wurde von Eurer

Schwester, der Hure, betrogen, und mein Vater hat sie eingekerkert. Ihr werdet Euch entschuldigen!«

»Wie kann ein Kind eine Hure sein?« klagte Philipp. »Ein alter Mann von dreißig Jahren vergewaltigt ein neunjähriges Mädchen, und das macht sie zur Hure? Nur eine Familie, die des Teufels ist, kann das so sehen!«

Doch Richard entgegnete: »Die letzten fünfzehn Jahre war diese Hure kein Kind mehr. Sie verführte einen mächtigen, alten Mann, ruinierte meine Mutter und machte mich zum Gespött ganz Europas! Nicht mal ein Franzose würde so ein leichtes Mädchen heiraten.«

König Philipp ließ sich wieder auf dem Thron nieder. »Ich höre mir diese Verleumdungen nicht länger an, erst recht nicht von einem Lüstling wie Euch. Eure Beschuldigungen beweisen gar nichts.«

Doch ich glaubte König Richard und alle anderen, selbst die Franzosen, offensichtlich auch.

»Ich werde dem neuen Papst zwölf Zeugen vorführen, darunter Königin Eleonore, wenn Ihr mich nicht sofort entbindet«, sagte Richard bestimmt.

König Philipp schien die Situation nicht mehr auszuhalten und erhob sich, um zu gehen. Auch Richard stand auf. Der Franzose war wieder weiß wie Marmor, er gab sich kühl.

»Wartet«, sagte Richard. »Ich will es aus Eurem Munde hören: ›Ich entbinde Euch aus der Verlobung mit meiner Schwester.‹«

Philipp wurde noch blasser. »Meine Barone und Bischöfe sind Zeugen, ich entbinde Euch, Richard.« Er lächelte bitter. »Und ich entbinde auch meine Schwester aus ihrer schändlichen Einkerkerung in Rouen und dem Martyrium, das ihr mit Euch im Bett gewiß gewesen wäre.«

Unser König konnte sich nicht zurückhalten. »Und mich vom Martyrium mit ihr. Sie hätte immerhin ganz England im Gegenzug erhalten.«
Philipp schwankte. »Das englische Imperium war Alice schon immer vollkommen egal. Sie möchte Frieden, so wie ich. Indem Ihr Alice aus Eurem Bett werft, kann es keinen Frieden mehr geben. Merkt Euch das gut: England hat heute einen Sieg errungen, der Euch ewig heimsuchen wird. Wenn Alice nicht Eure Frau wird, sind wir auch keine Brüder mehr und unsere Länder für immer verfeindet.«
Er verbeugte sich und stieg vom Thron, Richard trat ihm in den Weg.
»Noch eine Frage: Nennt Ihr *das* Frieden? Wie könnte es denn schlimmer sein?«
Philipp lächelte rätselhaft. »Das werdet Ihr schon sehen, Richard, das werdet Ihr schon sehen.«
Ich bekam eine Gänsehaut bei dieser Drohung, obwohl ich mit der ganzen Sache nichts zu tun hatte. *Deo gratias,* denn ich hatte selbst genügend Probleme.
Richard wartete, bis der französische König außer Hörweite war, und lachte dann schallend auf. »Gelobt sei Sankt Georg, wir haben gewonnen! Habt ihr sein Gesicht gesehen, als ich ihm sagte, daß Papst Clemens tot ist? Soll Philipp ruhig einmal sehen, wie er ohne Rückendeckung aus Rom zurechtkommt. Ich werde für Clemens eine Kerze anzünden, Gott sei seiner verdammten Seele gnädig.«
Einer der Bischöfe warf ihm einen warnenden Blick zu. »Wie heißt es doch, mein Herr, die Schlacht habt Ihr zwar gewonnen, doch dabei einen ganzen Krieg entfacht.«
»Unsinn«, sagte Richard schroff. »Frankreich hat England

immer gehaßt, es hat immer Krieg zwischen uns geherrscht. Das war nur das jüngste Gefecht, und für uns ging's günstig aus.«
»Wann erwartet Ihr die Damen?« fragte Gilbert von Vascueil.
»Ich werde ein Schiff nach Brindisi schicken, um sie zu holen. Sie kommen hoffentlich noch vor der Fastenzeit an, damit ich bald heiraten kann. Falls es eine Weile dauert, bis der Papst mich entbindet, werde ich Erlaubnis einholen, die neue Königin mit auf den Kreuzzug nehmen zu dürfen. Stellt Euch nur vor, Englands zukünftiger Thronfolger könnte im Heiligen Land gezeugt werden!«
Mir wurde ganz schlecht. Sollte er sich doch mitten auf Jerusalems goldenen Straßen paaren, solange ich nicht dabei zusehen mußte! Ich haßte ihn! Wie ich ihn haßte!
Nach einer ermüdend langen Zeit machten sich auch die Engländer daran zu gehen – und wir mit ihnen.
»Wartet, Pagen«, befahl der König.
Ich stand hinter Antonio, der sehr groß war.
»Vielen Dank für euer taktvolles Benehmen in dieser heiklen Angelegenheit. Ich muß euch – insbesondere die neuen Pagen – daran erinnern, absolute Diskretion zu wahren.«
Sir Gilbert gelobte, daß wir nichts verlauten lassen würden.
»Gut, dann könnt ihr alle gehen, alle außer Alex.«
»Ich kümmere mich um Euch«, sagte Sir Gilbert eifrig.
»Ich muß etwas mit Alex besprechen.«
Sir Gilbert grinste. »Ach so, natürlich, mein Herr. Ich habe ihn wegen seiner Ungeschicklichkeit heute abend aus Euren Diensten entlassen. Ich möchte mich für ihn entschuldigen.«
Er verbeugte sich und ging. Ich bereitete mich auf das Schlimmste vor.

»Mach nicht so ein Gesicht«, sagte der König. »Ich will nur was mit dir trinken. Nein, bleib stehen, ich bediene *dich* – das ist vielleicht sicherer.«
Er ging zum Schrank, dann zum Tisch und drückte mir einen wuchtigen Weinkelch in die Hand.
»Wollen wir auf meine Hochzeit trinken?«
Er trank; ich nicht.
»Alex«, sagte er streng.
Ich blickte auf seine Füße, er trug dieselben roten Samtschuhe wie damals in Chinon.
»Ich hoffe, Ihr werdet sehr glücklich«, ich hob den Becher und kämpfte gegen das Würgen in meinem Hals, »mit der Wahl Eures Herzens.«
»Ich warte immer noch darauf, daß du trinkst, Alex.« Er lächelte amüsiert.
Ich schüttete den Wein die Kehle runter, er landete wie Blei in meinem Bauch.
»Gut so; ich will dir ein Geheimnis verraten. Du hast gerade aus einem magischen Becher getrunken, der gehörte nämlich König Artus. Man hat ihn aus seinem Grab geholt.«
Er sah mich erwartungsvoll an. Die Pocken wünschte ich allen Königen und ihren Bechern.
»Ich möchte ihn dir schenken«, sagte er mit sanfter Stimme.
»Warum?« fragte ich argwöhnisch.
Mit dieser Frage hatte er nicht gerechnet. »Als Geschenk natürlich. Ich gebe gern …«
Unsere Augen verfingen sich ineinander, wie vor einiger Zeit am Strand, er verstummte. In diese vertraute Stimmung zurückversetzt, wußte ich jetzt so viel Häßliches über ihn und

wurde geradezu leichtsinnig. Ich war keine Hure, die man mit alten Kelchen kaufen konnte!

»Ich möchte keine Geschenke, Richard.« Ich sah wohl die gefährlichen Rötungen, doch das war mir egal. Ich knallte den Becher auf den Tisch.

»Keine Widerrede«, sagte er wütend. »Nimm ihn!« Er drückte ihn mir wieder in die Hand.

»Danke, das ist alles, mein Herr?« Ich war jetzt ebenso wütend.

»Nein.«

Ich senkte wieder den Blick, und er holte sich noch ein Glas Wein.

»Sieh mich an, Alex.«

Ich sah in sein besorgtes Gesicht.

»Du weißt, daß ich dich nicht verletzen will. Was du heute gehört hast, hat nichts mit meinen Gefühlen zu tun.« Er lächelte kläglich. »Ich bin ein König.«

»Das weiß ich, mein Herr.«

»Das bezweifle ich, aber versuch es bitte.«

Die Zärtlichkeit, die in seiner Stimme und in seinen Worten lag, hatte eine verheerende Wirkung auf mich, mein Zorn schmolz zu unerträglicher Trauer. Tränen stiegen in mir auf, ich mußte schnellstens weg von hier.

»Entschuldigt Ihr mich bitte?« fragte ich mit erstickter Stimme.

»Noch nicht, nicht bis …« Seine Hand lag sanft auf meiner Schulter. »Was kann ich tun, um dich glücklich zu machen?«

»Ich möchte nach Hause!« schluchzte ich. »Bitte, mein Herr, gebt mir noch ein Schreiben – nur mir, nicht dem Schotten – und unterrichtet den Obersten Richter. Ich will zurück nach Wanthwaite!«

Er war bestürzt. »Du willst mich verlassen?«
»Für mich ist kein Platz auf dem Kreuzzug«, sagte ich flehentlich, »ich bin doch nur eine Last für Euch. Ihr müßt Euch schon über so viel Gedanken machen. Und außerdem, wenn Ihr … ich meine …«
Er sah mich eine Weile nachdenklich an. »Du könntest mit den Königinnen reisen, dann wärst du sicher.«
Ja, pack uns Frauen nur alle zusammen, dachte ich verbittert. »Nein, bitte, mein Herr, ich möchte nicht mit den Königinnen reisen. Die haben einen Grund mitzureisen, ich nicht.«
»Du hast genau den gleichen Grund wie sie«, erwiderte er kühl. »Ich will es nämlich so.«
Dagegen war nichts einzuwenden, ich redete trotzdem weiter. »Ihr wollt aber auch, daß ich meinen Besitz zurückbekomme, das habt Ihr oft genug gesagt, damit ich mit meinem Leben fortfahren kann. Ihr habt mir schon so viel beigebracht. Ich glaube, ich käme zurecht. Bitte!«
»Bei Gott! Wo bleibt dein Respekt? Ich will kein Wort mehr hören! Du tust, was ich sage! Und wenn du dein geliebtes Wanthwaite je wiederhaben willst, gehorchst du besser, Alex.«
Ich gab auf und senkte den Kopf.
Er faßte mich unters Kinn, so daß ich zu ihm aufsehen mußte. »Du scheinst Osbert von Northumbrien vergessen zu haben. Ein rücksichtsloser Schurke, wenn ich mich recht erinnere. Ich bleibe meinem Wort treu, Alex, daran ändert sich nichts. Ich habe versprochen, daß du deinen Besitz wiedererhältst, und das wirst du auch; ich habe außerdem versprochen, daß du von mir ausgebildet wirst und daß du mit ins Heilige Land kommst.«

Schweigend senkte ich meinen Blick.
»Ich habe auch versprochen, deine Unschuld zu schützen. Das hab ich auch. Seit meiner Buße bin ich vor Gott wieder unschuldig. Wir fangen noch mal von vorn an, Alex, du bist ganz in Sicherheit, das schwöre ich, sogar vor mir.« Seine Worte waren bestimmt, doch sein Tonfall nicht. Ich erkannte an seiner Stimme, daß er von seinem Vorsatz selbst nicht ganz überzeugt war.
»O Gott! Mein Amor«, gurrte er und hob mich hoch, »denkst du, ich wüßte nicht, was ich aufgegeben habe?«
Schweigend sog ich den Zedernholzgeruch ein. Er streichelte über mein Haar.
»Die Ironie entgeht mir nicht. Alex, Alice – sogar eure Namen ähneln sich.«
»Wie soll ich denn im Krieg unter all den Männern überleben?« fragte ich schluchzend.
»Der Schotte wird ebenfalls mit den Frauen reisen, er weiß, was zu tun ist. Außerdem wird niemand es wagen, dich anzurühren, wenn ich …« Seine Stimme verlor sich. Er drückte mich an sich und fragte: »Wie wär's mit einem Abschiedskuß?«
Er umschlang mich leidenschaftlich, was mich einerseits erregte, andererseits verwirrte. Wenn Berengaria die Wahl seines Herzens war, was war ich?
»Jetzt geh, bevor ich mein Gelöbnis ganz vergesse.«
Er setzte mich ab, und ich rannte zur Tür. Ich lief fast in Enochs erhobenen Dolch.
»Weg mit dem blöden Ding!« schrie ich ihn an.
Ich sprang die Stiege hinunter und gelangte zu unserer dunklen Ecke, Enoch eilte mir hinterher.

»Was war denn da drin los? Warum war König Philipp so wütend? Warum warst du so lange bei Richard?«
Verblüfft lauschte er der Geschichte von König Heinrich und Alice. Am meisten interessierte ihn jedoch die bevorstehende Hochzeit. Ich mußte alles mehrmals wiederholen, bis mir das Thema zum Hals raushing.
»Die Wahl seines Herzens. Aha, das wird wohl so sein, wenn sie nicht schön oder reich ist. Hm, da hatte ich ihn doch falsch eingeschätzt.«
Die vergangenen Stunden waren sehr anstrengend gewesen. Müde rollte ich mich auf dem Ziegenfell zusammen.
»Komme, was wolle«, sagte Enoch sanft, »schön, daß der König eine anständige Frau heiratet, um England einen Erben zu schenken. Und wenn wir mit den Königinnen reisen, wird die Reise nach Jerusalem angenehm. Wir werden so geborgen sein wie in Mutters Arm.«
Später wurde ich von meinem eigenen Rufen und Schreien wach. Ein schrecklicher Alptraum quälte mich, und ich dachte, ich müßte sterben. Enoch nahm mich in den Arm, und ich umschlang seine Schulter.
Am Morgen fühlte ich mich noch immer unwohl und verletzlich. »Hier«, sagte ich brüsk, »das schenk ich Euch.«
Ehrfürchtig betrachtete er den Kelch König Artus'. »Nein, Kleiner, so ein wertvolles Geschenk kann ich nicht annehmen. Der gehört dir.«
Die Hälfte von Wanthwaite nahm er aber ohne Murren.
»Ich schenke ihn Euch, keine Widerrede!« ahmte ich den König nach.
»Wenn du unbedingt willst.« Er rieb das stumpfe Metall. »Das ist das wertvollste Geschenk, das ich je bekommen habe,

ich werde es ewig in Ehren halten.« Seine blauen Augen wurden feucht, und bevor ich michs versah, hatte er mir einen nassen Kuß auf die Stirn gedrückt.

Dann beging ich einen Fehler. Ich erzählte ihm, daß ich den König darum gebeten hatte, mich vom Kreuzzug zu entschuldigen, und wie er darauf reagiert hatte.

»Ohne mich?«

»Natürlich nicht«, log ich. »Ich hab in unser beider Namen gefragt.«

»Hm.« Er blickte nachdenklich drein. »Er möchte die Kontrolle über Wanthwaite nicht verlieren, da steckt nämlich Geld für ihn drin. Zum Beispiel, um den Kreuzzug zu finanzieren.«

»Glaubt Ihr, wir kommen je zurück, Enoch? Sagt die Wahrheit.«

Er legte eine schwere Hand auf mein Knie. »Ich hab keinen Einfluß auf unsere Sterne. Ich hab unser Schreiben an Malcolm in Paris geschickt, falls mir etwas zustoßen sollte.«

»Wann habt Ihr das getan?« fragte ich aufbrausend.

»Als wir nach Messina kamen. Einer meiner Clansmänner hat es mitgenommen. Ich habe Malcolm beauftragt, es gut zu verwahren. Falls mir etwas zustößt, wird er es dir geben.«

»Hab ich denn was davon, ohne Euch?« fragte ich. »Ich hab es ja nie zu Gesicht bekommen.«

»Nun, du brauchst einen Vormund, aber darum wird sich Malcolm schon kümmern. Es bleibt im Clan, keine Angst.«

»Und falls mir etwas zustößt, könnt Ihr etwas damit anfangen?«

Er lächelte, doch seine Augen waren kalt wie der Tod. »Nicht, wenn König Richard etwas davon erfährt, aber das werde ich schon zu verhindern wissen.«

23

Am 12. Mai 1191 heiratete König Richard in Limassol auf Zypern, dorthin hatten uns die Stürme verschlagen. Der Tag war klar wie ein Diamant, auf dem blauen Meer hüpften geschmückte Schiffe, und die Luft war von Musik erfüllt. Es war der Tag von Sankt Pankraz, Sankt Nereus und Sankt Achilleus.
Außerdem war es mein dreizehnter Geburtstag.
Mißmutig betrachtete ich meine drei Genossen, Enoch, der schnarchend schlief, und die zwei rotbauchigen Eidechsen, die uns ständig übers Gesicht huschten. Der gesamte Haushalt des Königs war bei diesem großartigen Ereignis gefordert, ansonsten hätte ich mich auch nicht bewegt, da ich von hämmernden Kopfschmerzen geplagt wurde. Vor unserem dunklen, stickigen Loch gab es einen Balkon, von dem aus man einen dschungelartigen Garten, ein Paradies für Insekten und Reptilien, überblicken konnte. Ich schleppte mich auf den Balkon und schaute hinab auf die Berge verwesender Früchte. Da hatten wir also Wochen auf See verbracht, um in diesem elenden Nest zu landen. Kurze Zeit später stapfte ich durch dichtes Blattwerk zu dem großen Wasserrad, um mich in Ruhe zu waschen. Als Enoch gähnend auf dem Balkon auftauchte, war ich schon festlich rausgeputzt.
Auf verschlungenen, morastigen Wegen gingen wir gemeinsam zu der römischen Villa, wo der erste Teil der Zeremonie

stattfinden sollte. Dort trennten wir uns, Enoch ging zu den Pferdepflegern, und ich half, die Tische mit Blumen zu dekorieren. Einige Knappen verteilten Binsenstreu auf dem feuchten Boden. Ambrosius bellte den Musikern Befehle zu, während die Bischöfe Altäre und Kerzen in Augenschein nahmen. Schon bevor die Vorbereitungen beendet waren, erschienen die ersten Barone. Grell spiegelte sich die Sonne in ihren Rüstungen, wodurch meine Kopfschmerzen noch schlimmer wurden. In der Ferne hörte man Bläser, die Berengarias Ankunft verkündeten.

Als wir uns ehrerbietig in einer Reihe aufstellten, gesellte sich Enoch wieder zu mir. Ich hielt den Kopf gesenkt, spähte aber durch die Wimpern. Ich sah zwei fette, in Gelb und Schwarz gekleidete Männer, Botschafter des Königs von Navarra, Königin Johanna und Berengaria, die Braut des Königs. Wie dumm war ich doch gewesen, mir einzubilden, ich hätte an ihrer Stelle sein können, wenn sie schon als zu arm und nicht standesgemäß für den König erachtet wurde. Aber ich war wenigstens schön, und er liebte mich.

»Was haltet Ihr von unserer zukünftigen Königin?« fragte ich Enoch.

Er strich sich über den Bart. »Hm, ihr Haar sitzt recht gut.«

»Auch das auf ihrer Oberlippe?«

»Alex, werd nicht frech. Das ist doch nur der Schatten ihrer Nase.«

»Die ist jedenfalls zu lang. Seht nur, wie blaß sie ist – und diese Kuhaugen!«

»Warum bist du nur so gehässig?«

Weil dies die Wahl Richards war. Sie war wunderbar gekleidet, das mußte man ihr lassen. Ihre Tunika aus blauer Seide war mit einem juwelenbesetzten Goldband gegürtet. Sie trug einen goldenen Umhang, der mit großartigen Stickereien und glitzernden Edelsteinen eingefaßt war. Auf dem wallenden dunklen Haar saß ein goldener Kranz.

Ein Raunen ging durch die Menge, der König war eingetroffen. Er war umringt von Baronen und Kirchenmännern, doch wer schenkte denen schon Beachtung? Richard stach sie alle aus. Auf seiner rosenfarbenen Tunika glitzerten silberne und goldene Spangen in der Form von Sonnen, Monden und Sternen, darüber trug er eine scharlachrote Robe, die mit den zähnefletschenden goldenen Löwen der Plantagenets bestickt war; beide Kleidungsstücke wurden von einem aufwendig gearbeiteten Gürtel zusammengehalten. Die Krone saß auf einer enganliegenden, scharlachroten Kappe.

Auf ein Zeichen des Geistlichen Nicholas hin schritten wir alle ein wenig vor, um den ersten Teil der Festlichkeiten zu beobachten. Richard und Berengaria knieten vor dem Altar nieder, während der Ehevertrag den Vertretern Englands und Navarras zur Unterzeichnung vorgelegt wurde. Daraufhin bat man die Gäste um Spenden. Pater Nicholas flüsterte dem Paar etwas zu, worauf sie die Ringe tauschten. Dann gab Richard Berengaria einen feierlichen Kuß. Der Menge draußen wurde ein Zeichen gegeben, und sie jubelten vor Begeisterung: Berengaria war Königin! Meine Welt brach zusammen.

Aber sie mußte noch gekrönt werden. Pater Nicholas schritt zur Seite, als die Bischöfe von Evreux, Auch und Apamea sich vor die Königin und den König stellten. König Richard übergab seiner Frau die Ländereien südlich der Garonne sowie große Besitztümer seines Reiches. Mit tiefer Stimme und ernstem Blick machte er Berengaria zur mächtigsten Frau Europas.

Damit endete der weltliche Teil der Zeremonie. Nun ging es zur Kirche.

Wir marschierten in einer Prozession zur Kirche Sankt Johannes, in der die Gebeine des gleichnamigen Apostels bestattet waren. Zum Takt heiliger Glocken und Gesänge schritten wir langsam an Lehmhütten vorbei, die zur Feier des Tages mit Blumen geschmückt waren. Seide war über verfallene Mauern drapiert worden, und wir liefen auf orientalischen Teppichen, die über dem Kameldung ausgebreitet worden waren. Vor der Kirche erwartete uns wieder eine Menschenmenge, die Hälfte der Gäste würde draußen bleiben müssen, denn die Kirche faßte nicht alle. Ich gehörte zum Glück zum persönlichen Haushalt des Königs, Enoch konnte allerdings nicht mit reinkommen.

In der Kirche war es dunkel und modrig wie in einem Grab. Im flackernden Licht der Kerzen erblickte ich an den Wänden große Heiligenstatuen und über dem Altar einen Jesus mit offenem, schmerzverzerrtem Mund. Ich fiel auf die Knie, und ein ehrfürchtiger Schauer überlief mich angesichts der Heiligkeit dieses alten Gemäuers; der Wechselgesang *Missa pro Regibus* erscholl. Der Bischof von Evreux saß zwischen Kirchenschiff und Chor auf seinem Thron, seitlich von ihm standen Kantoren mit hocherhobenen Stangen. König Richard und Königin Berengaria lagen ausgestreckt auf dem Boden zu Füßen des Bischofs. Dann erhob sich das königliche Paar, und sie ließen sich auf Stühlen vor dem Bischof nieder. Der Chor schmetterte jetzt *Salvum fac Regina,* und Berengaria öffnete ihre Tunika. Sie entblößte ihre Brüste vor dem Bischof, kleine, hängende Beutel mit Brustwarzen von der Farbe reifer Datteln.

Der Bischof tunkte seine Finger in eine griechische Urne und malte ihr mit Öl ein Kreuz auf die Stirn, dann eines auf jede Brust. Ein anderer Priester tupfte das Öl wieder sorgfältig mit einem Leintuch ab und verbrannte den Stoff auf einem silbernen Teller. Nachdem das Feuer erloschen war, gab der Bischof der Königin das goldene Zepter in die rechte Hand.

»Nehmt dies zum Zeichen königlicher Macht.«

Während der fünfzehn Gebete, die nun folgten, bemerkte ich, daß Richard verstohlen auf Berengarias Brüste blickte, und ich meinte, ihn überlief ein Schauer, als er sah, was er sich da eingehandelt hatte.

Der Bischof gab ihr den Königsstab in die linke Hand.

»Nehmt dies zum Zeichen königlicher Gerechtigkeit.«

Dann ordnete er ihre Kleider und setzte ihr eine Krone aufs Haupt, wiederholte das *Benedice Domine fortitudinem* und machte damit Berengaria vor Gott zur Königin Englands. Aber nicht für mich; sie, die Richards Liebe gestohlen hatte und noch nie einen Fuß auf englischen Boden gesetzt hatte, würde ich nie als Königin anerkennen. Der König nahm ihre Hand, lächelte und wandte sich dem Portal zu. Würdevoll schritten sie durch das Tor und wurden von lautem: *»Vivat regina! Vivat regina!«* empfangen. Ja, es lebe die Königin.

Wieder in der römischen Villa, war es vorbei mit der Würde, denn alle betranken sich. Die gesamten Öfen Limassols waren für das Fest in Beschlag genommen worden, und ich zerstückelte stundenlang Schafe, Ziegen und Lämmer. Mannshohe Rüben- und Runkelberge lagen neben den Tischen, auf denen sich Brotlaibe mit Kreuzornamenten türmten. Das

wichtigste waren jedoch die mit zypriotischem Weißwein gefüllten Lederbeutel, mit denen man sich ununterbrochen zuprostete. Als das Fleisch gar war, verteilten die Wasserträger Handtücher, und die Gäste nahmen ihre Plätze ein. Berengaria bestieg zum ersten Mal das höchste Podium, um mit dem König zu speisen. Lauten, Flöten und Trommeln versuchten die Kirchenglocken zu übertönen; beides ging jedoch im Gelächter und der angeregten Unterhaltung unter, während wir Tabletts voller Köstlichkeiten herbeischleppten. Dann wurde es ernst mit dem Trinken, die geleerten Lederbeutel konnte man schon bald wie eine Mauer um die Küche herum stapeln, doch es gab genügend Nachschub. Wir bedienten die Gäste auch während der Darbietungen. Für jeden Kelch, den wir einschenkten, genehmigten wir Pagen uns einen Schluck Wein, das summierte sich ebenfalls.
Unter anderem präsentierte uns Ambrosius türkische Tänzerinnen. Während ich servierte, hielt ich ab und zu staunend inne, um zuzusehen, wie sie auf den Händen tanzten, wobei ihnen die Röcke über den Kopf fielen. Sie zeichneten sich nicht nur durch akrobatisches Können aus, sondern auch durch Eleganz, sie bewegten sich wie Blumen im Wind. Ihre gelenkigen Zehen und kreisenden Bäuche waren das reinste Wunder. Es war sehr exotisch und aufregend.
Als sie ihre Darbietung beendet hatten, war die gesamte Gesellschaft betrunken genug, um nun selbst die Bühne zu betreten. Leichtfüßig hüpfte der König lächelnd in die Mitte und streckte Berengaria die Arme entgegen. Sie folgte ihm mit feuchten Augen, und ich stürzte einen großen Schluck Wein hinunter. Berengaria saß wieder auf dem Thron, und der König holte sich Johanna. Beide waren talentierte Tänzer

und paßten so gut zusammen, daß der ganze Hof begeistert applaudierte, nachdem sie ihren Tanz beendet hatten. Der König tanzte nach der Rangfolge mit jeder der Damen, während die anderen Männer warteten. Schließlich drehten sich alle ausgelassen im Kreis, ich nippte ohne Unterlaß am Wein.
»Komm, mach mit!« schrie Enoch, als er vorbeiwirbelte. »So gute Dudelsäcke hab ich seit Schottland nicht mehr gehört.« Unversehens hielt ich sein Mädchen Barbara im Arm, und es kam mir vor, als schwebten wir einen Fuß über der Erde. Nach dem Tanz verbeugten wir uns, und sie verschwand mit Sir Roderick. Leicht schwankend bat ich Blanche, eine von Johannas Damen, um einen Tanz und war überrascht, als sie sich erhob. Ich war eine gute Tänzerin, geschmeidig wie eine Katze, leicht wie ein Vogel, vergnügt drehten wir uns im Kreise. Sie küßte mich dankbar, und wir leerten gemeinsam einen Lederbeutel. Dann tanzte sie mit einem Ritter weiter, und ich holte mir eine neue Tanzpartnerin, dann noch eine, bis mir schwindelte und ich so glücklich war, daß ich kaum noch sprechen konnte. Tanzen konnte ich allerdings noch gut. Kerzen wurden entzündet; mir war gar nicht aufgefallen, daß es bereits dunkelte.
Das Fest wurde immer ausgelassener. Wir tanzten enger umschlungen, rieben unsere Körper aneinander, und ich mußte feststellen, daß die Damen sich an meinem harten Glied, das in dem trockenen Klima steif und brüchig geworden war, erfreuten. Es war schon verrückt, da gab ich mich als Junge aus und amüsierte mich köstlich dabei.
Dann begann ein Kußspiel. Wir küßten uns beim Tanzen, wenn wir aneinander vorbeiliefen. Zwischen Männern und Frauen wurde kein Unterschied gemacht, jeder küßte jeden.

So einen guten Liebhaber wie mich gibt's nicht noch einmal, dachte ich und drehte meine Runden mit leicht geöffneten Lippen. Barbara, Beatrice, Helen, Königin Johanna, noch einmal Barbara, König Guy, Robert von Leicester, Sir Roderick.

Und König Richard.

»Aha!« sagte er. »Ist das ein Gratulationskuß?«

»Jawohl.«

»Danke, gib mir noch einen.« Doch er war schon wieder verschwunden.

Daraufhin widmete ich mich wieder dem Wein, um meine Geister zu beleben. Ich wurde zwar noch ab und zu geküßt, machte selbst aber nicht mehr richtig mit. Einmal schnappte mich jemand so heftig, daß unsere Zähne klirrend aneinanderschlugen.

»Damit kannst du die Damen nicht begeistern!« rief Enoch. »Das ist ein richtiger Kuß!«

Wie vorher König Richard, hob er mich hoch und gab mir eine Kostprobe seiner erfolgreichen Technik.

»Oh, Ihr seid ehrlich gut«, stellte ich staunend fest.

Er lachte. »Damit du mir nicht immer vorhältst, daß ich den Weibern nachstelle. Du machst sicher bald eigene Eroberungen, dann verrate ich dir noch ein paar Geheimnisse.«

Damit machte er sich davon, die Sterne drehten sich im Kreis, und ich lachte und weinte wild durcheinander.

Die Menschenmenge riß mich fort, wir strömten nach oben in die Schlafgemächer. Hier wurden die Lieder immer schlüpfriger und die Bewegungen obszöner, auch mich erregten die Tätscheleien immer mehr. Dem König wurde geraten, die Gunst der Stunde zu nutzen, und Berengarias Weinkelch

wurde unablässig gefüllt. Lachend schritten König und Königin in ihre Kammer, in der ein mit Blumen bestreutes Bett stand. Er nahm ihr den Umhang ab und warf ihn zu Boden. Dann drehte er sich lachend um. Entsetzt wurde mir bewußt, daß er nun für immer verloren war. Für immer.
Er stieß die Tür mit dem Fuß zu.
Und ich machte in die Hose.
Heiliger Benedikt, ohne jede Vorwarnung! Seit meiner Kindheit war mir das nicht mehr passiert. Ich spürte die warme Flüssigkeit an den Beinen, auf meinen Füßen. Quer über meinen rechten Fuß zog sich eine helle Blutspur!

Schlagartig war ich wieder nüchtern, schlug die Beine übereinander und verzog mich langsam in den Schatten, wo ich ausharren wollte, bis die Gäste gegangen waren. Die Leute verzogen sich erst, als sie zum Singen zu heiser waren. Nachdem die letzte Kerze hinter einer Ecke verschwunden war, lief ich gebeugt, um alles beieinanderzuhalten, mit verdrehten Knien und auf Zehenspitzen in mein Zimmer.
Deus iuva me, was für ein Schlamassel! Alles war blutbesudelt. Ich riß mir die Tunika vom Leib und machte mich daran, den Schaden zu beheben. Es war eine mühselige Arbeit, die von stechenden Schmerzen in meinem Bauch begleitet wurde. *Deo gratias,* daß Enoch von seinem Mädchen abgelenkt wurde, heute nacht brauchte ich nämlich meine Ruhe. Die würde ich auch in vielen anderen Nächten brauchen. Aus dem kleinen Vorgeschmack, den ich vor langer Zeit auf der Dere Street erhalten hatte, war geradezu eine Flut geworden. Wenn ich irgendwie die nächsten Tage überstand, hatte ich wieder eine Gnadenfrist von vier Wochen. Aber dann mußte

ich irgendeine Entscheidung treffen, denn dieses Problem konnte ich nicht ewig geheimhalten – vor allem nicht vor Enoch.

Ich hatte gerade das schmutzige Wasser ausgeschüttet und alles aufgeräumt, als der Schotte, noch immer betrunken, bei Morgengrauen hereinstolperte.

»Komm, Kleiner, der zweite Festtag! Der wird noch schöner als der erste, besoffen sind wir ja schon!«

Die Hochzeitsfeierlichkeiten sollten drei Tage dauern, doch für mich waren sie erledigt.

»Entschuldigt mich bitte bei Sir Gilbert, Enoch. Sagt ihm, daß ich schreckliche Magenkrämpfe habe und nicht mithelfen kann.«

»Schade! Ich laß dir eine heiße Brühe bringen.«

»Danke, Enoch.«

Während ich meinen Schatzgürtel wusch, lauschte ich der Musik und dem fröhlichen Gelächter. Als er trocken war, nähte ich ein zusätzliches Fach in die Mitte, in dem ich weitere Stoffetzen befestigen konnte. Schließlich legte ich mich hin und schlief. Ich war schwach und verschwitzt, aber nicht krank. Die heiße Brühe wurde gebracht und tat mir sehr gut. Zum Glück blieb Enoch noch eine Nacht fort.

Am dritten Tag nahm ich wieder am Fest teil. Die Stimmung war sehr gesunken: Schlaffe Gesichter, blutunterlaufene Augen und stinkender Atem zeugten von Magen- und Kopfschmerzen. Am meisten wunderte ich mich über König Richard und Berengaria. Sie saß einsam auf dem Podest, war ganz blaß, mit Augen starr wie Marmorkugeln. Die König lief unterdessen gereizt hin und her, trank nichts und unterhielt sich mit seinen Rittern über Isaak Komnenos, den Herrscher Zyperns, der sich noch immer in den Bergen versteckte. Sie wirkten nicht glücklich und gingen einander aus dem Weg.

Es wurde auch an diesem Tag wieder gegessen, getrunken und getanzt, die Becher leerten sich noch schneller, so daß zur Mittagsstunde kein Engländer mehr nüchtern war. Nur der König.

Er kam auf mich zu. »Na, Amor, trinkst du heute nichts?«

»Nein, mein Herr.«

»Tja, viel schlechter Atem liegt in der Luft.« Er blickte sich übellaunig um und wandte sich dann wieder mir zu. »Wie geht's dir denn? Hast du den Granatapfelsaft bekommen, den ich schicken ließ?«

Überrascht bejahte ich. »Tut mir leid, ich wußte gar nicht. Ich dachte, Enoch …« Enoch hatte mir natürlich nur die heiße Brühe gebracht.

»Er sagte mir, daß du krank warst.«

Betrübt sah er mich an, er wollte anscheinend noch mehr sagen, aber er schwieg. Unter seinem langen Blick wurde mir unwohl.

Dann stürzte ein Bote herein und wandte sich direkt an den König.

Nach einer kurzen Unterredung unterbrach Richard die Musiker und hob die Arme, um etwas zu verkünden.

»Meine Barone, greift sofort zu euren Waffen!« Neues Leben funkelte in seinen Augen. »Der Tyrann Komnenos ist in der Nähe Nicosias in die Falle gegangen. Wir treffen uns in einer Stunde am Strand.« Lächelnd breitete er die Arme aus und entschuldigte sich zum Schein. »Vergebt mir, meine Damen, daß die Feier ein so plötzliches Ende findet. Ich habe leider

keine Wahl, wir müssen die Insel einnehmen, um die Sicherheit Jerusalems zu garantieren.«
Die Königin beachtete er überhaupt nicht.

Mit einigen Bediensteten und den Frauen blieb ich in Limassol zurück, während die Männer, Enoch eingeschlossen, in den Bergen bei Nicosia kämpften. Zuerst war ich froh, daß ich mir ungestört ein neues Glied basteln konnte. Das war bitter nötig, das alte war nämlich mittlerweile unbrauchbar und außerdem blutverschmiert. Ich mußte jetzt wohl jeden Monat ein neues anfertigen. Wie sollte das denn gehen? Es schien geradezu unmöglich. Irgendwie mußte ich den Kreuzzug verlassen, bevor mein Geheimnis gelüftet wurde.
Enoch blieb vier Wochen weg, so lange waren wir bisher noch nie getrennt gewesen. Eine Weile fühlte ich mich ganz normal, wie früher, und hoffte, daß es keinen Grund zur Aufregung gab und es sich wieder nur um einen vereinzelten Zwischenfall gehandelt hatte, wie damals auf der Dere Street. Dann zog ein merkwürdiges Zucken durch meine Brust. Sie schmerzte und juckte. Als ich mich wieder einmal kratzte, spürte ich harte Wölbungen. Brüste! Ich riß die Tunika hoch und schaute nach. Oje, die Brustwarzen wuchsen wie Bohnenkeimlinge! Ich schlug die Hände über die Missetäter. Was sollte ich nur tun?
Eines Tages, als Berengaria nicht in ihrer Kammer war, schlich ich hinein, um mich in ihrem französischen Spiegel zu betrachten. Heiliger Benedikt! Weiche, spitze Dreiecke, Bergkuppen, wo gestern noch eine Ebene gewesen war! War das denn möglich? Mein Blick fiel auf den Wäschekorb der Königin, und ich ergriff das Band, das obenauf lag. Versuchs-

weise legte ich es über die Brust und erkannte seinen Zweck, so hielten Frauen also ihre wackelnden Brüste im Zaum. Als es Abend wurde, trug auch ich so ein Band, das ich so festgezurrt hatte, daß es mir fast den Atem nahm. Damit konnte ich die wachsenden Hügel wenigstens so flach pressen, daß ich sie unter einer Tunika oder einem Hemd verbergen konnte.

Ich erschrak bei einem weiteren Blick in den Spiegel. Mein Gesicht schien sich ebenfalls zu verändern, es wurde feiner, und meine Augen wirkten riesig.

Am Ende des Monats kam Enoch wieder, ebenso die Blutungen.

Ich begrüßte ihn nervös. »Habt ihr den Tyrannen gefaßt?«

»Ja, Roderick wurde leider verwundet.«

»Nein! Sehr schlimm?«

»Ich glaube nicht, ich hab mich um ihn gekümmert. Ein Pfeil hat ihn ins rechte Bein getroffen, den Knochen hat es aber nicht gesplittert.«

Ich wußte, daß Enoch nicht prahlen wollte. Ibn-al-Latif hatte uns beiden beigebracht, was es mit Hygiene auf sich hat. Dann bemerkte ich, daß der Schotte mich anstierte.

»Du hast dich verändert.«

»Verändert?« Ich lachte. »Ich weiß gar nicht, was Ihr meint.«

»Ich auch nicht.« Er berührte meine Wange. »So zart …« Forschend kniff er die Augen zusammen. »Aber du müßtest doch …« Er betastete sein eigenes bärtiges Gesicht. »Vielleicht … Obwohl, du siehst blasser aus als sonst. Und deine Stimme ist höher …«

»Die Männer in meiner Familie reifen spät heran«, beteuerte ich hastig.

»Ja, das sieht man. Aber –« er rang nach Worten »– du reifst in die falsche Richtung.«

Bevor er mich noch weiter begutachten konnte, verschwand ich unter einem Vorwand. Mein weiblicher Geruch war mir in die Nase gestiegen, oder vielleicht bildete ich mir das vor lauter Angst nur ein. Jedenfalls badete ich mich ausgiebig in Zimtöl, um den Geruch zu überdecken.

Irgendwie mußte ich entkommen.

Sogleich bot sich eine Gelegenheit, die mein drängendes Problem mit dem Schotten erst einmal löste. Pater Orlando fragte, ob ich ihm bei der Pflege des Königs zur Hand gehen könne, er lag mit schwerem Fieber darnieder. Ich sollte den Arzt nachts vertreten.

Bei Sonnenuntergang betrat ich die Kammer, als Sir Gilbert gerade höhnisch grinsend ging. Auch ihn hatte das Fieber heimgesucht.

»Ich habe die Vorbereitungen für die Nacht getroffen«, erklärte Orlando. »Ich habe dem König Mohnblumensaft zum Schlafen gegeben. Ich glaube kaum, daß er aufwachen wird. Falls er doch wach wird, kannst du ihm Wein oder Obst anbieten; wenn er schwitzt, kühle bitte seinen Kopf. Ich bin nebenan.«

Nachdem er gegangen war, betrachtete ich den schlafenden Monarchen, den ich seit seiner Rückkehr bisher nur von weitem gesehen hatte. Er sah dünn aus und traurig. Ich zog meine Pritsche unters Fenster und öffnete es. Pater Orlando hatte das zwar untersagt, aber ich tat, was ich von Ibn-al-Latif gelernt hatte, der die christlichen Heilmethoden verspottete. Dann legte ich ein feuchtes Tuch auf die Stirn des Königs. Er murmelte etwas, öffnete kurz die Augen und schlief weiter.

Kurz darauf streckte ich mich auf meiner Pritsche aus und schlief auch bald ein.

Von einem Streit wurde ich wach. Zuerst dachte ich, es sei jemand nebenan, doch dann erkannte ich die Stimme des Königs. Mit wem stritt er sich bloß?

Ich trat mit einer Kerze an sein Bett. Seine verhangenen Augen waren nach oben gerichtet, die geschwollenen Adern an seiner Stirn sahen aus wie knorrige Wurzeln.

»Das lasse ich mir nicht bieten!«

Ich war noch nicht ganz wach und versuchte, seinen Gegner im Dunkeln ausfindig zu machen.

»Du hast mich betrogen! Mich erniedrigt! Hast mich als Mann gemacht, nur um mich zu entmannen! Und du willst ein Gott sein?«

Jetzt war ich endlich wach und erschrak über diese Blasphemie. »Still, mein König. Ihr träumt nur. Ich hol den Arzt.«

»*Deus absconditus!* Wenn dem so ist! *Richardus absconditus!*«

»Nein, das dürft Ihr nicht sagen. Er meint es nicht so!« Ich sah zu Gott auf. »Gott hat Euch nicht verlassen, mein Herr!« Und der König konnte doch nicht Gott entsagen! Er war doch auf einem Kreuzzug!

Ich schlug ein Kreuz über seinem Gesicht, um den Teufel abzuhalten.

»Er hat mich betrogen!« rief der König unter Schmerzen und schlug den Kopf in die Kissen.

»Ihr seid auf dem Kreuzzug krank geworden, aber es geht Euch bald besser. Das geht wieder vorbei …«

»Alle Väter betrügen ihre Söhne!« Der König übertönte mein Flehen. »Hat nicht sogar Gott seinen Sohn im Stich gelassen,

als er ihn am meisten brauchte? Ich war so dumm, ihm zu glauben! Nie wieder! Nie!«
Mittlerweile saß er schreiend im Bett. Ich wagte mich nicht von seiner Seite, hoffte aber, daß Orlando ihn hören und mir zu Hilfe kommen würde.
»In Richard hast du einen ebenbürtigen Gegner gefunden! Nie wieder werde ich zu Kreuze kriechen! Ich habe dich geliebt und dir gedient, nur um von dir betrogen zu werden! Aber nicht noch einmal! Ich weiß, wie man mit Vätern umgehen muß, sieh dir Heinrich an!«
Ich hielt ihm den Mund zu und flehte: »Hört bitte auf, bitte! Ihr habt Fieber, Ihr wißt gar nicht, was Ihr sagt! Bitte, mein Herr!«
Er sank schließlich zurück ins Kissen, doch seine Augen waren noch besorgniserregend geweitet. Er stieß mich grob zur Seite.
»Hab ich nicht meine Sünden bekannt? Bin ich nicht vor den Priestern, diesen Schlappschwänzen, herumgekrochen? Und immer noch quält mich diese Lust.« Endlich nahm er mich wahr und sah mich mit glänzenden Augen an. »Füll mir den Heiligen Gral; er ist bis auf den letzten Tropfen leer.«
Flink schenkte ich ihm einen Becher Wein ein. Er nahm ihn entgegen, trank aber nicht. Er studierte mich eine Weile und sagte dann: »Ich taufe dich auf den Namen Alexander! Du bist doch mein Alexander?«
Damit goß er mir den Wein über den Kopf und lachte teuflisch. »Ich bin dein Herr, Alexander, und gebe dir hiermit die Erlaubnis, mich zu heilen.«
Ich brachte vor Angst kaum ein Wort über die Lippen, doch

ich bemühte mich. »Ja, mein König. Was kann ich für Euch tun?«
»Richte mich wieder auf, zu einer griechischen Säule, mit mächtigem Schaft, die nie mehr umfällt. Kannst du das für mich tun?«
»Ihr wißt doch, daß ich Euch in jeder Hinsicht unterstütze.«
»Gut, dann brauchen wir nicht mehr darüber zu reden. Der Teufel gewinnt, und wir ziehen mit unserer unheilbaren Krankheit nach Jerusalem, dort werden wir das Kreuz retten und am Holz vergehen. So sei es, *teste me ipso.*«
Mürrisch drehte er sich zur Seite und schlief ein. Ich war davon überzeugt, daß der vom Fieber gepackte König scharfsinniger war als Männer, die alle Sinne beisammen hatten. Seinen merkwürdigen Äußerungen schien ein gewisser tiefer Sinn innezuwohnen.

Pater Orlando merkte am nächsten Morgen, daß etwas nicht stimmte, und befragte mich gründlich über den Zustand des Königs. Richard schlief fest. Stockend erzählte ich dem Arzt, daß er ein bißchen getobt hatte, ich aber seine unzusammenhängenden Worte nicht verstanden hatte.
Ich wurde entlassen, um mich auszuruhen; aber ich war viel zu aufgeregt, um zu schlafen. Als ich am Abend wieder antrat, sagte Orlando, daß der König bei Bewußtsein gewesen war und daß man ihn über den Stand seiner Flotte unterrichtet hatte. Jetzt schlief er wieder.
Doch als ich das Fenster öffnete, sagte er: »Danke, Alex, hier drin ist es wirklich stickig.«
Ich ging zu ihm. »Wie geht es Euch, mein Herr?«
»Besser.«

Er sah viel besser aus, auch weil er rasiert worden war. Sein Haar war sauber, die Augen weit geöffnet, und der üble Geruch wurde von schwerem Zedernholzduft überdeckt.

»Findest du mich abstoßend?«

»Nein, mein Herr.«

»Deine erste Lüge, ich bin abstoßend, ich mag mich ja selbst nicht.«

Atemlos versicherte ich ihm, daß dem nicht so war. Ich wagte jedoch nicht, meine tatsächlichen Gefühle zu enthüllen.

Er ergriff meine Hand. »Letzte Nacht hast du mir versprochen, mich zu heilen.«

Es wunderte mich, daß er sich daran erinnerte. »Ja, wenn ich kann.«

»Du bist mein auserwählter Arzt, das weiß ich. Und jeder gute Arzt beginnt mit einer Diagnose. Was fehlt mir, Alexander?«

»Ihr habt Fieber.«

»Das ist das Symptom, aber nicht die Krankheit. Komm schon, versteck dich nicht hinter deinen jungen Jahren. Du hast doch einen Kopf und zwei Augen.«

Anscheinend hatte ich seine Fortschritte doch überschätzt, er war immer noch sehr verwirrt.

»Ihr habt die gleiche Krankheit wie die anderen auch, eine Seuche, ich weiß nicht, wie sie heißt.«

Er ließ meine Hand los und verschränkte die Arme hinterm Kopf. »Es ist paradox. Ich bin nicht krank, muß aber behandelt werden. Die Behandlung ist alle Schmerzen wert, denn sie allein bringt Freude.« Er drückte meine Hand so fest, daß ich zusammenzuckte.

»Ihr müßt mir nur sagen, was ich tun soll«, wiederholte ich verwirrt.

»Was gibt es noch zu sagen?« Seine Brauen schossen fragend in die Höhe. »Darf ich einen scharfen Verstand verlangen, wenn ich einen geschmeidigen Körper aussuche? Wie dem auch sei, ich bin kein Philosoph. Alex, ich bin meine eigene Dreifaltigkeit: Fleisch, Luft und das Teil, das regiert. Du wirst dich um den Regenten kümmern, kurz: Wir werden uns lieben.«

Erschrocken trat ich einen Schritt zurück. Das konnte er nicht ernst meinen!

»Aber verstößt das nicht gegen …? Und Eure Königin?« entfuhr es mir.

»Das reicht, Alex. Laß das meine Sorge sein.«

Ich nickte.

Er legte sich zurück und schloß die Augen. »Ich dachte, es würde dich freuen, daß ich dich so unwiderstehlich finde«, sagte er verbittert. »Was mich betrifft, jeder Krieger muß wohl mal die Waffen strecken. Richard, niedergestreckt von einem zarten Kinde – wie alt, neun Jahre?«

»Ich bin gerade zehn geworden.«

»Zehn! Gott steh uns bei.«

Während ich noch darüber nachdachte, ob ich ihm mein wahres Alter gestehen sollte, ergriff er meine Hand und öffnete seine Augen. Erstaunt sah ich, daß sie feucht glänzten. Er küßte meine Hand und lächelte gequält.

»Wäre ich auch zehn Jahre alt, dann könnte man sagen, ich hätte guten Geschmack; ich glaube nämlich, du bist sehr intelligent und sensibel. Du liebst mich. Hab ich recht, Alex?«

»Ja, sicher liebe ich Euch.«

»Gut.« Er versank wieder in dunklen Gedanken. »Unser Schicksal können wir uns nicht selbst aussuchen, wir folgen unseren Sternen.« Seufzend preßte er die Lippen zusammen. »Wenn ich wieder ganz genesen bin und zu Felde ziehe, wirst du in meinen Pavillon ziehen und mit mir leben. Hast du verstanden?«

»Ja.«

»Die Kriegswirren werden uns Deckung bieten, und außerdem haben wir Ambrosius, Mercadier und die anderen Heerführer als Ehrengarde. Wir müssen natürlich sehr vorsichtig sein, und niemand darf etwas merken.«

»Die wissen also, daß ich …«

»Natürlich.«

Seltsamerweise war das eine Erleichterung.

»Soll ich Enoch einweihen?«

Der König fuhr in die Höhe. »Enoch! Bei Gottes Kehle, nein!«

»Es würde die Sache vereinfachen«, widersprach ich dummerweise.

Er erregte sich sehr und wollte aufstehen. »Ich befehle dir, diesem mißtrauischen Kerl nichts zu sagen!« Mit gerunzelter Stirn schloß er die Augen und seufzte. »Ich muß Enoch irgendwie loswerden.«

Enoch loswerden? Ich erschauerte.

»Reg dich nicht auf, mein Lieber.« Er führte meine Hand an seine Lippen. »Wir haben also eine Lösung gefunden. Ich kann auf deine Diagnose verzichten. Ich kenne meine Krankheit, es ist ganz einfach. Ich liebe dich.«

Beleidigt zog ich meine Hand zurück. Er nannte mich eine Krankheit! Lächelnd streckte er seine Finger nach meinem Gesicht aus.

»Entschuldige, Alexander, ich muß mich verbessern. Nicht

an der Liebe *per se* bin ich erkrankt, sondern weil ich dachte, es sei eine Sünde.«

Schweigend streichelte er meine Wange, während ich über seine rätselhaften Worte nachdachte. Ich hatte Angst vor dieser sündigen Leidenschaft.

»Leg dich hin, Alexander, wir wollen jetzt schlafen.« Er küßte meine Hand. Ich rollte mich auf meiner Pritsche zusammen und lauschte dem regelmäßigen Atem des Königs. Ich glaube, ich schloß die ganze Nacht kein Auge.

24

Beklommen bestieg ich das Schiff, das uns ins Heilige Land bringen sollte, der Zeitpunkt der Abreise hätte kaum ungünstiger sein können, denn ich hatte wieder meine Blutungen. Würden jetzt alle großen Ereignisse mit diesem allmonatlichen Ärgernis zusammenfallen?

König Richard saß rittlings auf dem eisernen Rammsporn der *Trenchemer,* die in den Wellen schaukelte. Ein Ruderer stieß einen anderen an und sagte: »Die Ehe scheint unserem König gut zu bekommen, sieh nur, wie fröhlich er ist. Gott segne ihn. Den Antichristen Saladin kann man nur bemitleiden, in Richard hat er einen ebenbürtigen Gegner gefunden.«

Der König stieg lächelnd und winkend vom Rammsporn.

»Es lebe unser König!« riefen die Matrosen begeistert und winkten zurück.

Doch Richards Lächeln galt mir, die ich im Schneidersitz auf einer Heringskiste saß. Ich konnte mich nicht zurückhalten und winkte ihm zu. Enoch beobachtete uns argwöhnisch.

Einige Zeit später rief der Späher vom Mast: »Land in Sicht! Heiliges Land in Sicht!«

Alles eilte an die Reling, um einen ersten Blick auf Gottes Heimat zu werfen, doch es war nur ein verschwommener Fleck zu sehen. Eine Stunde später konnten wir Einzelheiten ausmachen. Schützend legte ich die Hand über die Augen und blickte ins gleißende Sonnenlicht: Sanddünen, nichts als windverwehte Sanddünen. Am Horizont ragten bedrohliche Felsspitzen in den Himmel.

»Da ist es also, das Land, in dem Milch und Honig fließen«, bemerkte Enoch trocken. »Wenn man bedenkt, daß Gott auch Schottland zur Wahl stand! Vielleicht wollte er vermeiden, daß Jesus an seiner irdischen Heimat Gefallen fand.«

Auf dem Weg nach Tyrus schipperten wir den ganzen Nachmittag die öde Küste entlang. Der König war aufgeregt, ohne Unterlaß rannte er von einem Ende des Schiffs zum anderen und redete ununterbrochen. Auch mich bedachte er mit Worten und Berührungen, doch am Ende des Tages befremdete mich diese Begeisterung für den Kreuzzug nur noch. Vielleicht weil ich ein Mädchen war oder weil ich eigentlich nach Hause wollte – oder wegen Roderick.

Enoch und ich bemühten uns sehr um Rodericks nässende Beinwunde, dabei griffen wir auch auf Ibn-al-Latifs Kenntnisse zurück. Enoch wusch die Wunde zuerst mit Meerwasser, dann mit Wein aus und nähte sie schließlich sorgfältig mit einem weingetränkten Faden. Roderick mußte sein Bein zum Trocknen in die Sonne legen, und Enoch bereitete für die Nacht eine Packung aus Kräutern und Zitronensaft vor.

»Ich trag Euch an Land«, versprach er dem armen Ritter, »denn die Naht muß erst heilen. Falls ich in Tyrus Holz finde, bau ich Euch eine Krücke.«

»Danke«, stöhnte Roderick. Enoch ging, um die Schüsseln auszuleeren, und Roderick sagte: »Dein Bruder ist ein Heiliger, Alex.«

»Ein Heiliger!« protestierte ich. »Dann ist Saladin wohl der Erzengel Gabriel!«

Mißbilligend schüttelte Roderick den Kopf. »Schäm dich, Alex. Er liebt dich, als wärst du sein eigenes Kind.«

»Das mag sein, aber mein Land liebt er noch viel mehr. Er hat mein königliches Schreiben gestohlen, damit er allein Anspruch auf meine Burg erheben kann. Das ist wahr, Roderick, ihn interessieren nur mein Titel und mein Land. Soll das etwa Liebe sein?«

Roderick schüttelte den Kopf, er war noch benommen von dem Wein, den ich ihm gegen die Schmerzen eingeflößt hatte. »Wie dem auch sei, ich werde nie vergessen, welch gute Freunde ihr beide mir seid. Du mußt mir irgendwann einmal mehr von deiner Burg erzählen. Ich habe einen einflußreichen Onkel im Norden, vielleicht kann der dir helfen.«

Enoch kam wieder zurück, und wir brachen das Gespräch ab. Der König setzte sich für einige Augenblicke zu uns. Wir sollten unsere schönste Kleidung anziehen, sagte er überschwenglich, damit wir in Tyrus einen guten Eindruck machten. Der Kommandant dort war Graf Konrad von Montferrat, der König von Jerusalem werden wollte, sobald Richard die Stadt zurückerobert hatte.

»Er wird uns königlich empfangen«, prophezeite Richard, »und um unsere Autorität zu untermauern, müssen wir unsere Macht demonstrieren.«

Er hatte auch schon die anderen informiert, plötzlich rasierten und kämmten sich alle Ritter und versuchten, das Beste aus sich zu machen.

Wir erreichten den Hafen von Tyrus, und Gott ließ es auf einmal windstill werden. Zum ersten Mal sahen wir Spuren menschlicher Zivilisation in dieser unwirtlichen Gegend: Handelsboote hüpften im Wasser, und am Kai warteten

Kamele darauf, beladen zu werden. König Richard entsandte Priester Nicholas, Graf Leicester und Baldwin von Bethune, um Erlaubnis einzuholen, die Stadt zu betreten. Wir erwarteten voller Ungeduld ihre Rückkehr, und Richard ließ unterdessen die Musiker aufspielen, um die Ankunft im Land Gottes zu feiern. Es schien eine Ewigkeit zu dauern, bis unser kleines Boot zurückkam – allein.

»Bei Gottes Kehle, ich habe eine kleine Flotte erwartet«, sagte der König erbost.

Wutentbrannt kamen unsere Boten an Deck.

»Graf Konrad bedauert, daß er dem englischen König den Zugang zur Stadt nicht genehmigen kann«, berichtete Leicester mit eisiger Stimme.

»Der Graf kann dem König den Zugang nicht genehmigen?« fragte Richard, dessen Enthusiasmus verflogen war. »Was soll das heißen?«

Baldwin erklärte: »Konrad sagt, er unterstehe dem Befehl König Philipps von Frankreich. Offensichtlich hat König Philipp einen Boten geschickt und ausrichten lassen, daß Graf Konrad Euch auf keinen Fall in der Stadt willkommen heißen soll.«

Verärgert preßte Richard die Lippen zusammen, dann durchschnitten seine Worte die Stille: »Niemals wird Konrad König von Jerusalem werden, und was König Philipp betrifft, so möge Gott ihm beistehen.«

Langsam glitten wir entlang der Küste von Tyrus. Die abflauende Brise war den Ruderern keine große Hilfe. Der Großteil unserer Flotte lag noch im Hafen von Tyrus. Nach und nach traten die Felsen an der Küste in den Hintergrund, und wir erreichten die Ebene von Akkon, in der Nähe der gleichnamigen Stadt. Am späten Nachmittag waren wir am Ziel unserer einjährigen Reise, vor uns erstreckte sich ein riesiger, steinerner Festungswall, der wie eine Hand ins Meer ragte und uns in den tödlichen Hafen zu weisen schien. Oben auf der Mauer standen weißgekleidete Gestalten und starrten auf uns hinab – das war also der Feind.

Wir ruderten aufs Meer hinaus, um einer Begrüßungssalve sarazenischer Pfeile zu entgehen; südlich der befestigten Stadt näherten wir uns wieder der Küste. An der Mündung des Flusses hielten Christen die Stellung. Während wir von der Reling aus den wohlgesinnten Streitern entgegensahen, trieb die *Trenchemer* in den Hafen. Seit der Papst zum ersten Mal zum Kreuzzug aufgerufen hatte, kämpften hier Barone und Ritter. Jubelnd und winkend hießen die Kreuzfahrer den König, von dem sie endlich den ersehnten Sieg erhofften, willkommen. Richard stand auf dem Kastell, der scharlachroten Verlängerung des Schiffes, und verkündete lauthals seine Pläne: »Binnen eines Monats besiegen wir Akkon! Und Jerusalem noch vor dem großen Regen! Weihnachten sind wir wieder zu Hause!«

Die Menschen an Land verstanden ihn zwar nicht, doch mein Herz hüpfte hoffnungsvoll bei den Worten ›Weihnachten sind wir zu Hause‹. Doch Enoch holte mich auf den Boden der Tatsachen zurück.

»Was soll dieses Gefasel?« fragte er zynisch. »Ob er wirklich glaubt, daß er in vier Wochen erreichen kann, was andere in vier Jahren nicht geschafft haben?«

»Vier Jahre!« schrie ich.

»Der König denkt, er hat den Sieg schon in der Tasche, das

wird sich erst noch zeigen. Außerdem rächt es sich meistens, wenn man den Mund zu voll nimmt.«

Just in dem Augenblick kam Bewegung in die Menschenmenge an der Küste, König Philipp und Gefolge ritten ein. König Richard täuschte mit verzerrtem Mund ein breites Lachen vor. Zur Antwort wedelte König Philipp mit dem Banner, hinter dem sein Gesicht wie ein blasser Schatten hervorlugte. Richard stieg in seine Barke, und sofort wimmelte es im Wasser von begeisterten Kreuzfahrern, die König Richard vor lauter Enthusiasmus fast in die Tiefe zogen. Musik erklang, Geistliche schwenkten ihre Fahnen und hoben Kelche in die Höhe; manche fielen weinend auf die Knie, andere taumelten vor Freude. Unter Lachen wurde Richard emporgehoben, er bekreuzigte sich, und sie senkten ihn herab auf sein Schlachtroß, den wunderbaren Hengst Fauvel, der Isaak Komnenos gehört hatte.

Richard begrüßte Philipp mit einem Kuß. Langsam ritten sie nebeneinander auf den Hügel Toron zu, wo das königliche Lager aufgeschlagen worden war.

Als Enoch und ich endlich dem königlichen Gefolge hinterherritten, waren Richard und Philipp schon weit vorne. Nun waren wir also endlich im Heiligen Land, schritten auf dessen aufgesprungener Erde und atmeten die dunstige, nach faulen Eiern stinkende Luft ein.

Vom Strand aus erklommen wir eine Böschung und erreichten eine wahllos zusammengewürfelte Stadt. Unzählige Handwerker gingen in Lehmhöhlen ihrem Gewerbe nach. Als wir uns endlich einen Weg durch dieses Labyrinth gebahnt hatten und am anderen Ende herauskamen, war aus dem Schwefelgelb des Himmels ein dunkles Braun geworden.

Wir trafen auf Roderick, der mit schmerzverzerrtem Gesicht an einem Erdhügel lehnte.
»Ihr habt Euch überanstrengt«, stellte Enoch fest. »Alex, faß mich am Handgelenk, am anderen auch. Kommt, Roderick, wir tragen Euch.«
Schwach protestierend nahm der Ritter das Angebot an und ließ sich auf dem Sitz nieder, den unsere verschränkten Hände bildeten. Wir kämpften uns hangaufwärts. Enoch trug fast die ganze Last, und wir kamen nur schleichend vorwärts. Neben uns huschten Ratten durch vertrocknetes Palmblattwerk. Wir schauten zurück auf das Gelände unten: Vor dem zimtfarbenen Feuer von Fackeln und Laternen tanzten die Kreuzfahrer ausgelassen zur Musik von Trommeln und Flöten, sie sahen aus wie zappelnde Skelette. Kurz darauf erreichten wir König Richards Pavillon. Dort erklärte ein Schotte Enoch in breitem Dialekt, wie wir uns in der Wildnis schützen konnten. Enoch übersetzte: Wir sollten Tag und Nacht ein Feuer unterhalten, denn im Sumpf dort unten wimmelte es von Giftschlangen. Es gab auch Skorpione, weshalb wir nie barfuß gehen sollten. Nach Wasser sollten wir stets einen Fuß tief graben, anderes Wasser könnte vergiftet sein. Im Fluß gab es Krokodile, und im Schlaf sollten wir immer einen Dolch griffbereit halten, falls der Feind uns entführen wollte. Häufig seien Nahrung und Wasser vergiftet, darauf mußte man aufpassen. Er berichtete, daß Ranulf von Glanville und der Erzbischof von Canterbury am Fieber gestorben seien, weil sie diese Vorsichtsmaßnahmen nicht befolgt hatten. Was die Schlacht anging: Saladin hatte sich heute wegen Richards Ankunft ritterlich zurückgehalten, morgen würde es ganz anders aussehen.

Als ich mich später schlafen legte, war ich vor Angst steif wie ein Brett. Durch die Dunstglocke, die über Akkon lag, sah ich auf zu den verschwommenen Sternen und bereitete mich auf eine schlaflose Nacht vor. Wie lange würde ich hier wohl überleben?

25

Ich war doch eingeschlafen; von einem Hustenanfall geschüttelt schreckte ich in die Höhe. Alles war still, und im Düstern der frühen Morgenstunde konnte ich noch nichts erkennen. Ich entfernte mich ein wenig vom Zelt, um meine Geschäfte zu erledigen.

Ich war gerade fertig, als die Sonne in einem Blitzstrahl über den Himmel schoß und am Fuße des Hügels explodierte.

»Die Welt geht unter!« heulte ich.

Getrieben von blankem Entsetzen sprang ich auf Enochs Brust und schrie: »Steht auf und bittet um Vergebung! Wir fahren zur Hölle!«

Eine zweite Sonne, die einen stinkenden Schweif hinter sich herzog, flog durch die Luft. Schatten huschten vorbei, und wir waren umgeben von Geschrei, hämmernden Trommeln und Dudelsackgetöse, Aufregung und Chaos überall.

»Griechisches Feuer«, stellte Enoch fest und schob mich zur Seite. »Trink am besten noch mal was und iß einen Happen, das ist vielleicht die letzte Gelegenheit.«

»Glaubt Ihr etwa, wir sterben?« schrie ich und klammerte mich wieder an ihn.

»Wir sind auf einem Kreuzzug, Kleiner, das ist nun mal eine riskante Sache.« Er schnallte sich zwei hölzerne Schilde um.

»Ihr werdet doch nicht kämpfen!«

»Ich seh mir die Sache erst mal an. Du rührst dich nicht vom Fleck und wartest, bis ich zurückkomme.«
»Wann kommt Ihr denn wieder?« schrie ich hinter ihm her.
Er drehte sich noch einmal um, nahm mein Gesicht in die ölverschmierten Hände, küßte mich auf die Stirn und sagte: »Alex, auch wenn du mir manchmal schrecklich auf die Nerven gehst und wir in einer ziemlichen Scheißlage stecken: Ich hab dich lieb.«
Mit diesen Worten verschwand er. So viel Angst hatte er mir noch nie eingeflößt. Ihm waren noch nie liebevolle Worte über die Lippen gekommen, es war anscheinend wirklich sehr ernst. Versteinert saß ich da. Plötzlich landete ein Lederkübel in meinem Schoß und riß mich aus der Starre. Vor mir stand Sir Gilbert.
»Sammel Pisse ein, wir müssen die Tierhäute einweichen«, sagte er. »Befehl des Königs.«
»Pisse soll ich sammeln? Wo denn?«
Er lachte böse. »Melk die Männer einfach wie Kühe. Da unten auf dem Schlachtfeld gibt's viele, die nur darauf warten, endlich mal ihre Blase zu entleeren. Beeil dich, der König hat schon den Belagerungsturm aufstellen lassen und will, daß er am Ende des Tages mit pissegetränkten Häuten bedeckt ist. Das ist das einzige Mittel gegen griechisches Feuer.«
Er ging, und ich sah, daß auch er einen Eimer trug. Was für eine blödsinnige Aufgabe, aber anscheinend notwendig – schließlich war es eine Anordnung des Königs.
Ich langte nach dem Eimer und machte mich auf den Weg. Zuerst fand ich mich nicht zurecht, dann lief ich den gestrigen Weg zurück. Von dem Erdhügel, an dem wir Roderick aufgelesen hatten, schlängelte sich ein Pfad zum Schlachtfeld.

Ein Soldat nach dem anderen trottete an mir vorbei; ihre Köcher waren mit Pfeilen gefüllt, sie trugen grobe, hölzerne Schilde. Ich schob mich vor und sah nach unten. Unzählige Gräben durchzogen das Schlachtfeld, als hätten tausend Maulwürfe gewühlt. Es dauerte eine Weile, bis ich merkte, daß die Maulwurfshügel aus Toten bestanden. Aufgeblähte Pferdeleichen und Soldaten in verschiedenen Stadien der Verwesung, es stank nach ranziger Butter und verbranntem Zucker. Mit angehaltenem Atem reihte ich mich ein.

Von hinten traf mich ein Schlag, ich fiel der Länge nach hin und landete auf einem Ritter mit leeren Augenhöhlen und zungenlosem Mund.

»Bist du verrückt? Runter mit dir!«

Ich blickte mich verwirrt um.

Ein Schütze drohte mir mit der Faust. »Lauf nicht in der Schußlinie rum,Junge! Bleib unten!«

Ich schlängelte mich durch einen Teppich aus Leichen zum nächsten Schützengraben und stolperte eine Treppe aus leblosen Körpern hinunter. Wie von Sinnen saß ich in dem makabren Loch und wußte nicht mehr, was ich hier überhaupt sollte. Dann erinnerte ich mich an meine Mission, rappelte mich auf und näherte mich einem sehr beschäftigten Schützen. Zaghaft tippte ich ihn an.

»Müßt Ihr vielleicht Wasser lassen, Sir?«

Er schlug meine Hand weg und schoß einen Pfeil ab.

»Denn falls dem so ist, wäre ich Euch sehr dankbar, wenn Ihr mir Euer Wasser überlaßt.«

Ungläubig wandte er sich mir zu. »Wie bitte?«

»Ich sammle Urin, Sir.«

»Und ich bin der König von England! Joe, komm mal her!«

Ein anderer Streiter kämpfte sich durch den Graben.
»Dieser Bursche hier möchte deine Pisse, Joe. Ich hab ihm gesagt, du pinkelst reinen Honig, er möchte mal probieren.«
Um uns versammelte sich eine Menschentraube.
»Ich brauche Urin«, rief ich verzweifelt, »gegen das griechische Feuer. Für König Richard. Nur damit kann der König seine Kriegsmaschinen schützen.«
Es folgte eine peinliche Stille.
»Er trägt die königlichen Farben.«
»Und ich hab schon mal gehört, daß Tierhäute in Urin eingeweicht werden.«
Einer nach dem anderen spendete ein paar Tropfen, doch bei dieser Geschwindigkeit würde es Wochen dauern, bis der riesige Turm des Königs bedeckt war. Langsam und mit mäßigem Erfolg schritt ich den Schützengraben ab, dann spähte ich hinüber in den nächsten. Zu meiner Überraschung sah ich Enoch. Ich hockte mich neben einen verwesten Oberkörper und ordnete meine Gedanken. Ich hatte jetzt ungefähr drei Becher Urin gesammelt, kaum der Rede wert, die sollte ich wenigstens zu meinem Vorteil einsetzen. Ich rannte rüber zu Enoch.
»Hab ich dir nicht befohlen, im Zelt zu bleiben?« schrie er. Er hockte sich neben mich.
»Ja, aber König Richard sagte … er hat befohlen …« Ohne weitere Worte schöpfte ich einen Becher Urin und goß ihn über Enochs Kopf. Er japste nach Luft, spuckte, und seine Adern traten hervor.
»Um Himmels – verdammt! Ich bin total bepißt!«
»Damit Ihr kein Feuer fangt«, sagte ich. »Ich will nicht, daß

wir verbrennen!« Und schüttete mir ebenfalls einen Becher über den Kopf.

Er schnappte sich einen Fetzen Stoff von einer Leiche und rieb sich kräftig ab. »Ich glaub, du hast den Verstand verloren, Kleiner. Komm, ich bring dich zurück zum Zelt.«

»Nein, der König hat es befohlen, aber ich krieg nicht genug für den Turm zusammen.« Ich schilderte meine Aufgabe.

Er hörte verdutzt zu und schüttelte den Kopf. »Das ist unglaublich, aber so was kannst selbst du nicht erfinden. Bleib unten.«

Vorsichtig lugte er über den Rand des Schützengrabens, schnappte meine Hand und zog mich übers Schlachtfeld. Wir waren noch nicht weit gekommen, als mich plötzlich jemand von hinten schnappte und Enoch zu Boden stieß.

Ich saß auf König Richards Pferd und sah auf Enoch hinab.

»Was fällt Euch ein, den Jungen hierherzubringen!« rief der König und hob sein Schwert.

Enoch rappelte sich auf. »Ihr habt ihn doch hergeschickt mit dieser verrückten Aufgabe.«

»Sir Gilbert!« Ich versuchte den Kampflärm zu übertönen. »Er hat mich geschickt, mein Herr!«

»Was?« Sein Pferd stieg, und Richard hatte Mühe, es wieder unter Kontrolle zu bekommen.

»Sir Gilbert – er hat mich losgeschickt, Urin einzusammeln für die Tierhäute!« Ich deutete auf den leeren Eimer.

»Von Soldaten?« Er kümmerte sich nicht weiter um Enoch, sondern gab seinem Pferd die Sporen, und wir sprengten den Hügel hinauf zur Stadt. Als wir außerhalb der Schußlinie waren, zügelte der König seinen Hengst.

»Sag das noch mal, Sir Gilbert hat dir also aufgetragen, auf

dem Schlachtfeld Urin von den Männern einzusammeln? Denk genau nach, ich will keinen Fehler machen.«
Ich auch nicht, denn ich hörte die Drohung in seiner Stimme, aber was sollte ich sagen? Enoch traf keine Schuld. »Ich sollte sie wie Kühe melken.« Beschämt ließ ich den Kopf hängen.
»Und Sir Gilbert sagte, ich habe das befohlen?«
»Jawohl.«
Ich sah ihn an, die roten Pusteln traten hervor, und in seinen Augen stand der Tod. Jetzt bemerkte er meinen Gestank und setzte mich ab. »Die anderen Pagen sollten sich um die Tierhäute kümmern, die holen den Urin allerdings von Pferden.«
Natürlich! Warum war ich nicht darauf gekommen? Sir Gilbert, dieser Teufel!
König Richard betrachtete mich amüsiert. »Alex, du wirst mich heute abend bedienen.« Er versuchte, mit dem Schwert die Fliegen von mir fernzuhalten. »Wasch dich aber vorher. Noch mehr Ungeziefer können wir nicht gebrauchen.«
»Ja, mein Herr.«
Er ritt davon.

Mein Haar war noch feucht von dem reinigenden Bad im Meer, als ich König Richards Pavillon betrat. Ein Pisaner hatte dem König und dessen Ehrengast, dem Grafen von Champagne, schon Wein gereicht. Ich griff nach einem Tablett, um zu helfen. Die Unterredung nahm die halbe Nacht in Anspruch, ich hörte kaum zu, doch ihren Gesichtern nach ging es um sehr ernste Dinge. Sie kamen langsam zum Ende, und ein Baron nach dem anderen verabschiedete sich. Als letzter zog sich der Graf zurück. Der König geleitete ihn zur Tür.

Jetzt waren wir allein. Mir kam der Gedanke, daß dies vielleicht unser erstes Tête-à-tête werden sollte, und meine Knie wurden weich.
»Ich hoffe, du hast dich von der ungewöhnlichen Taufe erholt«, sagte Richard mit blitzenden Augen. »Was Sir Gilbert betrifft, so hab ich dich gerächt. Er kann jetzt selbst herausfinden, wie es auf dem Schlachtfeld zugeht. Ich habe ihn zum gewöhnlichen Fußsoldaten degradiert.«
Ich wußte nicht, was ich dazu sagen sollte. Es war klar, daß Sir Gilbert keinen Tag in diesem Tal des Todes überleben würde.
»Komm, hilf mir ins Bett.«
Seine Hand lag schwer auf meiner Schulter, und wir wankten zu seiner Schlafstatt mit den Leopardenfellen. Ging es jetzt los? Ich konnte keinen klaren Gedanken mehr fassen. Er sank auf die Kante der Pritsche und sah mich an. Ich sah ihn ganz verschwommen, wie unter Wasser; einmal näherten sich seine schönen Gesichtszüge, dann sah ich sie wieder aus der Ferne. Ich war einer Ohnmacht nahe.
Statt dessen brach der König zu meinen Füßen zusammen.

26

Richard würde überleben. *Deo gratias,* doch er war sehr krank. Die Lage wurde durch seine alte Krankheit verschlimmert, außerdem hatte er sehr hohes Fieber. Nicht genug, daß ihm Haare und Nägel ausfielen, sein Gesicht bestand fast nur noch aus nässenden Entzündungen; sein Zahnfleisch blutete und ging zurück, bald würde er alle Zähne verlieren.

Er heulte vor Zorn wie ein verwundetes Tier, und es war nicht ungefährlich, sich ihm zu nähern.

Als Orlando ihn zur Ader ließ, schleuderte Richard die Schüssel quer durchs Zelt und schrie: »Haut ab mit Euren verdammten Blutegeln! Ich muß hier raus! Ich muß das Gotteswerk vollenden!«

Im nächsten Atemzug lästerte er über denselben: »Richard kriegst du nicht klein! Ich mit meinem Löwenherzen biete dir die Stirn! Ich, ich allein werde Jerusalem erobern! Und wenn du mir nicht beistehst, wird mir der Teufel helfen!«

Die Priester bekreuzigten sich, und Pater Nicholas schlug eine Teufelsaustreibung vor, doch davon wollte der König nichts wissen. Sollten sie doch Gott austreiben, wenn sie seinen Feind suchten, schrie er.

Ich kauerte während der Nacht in einer Ecke des Pavillons; *alles* hätte ich getan, um ihm irgendwie Linderung zu verschaffen. Bei Morgengrauen betrat König Philipp das Zelt.

Er beugte sich über Richard und betrachtete ihn genau. »Nun, Ihr scheint ja tatsächlich sehr krank zu sein.«
»Eure Besorgnis ist herzergreifend.«
»Soll ich meinen Priester schicken?«
»Das kommt darauf an. Die Letzte Ölung möchte ich noch nicht, falls Ihr darauf anspielt.«
»Regt Euch nicht auf, Cousin, ich wollte nur die Dämonen vertreiben lassen, die dem Priester in Messina entgangen sind.«
Richard stützte sich auf den Ellbogen. »Könnt Ihr den Angriff um einen Tag verschieben? Ich versichere Euch, daß dieser Rückfall nur von kurzer Dauer ist.«
»Das mag sein.« König Philipp wandte sich ab und machte in Richtung des Herzogs von Burgund eine verächtliche Geste. »Doch Ihr wißt, daß ein solcher Aufschub schreckliche Folgen haben kann.« Lächelnd sah er König Richard an. »Wenn Saladin erfährt, daß Ihr krank seid, wird er umgehend angreifen.«
Außerhalb des Pavillons waren aufgeregte Stimmen in einer fremden Sprache zu hören. Nach einer gedämpften Vermittlung betrat ein Sarazene das Zelt, er hatte einen großen Korb dabei. Ihm folgte Richards Übersetzer.
»Sultan Saladin übersendet Euch die besten Grüße«, sagte der Übersetzer, »er bittet Euch, dieses Geschenk anzunehmen, und hofft auf Eure baldige Genesung.«
Wir bestaunten den Berg schönster Früchte, der sich auf einer Lage gestoßenen Eises türmte: Melonen, Trauben, Feigen, Datteln und andere, die ich nie zuvor gesehen hatte. Bemerkenswert war das Eis selbst; der Sarazene sagte, man habe es aus den Bergen geholt, um Richards Fieber zu senken.

»Er wird Euch täglich solch einen Korb schicken, bis es Euch bessergeht«, erklärte der Übersetzer.
»Soviel also zu Geheimhaltung«, bemerkte Richard trocken, »und Feindschaft. Ich bin sehr beeindruckt von dieser Gabe meines Feindes, der meine Genesung beschleunigen möchte, zumal mein eigener Bruder nichts dagegen hätte, wenn ich an meinen Sünden verendete.«
»Ich glaube, Ihr solltet mich nicht ›Bruder‹ nennen. Wenn ich mich recht erinnere, habt Ihr Euch bei unserer letzten Unterredung von mir losgesagt. Wahrscheinlich habt Ihr mit Saladin mehr gemein, als Ihr denkt, denn auch er ist ein Schmeichler, der vor hinterhältigen Taten nicht zurückschreckt. Jetzt entschuldigt mich bitte, ich muß aufs Feld.«
»Um anzugreifen?«
»Ja.«
»Philipp, vergeßt für einen Moment unseren Zwist. Das wäre ein taktischer Fehler. Offenbar weiß Saladin um unsere erschöpften Kräfte. Er wird Euch abschlachten oder aber mit geringer Anstrengung zurückschlagen.«
»Laßt Euch das Obst schmecken.« Damit verließ der französische König das Zelt.
»Verflucht sei er«, erschöpft sank Richard in die Kissen.
Die Ärzte eilten herbei und verteilten das Eis auf seiner Stirn, um der zunehmenden Hitze zu begegnen; Richards Zelt war zwar so konstruiert, daß eine stetige Brise hereinkam, trotzdem wurde es auch hier immer stickiger. Ich schreckte aus meiner Erstarrung auf, als der König meinen Namen nannte.
»Alex, du bleibst die beiden nächsten Nächte bei mir.«
Ich nickte.

Orlandos Blick glitt über meine schwächliche Statur. »Er ist sehr klein, mein Herr, und der Heilkünste nicht kundig.«
»Wenigstens wird er nicht ständig beten«, sagte der König verbittert.

Die Nacht verlief ohne Zwischenfälle. Wir hatten beide einen erholsamen Schlaf, und ich verließ das königliche Zelt bei Sonnenaufgang.
Ich brauchte länger als eine Stunde, bis ich unser Zelt erreichte. Meine Blutung hatte aufgehört, und ich sammelte Material, um ein neues Glied zu basteln, das alte hatte ich weggeworfen. Als ich das Zelt erreichte, verbrannte Enoch gerade die blutigen Stoffetzen!
Bevor ich vor Schreck umfiel, setzte ich mich schnell hin. Nach langem Schweigen zwang ich mich, ihn anzusehen. Er runzelte die Stirn, schien aber nicht mißtrauisch zu sein. Ich konnte mich nicht zurückhalten und fragte: »Was verbrennt Ihr da?«
»Irgend jemand hat einen alten Verband in unserem Zelt liegenlassen.«
Ich schwieg.
Er warf die letzten Fetzen ins Feuer und legte noch etwas Holz nach. »Was hast du letzte Nacht gemacht?« fragte er gleichgültig.
Ich verschluckte mich fast. »Nichts. Das heißt, ich hab geschlafen. Der König war ziemlich benommen.«
»Ich hoffe, du hast ihn nicht geküßt.« Er sah mich durchdringend an. »Du könntest dir nämlich schnell das Fieber holen.«
»Warum sollte ich ihn küssen?« fragte ich bedrückt.
Er verzog das Gesicht, sagte aber nichts.

»König Richard hat gesagt, daß Ihr mit mir zu einer Stelle gehen sollt, von wo aus wir das Schlachtfeld überblicken können. König Philipp greift heute wahrscheinlich an, und ich soll einen Bericht für Ambrosius schreiben, damit er die Schlacht in seiner Chronik erwähnen kann. Er ist ja immer noch in Tyrus.«

»Ich weiß«, sagte Enoch, »aber du kannst doch ein Katapult nicht von einem Butterfaß unterscheiden.«

»Ihr könnt es mir ja erklären.« Ich lächelte und versuchte, meine Grübchen zu betonen, doch das war die falsche Strategie.

»Hör auf zu schäkern, Alex.« Er stand auf und ließ seine Augen mit unverhohlener Neugier über meinen Körper gleiten. Heiliger Benedikt, es wurde Zeit, daß ich das neue Glied anpaßte.

Enoch fand heraus, daß der Glockenturm der höchste Aussichtspunkt war. Auf einem kurvenreichen Weg kamen wir zu dem zweigeschossigen Gerüst, an dem außen eine Leiter nach oben führte. Wir erklommen den wackligen Turm.

»Nicht schlecht«, sagte Enoch, als sich uns der Ausblick darbot. »Von hier haben wir eine ziemlich gute Sicht.«

Ich versuchte, mir alles zu merken, als er die Besonderheiten des Terrains erläuterte. Unter uns lag ein Tal, das von der Form her einem griechischen Amphitheater ähnelte, zur Rechten war es vom Hügel Toron begrenzt, die Hügel der Zeltstadt, das Meer sowie die Stadtmauer Akkons bildeten weitere Begrenzungen. Akkon war eine viereckige Stadt, umgeben von zwei Mauern. Der einzige Zugang war der Hafen, der wie eine greifende Hand mit einer kleinen Öffnung zwischen Daumen und Zeigefinger aussah. Auf jedem Finger stand ein hoher Turm; einer wurde Turm der Fliegen genannt, weil dort Menschenopfer dargebracht wurden. Die Öffnung zum Meer sicherte eine schwere Kette. Trotzdem gab es entlang der Küste vorwiegend christliche Schiffe, und es gelang den sarazenischen Kähnen nicht, die belagerte Stadt mit Vorräten zu versorgen. Die Christen besetzten auch sämtliche Hügel. Wovon die Sarazenen eigentlich lebten, wußte niemand so recht. Man vermutete, daß die Belagerten ihre Vorräte aus den Obstgärten und Feldern außerhalb der Stadt bezogen, sagte Enoch.

Mit gesenkter Stimme fragte er auf einmal: »Alex, erinnerst du dich noch an unseren Bruderschaftseid?«

»Sehr gut sogar.«

»Daß wir einander nicht in der Liebe behindern wollten?«

Ich nickte und wartete gespannt.

»Aber …« Er nagte an der Unterlippe, und seine Augen leuchteten besonders blau. »Aber das trifft nicht zu, wenn einer von uns beiden verzaubert sein sollte.«

»Ihr meint, von einer Hexe verzaubert?«

»Alex, niemand darf dich anfassen. Hörst du? Niemand! Komm sofort zu mir, wenn dich irgendein Kerl betatschen will!«

Ich nickte wieder.

Er starrte mich an, mein Gesicht, meinen Körper, er war offensichtlich verwirrt. »Du bist so … anziehend.«

Ich räusperte mich und sah wieder zum Schlachtfeld. »Mich wundert's, daß die Christen noch nicht gewonnen haben.«

»Nein«, sagte er, erleichtert über den Themenwechsel. »So einfach ist das nicht.«

Trotz ihrer größeren Zahl und mehr Bewegungsspielraum

waren auch die Christen gefangen. Auch sie waren auf Vorratslieferungen von außerhalb angewiesen, und die einzige christliche Festung, der das möglich war, war Tyrus. Letztes Jahr hatte Konrad von Montferrat kein Getreide geschickt, deswegen waren über dreißigtausend Kreuzfahrer verhungert. Richard hatte sich darum die Zeit genommen, Zypern zu sichern; die Insel lag ganz in der Nähe und verfügte über große Getreidevorräte. Akkon war eine ernstzunehmende Festung. Nicht nur, daß die Innenstadt – deren Turmspitzen und wankende Pappelwipfel wir sehen konnten – von zwei Mauern geschützt wurde, deren äußere fünfzehn Fuß stark war, es gab auch noch einen sehr breiten, tiefen Burggraben. Der Angriff der Kreuzfahrer richtete sich vornehmlich gegen die Mauer im Tal unter uns. Diese Mauer war übersät mit Einschlaglöchern, doch einen richtigen Fortschritt hatten die Kreuzfahrer in den vergangenen vier Jahren nicht gemacht.

Die Christen waren nicht die einzigen Angreifer. In der Ferne sahen wir den aufsteigenden Rauch der Zeltstadt Tell-Ayadiyeh, Saladins Hauptquartier an der Straße nach Damaskus. Die Christen fürchteten sich am meisten davor, von hinten angegriffen und ins Meer getrieben zu werden. Unsere Männer hatten zwar einen riesigen Graben um das ganze Gebiet herum ausgehoben, doch ein behender Reiter konnte darübersetzen. Die Christen waren den Arabern hier zwar zahlenmäßig überlegen, doch Saladin konnte auf achthunderttausend weitere Verbündete im Land zählen.

»Woher wißt Ihr das alles?« fragte ich Enoch bewundernd.

»Es ist doch sehr wichtig, Kleiner, die Umgebung genau zu studieren. Ein Sieg hängt zum großen Teil von der Wahl des geeigneten Schlachtfelds ab.«

»Und glaubt Ihr, daß die Kreuzfahrer ein gutes ausgesucht haben?«
Er zögerte. »Jedenfalls war es die einzige Stelle, die Saladin nicht wollte. Laß uns jetzt über Strategie reden.«
Ich blickte hinab auf die in den Schützengräben kauernden Gestalten, die aufs Geratewohl ihre Pfeile in Richtung der Sarazenen abschossen. »Die sehen aus wie Mistkäfer«, sagte ich.
»Ja, wenn man die Toten als Mist bezeichnen will. Sie kommen mit dem Bestatten der Leichen einfach nicht nach, das kann man ja riechen.«
»Wo sind die Ritter?«
»Die sind für den Nahkampf ausgebildet, das weißt du doch, und erst dann nützlich, wenn die Mauer gefallen ist. Siehst du die Wurfmaschine hinter dem Felsen dort?«
»Ich kann sie hören.«
»Und da links ist noch eine, siehst du?«
Es gab allerlei Wurfmaschinen auf dem Feld, das waren Katapulte aller Größen. Es gab zwei verschiedene Mechanismen. Die kleineren ähnelten einer riesigen Armbrust mit niedriger Flugbahn und eigneten sich besonders für Speere. Die größeren sahen aus wie Steinschleudern und hatten eine hohe Flugbahn, mit ihnen konnte man am besten Felsen oder Eimer brennenden Öls über die Mauer schleudern.
»Was ist eigentlich griechisches Feuer?« wollte ich wissen.
»Die genaue Formel ist nicht bekannt, es besteht unter anderem aus Schwefel in einer Ölmischung. Bei Berührung explodiert es, und man kann das Feuer nicht mit Wasser löschen. Es bleibt an allem hängen, wie brennender Klebstoff.«
Während er noch sprach, explodierte vor unseren Augen eine kleine Maschine, eine schwarze Rauchwolke stieg auf.

»Die schlagen uns doch zweifellos!« schrie ich.
»Nein, Kleiner, die Schlacht wird unterirdisch entschieden. Wir müssen die Mauer sprengen.«
»Wie soll das denn vor sich gehen?«
»Irgendein armer Wicht muß einen Tunnel bis zum Fundament der Mauer graben, das Loch mit Öl und Zweigen füllen und es dann anzünden, dabei fliegt er natürlich auch selbst in die Luft und wird zum Märtyrer für Land und König.«
Beim Gedanken an diesen armen Maulwurf überlief mich ein Schauer.
»Ich muß mich jetzt um die Maschinen des Königs kümmern«, sagte Enoch unvermittelt. »Kommst du hier allein zurecht?«
»Natürlich«, ich freute mich sogar schon darauf, allein zu sein.
»Holt mich doch heute abend hier ab«, schlug ich vor.
»Das werde ich. Also, bis dann.« Er stieg die Leiter hinab.
Ich griff nach Pergament und Federkiel und fertigte als erstes eine Beschreibung des Schlachtfelds an. Dann betrachtete ich eingehend die Stelle, von der aus König Philipp angreifen wollte. Auf einmal – ich wußte gar nicht, wie mir geschah – surrte etwas an meinem Ohr vorbei. Verwirrt drehte ich mich um und erblickte den Pfeil – einen normannischen Pfeil!
Was sollte das? Hatte irgend jemand schlecht gezielt? So schlecht, daß sein Pfeil nach hinten abging, war aber wohl kein Schütze! Die Mauer befand sich in der entgegengesetzten Richtung.
Jemand hatte absichtlich auf mich geschossen.
Ich warf mich zu Boden, aber es geschah nichts mehr. Ohne Enoch war ich der Gefahr von unten und von oben ausge-

setzt. Ich robbte zum Rand der Plattform und zog unter großen Anstrengungen die Leiter hoch. So, jeder, der hochkommen wollte, mußte mir erst zurufen.
Philipps Angriff war mir jetzt egal. Am Ende des Tages würde er entweder gewonnen oder verloren haben. An den Ausguck brachten mich jedenfalls keine zehn Pferde mehr.
Dann holte ich das Material hervor, das ich heute morgen gesammelt hatte, und machte mich daran, ein neues Glied zu konstruieren.

Bemerkte Enoch die neue Form?
Anscheinend schon, ich wußte aber nicht, ob das gut oder schlecht war. Zum ersten Mal kam mir der Gedanke, daß ich etwas falsch gemacht hatte. Zwar war der neue Penis den alten Modellen weit überlegen, die leichte Wölbung sah viel authentischer aus, doch heute morgen hatte sich da noch gar nichts gewölbt.
Falls Enoch die Veränderung aufgefallen war, so lenkte ihn die Sache mit dem Pfeil sofort wieder ab.
»Jemand hat es auf dich abgesehen«, sagte er und seufzte. »Alex, glaubst du wirklich, daß wir am Kreuzzug teilnehmen müssen, um Wanthwaite zu bekommen? Wir könnten nach Paris gehen – es fahren dauernd Schiffe –, könnten das Schreiben abholen und Roncevaux vom Gericht der Grafschaften absetzen lassen.«
»Nicht mit Osbert als Richter«, erinnerte ich ihn. »Er wird das Land nicht hergeben.«
»Oder ich fordere Roland zum Duell heraus«, schlug er vor.
Ich wandte mich ab. Als ich ihn wieder ansah, betrachtete er mich immer noch.

»Willst du wegen König Richard hierbleiben?« fragte er sanft.
»Ich weiß überhaupt nicht, was Ihr meint.«

König Philipp hatte die Schlacht verloren. Seine Lieblingsmaschine, ein riesiges Katapult, war von griechischem Feuer zerstört worden. Ob aus Enttäuschung oder ob das Gottes Rache war: Der französische König wurde von der gleichen Krankheit wie König Richard heimgesucht. Der Verlust beider Anführer brachte die Schlacht zu einem ungünstigen Stillstand. Dann, und das war allein seinem eisernen Willen zu verdanken, übernahm König Richard die Führung, obwohl er weder laufen noch reiten konnte. Er übersah die Schlacht von einer Art Hängematte, die er *Testudo* nannte, darüber war ein Baldachin gespannt. Als erstes befahl er, den Sold der freiwilligen Fußsoldaten zu erhöhen, damit brachte er Philipps Freiwilligenarmee unter sein Kommando.
Als zweites befahl er, die Obstgärten und Felder abzufackeln, um die Bewohner Akkons auszuhungern.
Dann kam sein dritter, unheilvoller Befehl. Er rief Enoch zu sich.
»Baron Enoch, Ihr seid der beste Ingenieur der ganzen Kompanie.«
»Danke, mein Herr«, erwiderte der Schotte vorsichtig.
»Außerdem seid Ihr klug und mutig, deshalb möchte ich gern Eure Meinung hören. Wir stecken in einer Sackgasse. Was, glaubt Ihr, ist zu tun?«
»Die Mauer muß fallen«, antwortete Enoch sogleich.
Langsam dämmerte mir, worauf Richard abzielte, und ich erinnerte mich, daß er gesagt hatte: »Ich muß den Schotten

loswerden.« Und Enoch hatte gesagt, irgendein armer Wicht würde sich selbst in die Luft jagen. Wie hinterhältig der König war!

»Genau.« Richard nickte zustimmend. »An welcher Stelle?«

Der Schotte betrachtete kurz die Lage auf dem Schlachtfeld zu unseren Füßen. »Das ist offensichtlich. Da, bei dem höchsten Eckturm, im Südosten.«

»Stimmt genau, das ist der verwünschte Turm. Und wie sollen wir vorgehen?«

Antwortet ihm nicht! Ich hoffte, daß Enoch meine Gedanken erriet.

Enoch runzelte die Stirn. »Man müßte einen Tunnel graben, in nordöstlicher Richtung, mindestens zwanzig Fuß tief, denn der Umfang der Mauer läßt vermuten, daß die Fundamente mindestens fünfzehn Fuß tief sind. Dann legt man im Tunnel Feuer, und das Fundament der Mauer stürzt ein.«

Richard fixierte den Schotten. »Ihr werdet das tun.«

»Ich, mein Herr?«

»Mein bester Ingenieur.«

»Ich hab noch nie einen Tunnel gegraben. Euer Erfolg hängt allein von dieser Sache ab. Ihr setzt Euer Leben und das Leben Eurer Männer aufs Spiel. Ich möchte doch in aller Bescheidenheit vorschlagen, daß Ihr jemand anderen für diese Aufgabe aussucht, jemanden mit mehr Erfahrung.«

Der König wurde so zornig, wie es sein kraftloser Körper erlaubte. »Jemanden mit Mut, meint Ihr wohl. Ich hab Euch einen Befehl gegeben: führt ihn aus! Und beeilt Euch, ich will binnen eines Monats in Akkon sein.«

Enoch verneigte sich mit zusammengekniffenen Lippen und ging.

Ich rannte hinter ihm her. Mit leeren Augen saß er vorm Zelt und stürzte einen Krug Ale hinunter.
»Ich rede mit ihm!« schrie ich. »Ihr habt recht, es ist verrückt, so etwas ohne Erfahrung zu machen. Und Ihr sagtet, es sei der sichere Tod!«
Enoch schüttelte den Kopf. »Die Spucke kannst du dir sparen, Kleiner. Der König weiß, was er will. Es gibt einen Ausdruck dafür: *enfants perdus*, das bedeutet, daß einige Soldaten ›verlorene Kinder‹ sind, sie werden geopfert. Ich bin ein verlorenes Kind.«

Trotzdem sprach ich am nächsten Tag mit Richard.
»Das zeigt, wie unwissend du bist, mein Junge. Ich habe deinem Bruder die Möglichkeit gegeben, großen Ruhm zu erlangen. Bei Gottes Kehle, ich beneide ihn fast! Die beste Art zu sterben.«
»Ich will aber nicht, daß er stirbt!« protestierte ich.
Der König erstarrte. »Auf den Schotten können wir verzichten, auf Akkon nicht. Sein Opfer dient einem doppelten Zweck.«
Entgeistert sah ich ihn an. Dachte er etwa, ich wünschte Enoch den Tod? Denn das hatte er ja vor, er wollte meinen schottischen Freund wissentlich abschlachten. Wußte er denn nicht, daß ich Enoch brauchte?
Ich wollte noch etwas sagen, doch als ich seinen Blick sah, schwieg ich. Also wandte ich mich an Gott, er hatte meine anderen Gebete erhört, vielleicht würde er mir auch diesen Wunsch erfüllen.

Ich wollte Enoch nichts von meinem Mißerfolg beim König erzählen, statt dessen versuchte ich, ihn aufzumuntern. Mit dieser Absicht kam ich zu unserem Zelt, dort stand Enoch und hielt mit verwirrtem Gesichtsausdruck zwei tote Tauben in die Höhe.

»Macht Ihr eine Taubenpastete?« Das war eine meiner Lieblingsspeisen.

Unheilvoll verkündete er: »Diese Tauben sind ermordet worden.«

»Natürlich, aber das ist eine merkwürdige Art, es auszudrücken. Wir essen sie nun mal nicht lebend.«

»Ermordet«, wiederholte er. »Zwei kleine Märtyrer, sie sind für uns gestorben.«

Vielleicht war er nach dem Gespräch mit Richard durchgedreht.

»Setzt Euch hin, Enoch«, sagte ich so freundlich wie möglich. »Ich bereite die Tauben zu, und Ihr erzählt mir von Schottland.«

»Das Essen ist schon fertig«, sagte er unbewegt. »Hier, es gibt Leber und Hafergrütze. Wenn dir dein Leben lieb ist, solltest du allerdings nichts davon essen.«

»Wie bitte?«

»Das sag ich doch, die Tauben haben davon gegessen und sind gestorben. Jemand hat unser Essen vergiftet.« Er warf die Tauben weg. »Dem Geruch nach mit Eisenhut.«

Kraftlos setzte ich mich. »Die Sarazenen. Ich hab gehört, daß sie ins Lager schleichen und die Kreuzfahrer auf alle möglichen Arten umbringen – Gift, Skorpione, Schlangen.«

»Mag sein.« Enoch blieb stehen. »Ich würde allerdings nicht als erstes die Sarazenen verdächtigen.«

König Richard?
Nein, zu so einer heimtückischen Tat würde sich der König nicht herablassen. Außerdem würde er nicht riskieren, daß ich an Enochs Stelle vergiftet wurde.
Bestimmt hatten die Sarazenen zufällig unser Lager ausgesucht. Das war zwar schrecklich, aber bestimmt ein einmaliges Vorkommnis.

Deo gratias, König Richard lag mehr am Gelingen des Tunnels als an Enochs Verschwinden. Er suchte also andere *enfants perdus* aus, nämlich König Philipps Leute, die einen Tunnel in die andere Richtung gruben, damit seine eigenen Gräber in Ruhe arbeiten konnten. Er erklärte mir genau, was er vorhatte.
»Sieh her, Alex, da links ist der Eingang zu Philipps Tunnel. Er hat eine ungünstige Stelle gewählt, darauf können wir verzichten. Doch wenn sein Tunnel umkämpft wird, werden die Sarazenen von unseren wichtigen Grabungen abgelenkt – und genau das wollen wir ja.«
Er rief vier Barone zu sich und befahl ihnen, daß ihre Ritter einen Überfall inszenieren sollten, den die Sarazenen auf König Philipp zurückführen würden.
»Werden sie nicht sterben, mein König?«
Er zuckte ungeduldig mit den Schultern. »Möglich, aber das ist der Unterschied zwischen einer Strategie und willkürlichen Toten. Täglich fallen hier Hunderte, wenn wir aber sorgfältig auswählen, welche Männer für welchen Zweck sterben, dann führt deren Tod wenigstens zum Sieg. Mit Ablenkungsmanövern verliert man zwar einige Männer, sie sterben jedoch nicht umsonst. Verstehst du?«

Ich fragte mich, ob die so benutzten Männer zustimmen würden. Der König sah mich von der Seite an.
»Ich habe übrigens mit Enoch gesprochen. Weil du dich so für ihn eingesetzt hast, habe ich ihn nun vor die Wahl gestellt.«
»Vielen Dank, mein Herr!« rief ich. »Wann wird er ersetzt?«
»Gar nicht. Er will die Aufgabe ausführen, das habe ich mir schon gedacht. Vielmehr«, fügte er hinzu, »er möchte die Belohnung.«
»Was ist das für eine Belohnung?« fragte ich verwundert.
»Frag ihn selbst.«
Ich ließ eine angemessene Zeit verstreichen und rannte dann los, den Schotten zu suchen.
Er wich mir aus. »Ja, falls ich überlebe und nach Hause komme, krieg ich eine Belohnung.«
»Ja, aber was? Gold?«
Er betrachtete mich mit leerem Blick. »Man kann's auch so sehen, Kleiner: Wenn ich überhaupt im Heiligen Land bleiben will, dann muß ich den Tunnel graben. Dann krieg ich die Belohnung, das heißt, falls ich überlebe. Falls nicht, muß ich gehen.«
Es folgte eine lange Stille, und die Bedeutung seiner Worte wurde mir klar: Der König wurde ihn auf die eine oder andere Weise los, und obwohl der Schotte das wußte, hatte er sich dafür entschieden, bei mir zu bleiben. Ich wandte mich ab, um meine Tränen zu verbergen.

Enoch wurde von Tag zu Tag verdrossener. Er scherzte gar nicht mehr und redete kaum noch. Jeden Morgen verschwand er wie ein Maulwurf im Tunnel und kam abends hundemüde und rußgeschwärzt wieder heraus. So deprimiert hatte ich ihn noch nie erlebt. Die anderen Kreuzfahrer bewunderten seine Genialität und Geschicklichkeit, doch ihr Lob war ihm gleichgültig. Ich sehnte mich nach dem alten, schroffen Enoch. Mochte König Richard in seinem Spiel mit Rittern und Bischöfen beliebig verfahren, Enoch war nicht ersetzbar. Hatte ich das nicht schon gemerkt, als ich ihn ertrunken glaubte? So etwas wollte ich kein zweites Mal mitmachen. Aber was konnte ich schon tun?

König Philipps Tunnel wurde in die Luft gejagt, dabei kamen über zweihundert Franzosen um, einschließlich des Ingenieurs Jean de Brun. Feixend lugten die Sarazenen durch die entstandene Lücke in der Mauer; wegen des tiefen Burggrabens konnten wir ihnen immer noch nichts anhaben. König Richard behauptete, daß die Kreuzfahrer angesichts dieser Lücke wieder Mut schöpften, und täglich befahl er Männern, über die Mauer zu klettern. Diese *enfants perdus* ebneten seiner Meinung nach den Weg für die Männer, die tatsächlich über die Mauer gelangen würden.

König Richard wurde noch zweimal krank, Philipp hingegen ging es zunehmend besser. Während Richards Rückfällen übernahm der französische König die Führung; an dem Tag, als Richards Tunnel angezündet werden sollte, war der englische König allerdings zugegen.

Ich half Enoch bei der Vorbereitung, rieb seinen Rücken und die Beine mit Waid ein.

»Jetzt heißt es Lebwohl, Alex.«

Er meinte es ernst, mein Herz wurde schwer.

»Der König ist überzeugt davon, daß es Euch gelingt. Das hat er ganz oft gesagt, ehrlich, Enoch.«

Er nickte betrübt. »Ja, sicher. Der Tunnel wird explodieren, und die Mauer wird fallen. Aber deswegen müssen wir trotzdem voneinander Abschied nehmen. Ich sag dir ganz ehrlich, eher gibt's hier einen Schneesturm, als daß ich da lebend rauskomme.«

In der Ferne ertönte eine Fanfare, er nahm mich am Arm.

»Hör mir gut zu, Kleiner. Falls ich heute sterben sollte, mach Schluß mit dem Kreuzzug.«

»Was soll das heißen? Wo soll ich denn hin?«

»Nach Hause, nach Wanthwaite. Geh nach Paris, zu Malcolm, er wird dir helfen. Ich muß jetzt los, also paß auf: Unter Twixts Sattel befindet sich ein Bündel, da ist genug Geld für dich drin.«

Er bot mir Geld an. Ich war sprachlos.

»Kauf dir eine Überfahrt auf dem nächsten Schiff. Und vergiß den König. Ich weiß doch, daß du an ihm hängst, kann man auch nicht anders erwarten, schließlich bist du noch ein Kind, und er ist ein großer Held, doch so ein Schicksal ist dir nicht bestimmt.«

»Was für ein Schicksal?«

»Das brauch ich doch nicht zu erklären. Versprich es!«

Ich versprach es, obwohl ich nicht genau wußte, was er meinte. Doch ich mußte auch daran denken, was der König in Messina gesagt hatte; ich würde Wanthwaite nie wiedersehen, wenn ich den Kreuzzug verließe.

Der Schotte küßte mich auf beide Wangen und rannte den Hügel hinab. Ich folgte ihm trübsinnig.

Beim königlichen Pavillon bestieg Richard gerade sein *Testudo,* um sich zum Schlachtfeld befördern zu lassen. Ich nahm einen Köcher mit, in dem schwere, tödliche Stahlpfeile für seine Armbrust steckten. Enoch war wütend darüber, daß ich mit aufs Feld kam, doch ich trug einen Helm und würde mich hinter Richards Schild verschanzen.

Auf einem speziell dafür aufgeworfenen Hang wurden Richards Leopardenfelle ausgebreitet, von hier hatten wir eine gute Sicht auf den Tunnel. Die Moslems beteten noch, auch wir Christen hätten jetzt eigentlich das Morgengebet verrichten sollen. Statt dessen starrten wir gebannt und atemlos auf die Mauer.

Dann ging es los: Im Innern der Erde rumpelte es unheilverkündend. Eine Fontäne aus Rauch und Flammen schoß in die Höhe und riß Felsen mit sich; die Explosion stellte fast den Ätna in den Schatten. Der verwünschte Turm wackelte und verharrte in einem gefährlich schiefen Winkel; die Soldaten in seiner Nähe rannten weg, da er bestimmt bald fallen würde.

Ungläubig blickten die Sarazenen durch die geschlagene Bresche, jetzt waren sie angreifbar.

»Gute Arbeit!« rief der König begeistert. »Los, Männer, über die Mauer!«

Ich wandte mich unterdessen dem Eingang des Tunnels zu und wartete darauf, daß die Grubenbauer herauskamen, schließlich waren keine Körper durch die Luft geschleudert worden.

Und tatsächlich – einer nach dem anderen kroch erschöpft hervor.

Da kam Enoch!

»Er lebt!« schrie ich triumphierend.

»Natürlich«, erwiderte Richard, und als er meine Freude bemerkte, fuhr er kühl fort: »Ich nehme an, Alex, er hat dir nicht gesagt, was er zur Belohnung erhält. Du solltest es wie die

Plantagenets halten: Schotten benutzt man, vertrauen darf man ihnen nie.«
Ich schwieg, doch ich machte mir Gedanken darüber, ob Enochs Belohnung etwas mit Wanthwaite zu tun hatte. Hatte er sein Leben wegen meines Besitzes und nicht wegen mir aufs Spiel gesetzt?

Der König wurde im Laufe des Tages zunehmend zorniger, da es niemandem gelang, den breiten Burggraben zu überqueren und die nächste Mauer in Angriff zu nehmen.
»Los, ihr Feiglinge! Runter mit ihr! Zwei Goldmünzen für jeden Stein aus der Mauer!«
Vom Goldhunger angetrieben opferten einige Pisaner ihr Leben, doch umsonst. Mehrere Ritter trieben ihre Pferde über den Graben, doch sie wurden mit griechischem Feuer empfangen und verwandelten sich in brennende Standbilder.
»Drei Goldmünzen! Für England und den heiligen Georg!« rief der König.
»Ich werde es schaffen, lieber sterbe ich!« schrie ein mutiger Ritter und gab seinem Pferd die Sporen.
»Albert von Clement«, sagte Richard. »Falls es irgend jemand schafft, dann er.«
Wir sahen zu, wie Albert zu Fuß den Burggraben hinabstolperte und sich auf der anderen Seite die Böschung hinaufhangelte. Er kam oben an und stieg über die Mauer! Kurz darauf war ein Sarazene zu sehen, der Alberts Helm auf dem Kopf trug. Richard schoß ihm einen Pfeil mitten ins Herz.
»Vier Goldmünzen!« schrie Richard.
Durch unsere Pfeile starben viele Sarazenen, und der Burggraben füllte sich mit Leichen.

»Benutzt die Toten als Brücke!« rief der König.
Rasch brach die Dunkelheit herein. Ein Trompetensignal beendete die Schlacht, und die Ritter zogen sich zur wohlverdienten Nachtruhe zurück. Richard allerdings nicht. Er schickte mich zum Pavillon, um Erfrischungen zu holen, er wollte sich noch mit seinen Heerführern beraten.
Der Vollmond schwebte über dem Blutbad, diesem Ort der Verzweiflung. Lautlos seilte sich ein Sarazene nach dem anderen von der Brüstung ab, um die Toten einzusammeln. Einer nach dem anderen wurde von den Pfeilen Richards und seiner Ritter durchbohrt, und langsam, ganz langsam füllte sich der Graben. Es wurden Wächter abgestellt, um diese Brücke aus Leichen zu bewachen, und der König zog sich schließlich zurück.

Bei Morgengrauen war der kranke König wieder auf seinem Posten.
Unter Peitschenschlägen zogen Esel den monströsen Belagerungsturm, der unter sich menschliche Gebeine zermalmte, direkt an den Rand der Mauer. Tonne um Tonne griechischen Feuers prasselte auf die uringetränkten Tierhäute, das konnte dem Turm aber nichts anhaben. Die Kreuzfahrer schossen jetzt direkt in die Stadt.
Da ertönte hinter uns eine Fanfare! Auf den schönsten Hengsten donnerten zahllose Araber die Hügel hinab. »Es lebe der Islam! Es lebe der Islam!« schrien sie.
Die Kreuzfahrer waren aus dem Konzept gebracht. Das hatten sie befürchtet: Saladin griff von hinten an!
»Ihr Feiglinge, nehmt euch ein Herz und kämpft!« bellte der König heiser.

Trotzdem brach Panik aus. Trommeln hämmerten ohne Unterlaß, johlende Reiter sprangen über die Köpfe der Soldaten in den Schützengräben hinweg und schwenkten grüne Fahnen. Das waren seltsame Männer: Wie heulende Derwische wirbelten sie wie irrsinnig in ihren roten Röcken herum, ägyptische Mamelucken in Rüstung, dunkle Kurden mit langen, glänzenden Krummsäbeln und bemalten Schilden. Überall Geschrei, Verwirrung, Säbelklirren, vor Angst wiehernde Pferde.

»Jesu Grab! Jesu Grab!« riefen die Kreuzfahrer in Sprechchören, als sie aus den Schützengräben sprangen und auf die Pferdebäuche zielten.

Doch König Richard hatte mit diesem Schachzug gerechnet, er schwenkte eine Fahne dreimal hin und her; seine Ritter auf dem Hügel Toron warteten schon auf dieses Zeichen. Wie ein Mann preschten sie mit waagerecht gehaltenen Lanzen den Hügel hinab und hinein in die Menge. Die Sarazenen saßen in der Falle. Durch aufwirbelnde Staubwolken hindurch blitzten weiß die vor Schreck geweiteten Augen und entblößten Zähne der tapferen, zum Teil tödlich verletzten Schlachtrosse. Ritter fielen klappernd zu Boden, und überall floß Blut. Stunden später sammelten sich die übriggebliebenen Sarazenen, und die bunte Truppe zog sich zurück über den Hügel, wo sie hergekommen war. Wir wandten uns wieder der Mauer zu.

Richard signalisierte, daß der schiefe Turm stärker unter Beschuß genommen werden sollte. Ein Katapult nach dem anderen wurde herangezogen, und die Mauer fiel schließlich nach einem letzten Beben. Daraufhin folgte ein großes Freudengeschrei.

Der Kampf wurde immer vernichtender und wilder. Plötzlich erhob sich Richard von seinen Fellen und verlangte nach seinem Pferd.

Nichts konnte ihn aufhalten. Hugo von Brun, Andrew von Chauvigny und der Bischof von Salisbury folgten der mächtigen Gestalt in den Strudel der Schlacht. Atemlos sah ich zu, wie er mit seinen langen Armen, den Schild in der einen, das Breitschwert in der anderen Hand, Köpfe rollen ließ. Ein einmaliger Anblick! Selbst die Moslems hielten inne. Er ritt immer weiter, direkt bis zur Mauer, ein mächtiger Gottkönig, und niemand konnte ihn aufhalten.

Er kämpfte noch bei Anbruch der Dunkelheit; im Burggraben häuften sich die Leichen, ein Turm nach dem anderen geriet ins Wanken, und aus der Mauer fielen die Steine heraus wie Fischschuppen. Dann erscholl lautes Gebrüll in der Dunkelheit!

Akkon gab sich geschlagen!

Es war der zwölfte Juli; ein Monat war seit unserer Ankunft vergangen. König Richard hatte sein Wort gehalten.

27

Nach dieser Heldentat verschlechterte sich Richards Gesundheitszustand wieder. Die Friedensbedingungen konnte er allerdings noch festlegen. Alle Sarazenen, bis auf dreitausend Emire, mußten Akkon verlassen. Die Emire sollten als Geiseln dienen, bis Saladin Richards riesiger Lösegeldforderung in Gold, der Auslieferung der christlichen Gefangenen und der Übergabe des Kreuzes nachgekommen war. Damit wir nicht für immer in Akkon festsaßen, hatte der König ihm eine Frist gesetzt.

Ich war bei diesen spannenden Verhandlungen anwesend, da ich jetzt in der Nähe des königlichen Pavillons wohnte.

Am gleichen Tag kam ein Bote aus Tyrus mit der Nachricht, daß die Königinnen Zypern verlassen hatten und jeden Moment erwartet wurden. Diese Neuigkeit traf den König ganz unvorbereitet, und für einen Augenblick verzerrte sich sein Gesicht zu einer Fratze.

Doch er fing sich schnell wieder, gab seiner Freude Ausdruck und befahl, daß man sogleich einen Palast für das königliche Paar finden müsse. Sein angsterfüllter Gesichtsausdruck ging mir tagelang nicht aus dem Kopf. Ich konnte wohl verstehen, daß die Königin ihn langweilte oder abstieß. Aber daß sie ihm Angst einflößte? Und das ihm, der die Bedeutung des Wortes Angst angeblich gar nicht kannte? Wie hatte es die kleine Berengaria geschafft, dieses Löwenherz zu verschrecken?

Als wir in Akkon einmarschierten, mußte der König auf seinen Spruch »Mit unserem Auftreten werden wir überzeugen« verzichten, die Straßen waren nämlich menschenleer. Enoch und ich ritten hinter einigen Bischöfen, die beim Anblick der vormals christlichen Kirchen in Tränen ausbrachen. Jammernd deuteten sie auf weißgetünchte Wände, unter denen Heiligenmosaike schlummerten, und beklagten die leeren Altäre sowie die Minarette auf den Kirchturmspitzen.
Berengaria ritt neben Richard auf einer schönen Schimmelstute; sie war zwar nicht so schön wie eine Königin, hatte aber eine königliche Haltung: das spitze Kinn hochgereckt, die Augen sittsam zu Boden gerichtet. Ihrem Mann schenkte sie keinen Blick; er wiederum betrachtete sie voller Unbehagen, und der verräterische Muskel in seiner Wange zuckte. Der Sieg und die Freude aller wurden von seiner Niedergeschlagenheit überschattet.

Es war nach der dritten Gebetsstunde, der König war allein und ruhte.
»Komm her, Alex, ich schlafe nicht.«
Schlaf hätte ihm allerdings gutgetan, denn er hatte dunkle Ränder unter den Augen. Ich stellte einen Leinensack mit Nachrichten neben ihm ab.
»Von Ambrosius, mein Herr. Ich glaube, es sind Neuigkeiten aus England.«
»Zeig her.«
Seine Fingernägel waren nach der Krankheit wieder neu und rosig nachgewachsen, seine Hand zitterte.
»Ein Brief von meiner Mutter. Lies ihn vor, ich ruhe mich derweil aus.«

Während ich das Siegel aufbrach und das Pergament entrollte, betrachtete ich ihn verstohlen. Die Krankheitssymptome waren zwar verschwunden, aber es lastete noch ein großer Druck auf ihm.

Hatte Berengaria ihn etwa zurückgewiesen? Man munkelte, daß sie Alphonso, ihren Affen, dem König vorzog. Das konnte ich nicht glauben. Viel wahrscheinlicher war, daß der König sie verschmähte.

»Alex, träumst du?«

»Entschuldigt, mein Herr, ich lese den Brief vor.«

»Nein, warte, komm her, mein Lieber.« Er streckte eine Hand aus. »Du denkst bestimmt, ich hätte unsere vertraute Unterhaltung vergessen?«

»Nein, mein König, ich weiß, daß Ihr viel zu tun habt, und außerdem ist jetzt –«

»– die Königin hier«, beendete er den Satz trocken. »Genau. Trotzdem ändert sich nichts, es verzögert sich nur alles ein wenig. Aber nicht für lange. Verstehst du?«

»Ja, mein Herr.«

»Ich versichere dir, daß ich Verbundenheit und Zuneigung für dich empfinde, auch Liebe«, sagte er mit tiefer Stimme. »Sag mir, daß auch du so fühlst.«

»Ja«, mein Herz raste, »ganz genauso, nur …«

Er runzelte die Stirn und wartete. »Ja, sprich weiter. Noch ein Geständnis?«

»Irgendwie schon. Nichts von Belang, doch ich mache mir schon die ganze Zeit Sorgen, ich will doch ehrlich sein. Mein Vater meinte, ich sei zu klein für mein Alter – oder eher: zu klein für einen Jungen –, deshalb schlug er vor, daß ich mich drei Jahre jünger machen sollte.«

»Drei Jahre?« Der König grinste fröhlich. »Dann bist du also –«
»Dreizehn.«
»Dreizehn! Das freut mich sehr, und ich fühle mich nicht mehr ganz so schuldig. Ist das alles?«
Ich nickte, eine Last war mir vom Herzen gefallen.
»Dann gib mir einen Kuß drauf.«
Er langte nach mir, ich fiel auf ihn, und wir küßten uns mehrere Male innig.
Dann setzte er mich wieder hin. »Nun lies.«
»›An Richard Plantagenet, König von England. Bitte unterbrecht sofort Euren Kreuzzug und kommt zurück nach England. Kommt schnell, bevor aus dieser einst so redlichen Insel eine Zuflucht für das Gesindel ganz Europas wird. Nun zu den Einzelheiten: Zu lange hat Wilhelm von Longchamps das Volk in seiner Willkür unterdrückt, so lange, daß sie nun gegen die Krone rebellieren. Raufbolde beherrschen im Namen bürgerlicher Ordnung die Wälder und Straßen; viele Leute ziehen deren Faustrecht der Gerechtigkeit des ernannten Obersten Richters vor. Der einzige Adelige von Statur, der Wilhelm von Longchamps die Stirn bieten könnte, wäre Graf Johann. Muß ich von seinen Taten reden? Er hat die Burg Tickhill eingenommen, York die Einreise nach England verweigert und auf verschiedenste Weise alle wichtigen Barone verärgert. Zwischen diesen beiden unannehmbaren Parteien haben sich die Barone zu einer dritten Kraft zusammengeschlossen. Es gibt nun also drei streitende Parteien.‹«
»Diese Verräter!« unterbrach der König grimmig.
»›Von diesem Wirrwarr werden natürlich Außenstehende angezogen, in der Hoffnung, aus unserer Schwäche Vorteile zu

ziehen. Deshalb wird es Euch nicht überraschen, daß Euer Bruder, Graf Johann, in enger Verbindung mit König Philipp steht. Wir haben sechs Briefe von Johann abgefangen, die bestätigen, daß eine Verschwörung gegen Euch im Gange ist. Leider wissen wir nichts Genaues. Dieser Tölpel Johann, als ob Philipp irgend etwas für ihn tun würde, nachdem er gegen Heinrich paktiert hat und auch Euch verriet.
Richard, die Sache ist ernst. Niemand weiß besser als ich, wieviel Jerusalem Euch wert ist, aber Ihr habt keine Wahl. Laßt mich mit dem nächsten Schiff wissen, daß Ihr kommen werdet. Laßt mich außerdem wissen, daß Eure Königin ein Kind erwartet. Euer geplagtes Land benötigt dringend eine solche Botschaft, da sein König einen gefährlichen Krieg führt und bisher noch kein Thronfolger da ist.
Ich erwarte Eure Nachricht, Gottes Segen, Eure ...«
Sie verabschiedete sich mit den üblichen Formalitäten.
Ich rollte das Pergament zusammen und wagte nicht, ihn anzusehen.
Seufzend sagte er zu sich selbst: »Wenn ich Berengaria ein Kind machen würde, hätte ich wieder vier Monate Ruhe. Mit Gottes Hilfe könnte ich in dieser Zeit Jerusalem einnehmen. Oder wenigstens die Küstenstädte sichern, für einen späteren Versuch.«
Es klopfte. »Der Hof ist versammelt, mein Herr«, rief jemand.
»Hilf mir in die Schuhe, Alex. Philipp hat diese ungünstige Stunde gewählt, um mir etwas Wichtiges mitzuteilen. Ich wollte, ich könnte ihm diesen Brief zeigen.« Er verzog das Gesicht.
Ich folgte dem König, durch meinen Kopf rasten verworrene

Gedanken. Nur noch vier Monate, wenn er Berengaria ein Kind machen würde.

»Pst, Kleiner, pst.«

Verwundert sah ich über die Schulter, der Schotte stand wild gestikulierend in einer Nische. Ich befand mich am Ende von Richards Gefolge und scherte heimlich aus der Reihe.

»Was ist los?«

In der Hand hielt Enoch einen Teller gefüllter Dattelblätter.

»Hast du was davon gegessen?«

»Noch nicht. Ich mußte dem König einen Brief vorlesen.«

Er atmete erleichtert auf. »Da ist Eisenhut drin.«

Es handelte sich also doch nicht um zusammenhanglose Vorfälle, sondern um ein Komplott.

»Ich frage mich, wer von uns beiden das Opfer sein soll. Dann wüßten wir vielleicht auch, *wer* hinter all dem steckt. Denk darüber nach, Alex.«

»Ja«, stöhnte ich. »Ich muß jetzt gehen.«

Ich rannte dem König hinterher, während der nächsten halben Stunde ging mir die Sache nicht aus dem Kopf.

Die Versammlung fand im größten, luftigsten Zimmer des ganzen Palastes statt, aber zu dieser Stunde war es auch hier drückend heiß. Alle wichtigen Barone waren zugegen. Schläfrig wedelten sie sich mit Palmblättern Luft zu. König Philipp saß schon auf seinem Thron.

Die Könige begrüßten sich mit einem Kuß, dann wurde ein Gebet verlesen, und wir durften Platz nehmen.

»Richard«, verkündete König Philipp, »ich bin ein kranker Mann. Sehr krank sogar, das sagen meine Ärzte und mein Astrologe.«

Richard machte aus seinem Abscheu keinen Hehl. »Ich will Euren Sternen nicht widersprechen, Cousin, aber Eure Berater täuschen sich. Falls Ihr jedoch zu leiden glaubt, habt Ihr natürlich mein Mitleid.«

Er lehnte sich zurück und hörte zu, als Philipp lang und breit seine Symptome aufzählte. Richard saß mit argwöhnischem Blick da.

Plötzlich hatte Philipp wieder die ganze Aufmerksamkeit, als er sagte: »Deshalb habe ich an den Papst geschrieben. Ich habe ihn gebeten, mich von meinem Kreuzzugseid zu entbinden.«

Wutentbrannt sprang Richard auf. »Eher bring ich Euch eigenhändig um, als solchen Verrat zu dulden!«

Auf Philipps Wangen erschienen rote Flecken, doch er blieb ruhig sitzen. »Deshalb verlasse ich Akkon und reise nach Europa.«

»Päpste mögt Ihr ja betrügen«, schrie Richard, »aber mich nicht! Denkt Ihr, ich wüßte nicht, weshalb Ihr den Kreuzzug wirklich abbrechen wollt?«

»Meine Milz, mein Magen …«

»Schluckt griechisches Feuer für Euren Magen! Wie bald wollt Ihr England denn angreifen?«

Philipp erbleichte; Gemurmel brach aus unter den Baronen.

»Was soll ich denn mit Eurer elenden, düsteren Insel?«

»Tja, was wohl? Ihr habt mir und den Meinen den ewigen Krieg erklärt, doch wir wähnten uns während des Kreuzzugs in Sicherheit.«

Philipp lächelte spöttisch.

Richard erhob sich und bedeutete seinem Hof, ebenfalls zu gehen. »Wir bleiben in Verbindung, Cousin, hoffentlich kann ich Euch noch überreden. Falls Ihr und mein Bruder Johann vorhabt, mich vom Thron zu stoßen, werdet Ihr dieses Jahr nicht überleben.«

Er ließ das Protokoll außer acht und wollte gehen. Als er die Tür erreicht hatte, rief der französische König: »Wartet, Richard! Ich vergaß, Euch das Datum mitzuteilen. Ich fahre am 31. Juli, und ich brauche zwei Schiffe.«

Ich trottete hinter Richards Gefolge her zu einer Kammer am anderen Ende des Palastes, dort wollten sie sich bereden. Die unheilvollen Nachrichten wirbelten in meinem Kopf herum. Wenn Philipp ging und Richard blieb, würde ich auf diesem Kreuzzug noch alt werden.

Ginge Richard jetzt auch, wäre ich bald in Wanthwaite.

Enoch erwartete mich nach der Zusammenkunft. Meine Gedanken kreisten um das eben Gehörte, die Sache mit dem Gift war mir ganz entfallen.

»Der Kreuzzug wird nicht gelingen«, sagte Enoch trocken, nachdem ich ihm die Neuigkeiten mitgeteilt hatte.

»Warum denn? Philipp ist doch kein guter Krieger.«

»Nein, aber er hat eine Armee, ohne die kommt Richard nicht aus.«

Dann lenkte er das Gespräch wieder auf das vergiftete Essen, und ich teilte ihm mit, zu welchem Schluß ich gekommen war.

»Jemand will *mich* umbringen, Enoch, nicht Euch. Es ist demjenigen offenbar egal, ob Ihr am Leben seid oder nicht, aber auf mich hat er es abgesehen.«

»Warum glaubst du das?«

»Wegen des Pfeils. Erinnert Ihr Euch?«

Er nickte. »Aber warum nur?«
Das traute ich mich nicht zu sagen. Wäre Sir Gilbert noch am Leben, hätte ich ihn verdächtigt. Aber er war verschwunden und wahrscheinlich tot. Und mit Pfeil und Bogen konnte er sowieso nicht umgehen.
Ich vermutete, daß Königin Berengaria jemanden auf mich angesetzt hatte. Königin Eleonore hatte ihre Gegenspielerin, die schöne Rosamunde, schließlich auch vergiftet.

Saladins Frist näherte sich ihrem Ende. Die Unterredungen mit Philipp, der sich schon auf die Abreise vorbereitete, wurden immer bösartiger. Saladin blieb stumm wie ein Grab, und mit jedem Tag wuchs die Spannung. Die gefangenen Emire kauerten im *Locus Veneratum* und warteten. Ich kauerte in unserem Lederzelt und fürchtete mich vor dem unbekannten Feind.
»Du wirst noch trübsinnig, wenn du soviel grübelst«, mahnte Enoch, »leiste mir doch Gesellschaft unten bei der Mauer, ich bin dabei, sie zu reparieren.«
»Da ist es zu heiß.«
Er hockte sich vor mich. »Bist du dir sicher, Kleiner, daß du mit nach Askalon gehen willst? Akkon ist ein Kinderspiel dagegen.«
Ich schwieg. Enoch betrachtete mich eine Weile, er wußte wohl, welche Gefühle ich dem König entgegenbrachte.
Er stand auf und wollte gehen, drehte sich aber noch einmal um. »Es ist sinnlos, sich im Leid zu vergraben. Statte doch Roderick im Hospital einen Besuch ab, er wird sich freuen.«
Binnen einer Stunde war ich im Hospital. Dort war es düster, und es roch faulig, als kletterte man in die Bauchhöhle eines

toten Kamels. Nachdem sich meine Augen an die Dunkelheit gewöhnt hatten, sah ich sich krümmende, jammernde Männer in verschiedenen Stadien der Verwesung. Beim Gedanken, daß Roderick in diesem stinkenden Loch gelandet war, wurde mit schlecht. Ich schlängelte mich vorsichtig an krallenden Fingern und Haufen Unrats vorbei. Schließlich fand ich ihn.

»Hier bin ich, Alex, hier!«

»Roderick?«

Unter meinen Füßen zermalmte ich braune Käfer, die sich von Exkrementen ernährten.

»Alex, ich bin so froh, dich zu sehen. Hol mich hier raus.«

Seine Stimme war noch dieselbe, aber dieser mickrige Knochenhaufen mit den riesengroßen Augen konnte doch nicht Roderick sein! Ein fürchterlicher Gestank entströmte seinen nässenden Wunden. Ich hielt die Luft an, als ich mich neben ihn kniete.

»Natürlich hol ich Euch hier raus. Enoch pflegt Euch in kurzer Zeit wieder gesund. Was ist mir Eurem Kopf los?«

»Dort haust ein Dämon, sagen die Ärzte«, erklärte er und zog an dem schmutzigen Tuch über der Stirn. »Er ist durch mein Bein eingedrungen und hat sich in mich verliebt. Mein Schädel ist eine einzige Wunde.«

»Darf ich Euer Bein ansehen?«

»Es muß gereinigt werden«, entschuldigte er sich.

»Das seh ich.«

Ich zog an dem steifen Verband, sah Roderick lächelnd an und zerrte einmal heftig an dem ganzen Schlamassel. Das Tuch samt Haut löste sich, doch Roderick verzog nicht einmal das Gesicht. Was das zu bedeuten hatte, wollte ich gar nicht wissen. Ich sagte ihm, er solle warten, ich käme gleich zurück.

Draußen sog ich erst einmal tief frische Luft ein, rannte dann zum Gidinsplatz, wo ich Wein, Wasser und glühende Kohlen kaufte. Kurz darauf hockte ich wieder neben Roderick und erhitzte meinen Dolch über den Kohlen.

»Ich hab einen frischen Verband geholt«, sagte ich fröhlich. »Euch geht's gleich besser.«

»Den Dämon darfst du aber nicht stören, hörst du? Er ist gemein, wie der Teufel.« Er lächelte schwach.

Ich kratzte die entzündete Stelle aus, fast bis auf den Knochen; dann entfernte ich die wunden Ränder, bis ich auf festes Fleisch traf und Roderick aufschrie. Langsam goß ich Wein in die klaffende Wunde und wickelte dann die weingetränkten Tücher darum.

»Du hast viel gelernt, Alex«, wimmerte Roderick.

»Ich hab bei der Pflege des Königs geholfen. Trinkt von dem Wasser, soviel Ihr könnt. Hier in Akkon ist das ungefährlich. Ich seh mir jetzt den Kopf an.«

Mit seinem Kopf war soweit alles in Ordnung, bis auf das Ungeziefer, das sich in den verfilzten Locken tummelte. Ich wusch sein Haar mit dem übriggebliebenen Wasser und goß auch etwas Wein dazu.

»Jetzt verlagert Euer Gewicht auf das gesunde Bein, Roderick, und ich helf Euch beim Aufstehen.«

Er schrie vor Schmerz und ließ sich wieder fallen.

»Ich bring Enoch nachher mit«, beruhigte ich ihn. »Ihr wißt doch noch, wie wir Euch damals getragen haben?«

»Verlaß mich nicht, bitte! Wenn du gehst, sterbe ich. Laß mir ein bißchen Zeit, um Kräfte zu sammeln.«

Schweigend saß ich neben ihm, er schloß die Augen. Seine Wunde sah brandig aus, doch ich sagte nichts.
»Alex, glaubst du, ich sterbe?«
Ich drückte seine Hand. »Auf gar keinen Fall. Wollt Ihr noch mal versuchen, Euch hinzustellen?«
»Ja, aber zuerst mußt du mir etwas versprechen. Falls ich sterbe, soll meine Familie wissen, daß ich als Held gegangen bin. Auf Zypern habe ich zwei Männer getötet, weißt du. Dann werden sie ein Standbild auf meinem Grab errichten.«
»Ihr werdet Euch noch oft als Held erweisen.«
»Hier, gib meinem Onkel diesen Ring und erzähl ihm alles. Versprichst du mir das, Alex?«
»Wie soll ich Euren Onkel finden, Roderick? Wohnt er auch in Penrith?«
»Nein, er ist der Bischof von Durham. Den kennt jeder.«
Ich schob mir den granatroten Ring über den Finger.
»Und Graf von Northumbrien.«
»Wie bitte?« Ich mußte mich verhört haben. »Habt Ihr gerade den Grafen von Northumbrien erwähnt?«
Er warf den Kopf auf die Seite. »Mein Onkel Hugo von Puiset ist Graf von Northumbrien.«
Offenbar phantasierte er.
»Euer Onkel kann nicht der Graf von Northumbrien sein. Ihr sagtet doch, daß er Bischof von Durham ist.«
»Bischof von Durham und Graf von Northumbrien, dazu hat ihn König Richard persönlich ernannt.«
»König Richard? Das kann nicht sein. Ich kenne den Grafen von Northumbrien, er heißt Osbert. Ich habe oft mit dem König über ihn gesprochen.«
Meine gellende Stimme rüttelte Roderick auf. »Heiliger Be-

nedikt, ich kenne doch meinen eigenen Onkel! Und der König kennt ihn auch, sie sind schließlich Cousins. König Richard hatte Onkel Hugo zum Obersten Richter Englands ernannt, bis Longchamps aus der Normandie zurückkam. Frag doch Leicester oder König Richard selbst, wenn du mir nicht glaubst.«

»Ich glaub Euch ja, Roderick«, sagte ich, in meinem Kopf wirbelte es. »Der König kennt Euren Onkel bestimmt. Aber wir sprachen doch vom Grafen von Northumbrien, und Euer Onkel kann nicht Graf von Northumbrien sein!«

»Alex, ich sag es nur ungern, aber du bist ein Dummkopf. Warum willst du den Tatsachen nicht ins Auge sehen? Richard verkaufte alle Titel, um Geld für den Kreuzzug zu beschaffen. Ihm war egal, wer worauf Anspruch erhob; er sagte damals, daß er sogar London verkaufen würde, wenn es einen Interessenten gäbe. Ich weiß nicht, was mit dem alten Grafen von Northumbrien – Osbert, wie du sagst – geschehen ist, wahrscheinlich ist er tot. Jedenfalls hat mein Onkel Hugo zehntausend Pfund für den Titel geboten, was dumm war, denn er ist schon sehr alt.«

Erschöpft legte er sich zurück, und mir fielen andere Worte des Königs ein.

»Wartet, Roderick, schlaft jetzt nicht ein. Ich muß das unbedingt wissen. Vielleicht hat jemand anders Euren Onkel ernannt, und Richard hat es erst später mitbekommen.«

»Mach dir nichts vor, Alex. Richard hat ihn ernannt und wußte sehr wohl, was er tat. Hugo stand Richard und seinen Brüdern zur Seite, als sie dreiundsiebzig von Schottland aus in England einfielen, um König Heinrich zu stürzen.«

»Von Schottland!«

»Ja, zusammen mit Wilhelm dem Löwen, dem schottischen König. Mein Onkel glaubt an die schottische Sache, und Richard weiß, daß Hugo mit den Clanführern gut auskommt.«

»Und Richard?« fragte ich eindringlich. »Wie steht er zu Schottland?«

Bevor er antworten konnte, traten zwei Männer an seine Pritsche: ein Arzt und sein Assistent.

»Nun, Roderick«, sagte der größere, »Ihr seht schon viel besser aus. Ihr habt bestimmt oft die Zauberformel gegen die Teufel wiederholt, wie ich Euch geraten habe.«

Roderick lächelte. »Ja, genau, Pater Thabit, aber mein Freund Alex von Wanthwaite hier trägt auch einen großen Teil dazu bei. Er wird sich um mich kümmern.«

»Ja, ein guter Freund ist die beste Medizin.«

Damit schob mich Pater Thabit zur Seite und kniete neben Rodericks Kopf nieder. Seine violette Robe war schon durch allerlei Dreck geschleift worden und verbreitete einen seltsamen Geruch, die Handschuhe waren blutbefleckt. Sein hageres Gesicht sah freundlich aus, aber er war müde und sprach sehr leise.

Roderick betrachtete ihn ängstlich. »Werd ich überleben?«

»Euch ist das ewige Leben gewiß, laßt alle Sorgen hinter Euch, mein Junge.« Der Arzt gab seinem Assistenten, der eine Axt und einen ledernen Sack dabei hatte, ein Zeichen.

»Salz und Holzklotz bitte, Geoffrey«, sagte Pater Thabit ruhig. »Das kann jetzt etwas weh tun, Roderick, dafür werde ich Euch für immer vom Teufel reinigen, das geht ganz schnell. Der Eintritt ins Himmelreich ist Euch dann gewiß.«

»Ich glaube, an den Eintritt ins Himmelreich braucht er die

nächsten Jahre noch nicht zu denken«, warf ich beklommen ein.
»In Gottes Königreich zu kommen«, schalt der Priester sanft, »ist unser aller Wunsch. Ich möchte Roderick nur darauf vorbereiten, seine Seele zu reinigen, so wie wir alle unsere Seele reinigen müssen.« Er wandte sich dem Gehilfen zu.
»Geoffrey, leg den Holzklotz unter seinen Kopf. So, Roderick, schließt jetzt die Augen, und denkt ans ewige Leben. Ich treibe Euren Dämon aus, und wenn Ihr erwacht, werdet Ihr Gott schauen.«
Mir wurde zunehmend mulmig. Geoffrey zog mit einem Stück Kohle einen Strich von der Stirn zum Kinn, dann hob er die Axt.
»Was habt Ihr vor?« fragte ich und langte nach Roderick.
Pater Thabit stieß meine Hand weg, hob das Kreuz und sang:
»Audi ergo: Satana, vitae raptor, seductor, exitator dolorum, recede ergo in nomine Patris et Filii et Spiritus sancti, Amen.«
Er senkte das Kreuz; Geoffrey schwang die Axt und hieb Rodericks Kopf entzwei wie eine Melone.
»Nein!« schrie ich – zu spät.
Pater Thabit kniete nieder und murmelte noch etwas auf Latein: »*… quid stas, cum scias, Christum Dominum …*« Seine behandschuhten Hände zerrten an Rodericks Gehirn. Als der Schädel leer war, rieb der Priester Salz in die Hirnschale und stützte sich dann auf meine Schulter, um aufzustehen.
»Saubere Arbeit«, sagte er, »und nicht zu früh. Das Gehirn hat schon satanische Farbe angenommen, wie man sieht.«
»Was ist mit dem Bein?«
»Ja, nehmt es ab, gehen wir lieber sicher.«
Pater Thabit tappte zu seinem nächsten Patienten, während

Geoffrey das Bein abhackte. Er hob den blutenden Knochen in die Höhe. »Den müssen wir sofort unter einem Kreuz vergraben, sonst schlüpft der Dämon in jemand andern.«

Ich rannte hinaus auf die Straße.

Bestürzt setzte ich mich in den Schatten eines Johannisbrotbaums und fingerte an Rodericks Ring; sein Tod hatte mich erschüttert. Als der Schatten des Baumes langsam auf die andere Seite fiel, dachte ich wieder darüber nach, was er mir mitgeteilt hatte. Der Bischof von Durham war 1189 Graf von Northumbrien geworden, kurz nachdem ich von Wanthwaite geflohen war. Spätestens im November war er von König Richard ernannt worden.

Ich hatte den König im Juni des Jahres 1190 kennengelernt, daran erinnerte ich mich noch gut: das Sommergewitter, das Rauschen des Windes, meine Behauptungen, die Greueltaten Osbert von Northumbriens betreffend. Richard hatte mich hinters Licht geführt! Er wußte genau, daß mein Leben nicht in Gefahr war und daß Hugo von Northumbrien harmlos war. Richard hatte mich getäuscht, mir meinen Besitz vorenthalten, mich auf diesen Kreuzzug mitgenommen und mich mit vagen Versprechungen hingehalten.

Warum nur? Was um alles auf der Welt waren seine Beweggründe? Mir fiel keine Antwort ein. Ich hatte ihm schon damals gefallen, aber so eingebildet war ich auch nicht, daß ich glaubte, der Pfeil Amors könne solch einen großen König treffen.

Was auch immer seine Gründe waren, er hatte mich die ganze Zeit belogen. Ich war mir ziemlich sicher, doch ich wollte mich noch bei Ambrosius vergewissern.

Wer sonst wußte noch davon? Enoch? Obwohl Enoch und

Richard sich haßten, hatten sie vielleicht doch auf der politischen Ebene einige Gemeinsamkeiten. Wußte Enoch von Osbert von Northumbrien? Da war auch noch die Belohnung, die Enoch von Richard für den Tunnelbau bekommen sollte. Das mußte etwas sehr Wertvolles sein, Enoch hatte schließlich sein Leben dafür aufs Spiel gesetzt. Ich kannte Enoch gut genug, um zu wissen, daß er einer direkten Frage ausweichen würde, doch über schottische Geschichte erzählte er gerne ausführlichst. Das war doch ein Anfang.

»Rodericks größte Sorge war, daß seine Familie nichts von seinen Heldentaten erfahren würde.« Ich hielt den Granatring in die Höhe. »Den soll ich seinem Onkel Hugo von Puiset überbringen, kennt Ihr den?«

Seufzend betrachtete Enoch den Ring. »Ein schöner Stein. Der arme Roderick. Du meinst Bischof Hugo von Durham?«

»Ganz genau. Roderick sagt, er habe Euren König unterstützt, als er im Norden einfiel.«

»Ja, damals wurde mein Vater getötet.«

»Euer Vater? Davon habt Ihr nie erzählt.«

»Du hast nie danach gefragt«, sagte er amüsiert. »Bei der Schlacht von Wark, als wir den Fluß Tweed überschritten.«

»Und die Engländer siegten?«

»Offiziell schon.«

»Wart Ihr auch dabei? Und König Richard?«

Erstaunt hob er die Augenbrauen. »Der König war sechzehn, er war bei der Konferenz in Paris, aber an der Schlacht nahm er nicht teil. Ich war sechs.«

»Sechs! Das tut mir so leid, Enoch, dann seid Ihr ja auch ein Waisenkind!«

»Nein, meine Mutter lebt noch.«

»Glaubt Ihr, daß König Richard und der Bischof von Durham befreundet sind?«

»Sie sind Cousins und gute Freunde; beide sind Schottland freundlich gesinnt. König Richard hat versprochen, daß Northumbrien Teil Schottlands wird, sobald er zurück ist.«

»Northumbrien soll ein Teil Schottlands werden?« schrie ich. *»Niemals!«*

Enoch sah mich fragend an. »Du solltest dich freuen, du hast doch schottisches Blut.«

»Und will Bischof Hugo ihn bei diesem räuberischen Vorhaben unterstützen?«

»Was fällt dir ein, das ist keine Räuberei!« rief Enoch. »Northumbrien gehört zu Schottland; von deinen verleumderischen Reden will ich nichts mehr hören!«

Ich studierte sein rotes Gesicht. War das ehrliche Entrüstung oder geschickte Täuschung?

»Der hat die Farbe von Blut.« Ambrosius hielt den Granatstein ins Lieht. »Der arme Roderick.«

»Ich mach mir Sorgen deswegen«, plapperte ich drauflos, »wie ich seinen Onkel Hugo von Puiset ausfindig machen soll.«

»Ich glaube, Roderick kann in Frieden ruhen«, erwiderte Ambrosius, »du wirst ihn schon irgendwie finden.«

»Roderick sagte, er sei berühmt. Weswegen wohl?«

Ambrosius zuckte mit den Schultern. »Vielleicht war er reich oder ein Mäzen. Aber wahrscheinlich spielte dein Freund auf seine Titel an: Er ist Bischof von Durham und Herzog von Northumbrien.«

Es war also wahr! Warum hatte Richard mich bloß angelogen?
Ambrosius bemerkte mein Entsetzen. »Stimmt etwas nicht?«
»Ich – ich mußte nur gerade daran denken, daß er schon sehr alt ist. Vielleicht stirbt er, bevor ich wieder nach England komme. Ich wünschte, Roderick hätte noch jemanden genannt. Wie lange wird der Kreuzzug wohl dauern?«
Ambrosius blickte ernst drein. »Das weiß ich nicht. Doch was immer du auch tust, frag den König nicht nach seiner Meinung.«
»Warum?«
»Ihr steht euch sehr nahe, und du kennst ja seine melancholischen Züge. Er hat sich in letzter Zeit sehr verändert.«
»Verändert?«
»Alex, du bist noch jung, und die Bedeutung meiner Worte ist dir vielleicht nicht ganz klar, doch befolge meinen Rat trotzdem; ich weiß, daß dir das Wohlergehen des Königs am Herzen liegt. Wir haben einige besorgniserregende Veränderungen bemerkt.«
»Es scheint ihm doch gutzugehen ...«
»Körperlich ja, aber ... Er hat einige heftige Enttäuschungen erlebt, die Sache mit König Philipp. Damit ändern sich seine ganzen Pläne, und er befindet sich in ständigem Kriegszustand. Außerdem muß er den Kreuzzug mit der Hälfte der Armee bestreiten.«
»Mit der halben Armee? Wieso?«
»Richard weiß ganz genau, daß Philipp seine Männer mitnimmt. Saladin nutzt das auch schon aus, indem er die Gefangenen nicht auslöst und Richard damit für ungewisse Zeit in Akkon festhält. Außerdem ist da noch Königin Berengaria.

Diese Ehe war ein Fehler; der König versucht, seine Enttäuschung zu verbergen.«
»Ihr meint, weil sie noch kein Kind erwartet?«
Ambrosius seufzte. »Königin Eleonore trifft die Schuld, denn sie wählte Berengaria aus. König Richard traf Berengaria nur ein einziges Mal. Wie hätte man denn wissen sollen, daß eine so junge, gesunde Frau unfruchtbar ist?«
»Unfruchtbar?«
»Ja, unfruchtbar. Und der König hat ja noch einen Sohn in Frankreich, Philipp.«
»Philipp? Philipp von Frankreich?«
»Philipp und Richard waren einst sehr gut befreundet, wie du weißt.«
Nein, das hatte ich allerdings nicht gewußt. Nichts schien ich zu wissen von der Widersprüchlichkeit der Welt.
»Und wie hat der König sich verändert?«
»Nun, er war früher ein sehr fröhlicher Herrscher und ein Dichter. Jetzt ist er verbittert. Du bist der einzige Lichtblick in seinem Leben, Alex. Deswegen mußt du ihm jetzt zur Seite stehen.«
Ich senkte den Kopf, um meine Wut zu verbergen. Richard liebte mich bestimmt auf seine Art, doch die bestand leider darin, die Tatsachen zu seinen Gunsten zu verdrehen.

28

In einer Wolke von Zedernholzduft wurde ich in die Luft gewirbelt. »Hast du mich vermißt, Alex?« fragte der König und preßte seine Wange gegen meine, er setzte mich auf dem Tisch ab.

»Ja«, murmelte ich.

»Mein Amor, in zwei Tagen ziehen wir los. Sobald Saladin das Lösegeld schickt, lassen wir die Geiseln frei. Du wohnst dann in meinem Zelt.«

Ich musterte ihn. Ambrosius hatte recht: Richard hatte sich verändert; seine Lider waren schwer, die Augen rotgeädert, und um den Mund gruben sich Falten ein. Bisher war er mir immer sehr jugendlich vorgekommen, doch jetzt sah ich den alten Mann, der schon hinter seinem wahren Alter lauerte: ein zynischer, berechnender Krieger.

Er bemerkte meine prüfenden Blicke. »Weshalb guckst du so? Fehlt dir was?«

»Es geht mir gut, mein Herr.«

Er sah mir in die Augen. »Lüg mich nicht an.«

Ich wollte ihn ablenken. »Ich möchte nicht, daß Ihr Euch Sorgen macht, aber Enoch …«

Von draußen rief jemand: »König Richard, seid Ihr da drin? Wir sind alle im Saal versammelt.«

»Fangt schon mal ohne mich an, ich komme gleich.«

Schritte entfernten sich.

Richard gab mir einen Kuß. Mein Körper freute sich, doch mein Verstand betrachtete die Sache distanziert. Richard war wieder zu einer geheimnisvollen Gestalt geworden. Er küßte mich noch einmal und preßte mich entschlossen an sich, seine Stimme klang schroff.
»Alex, ich liebe dich. Du bist mein einziger Trost. Schwöre, daß du mich liebst.«
»Ich liebe Euch.«
»Und daß du mir treu sein wirst.«
»Ich werde Euch immer treu sein.«
»Ich liebe dich auch.« Damit verschwand er.
Ich blickte hinaus in die gelbe Sonne; die Farbe Saturns, die Farbe von Verrat und Eifersucht.
Ich hatte ihn zwar nicht belogen, wußte aber auch nicht mehr, was meine Wahrheit war.

Wir ritten zu dem Gelände zwischen den beiden Stadtmauern, wo die Emire auf ein Zeichen Saladins warteten. Heute nacht wollten wir in den Ausläufern der Hügel die Zelte aufschlagen und in zwei Tagen nach Askalon aufbrechen. Die Ritter waren schon in voller Rüstung, außerdem hatten sie sich wegen des Sandsturms nach sarazenischer Art Leintücher um den Kopf gewunden. Die Konturen der Hügel nahmen andere Formen an, braune Palmwedel schlugen gegen die Beine der Pferde, und Sand scheuerte an den Rüstungen. Trotz des Sandsturms war die Sonne zu sehen. Wie ein böses Auge sah sie herab auf eine farblose Welt.
Zwischen den Mauern kauerten dreitausend Emire; ihre Anführer Mestok und Karakois näherten sich dem König. Ich konnte nichts verstehen, wußte aber, daß Saladin seine Frist

schon eine Woche überschritten hatte. Heute wurde er erwartet, da Richard ihm ein Ultimatum gesetzt hatte.
Der König stieg von seinem Pferd. Er riß das Tuch vorm Mund weg und grinste breit. Er mochte die Sarazenen, es waren geschickte Krieger. Außerdem war er der Ansicht, daß sie weitaus ritterlicher waren als die meisten Christen.
Die Sonne verschwand langsam hinter ockerfarbenen Staubwolken. Es läutete Nones, die neunte Gebetsstunde. Wir warteten noch immer. Richard saß jetzt wieder auf seinem Pferd und beriet sich mit zweien seiner Ritter.
Ich mußte an König Philipp denken, der unterdessen durch die leeren Straßen Akkons ritt und sich auf die Abfahrt vorbereitete.
Die Pferde tänzelten rastlos; einige Ritter waren abgestiegen; die Emire redeten miteinander in ihrer unverständlichen Sprache. Da erhob der König die Hand, und eine Fanfare ertönte. Voller Erwartung blickten wir auf, sicher näherte sich Saladin.
Ein Schrei riß uns herum.
Zwei Ritter bohrten ihre Speere in die ungeschützten Leiber der kauernden Männer!
»Was soll das? Sind die verrückt geworden?« rief ich dem Schotten zu, doch Enoch schüttelte nur bestürzt den Kopf.
»Das ist ein Befehl des Königs.«
Das konnte ich nicht glauben! Ich bohrte meine Fersen in Thistles Seite und wollte zu Richard galoppieren, doch Enoch ergriff meine Zügel.
»Halt dich da raus, Kleiner. Das hat er geplant«, sagte er bitter.
Nein! Das durfte nicht wahr sein.

Richard gab einen Befehl, sicher gebot er dem Abschlachten ein Ende!
Nein, er befahl, nach Gold zu suchen. Ein Körper nach dem anderen wurde von Dolchen aufgeschlitzt, und behandschuhte Hände wühlten im Gedärm. Die meisten Ritter konnten die Organe nicht voneinander unterscheiden und schlitzten Lebern und Gallen auf, bevor sie in den Speiseröhren Münzen fanden.
Das Gemetzel schien eine Ewigkeit zu dauern, war aber innerhalb einer halben Stunde vorbei. Schließlich überließen die Ritter den Geiern das Schlachtfeld und schwangen sich wieder auf die Pferde. Wieder ertönten Trompeten, und sie ritten zurück in die Stadt.
Der König ritt mit harten Augen und tödlichem Lächeln ganz dicht an mir vorbei. Diesen Plan hatte er wahrscheinlich gefaßt, während er mich im Arm hielt. Ich wandte mich ab.
Schließlich waren Enoch und ich allein – mit dreitausend Leichen.
»Wenigstens hatten diese Heiden keine Seelen zu verlieren«, sagte Enoch.
Ich hatte schon eine böse Antwort parat, als ich seinen ironischen Gesichtsausdruck bemerkte. »Wahrlich, eine christliche Tat«, erwiderte ich ebenso tonlos.
Thistle stand in einem Rinnsal von Blut, ich zog ihn zurück. Enoch bemerkte die Blutlache ebenfalls und schlug vor: »Was hältst du davon, wenn wir ein Bad im Meer nehmen? Vielleicht können wir den Tag von uns abwaschen.«
»Einverstanden.« Ich mußte weg von hier, das erinnerte mich alles zu sehr an Wanthwaite.
Wir sprengten den Hügel hinab zum Mittelmeer.

Wir lenkten die Pferde ins seichte Wasser, das vom aufwirbelnden Sand getrübt wurde. Enoch stieg ab und entledigte sich seiner Kleider.

»Geht schon mal vor«, sagte ich, »ich komm gleich nach.«

Schweren Herzens sah ich zu, wie er sich in die Wellen warf. Ich neidete ihm seine Stärke und Freiheit. Mochte er auch Schotte sein, ohne seinen merkwürdigen Kilt war er ein gutaussehender Mann, außerdem konnte er sich unbefangen nackt zeigen. Ich hatte meine Kleider bisher immer angelassen, wenn wir uns erfrischt hatten. Doch jetzt schien in jeder Pore Schmutz zu stecken, und nur ein gänzliches Untertauchen konnte mich reinwaschen. Ich führte Thistle zu einem Schutz bietenden Felsen. Dort legte ich den Schatzgürtel und das falsche Glied ab; ich beschwerte sie mit einem Stein und rannte, nur mit der leichten Tunika bekleidet, ins Wasser.

Nach dem ersten köstlichen Eintauchen blieb ich eine Weile unter Wasser, wie ein Rochen schwamm ich über dem Meeresboden. Über mir sah ich Enochs kreisende Arme und Beine. Ich tauchte auf, ließ mich treiben und versuchte, meine Gedanken zu ordnen. Sie kreisten um König Richard, diesen Verwandlungskünstler, der blitzschnell vom verführerischen Liebhaber zum wütenden Tyrannen wurde. Er würde politische Gründe für die Ermordung der Emire anführen. Ich wußte, daß er diese tapferen Männer, die freiwillig ihr Leben für Saladin aufs Spiel gesetzt hatten, sehr geschätzt hatte. Er hatte sie oft lobend erwähnt, und einige hatte er persönlich gekannt. Trotzdem waren sie für ihn *enfants perdus,* verlorene Kinder, austauschbar. Wenn er Menschen so einfach opfern konnte, wer war dann wirklich sicher?

Das Massaker von Akkon würde diesem Kreuzzug und Richard immer als Makel anhaften.
»Komm, Alex«, Enoch stand am Strand und winkte mir zu, »wir müssen gehen.« Schade, daß er sich jetzt wieder in einen Schotten verwandeln würde.
Ich tauchte noch einmal unter und schwamm dann Richtung Strand. Als ich zu dem Felsen kam, stand Enoch dort und hielt etwas in der Hand.
»Ist das dein Schatzgürtel, Kleiner?« fragte er.
Heiliger Benedikt, das konnte ich schließlich nicht verneinen, wenn ich ihn wiederhaben wollte. »Äh, ja. Der ist zu schwer zum Schwimmen.«
Er wog ihn in der Hand. »Du schleppst ja ein Vermögen mit dir herum.« Er lachte herzhaft. »Wieviel ist es denn?«
»Ich habe es nie gezählt«, log ich, »aber es sind hauptsächlich Denare.«
»Aber auch etwas Gold, oder?« Seine Augen funkelten gierig.
»Vor allem beinhaltet es die Reliquien meiner Eltern«, sagte ich schnippisch. »Gebt her, bitte. Ich komme mir sonst wie nackt vor.«
Er hielt ihn mir hin, doch als ich die Hand danach ausstreckte, zog er den Gürtel weg. »Und was ist das für ein komisches Ding, mit diesen Zweigen?«
»Was für Zweige?« Ich betrachtete die Weidenstöckchen, als sähe ich sie zum ersten Mal. Wozu könnten sie noch gut sein?
»Das muß ja weh tun, wenn du sie an deinen Eiern trägst.« Er sah sich den Apparat näher an. »Das stinkt fürchterlich.«
Ich lachte nervös. »Ja, es ist ein bißchen dreckig, aber es beschützt mich«, sagte ich leise.

Er besah sich das falsche Glied von allen Seiten. »Ich verstehe nicht, wie dich diese alten Ästchen beschützen sollen.«
»Es schützt vor – Pferden!« Da war sie, die Inspiration.
»Pferde?« Ungläubig sah er mich an.
»Nun, solche Zweige sind natürlich nichts für jeden, aber ich bin anders.«
»Wie anders?« Sein Blick wanderte zu meinem Schoß, an dem die nasse Tunika eng anlag, ich stellte schnell ein Bein vors andere.
Ich hätte mir die dumme Zunge abbeißen können, warum hatte ich *anders* gesagt? »Äh, ich ... ich hatte einen Unfall, dabei wurde mein Glied verletzt, und es muß – es muß deshalb geschützt werden.«
»Wann war das?«
»Ach, das ist schon lange her! Mein Pferd Justice – in Wanthwaite war das – hat mich gebissen.«
»Ein Pferd hat dich in den Schwanz gebissen?« fragte er entsetzt.
»Nicht gebissen – getreten.« Mir wurde schwindlig. »So fest getreten, daß es sich wie ein Biß anfühlte; Ihr wißt schon, was ich sagen will.«
Der Schotte starrte mich an. Er wunderte sich jetzt offenbar mehr über meine Worte als über den falschen Schwanz. Er versuchte herauszufinden, wie die Weidenzweige zwischen den Beinen hingen. Enoch beäugte sie nochmals kritisch und sah mich argwöhnisch an.
»Du streifst dieses Ding also irgendwie über deinen Schwanz. Zeig mal, wie das geht.« Er reichte mir das armselige Ding.
»Das ist ja absurd«, sagte ich bestimmt. »In dieses enge Ding würde kein Schwanz reinpassen, das wißt Ihr selbst. Es war

dazu da, Pferde wegzuhalten, aber mittlerweile ist es viel zu brüchig geworden.«

Ich brach die Zweige flink entzwei und warf sie Richtung Meer, wo sie der Wind – *Deo gratias* – in die Wellen wehte. Dann legte ich unter meiner Tunika den Schatzgürtel an.

Enoch war jetzt allerdings neugierig geworden.

»Alex, wir kennen uns jetzt fast drei Jahre, und ich habe dich noch nie nackt gesehen. Wie kommt das?«

»Wenn Ihr nichts gesehen habt, hängt das daran, daß Ihr nicht hingeguckt habt«, stritt ich ab. »Ich war oft nackt.«

»Nein, warst du nicht.« Enoch schüttelte den Kopf. »Ich weiß nicht, wie du aussiehst.«

Er langte nach meiner Tunika.

Entsetzt rannte ich davon.

Er kam hinterher. Langsam dämmerte ihm wohl, daß hier etwas nicht stimmte. Seine blauen Augen suchten verwirrt meinen Körper ab.

»Du heißt nicht Alex!« schrie er.

»Alex, bist du das?« Sir Roger stand plötzlich vor uns.

»Sir Roger«, rief ich erleichtert. »Seid Ihr auf dem Weg zum königlichen Palais?«

»Ja, wir sind spät dran.«

»Ich komm mit!«

Und schon saß ich auf Thistle und gab ihm die Sporen. So schnell ich konnte, donnerte ich davon.

»Warte!« schrie Sir Roger.

»Alex, warte«, rief auch Enoch, »bist du etwa ein …«

Ich war schon zu weit weg, um das letzte Wort zu hören.

Sir Roger und ich arbeiteten fieberhaft, um unser Zuspätkommen wettzumachen. Wir hatten gerade die Kelche herausgestellt, als die Ankunft des Königs mit einer Fanfare angekündigt wurde. Ich war froh, daß mich die Arbeit von dem Massaker, von Enoch und der bevorstehenden Liebesnacht ablenkte. Heiliger Benedikt, hoffentlich mußte ich nie noch einmal einen solchen Tag erleben.
Der König und die Herzöge unterhielten sich erregt über das Massaker.
»Saladin wird in Verruf geraten wegen dieser schändlichen Tat.«
Saladin? Erstaunt sah ich den Redner an, es war Heinrich von Champagne, ein bedachter Mann.
»Ja, die Heiden sind schwer zu verstehen. Kein christlicher König würde die Spitzen seiner Armee so ermorden lassen. Und wir hielten ihn für einen ritterlichen Führer!«
Aus dem König wurde wieder der großartige Herrscher. Um seinen Mund war noch ein verbitterter Zug, die Lider waren schwer und seine Stimme kummervoll. »Saladin trifft nicht die Schuld«, verkündete er, »sondern Philipp.«
»Wie das, mein Herr?«
»Nachdem Frankreich abtrünnig geworden war, konnten die Friedensbedingungen nicht mehr eingehalten werden. Es war klar, daß wir die Emire nicht mit nach Askalon nehmen konnten; genauso klar war, daß wir nicht mehr genug Männer haben, um sie hier in Akkon zu bewachen. Saladins Strategie war es, uns so lange in Akkon festzuhalten, bis er achthunderttausend Männer zusammengetrommelt hatte.« Er warf den schweren Umhang aufs Bett und ließ sich auf dem Thron nieder.

Strategie, immer ging es um Strategie. Ich wollte wissen, ob es ihm Spaß gemacht hatte, die Emire niederzumetzeln. Es war mir nämlich so vorgekommen. Wenn dem so war, würde ich bald mit dem Tod schlafen. Ich reichte ihm einen Weinkelch.

»Der Papst wird es wohl gutheißen«, meinte ein Bischof unsicher, »schließlich dient es der heiligen Sache.«

Richard betrachtete ihn zynisch. »Er wird es gutheißen, wenn wir Jerusalem einnehmen.«

»Ihr habt recht, mein Herr«, stimmte der Bischof zu. »Der Papst setzt großes Vertrauen in Euch.«

Richards Mund zuckte, dann wandte er sich seinen Beratern zu. »Hört, wir haben uns gemeinsam zu dieser Tat entschlossen und sollten sie jetzt vergessen, damit wir uns der nächsten wichtigen Angelegenheit zuwenden können: Askalon. Ich schätze, daß wir an der Küste auf Saladins Armee treffen. Wir schreiten am besten in Dreierreihen voran, die Ritter am Meer, die Schiffe. Hier ist eine Karte ...«

Dies waren wichtige Entscheidungen, mich interessierten sie allerdings nicht. Viel mehr beschäftigte mich Enochs unvollständige Frage. Wenn er wußte, daß ich ein Mädchen war, würde er das sofort zu seinem Vorteil nutzen. Das heißt, er würde umgehend nach Wanthwaite aufbrechen, denn gegen seine Männlichkeit hatte ich nichts aufzubieten. Er würde Sir Roland mit einer Armee entgegentreten und so auf ganz legale Weise meinen Besitz an sich reißen.

Was konnte ich dagegen ausrichten?

Der König könnte mir zu Hilfe kommen. Der Moment, so kurz nach seinem eigenen schweren Schlag, war natürlich ungünstig, doch ich sah keinen anderen Ausweg. Während Richard plante, wie er Saladin schlagen könnte, machte ich mir Gedanken darüber, wie die Pläne des Schotten zu vereiteln waren.

Viel früher als König Richard fiel mir eine Strategie ein. Richards Unterredung mit seinen Beratern zog sich noch sehr lange hin. Doch endlich, kurz vor Mitternacht, verabschiedeten sich die ersten Herzöge. Die anderen folgten auch bald. Sir Roger und ich hatten in Windeseile den Pavillon aufgeräumt, das Lager des Königs hergerichtet und seine Robe herausgelegt.

Der König begleitete Sir Roger zum Ausgang, dort führten sie noch ein kurzes, ernstes Gespräch. Dann öffnete Sir Roger die Zeltklappe und ging; bevor der König die Öffnung schließen konnte, erloschen die Kerzen im Luftzug, und wir befanden uns in völliger Dunkelheit.

»Bei Gottes Kehle, hilf mir, das Zelt zu schließen, Alex.«

Ich tappte durch die Schwärze, prallte gegen die Zeltwand und tastete mich an ihr entlang zum König. Er befestigte die obere Klappe, während ich mich mit der unteren beschäftigte. Dann faßte er mich an der Schulter und führte mich zur Schlafstatt.

Völlige Dunkelheit umgab uns. Draußen tobte der Wind, und ich meinte, das Jammern unglücklicher Seelen zu vernehmen.

»Was ist los? Warum zitterst du?«

»Nichts, mein Herr.«

»Nenn mich Richard, die Nacht macht alle Menschen gleich.« Er lachte.

Der Tod macht auch alle gleich, dachte ich und wünschte, wir hätten eine Kerze. Der König bestand für mich jetzt nur aus einer körperlosen Stimme und einer Hand, doch vor meinem inneren Auge erschien er mir als grinsender Totenschädel, der auf die abgeschlachteten Geiseln hinabsah.

»Da ist es ja.« Er ließ sich auf dem Lager nieder. »Ob es dir wohl gelingen würde, uns einen Becher Wein zu holen?«

»Ich kann's versuchen.«

Ich ging in die Richtung, in der ich den Weinschrank vermutete. Ich fand ihn und entnahm einen Kelch und eine Flasche Wein. Dann tastete ich mich wieder zurück, meine Hand landete auf einem muskulösen Bein. Der König hatte sich bereits ausgezogen. Er schenkte ein, nahm einen Schluck und reichte mir den Kelch, dabei verschüttete er ein wenig Wein.

»Zieh dich aus, dann ist es egal, wieviel wir verschütten.«

Seine Hände nestelten an meinem Gewand.

»Ich mach das schon, Euer – Richard.« Ich zog alles aus, außer der Tunika, die noch ein wenig feucht war.

»Wo bist du denn? Ach da. Ich hab uns noch mal eingeschenkt, hier, trink.«

Ich trank ganz langsam. Allmählich konnte ich im Dunkeln Umrisse ausmachen.

»Du bist immer noch bekleidet!«

»Das ist nur meine Tunika.«

»Hast du Angst?« Ich schreckte auf, er hatte mir direkt ins Ohr geflüstert.

»Ein … bißchen.«

»Komm, laß dich in den Arm nehmen. Es ist ganz natürlich, daß du dich beim ersten Mal etwas fürchtest, aber ich verspreche dir …«

Er legte sich zurück und nahm mich mit sich, ich fiel auf seine Brust.

»Dein Herz hämmert ja wie ein Katapult«, sagte er lachend. Er streichelte mein Haar und küßte mich sanft. »Ich liebe dich, Alex. Mein Amor«, seine Küsse wurden drängender, seine Zunge …

Mir war schrecklich heiß. Die Dunkelheit war erstickend, und der König schwitzte. Er war mir ganz fremd, schien gar nicht mehr der Mann zu sein, den ich kannte. Sein Mund nahm mich gefangen – am liebsten wäre ich geflohen.

Sanft knetete er meine bloßen Waden, dann wanderten seine Hände langsam aufwärts, über meine Schenkel, den Hintern … und hielten dort an. Mein Kopf lag in seiner Halsbeuge, er roch nach Zedernholz, doch diesmal erinnerte er mich nicht an meinen Vater.

Jetzt streichelten seine Hände nicht mehr sanft, sondern erforschten mich an der Stelle, wo ich sonst den Schatzgürtel trug.

Ich schreckte zusammen. Ich war sehr empfindlich an dieser Stelle, hatte aber auch fürchterliche Angst bei seiner Berührung. Er betastete mich wie ein unbekanntes Objekt. Seine Hände glitten unter die Tunika, erreichten meine Brustwarzen und zogen sich sofort wieder zurück.

Er stieß mich von sich und sprang auf.

»Was soll dieser Unsinn!« schrie er. »Du bist –«

Ich zitterte am ganzen Körper, raffte die Felle an mich und wußte nicht, was ich antworten sollte. Er packte und schüttelte mich.

»Wer hat dich dazu angestiftet? Bei Gott, ich bring ihn um, diesen Verräter!«

Er würgte mich, ich konnte nicht sprechen.

»Antworte, wenn dir dein Leben lieb ist!«

»Ihr tut mir weh«, stöhnte ich.

Er ließ locker, und ich fiel hin. Seine groben Hände griffen wieder nach mir. »Ich warte!«

»Ich – verstehe – gar nicht. Ihr habt doch gesagt, Ihr wüßtet …«

»Was hab ich gesagt? Was soll ich wissen?«

»Daß ich ein Mädchen bin, Ihr habt doch gesagt –«

»Bei Gottes Kehle, würde ich denn ein Mädchen zu meinem Pagen machen? Würde ich ein Mädchen mit auf den Kreuzzug nehmen? Du teuflische Schlampe! Spionin! Jetzt red schon!«

»Ich bin Lady Alix von Wanthwaite; mein Vater sagte, ich solle als Junge verkleidet fliehen. Ich mußte vor Osbert von Northumbrien flüchten, der seine Frau ermordet hat, um mich zu heiraten …«

»Dein Vater sagte also, du solltest deinen König belügen?«

»Nein!« schluchzte ich. »Nein, Ihr wart der einzige, dem ich es sagen sollte.«

»Hast du aber nicht, oder?« Verächtlich stieß er mich weg. »Weil du mich besser ausnutzen konntest, indem du vortäuschtest, ein reizender Junge zu sein. Du hast mich zum Narren gehalten! Ich frag dich noch ein einziges Mal: Wer hat dich dazu angestiftet?«

»Niemand!«

»Zizka?«

»Er weiß es gar nicht.«

»Ambrosius?«

»Nein!«

»Da bleibt ja nur noch der Schotte übrig, Verräter seid ihr, alle beide!«

»Nein!« schrie ich. »Er weiß es auch nicht. Nur …«

»Ja, ich warte.«

»Es kann sein, daß er heute mißtrauisch geworden ist. Er ist auch wütend, genauso wütend wie Ihr … mit dem Unterschied … ich dachte, Ihr wüßtet es«, endete ich flüsternd. Ansonsten – weshalb wollte er mit mir schlafen? Die vergangenen Monate, unsere Liebesschwüre, die Küsse … und er dachte, ich sei ein Junge! Jetzt wurde mir klar, daß ich das Zelt nicht lebend verlassen würde, denn ich war in ein Hornissennest von Geheimnissen getreten.

Der König wandte sich ab. »Weshalb dachtest du, ich wüßte es?«

Unwissenheit schien meine einzige Verteidigung zu sein. »Jetzt weiß ich, daß ich mich getäuscht habe, mein Herr. Aber wißt Ihr, ich liebte Euch so sehr, daß ich nur sah, was ich sehen wollte. Als Ihr mir in Italien auf der Jagd Eure Liebe gestanden habt, dachte ich, Ihr liebt mich so, wie Euer Vater Alice geliebt hat.«

»Gott steh uns bei«, stöhnte er, »sprich weiter.«

»Am Strand in Bagnara, da habt Ihr mich berührt und gesagt, Ihr wüßtet Bescheid. Als ich Euch fragte, seit wann, sagtet Ihr, seit Ihr mich als Amor gesehen habt. Das wäre auch möglich gewesen, denn da trug ich noch keine …«

»Was trugst du nicht?«

Ich schlug die Hände übers Gesicht und murmelte zwischen den Fingern hindurch: »Ich … hab ein falsches … Glied gebastelt.« Er sagte nichts, und ich sprach weiter: »Nachdem Ihr mir gesagt habt, daß Ihr mich mit auf den Kreuzzug nehmen wollt, mußte ich mich doch irgendwie schützen. Ich hab jeden getäuscht, sogar Enoch.«

»Sprich weiter«, befahl er mit Grabesstimme. »Wie hast du es gemacht?«
Ich erzählte ihm alles im Detail.
Nach einer langen Stille suchte der König seinen Kelch und holte eine neue Flasche Wein. Unterdessen sammelte ich meine Kleider ein und zog mich an. Als er zurückkam, trug auch er eine weiße Seidenrobe.
»Wein, Alix?«
»Nein danke, mein Herr.«
Nach langer Stille, während der er in langsamen Schlucken den Weinkelch leerte, sagte er schließlich: »Meine kleine Alix, das Spiel ist vorbei. Habe ich dich sehr erschreckt?«
»Ja«, sagte ich vorsichtig, »ein wenig schon.«
»Diesen Test habe ich schon seit einiger Zeit geplant. Weißt du, warum?«
Sollte das eine Falle sein? Ich schwieg.
»Du weißt, daß ich immer mit Verrätern rechnen muß. Ich unterziehe alle nahen Bediensteten einer solchen Prüfung, um festzustellen, ob sie loyal sind. Das ist für meine Sicherheit leider notwendig.«
Nach langem Schweigen sprach er weiter: »Ich wußte natürlich die ganze Zeit, daß du ein Mädchen bist. Johanna und ich haben oft darüber gescherzt. Sonst ...« Er täuschte Heiterkeit vor; ich mußte jetzt endlich etwas sagen.
»Ihr habt mich schon etwas erschreckt, mein Herr«, gab ich schnell zu. »Ihr seid ein guter Schauspieler.« Das stimmte meistens, auf die heutige Vorstellung traf es allerdings nicht zu. Der König war nervös und machte den Fehler, die Sache nicht auf sich beruhen zu lassen. Als erfahrene Lügnerin wußte ich, daß man nicht zu weit gehen durfte.

»Ich habe mich auch zurückgehalten, weil ich merkte, daß du Angst vor meinen Annäherungsversuchen hattest, stimmt's?«
Jetzt konnte ich wenigstens ehrlich antworten: »Ja, ich glaube, ich habe Angst vor Männern, seit meine Mutter getötet wurde.«
»Wie starb sie?«
Ich schilderte ausführlich, was geschehen war. Er hörte mir allerdings gar nicht richtig zu, sondern überlegte, was er als nächstes sagen würde.
»Mein armes Kind. Unsere Eltern haben schon einen großen Einfluß auf uns, nicht wahr? Die Sünden der Väter … Nun ja, wir sollten schlafen. Ich werde dich nicht anrühren.« Er lächelte endlich wieder einmal. »Du bist übrigens ein allerliebstes Ding, egal, welches Geschlecht du hast.«
Dann fragte er, ob Enoch auch Bescheid wisse; ich erzählte, was geschehen war.
»Das ist natürlich ein Problem. Wird er sich weiter um dich kümmern?«
»Wahrscheinlich geht er zurück nach Wanthwaite«, sagte ich trostlos. »Er wird bestimmt versuchen, Besitz von meinem Land zu ergreifen. Das könnte ich nicht ertragen! Glaubt Ihr …«
Ich traute mich nicht, ihn um einen Gefallen zu bitten.
Dann, zu meiner Überraschung, streifte er leicht meine Lippen mit den seinen; ein ausgesprochen keuscher Kuß, der mich völlig unvorbereitet traf.
»Frag ruhig, Alix. Ich glaube, du möchtest zurück nach Wanthwaite und befürchtest, daß mich der Verlust schmerzen könnte.«

»Ich brauchte mein eigenes Schreiben, damit mir Wanthwaite auch ohne Enoch sicher ist.«
Er legte sich zurück. »In Ordnung. Ambrosius wird dir eins ausstellen. Ich unterzeichne es dann.«
»Vielen Dank!« rief ich erleichtert.
»Ich denke, das sind wir einander schuldig«, erwiderte er. »Gute Nacht, Alix.«
»Gute Nacht, mein Herr.«

Wir erwachten, als der Morgen graute.
Richard betrachtete mich. Mir kam es vor, als sei ein Jahrtausend vergangen. Richard und Alix waren einander fremd. Ich blickte in seine unergründlichen Augen.
Auch Richard war verwirrt. Er spielte mit einer meiner Lokken, befeuchtete seine Lippen und sagte schließlich: »Alix?«
»Guten Morgen, mein Herr.«
»Richard«, verbesserte er mich. »Wie kann man dich nur für einen Jungen halten?«
Er stand auf und befahl mir liegenzubleiben. Er kam mit Brot und Wein zurück, und wir frühstückten im Bett. Plötzlich lachte er. »Ich schätze, alle Liebenden müssen sich mit Krankheit und Alter abfinden, doch nur wenige dürften unsere Sorgen haben.« Leiser sagte er: »Liebe ist Treue.«
Seine Augen blickten ernst. »Egal, welche Enthüllungen und Veränderungen stattfinden, Treue ist etwas Bleibendes.«
»Ja«, pflichtete ich ihm bei.
»Wir ziehen heute nicht weiter. Hol dir das Schreiben bei Ambrosius ab und komm dann wieder her. Du wirst die Nacht wieder hier verbringen.«
Ich nickte.

Er hob mich hoch und gab mir einen Kuß. »Ich wußte die ganze Zeit schon, daß du ein süßes Fräulein bist.« Mittlerweile schien er das selbst zu glauben.
Dann ließ er mich runter, ergriff sein Schwert und trat vor das Zelt. Sogleich wurde er von lärmenden Rittern umringt.

Am liebsten hätte ich das leidige Zelt auch endlich verlassen, doch ich wollte Enoch nicht über den Weg laufen. Ich sah den König, der mit dem Bischof zur Morgenmesse ging; dann eilte ich von einem Guckloch zum anderen und beobachtete unser Zelt. Nach einer Weile war ich sicher, daß Enoch weg war. Wahrscheinlich kümmerte er sich um die Pferde. Schnell schlüpfte ich hinaus.
Zum Glück war Thistle unter dem Baldachin des königlichen Zelts angebunden. Ich führte ihn hinter den Zelten her, die mir Deckung boten. Als ich mich in Sicherheit wähnte, stieg ich auf und ritt in Richtung Akkon. Ich wollte mir unbedingt das Schreiben von Ambrosius ausstellen lassen, bevor mir Enoch in die Quere kam. Ich trabte durch die ruhigen Straßen Akkons auf das Kastell zu, in dem Ambrosius untergebracht war. Thistle band ich an einer geschützten Stelle hinter der gegenüberliegenden Moschee an.
Den wachhabenden Soldaten winkte ich kurz zu und lief in den menschenleeren Innenhof. Ich versuchte, den genauen Wortlaut des Schreibens schon einmal im Kopf auszuarbeiten.
Plötzlich schnappte mich jemand von hinten!
Ich wandte die Griffe an, die Sir Roderick mir beigebracht hatte: Einen Fuß schlang ich um den Knöchel des Angreifers und stieß mit dem Ellbogen in seine Magengrube. Dann

beugte ich mich nach vorn, so daß er hinfiel. Ich drehte mich um und sah eine schattenhafte Gestalt, die einen ekelhaften Gestank verströmte; vor allem sah ich auch den Dolch. Es war keine Zeit zu verlieren, schließlich ging es um mein Leben! Ich setzte alle Kniffe ein und hatte meinen Gegner schnell erledigt. Bevor er sich aufrappeln konnte, sprang ich auf seine Brust.

Ich blickte in das verwüstete Gesicht Sir Gilberts.

»Heiliger Benedikt!« stöhnte ich. »Ihr lebt noch!«

»Dir hab ich das nicht zu verdanken«, knurrte er und wollte mich anspucken.

Ich beobachtete, wie der Speichel an seiner Wange herunterlief. Er war so mit Pusteln bedeckt, daß kaum noch Haut zu sehen war. Und der Gestank!

»Versprecht Ihr, daß Ihr mir nichts antut, wenn ich Euch gehen lasse?«

»Dir kann sowieso niemand was antun, du Skorpion! Sonst wärst du schon einige Male gestorben!«

»Ihr habt also unser Essen vergiftet!« schrie ich. Er wehrte sich immer noch, und ich fesselte ihn mit Thistles Zaumzeug.

»Weshalb wolltet Ihr mich denn umbringen?«

Er versuchte noch einmal, mich anzuspucken. »Du weinerlicher Tölpel, du Heuchler, du! Du solltest nicht das Bett mit dem König teilen!«

Ich sah ihn verblüfft an. Er war *eifersüchtig*!

»Ich kann zwar auch teilen«, fuhr er fort. »Gegen seinen früheren Liebhaber, König Philipp, hatte ich nichts.«

»König Philipp! Ihr lügt! Nie würde er …«

»Nein? Sein Vater, Heinrich, war sehr erbost, als Richard den kleinen Philipp verführte. Und ohne jegliche Diskretion! Die

Affäre war Stadtgespräch in Paris.« Er lachte über meine Bestürzung. »Wenn du auch geteilt hättest … aber du wolltest ihn ja ganz für dich allein. Sehr schlau. Oder hat das dein Zuhälter so eingefädelt?«

»Zuhälter?« Ich wußte nicht, was er meinte.

»Ja, dein Schotte. Der hält doch die Fäden in der Hand.«

»Was hat Enoch denn damit zu tun?«

Seine gelben Augen traten hervor. »Hat er es dir nicht gesagt? Vielleicht behält er die Einnahmen ganz für sich, er ist ja schließlich Schotte.«

»Welche Einnahmen? Wovon redet Ihr überhaupt?«

»Er hat doch den Vertrag ausgehandelt und die Summe festgelegt. Er hat dich dem König feilgeboten. Hat er nicht mit dir geteilt? Dann weiß nur dein Schotte, wieviel der König gezahlt hat.«

Das konnte ich nicht länger ertragen und rannte weg.

»Versuch nur nicht, beim König Hilfe zu holen«, rief er mir nach. »Giorgio und Antonio passen gut auf ihn auf, du hast keine Chance!«

Ich rannte zu Ambrosius' Kammer.

Der saß an seinem Schreibtisch, als ich hereinstürmte. Ohne große Umschweife sagte ich knapp: »Ambrosius, ich bin ein Mädchen.«

Mit einem verständnislosen, huldvollen Lächeln sah er von seiner Arbeit auf.

Ich hob die Tunika hoch und entblößte meine Brüste. »Ich bin ein Mädchen, ein Mädchen! Ich bin eine Frau!« schrie ich.

Er wollte aufstehen, schwankte und fiel hin.

»Das kann ich nicht glauben! Weiß der König davon?« Seine vorstehenden, wäßrigen Augen erflehten eine abschlägige Antwort.
»Allerdings. Er wollte wissen, ob Ihr es auch wußtet.«
Ich half ihm auf, und er bekreuzigte sich.
»Nein, ich schwöre, ich wußte von nichts. Das hast du ihm doch gesagt, Alex!«
»Lady Alix, wenn ich bitten darf.«
»Lady Alix?« Er verstand immer noch nicht. »Um Gottes willen, was sollen wir jetzt nur machen?«
Ich erwiderte bitter: »Noch heute werde ich dieses elende Land verlassen, und Ihr werdet Euch darum kümmern.«
»Was sagt der König dazu?« fragte er, als ihm die Sache langsam klarer wurde.
»Fragt ihn selbst. Ich komme nicht mit nach Askalon, ich bleibe nicht hier, ist das klar?« Ich sah ihn scharf an. »Ambrosius, denkt einmal nicht an den König. Ihr habt mich getäuscht und hierhergelockt. Ihr habt den König und mich betrogen! Ich weiß nicht, wie der König sich rächen wird – ich habe versucht, Euch von aller Schuld freizusprechen –, aber ich will das alles auf keinen Fall mit dem Verlust meines Besitzes bezahlen. Ist das klar?«
Er schüttelte den Kopf und jammerte. »Ich glaube nicht, daß der König dein Land wegnehmen würde. Er ist sehr großzügig und gerecht ...« Dann fielen ihm wohl die Emire ein.
Ich erzählte ihm, daß Sir Gilbert, Giorgio und Antonio nach meinem Leben trachteten, und auch von Enochs verruchtem Plan.
»Ich muß sofort zurück nach England«, endete ich.

»Der König hat dir ein Schreiben versprochen?« Er nahm den Federkiel zur Hand.
»Dafür ist es zu spät«, Sir Gilberts Drohung kam mir in den Sinn. »Ich wage es nicht, ihn noch einmal wegen der Unterschrift aufzusuchen. Mein Leben steht auf dem Spiel.«
»Was soll ich tun?« fragte er.
»Ihr müßt mich heute noch heimlich und sicher fortbringen, damit ich zurück nach Wanthwaite kann.«
»Und wie?«
»Das überlasse ich Euch, Ambrosius« – ich beugte mich zu ihm – »und sollte es Euch nicht gelingen, werde ich dem König erzählen, daß Ihr die ganze Zeit über wußtet, daß ich ein Mädchen bin.«
Er wischte sich mit dem Ärmel übers Gesicht, murmelte ein Gebet und stand entschlossen auf. »Hier ist der Schlüssel«, sagte er. »Schließ hinter mir ab, ich tu, was ich kann.«

Er kaufte mir eine Passage auf dem Schiff König Philipps, das am nächsten Morgen Richtung Frankreich in See stechen würde. Einer der französischen Ritter war unerwartet gestorben und sein Platz somit frei geworden. Ambrosius kannte Rigord von St. Denis, König Philipps Chronisten; ich sollte vorgeben, sein Schreiber zu sein, und mich mit entsprechender Kleidung in den französischen Farben tarnen. Ich würde auf Deck schlafen, tagsüber sollte ich mich zu den Pferden unter Deck gesellen, damit ich nicht auffiel.
»Und mein Pferd?«
»Das kommt natürlich auch mit.«
Ich nickte zufrieden. »Was habt Ihr dafür bezahlt?«
Er winkte ab. »Das ist ein Geschenk – des Königs.«

Lächelnd tätschelte er meinen Kopf, er war genauso erleichtert wie ich. »Lady Alix, es wird dich interessieren, daß Enoch den gleichen Platz kaufen wollte.«
Ich schlug seine Hand weg. »Er ist doch wohl nicht auf diesem Schiff!«
»Nein, das nicht. Ich habe aber gehört, daß Richard ein zweites Schiff hinterherschickt, mit einem englischen Kundschafter an Bord. Sehr wahrscheinlich wird Philipp England angreifen.«
Ich sprang auf und ergriff seinen Arm. »Ist Enoch auf diesem Schiff?«
»Es scheint so.«
»Deus iuva me«, stöhnte ich.
»Wo ist dein Pferd, Alix? Es wird dunkel, Zeit, aufzubrechen. Danach muß ich dem König Bericht erstatten.«
»Eines muß ich noch wissen, Ambrosius. Hat Enoch Geld verlangt für den Vertrag mit Zizka und Euch?«
»In Paris noch nicht. Zizka ging davon aus, daß er zu gutgläubig war, unseren Plan zu durchschauen.«
»Enoch ist sehr gerissen.«
»Ja, das hat er in Chinon bewiesen, doch er hat Zizka nicht noch einmal gefragt. Ich glaube, er wandte sich gleich an den König, der ihm Ländereien an der schottischen Grenze versprach.«
Wanthwaite!
Ambrosius wollte gehen.
»Wartet! Er hat doch noch was versprochen. Als Enoch den Tunnel grub, um die Stadtmauer zu sprengen, bot er ihm doch noch etwas an. Wißt Ihr, was das war?«
Ambrosius seufzte. »Ja, die Grafschaft Northumbrien. Bi-

schof Hugo von Durham ist ein sehr alter Mann. Nach seinem Tode soll Enoch die Grafschaft zufallen.«

Mein Herz schrumpfte zusammen. Enoch hatte mich für einen Titel verkauft! War das der »Bruder«, dem so viel an meiner »Unschuld« lag? Kein Wunder, daß er enttäuscht war, als er herausfand, daß ich ein Mädchen war – sein Feilschen war ganz umsonst gewesen.

»Obwohl wir in Eile sind, will ich noch eines sagen: Der König hat dich wirklich geliebt. Ich glaube, er hat zuvor noch nie jemanden gefunden, der seiner Liebe wert war. Mit dir war das anders.«

Endlich brachen wir auf, ritten durch Akkon und zum Hafen. Die Umrisse von Philipps Schiff zeichneten sich vor dem klaren Abendhimmel ab. An Deck flackerte eine Lampe, und die Franzosen beluden emsig das Schiff. Während Ambrosius über die Schiffsplanke watschelte und auf Deck ging, wartete ich im Schatten des Turms der Fliegen. Kurz darauf kam er wieder, bei ihm war der ebenso füllige Rigord von St. Denis, der einen blauen französischen Umhang für mich dabeihatte. Ambrosius gab mir einen Kuß auf die Wange. »Es tut mir leid, Alix.«

Trotz meiner Wut rührte mich diese Geste, schließlich hatten wir viel zusammen erlebt. Ich führte Thistle aufs Schiff, und als ich mich umdrehte, war Ambrosius verschwunden.

Ich wartete unter Deck, bis Stille eingekehrt war, dann kletterte ich nach oben und suchte mir einen Platz an der Reling. Inzwischen war der Wind abgeflaut, die Sterne spiegelten sich im schwarzen Wasser. In den entfernten Hügeln waren die Lagerfeuer der Kreuzfahrer zu sehen. Ambrosius wollte

Richard erst mitteilen, daß ich nicht zurückkommen würde, wenn das Schiff auf hoher See war. Als der Morgen graute, verkroch ich mich wieder unter Deck bei Thistle. Dort vernahm ich das Rufen der Matrosen, das Klatschen der Segel im Wind und das Tosen der Wellen.

Ich war auf dem Heimweg.

Drittes Buch

Wanthwaite

29

Gott schickte den Franzosen gutes Wetter. Eine laue Brise trieb uns über das blaue Mittelmeer. Ich weiß nicht, was Ambrosius Rigord erzählt hatte; jedenfalls hatte der französische Chronist ein wachsames Auge auf mich, stellte mich als seinen neuen Schreiber vor und stattete mich mit Pergament aus, damit niemandem Zweifel kamen.

Deo gratias, König Philipp lag seekrank darnieder. Scharfäugig wie er war, hätte er mich bestimmt sofort erspäht, obwohl wir nie ein Wort gewechselt hatten.

Wenn ich nicht gerade lateinische Sätze niederschrieb, besuchte ich Thistle unter Deck. Sein vertrauter Geruch und der kleine Verschlag vermittelten mir ein Gefühl der Sicherheit. Viele der französischen Adeligen kannte ich vom Sehen; sie würden mich bestimmt für einen Spion halten, wenn sie mich entdeckten, mich foltern und gefangennehmen, um dann Lösegeld von Richard zu fordern. Darüber wollte ich gar nicht nachdenken. Jedesmal, wenn ein Ritter kam, um nach seinem Pferd zu sehen, vergrub ich mein Gesicht in Thistles Mähne, bis die Gefahr vorüber war.

Wir erreichten Marseille nach zwanzig Tagen ohne Zwischenfälle. Anders als ich vermutet hatte, reiste König Philipp nicht weiter nach Paris, sondern setzte die Reise, trotz seiner Schwäche, zu Wasser fort. Er hatte nämlich vom Herzog von

Flandern die Gegend Artois geerbt und wollte seinen Anspruch darauf geltend machen, bevor sich etwaige Widersacher daran bereicherten. Rigord bot mir an, mit nach Boulogne zu reisen. Dort könnte ich ein Schiff nach Dover nehmen, das war schneller als zu Land, und außerdem hatte Ambrosius die Überfahrt schon bezahlt. Das Angebot war verlockend, aber ich wollte nicht mehr mit den Franzosen reisen, da ich Angst hatte, erkannt zu werden. Zögernd lehnte ich ab.

Zwei Tage später befand ich mich am Hafen und kaufte gerade gesalzenen Aal für die lange Reise nach Norden, als ein großes Schiff einlief.

»Seht nur, die drei Löwen!« rief jemand. »Ein Schiff Richards!«

Ich versteckte mich schnell und beobachtete die Ritter, die an Land gingen. Einer nach dem anderen stieg vom Schiff, darunter waren viele Priester, einige Verletzte und … Enoch!

Mein Mund wurde ganz trocken. Ich drückte mich in das schattige Eckchen und machte mich unsichtbar wie ein Fisch im Wasser. Der Schotte wartete in der Nähe des Schiffes auf Firth und Twixt. Ich sah zu, wie er Eintopf aus einem Faß verzehrte und ins Meer pinkelte. Mein Haß auf ihn wuchs, je länger ich ihn beobachtete. Wie gefühllos er aussah; anscheinend war ihm ganz egal, was aus mir geworden war. Habgierig wie er war, berechnete er bestimmt schon die Größe Wanthwaites. Schließlich bestieg er Firth und nahm Twixt am Zügel. Er ritt so dicht an mir vorbei, daß ich ihn fast hätte berühren können. Ich wartete eine geraume Weile und machte mich dann auf zum Palast, in dem König Philipps Gefolge untergebracht war. Dort fragte ich nach Rigord. Der Chronist war schon im Bett; mit hocherhobener Fackel eilte er mir entgegen.

»Was ist los, Alex?«
»Entschuldigt vielmals, kann ich immer noch mit Euch reisen, oder ist es schon zu spät?«
Er musterte mich eingehend. Sein Atem verriet, daß er Knoblauchsuppe gegessen hatte. »Das geht schon in Ordnung. Viele Adlige reiten nach Paris, es ist also genug Platz an Bord.« Er zog mich hinter sich her. »Komm mit, mein Junge, du kannst heute nacht in meiner Kammer schlafen. Mach dir keine Sorgen, es wird alles gut.«
Enoch hatte sich bestimmt nicht in Marseille aufgehalten. Er ritt wahrscheinlich schnellstens nach Paris, um mein Schreiben abzuholen. Trotzdem versteckte ich mich in Rigords stickiger Kammer, bis das Schiff beladen und zum Aufbruch bereit war. Zwei Tage später stand ich an der Reling und sah erleichtert zu, wie Marseille zu einem kleinen Fleck zusammenschrumpfte. Hoffentlich würde ich diese Stadt nie mehr wiedersehen.
Der Wind war weiterhin günstig. Die Straße von Gibraltar war für ihre starken Stürme berüchtigt, doch wir segelten geschickt um die gewaltigen Felsen und Wasserstrudel. Dann hielten wir uns an die Küsten Spaniens und Portugals, zur Linken die unbekannten Weiten des Atlantiks. In Boulogne verließ der König das Schiff und nahm das günstige Schicksal mit sich – der Wind flaute ab, und Nebel zogen auf.
»Ich hab noch etwas Gold von Ambrosius«, sagte Rigord und drückte mir zum Abschied ein paar Münzen in die Hand.
Er ritt davon, und ich sah ihm, der meine letzte Verbindung zum Kreuzzug dargestellt hatte, wehmütig nach. Von nun an war ich auf mich allein gestellt.
Ich bestieg ein Schiff nach England. Der Kapitän versicherte

uns, daß sich der dichte Nebel bald auflösen würde, gegen Mittag wurden die Schwaden jedoch dicker, und wir mußten zu den Rudern greifen. Ununterbrochen wurden die Glocken geläutet, um andere Schiffe auf uns aufmerksam zu machen. Kurz bevor der Morgen graute, tauchte England vor uns auf, die Reisenden seufzten erleichtert, als sie das Licht von Caligulas Leuchtturm erblickten. Wir vernahmen Möwengeschrei und das stetige Klatschen der Wellen ans Ufer; hinter uns stieg die Sonne auf und beleuchtete die vor uns liegenden Kreidefelsen und dunkelgrünen Wälder Englands. Irgendwo dort im Norden war Wanthwaite.

An meinem zweiten Nachmittag in London war ich so erschöpft, daß ich kaum die Augen offenhalten konnte. Während der Kanalüberquerung hatte ich nicht geschlafen und in Canterbury nur wenige Stunden gerastet. Als wir uns der Anlegestelle näherten, merkte ich, daß wir ganz in der Nähe von Jasper Peterfees Gasthaus waren, wo ich meinen Wolfshund Lance zurückgelassen hatte. Dort wollte ich mir eine gute Nachtruhe gönnen. Ich fühlte mich richtig heimisch, als ich an den Händlerbuden vorbeiging. Ich sehnte mich nach einer frischen Taubenpastete, einem Becher englischen Ales und einem erholsamen Schlaf auf meinem Ziegenfell. Bald schon erblickte ich das Schild des Gasthauses und führte Thistle in den Hof.

Dort standen Firth und Twixt, vollbeladen.

Blitzschnell machte ich kehrt und galoppierte am Ufer der Themse entlang Richtung Ludgate.

30

Verdammt, ich würde in den Feldern außerhalb Londons schlafen müssen, die vor Banditen und Verbrechern nicht sicher waren. Wie war der teuflische Schotte nur so schnell hierhergekommen? Wahrscheinlich war er auf einem Besen geritten.

Es war noch dunkel, als ich aufstand und der Icknield Street bergauf folgte. Bis Sonnenaufgang hatte ich die ansehnlichen Herrschaftshäuser schon hinter mir gelassen und befand mich in offener Landschaft.

Am Abend kehrte ich in einem Dorfgasthaus ein und fragte, ob es eine Reisegruppe nach Norden gab, der ich mich anschließen konnte. Ich gesellte mich zu einer Gruppe Benediktinermönche, die nach Durham unterwegs war. Ihr Anführer, Pater Thaddeus, mahnte zur Eile, da sich das ganze Land in kriegerischem Zustand befand. Ich versicherte ihm, daß auch ich möglichst schnell vorankommen wollte.

Mit jedem Schritt drangen wir in feindlicheres Gebiet vor. Mit der scharlachroten Robe war ich so auffällig wie ein Kardinal unter Krähen; man sah mir geradezu an, daß ich Gold bei mir trug. Deswegen borgte ich mir einen schwarzen Umhang von einem der Mönche.

Wir kamen nur an wenigen Häusern und selten an einem Dorf vorbei. Manchmal passierten wir einfache, strohbedeckte Hütten, vor denen meistens ärmliche Familien saßen und uns dumpf anstarrten. Andere waren feindselig, drohten mit den Fäusten und beschimpften uns als »Höflinge des Bischofs«.

Wir wußten zwar, daß Gott mit uns war auf dieser Reise durchs Jammertal, trotzdem zwangen wir uns zu einer schnellen Gangart und rasteten kaum. Jedesmal, wenn wir an einer Wasserstelle anhielten, fütterte ich Thistle mit Getreide aus der Satteltasche, doch es war nie genug. Ich beklagte mich aber nicht. Gefahr lag in der Luft, und wie Pater Thaddeus wollte auch ich sie vermeiden.

Dann, eines späten Nachmittags, fielen wir dem Verderben in Gestalt grüngekleideter Bogenschützen in die Hände. Einige an Bäume gefesselte Kaufleute sahen mit schreckgeweiteten Augen zu. Die Mönche waren schnell überwältigt, da sie unbewaffnet waren. Ich jedoch riß Thistle herum und wollte allein weiterpreschen.

Ein schmächtiger Junge langte nach Thistles Zaumzeug, ich schrie: »Im Namen des Königs, laßt los!«

Sofort kam ihm ein junger, muskulöser Mann zu Hilfe und zog grob an meinem Bein, so daß ich fast vom Pferd fiel. Ich nahm den Fuß aus dem Steigbügel und sprang herab, gleichzeitig schlug ich auf Thistles Flanke, und er galoppierte davon. Bis der Mann und der Junge sich wieder mir zugewandt hatten, hatte ich Schwert und Dolch gezückt. »Rührt mich nur nicht an, sonst bring ich euch auf der Stelle um!«

»Ich mach das schon«, sagte der Junge und zog sein Schwert.

Der Mann grinste und rief seinen Kumpanen zu: »Männer, hier gibt's ein Gefecht!«

Angesichts so vieler Gegner schien meine Lage hoffnungslos, ich wollte trotzdem gewinnen. Mein Gegner streckte das

Schwert mit steifen Armen flach vor sich aus; ob dies wohl sein erster Kampf war? In diesem Fall war mein wahrer Gegner wohl der drahtige Mann hinter ihm.

Ich trat einen Schritt zurück und näherte mich dann flink von der Seite. Ich traf ihn an der Hand.

Blutend und vor Schmerz schreiend sprang er zurück, dann wieder nach vorn, wobei er das Schwert wie eine Fahne schwenkte.

Ich wunderte mich zunehmend über seine Ungeschicklichkeit, wich seinen wilden Hieben aus und traf ihn an der Schulter.

Er heulte auf, reckte aber das Kinn trotzig nach vorn und rannte mir entgegen, an mir vorbei. Die Männer lachten.

»Der Fremde ist dir anscheinend überlegen!«

Bevor er sich fangen konnte, stieß ich zu, doch er wirbelte herum und entging so dem sicheren Tod.

»Willst du aufhören?« fragte ich ihn.

Mit funkelnden Augen sagte das Bürschchen: »Nie und nimmer!«

Spöttisch lächelnd schlug ich mit der Klinge in die Hand, um ihn zu verwirren, stieß wieder zu und riß seine Tunika entzwei. Ich wollte den Kleinen jetzt gar nicht mehr verletzen; es wäre nicht ritterlich gewesen, mein Können so auszunutzen. Ich bewunderte seine Tapferkeit und fürchtete mich vor seinen Hintermännern. Ich schlug ihm die Waffe aus der Hand, sie wirbelte wie eine Feder durch die Luft, und ich fing sie auf.

Großes Gejohle.

Ich verbeugte mich nach allen Seiten, ließ den Jungen aber nicht aus den Augen.

»Bist du verletzt?« fragte der ältere Mann den Jungen.
»Nur mein Stolz.« Der Junge grinste tapfer und hielt mir die Hand entgegen. »Ihr seid der bessere Mann.«
Die Menge brach nach diesen einfachen Worten in heftiges Gelächter aus, ich zuckte zusammen. Sie konnten doch nicht ahnen, daß ich ein Mädchen war.
Einer der Kerle sah mich lüstern an. Seine verschmierte Kleidung bedeckte den fetten Bauch gerade so, und von seinem Atem wurde ich fast betrunken.
»Wo hast du die Kleidung geklaut?« fragte er und rülpste.
Ich sah an mir runter: Im Kampf hatte ich den schwarzen Umhang verloren und stand nun in der roten Plantagenet-Uniform da. Da ich wußte, daß einige Banditen große Stücke auf den König hielten, sagte ich kühn: »Ich komme gerade aus dem Heiligen Land, ich war Page König Richards.«
Ein Raunen ging durch die Menge. Der muskulöse Mann stieß den Bruder zur Seite, zog seinen Hut und verbeugte sich. Lange, dunkle Locken fielen ihm bis auf die Schulter.
»Robin Hood, zu Euren Diensten. Meine Männer und ich sichern während der Abwesenheit des Königs den Frieden in den Wäldern. Habt Ihr schon von uns gehört?« Seine Augen glitzerten schelmisch.
»Ja.« Ich wollte ihm schmeicheln. Anscheinend war er einer der »Raufbolde«, die Königin Eleonore in ihrem Brief erwähnt hatte. »Auch König Richard hat von Euch gehört.«
»Und, was hält er von uns?«
Bevor ich etwas erwidern konnte, flüsterte ihm ein sehr großer Mann etwas ins Ohr. Ich versuchte, mir über meine Lage klarzuwerden. Ich fürchtete nicht mehr um mein Leben, doch eine Verzögerung konnte auch gefährlich sein. Robin Hood

war ein kräftiger, intelligenter Mann mit höflichen Manieren; doch gleichzeitig wurde ich von einem Dutzend gefesselter Kaufleute begafft, und meine Mitreisenden wurden von drei Bogenschützen bewacht. Ich durfte diesem Schuft nicht vertrauen, schließlich handelte es sich hier um eine Räuberbande.

Robin Hood wandte sich lächelnd an mich. »Wie heißt Ihr?«

»Baron Alex von Wanthwaite, im Gefolge König Richards.«

»Heute abend seid Ihr unser Gast in Greenwood Hall. Ihr seid ein äußerst geschickter Kämpfer, und wir möchten, daß Ihr Euch uns anschließt.«

Für immer? Mein Herz wurde schwer.

»Ihr schmeichelt mir sehr, doch ich muß leider ablehnen. Wir sind auf König Richards Befehl unterwegs nach Norden. Wir müssen uns beeilen, denn die Schotten nähern sich der Grenze. Wenn Ihr also bitte die Mönche freilassen würdet.«

Mein Gastgeber runzelte die Stirn. »Mit denen können wir nichts anfangen, doch Ihr solltet Euch auch nicht mit solchen Blutsaugern abgeben. Da Ihr vom König kommt, lasse ich sie gehen. Was Euch betrifft –« er senkte die Stimme »– auch Euch werde ich nach geraumer Zeit ziehen lassen.«

»Und die Kaufleute?« Ich blieb hartnäckig, vielleicht konnte ich den Gefangenen ja helfen. *Deo volente*, auch mich würden sie ziehen lassen, hoffentlich rechtzeitig, um Enoch zuvorzukommen.

»Sobald wir die Beute in Sicherheit gebracht haben, können die Priester mit ihnen machen, was sie wollen.«

Er nickte seinen Männern zu, die schon die wertvolle Habe der Kaufleute aufsammelten und ihre Pferde damit beluden. »Wir holen Euer Pferd, Baron Alex. Sonst verbinden wir unseren Gästen immer die Augen, doch bei Euch machen wir eine Ausnahme.«

Ich verbeugte mich höflich. Kurz darauf waren wir alle aufgesessen und ritten durch den dichten Wald. Ich warf Pater Thaddeus noch einen betrübten Blick zu, und er bekreuzigte sich. *Deus iuva* me, morgen würden wir zusammen weiterreisen. Dann mußte ich auf den Weg achtgeben. Riesige, efeuumrankte Bäume mit fallenartigen Wurzeln schienen mit ihren niedrigen Zweigen unsere Köpfe von den Schultern fegen zu wollen. Robins Männer ritten still wie Geister durch dieses Gewirr, dabei knackte kein Zweig.

Endlich kamen wir zu einer Lichtung. Robin sprang vom Pferd und wollte mir beim Absteigen behilflich sein. Ich hatte keine Wahl, seine Arme umschlangen mich, und er drückte meinen Körper so fest an sich, daß er meine Brüste spüren mußte.

Der Junge näherte sich. »Folgt mir, Lord Alex.«

Erst jetzt bemerkte ich, daß wir uns vor einem großen Holzgebäude befanden. Ich folgte dem Jungen zu einer Halle, in der schon Fackeln entzündet waren. Eine schmale Treppe führte in ein weiträumiges Schlafgemach, in dessen Mitte ein großes Bett stand.

»Das ist Robins Kammer«, sagte der Junge. »Er läßt Wasser erhitzen, damit Ihr nach dem langen Ritt ein Bad nehmen könnt.«

Besorgt betrachtete ich das fellbedeckte Bett. »Ich möchte lieber bei meinem Pferd schlafen.«

»Wirklich?« fragte er erstaunt. »Wie Ihr wollt. Aber vielleicht möchtet Ihr Euch vor dem Essen erst waschen und umziehen. Hättet Ihr lieber einen Frauengewand?«

Jetzt war ich erstaunt. »Wie bitte? Was meint Ihr?«
Der Junge lachte. »Entschuldigt, aber das fiel mir sofort auf, als wir kämpften. Ihr habt Euch besonders darum bemüht, Eure Brüste zu schützen.«
»Mein Herz wollte ich schützen, so hab ich es gelernt«, sagte ich aufgebracht. »Eine Lektion in der Kampfkunst würde Euch auch nichts schaden.«
»Ich wollte Euch nicht verärgern, Baron Alex.« Er legte seine Hand leicht auf meinen Arm. »Ich sollte Euch wohl sagen, daß auch ich eine Frau bin, die sich als Junge verkleidet, um mit den Männern zu reiten. Ich heiße Marian.«
Er ließ die Tunika fallen, darunter steckte ein Frauenkörper. Wahrscheinlich sah ich sehr dämlich aus, als ich ihren Körper eingehend musterte, denn sie konnte sich vor Lachen kaum halten. Ihre Brüste waren feste, kleine Muskeln, nicht wie meine eigenen Rundungen.
»Möchtet Ihr eine Tunika?« fragte sie noch einmal.
»Aye, danke.«
»Und hier kommt das Wasser, badet so lange, wie Ihr wollt. Ich bring Euch ein Gewand.«
»Weiß Robin Hood es auch?«
»Natürlich, deswegen hat er Euch nicht die Augen verbunden. Frauen gegenüber verhält er sich immer sehr ritterlich.«
Zwei Knappen brachten einen hölzernen Zuber mit dampfendem Wasser herein und ließen mich allein. Wohlig versank ich im warmen Bad und dachte über diesen merkwürdigen Lauf der Dinge nach. Robin Hood wußte also, daß ich eine Frau war. Heiliger Benedikt, viel lieber wäre ich ein Junge gewesen, als mir sein lüsterner Blick einfiel. Was hatte

er nur für Absichten? Und welche Rolle spielte dieses jungenhafte Mädchen?

Sie kam zurück und war jetzt in ein hellgrünes, mit Gold eingefaßtes Gewand gekleidet, ein ähnliches hatte sie für mich dabei. Abendliches Sonnenlicht flutete durchs Fenster und erleuchtete ihr Gesicht. Als Junge hatte sie mit ihrem drahtigen Körper sehr jung gewirkt; in Frauenkleidung und aus der Nähe bemerkte ich die Fältchen um ihre Augen und die verfärbten Zähne. Sie war gar nicht mehr so jung, fast dreißig, schätzte ich. Außerdem war sie als Junge recht ansehnlich, als Frau hingegen wirkte sie ziemlich blaß.

Ich zog die Tunika an und betrachtete mich in dem trüben Spiegel. Heiliger Benedikt, ich erkannte mich kaum wieder. Mein Körper war schön gerundet, als hätte mich ein Zauberstab berührt.

»Wie habt Ihr König Richard gedient?« fragte Marian.

Ich betrachtete mein verführerisches Bildnis und überlegte. Dann seufzte ich und sagte: »Es war leidenschaftliche Liebe, wir konnten uns nicht dagegen wehren.«

Ihre Grübchen wurden sichtbar. »Erzählt mir alles, bitte. Auch ich liebe den König und möchte wissen, wie es war.«

Ich erfand eine ziemlich überzeugende Geschichte. Sehnsucht und Leidenschaft kannte ich ja, ich mußte nur ein wenig übertreiben. Als ich zu unseren gemeinsamen Nächten kam, erzählte ich erst von heimlichen Treffen im Zelt und endete mit einer Beschreibung dessen, was ich bei Enoch über die Jahre beobachten konnte.

Tränen hingen in ihren Wimpern. »Wie konntet Ihr ihm nur Lebewohl sagen?«

»Er wollte mich nicht den Gefahren der Wüste aussetzen.

Außerdem werden wir uns wiedersehen. Ihr seid nicht die einzige, die ihn in England erwartet.«

»Wenn er zu meiner Hochzeit mit Robin kommt, werde ich ihm sagen, daß ich Euch getroffen habe.«

Dann gingen wir hinunter in die große Halle, wo Robin und seine Männer schon auf uns warteten. Er musterte mich freundlich, als Marian mich mit meinem richtigen Namen vorstellte. Die Kerle begafften mich gierig, so daß ich mich nach meiner Uniform sehnte.

Das Essen war reichhaltig und gut. Danach wollte ich mich zurückziehen.

»Erst müßt Ihr uns sagen, wohin Ihr unterwegs seid und warum«, sagte Robin.

»Nach Durham, um Bischof Hugo, den Grafen von Northumbrien, zu treffen«, sagte ich kühl. »Ich habe ein königliches Schreiben dabei, das der Graf beim Gericht der Grafschaften bestätigen wird.«

Robins dunkle Augen flackerten. »Der König hat nur vergessen, Euch zu sagen, daß Hugo nicht mehr Graf von Northumbrien ist.«

»Was?« Erstaunt setzte ich mich wieder hin. »Ist er gestorben?« Das war meine größte Sorge gewesen, daß der alte Bischof sterben würde, bevor ich ihn gesehen hatte, und daß Enoch somit zum Grafen Northumbriens wurde.

»Er lebt und kämpft noch«, sagte der dicke Bruder namens Tuck. »Hugo erkennt den Bruder des Königs nicht als Erzbischof an, deswegen hat der König ihm seine Titel genommen. Aber Hugo ist verschlagen und gibt sie nicht her; das Grafschaftsgericht beruft er allerdings nicht mehr ein.«

»Gibt es andere Gerichte in der Gegend?« wollte ich von dem aufgeblähten Bruder wissen, er schien der Klügste zu sein.
»Es gibt Volksversammlungen«, sagte er. »Die sind jedoch von Ort zu Ort verschieden erfolgreich, das hängt davon ab, wie zornig die Leute sind. Wenn sie einen schlechten Baron haben oder Herzog Johann ihr Herr ist, haben sie dieser Tage nicht viel Geduld mit dem Gesetz.«
Ich stand noch eine Weile gedankenverloren da, bis Marian mich fragte, ob sie mir meinen Schlafplatz zeigen solle. Ich wünschte Robin und den anderen eine gute Nacht und folgte ihr.
»Das gefällt mir gar nicht, daß Ihr bei den Tieren schlafen wollt«, sagte sie, als wir im Stall waren.
»Daran bin ich gewöhnt, und außerdem ist es hier schön warm. Danke für die Tunika.« Ich überreichte ihr das Gewand, ich trug jetzt wieder die Männerkleidung.
»Behaltet sie zum Andenken.«
Damit ging sie, und ich streckte mich auf einem Strohballen aus und versuchte, meine Gedanken zu ordnen. Die Hoffnungen, die ich in Hugo von Northumbrien gesetzt hatte, waren zerschlagen – was sollte ich jetzt tun? Zwei Dinge gab es zu bedenken: Roncevaux mußte abgesetzt werden, und ich brauchte einen rechtlichen Anspruch, gegen den Enoch mit seinem Schreiben nicht ankam. Erschöpft schlief ich ein.
Thistles Wiehern weckte mich, ein Schatten stand in der Tür. Ich griff nach meinem Dolch.
»Habt keine Angst, Lady Alix.«
Robin Hood!
Was sollte ich tun? Ich wollte den Schuft ja nicht umbringen,

das wäre mein sicherer Tod gewesen. Ich ahnte sein Vorhaben, als er sich neben mich hockte.
»Marian hat mir von Eurer großen Liebe erzählt«, sagte er. »Sagt, erinnere ich Euch an den König?«
»Den König …«
»Aye.« Er griff nach meiner Hand. »Ich könnte Euch trösten, falls Ihr Euch sehr nach ihm sehnt.«
Sein heißer Atem streifte meine Wange. »Nein, danke. Ich habe mich damit abgefunden, allein zu sein.«
»Unsinn, Euresgleichen ist nie allein.« Bevor ich mich wehren konnte, hatte er mir den Dolch entwunden. »Wir wären ein schönes Paar.«
»Was ist mit Marian?«
»Sie würde sich freuen. Die Arme ist einsam und braucht eine Freundin.« Er langte unter meinen Umhang, preßte seinen Mund auf meinen und drückte mich ins Stroh. Er versuchte meine Beine zu öffnen und saugte an meinen Lippen wie ein Ertrinkender. Ich schien verloren.
Dann wanderte sein Mund zu meinen Brüsten, und ich konnte endlich etwas sagen.
»Hört auf! Bitte, hört auf! König Richard wird Euch nie vergeben, wenn Ihr es tötet!«
Er sah mich an. *»Es?«*
»Niemand darf es wissen. Ich trage sein Kind unterm Herzen, den zukünftigen Thronerben. Das ist Englands einzige Hoffnung, bitte laßt mich gehen.« Ich brach in Tränen aus.
Er rollte von mir. »Euer Geheimnis ist bei mir gut aufgehoben«, beteuerte er, »ich habe Euch falsch eingeschätzt, Mylady. Ich hielt Euch für eine Gespielin des Königs.«
Ich erhob mich, die Hand griffbereit am Dolch.

»Ich bringe Euch morgen zu den Mönchen zurück.« Damit ließ er mich allein.

Ich war überaus erleichtert, als ich im Morgengrauen Pater Thaddeus wiedersah. Wir brachen eilig auf. Nottingham und Sherwood Forest samt seinen gefährlichen Bewohnern wollten wir so schnell wie möglich hinter uns lassen. Wir mußten wieder im Freien übernachten, aber wenigstens war ich hier vor heißblütigen Schurken sicher, die meine Schlafstatt teilen wollten.

Am folgenden Tag kamen wir nur langsam voran, da wir die Pennines überquerten. Die Nacht verbrachten wir im *Gray Falcon.* Mit Schrecken sah ich, wie verhärmt Betty und Bibs, die vormals freundlichen Gastwirte, aussahen. Bibs trug ein Messer im Gürtel, und die Tür verriegelten sie mit einem dicken Balken. Sie waren schon dreimal überfallen worden und froh, überhaupt noch am Leben zu sein.

Ich erinnerte sie daran, daß ich schon einmal eine Nacht bei ihnen verbracht hatte.

»Ab da ging es mit uns bergab«, flüsterte Betty. »Damals wurde Jimmy ...« Sie brach in Tränen aus. Es war mir schon aufgefallen, daß ihr Sohn nicht da war.

Bibs sagte: »Euer schottischer Freund – oder Bruder – war vor zwei Nächten hier und hat nach Euch gefragt.«

»Er suchte Euch oder Eure Schwester«, fügte Betty verwirrt hinzu.

Ich verbrachte eine schlaflose Nacht vor dem Kamin und sah zu, wie die Kohlen zu Asche verfielen. Wie hatte es der Schotte geschafft, mich zu überholen? Wahrscheinlich, als ich von Robin Hood aufgehalten wurde. Zum Glück hatte er mich nicht gesehen. Hoffentlich war er auf dem Weg nach Durham, um Bischof Hugo aufzusuchen, dann konnte ich die verlorene Zeit vielleicht wieder aufholen.

Am nächsten Tag ging es eilig weiter durch Disteln und Stechginster. Nördliche Winde schlugen uns kalten Regen ins Gesicht, bald fiel eisiger Hagel und schließlich Schnee. Als es dunkel wurde, suchten wir Zuflucht inmitten eines Rings aus Felsen. Dort entfachten wir ein großes Feuer und verkrochen uns in den Fellen. Am Morgen waren wir von einer dicken Schneedecke eingehüllt.

Jetzt ging es bergab. Ich ritt ganz hinten und sah mich nach der Stelle um, an der ich mich einst von Dame Margery verabschiedet hatte, doch unter der weißen Schicht sah alles gleich aus.

»Alex, nun komm schon!« rief Pater Thaddeus, als ich stehenblieb, um mich genauer umzusehen. Wir befanden uns an einer Biegung, zu meiner Linken war Dornengebüsch, eine Böschung, aber ich war mir nicht sicher. Ich trieb Thistle voran. Kurz darauf ermahnte mich Pater Thaddeus wieder unwirsch zur Eile.

»Ich muß hier abbiegen«, sagte ich unsicher. »Habt Dank für Eure Begleitung.«

»Ich laß dich nicht gern hier im Wald zurück, mein Junge. Wenn du dich verläufst, wirst du erfrieren. Gibt's hier keinen Weg oder irgendein Zeichen?«

Ich stieg ab. »Wartet bitte, während ich mich umsehe.«

Ich stapfte die Böschung hinauf, um mich herum der dunkle Wald mit seinen unheilvollen Schatten. Ich stolperte weiter. Nach einer Weile entdeckte ich eine gewundene Form, schlitterte die Böschung hinab und klopfte den Schnee ab;

zum Vorschein kam eine Mauer. Ich erinnerte mich an die Mauer, an der wir entlanggelaufen waren. Sie würde mich nach Wanthwaite führen.
»Ich hab's«, schrie ich.
Ich verabschiedete mich von den Mönchen und ritt unter hohen Birken entlang nach Westen. Lautlos stapfte Thistle durch die Schneewehen. Die Sonne brach fahl durch die grauen Wolken. In der Ferne hörte ich schließlich die vertrauten Glocken von Dunsmere. Daraufhin fiel ich auf die Knie, sprach ein Gebet und gönnte mir eine Scheibe Brot mit Speck.
Ich folgte der Mauer, bis sie nach rechts abbog. Ich versuchte, mir die Gegend im Frühling vorzustellen, und entdeckte die kleine Baumgruppe, an die wir uns damals gehalten hatten.
Ich blickte zum Horizont. Dort hinter den Bäumen lag Wanthwaite, und irgendwo dort oben warteten die Seelen meiner Eltern.

31

Es war völlig dunkel, als ich Dunsmere erreichte. Thistle strauchelte immer wieder auf dem holprigen Weg, und wir kamen nur schneller voran, wenn der Mond hinter den Wolken auftauchte. Schließlich stieg ich ab und führte ihn. Aber wohin? In der Nacht sahen die Hütten aus wie riesige Fliegenpilze, und ich konnte mich nicht an Dame Margerys Häuschen erinnern.

Ein kleiner Mann kam aus einer Tür und pinkelte auf die Straße.

»Entschuldigung«, rief ich, »könnt Ihr mir sagen, wo Dame Margery und Tom wohnen?«

»Die haben nichts angestellt«, schnarrte er.

»Natürlich nicht«, erwiderte ich erstaunt. »Ich bin ein alter Freund, komme gerade von einer langen Reise zurück.«

»Drei Häuser hinter der Kirche, dann ist es das zweite nach dem Schweinestall«, sagte er schroff und schlug die Tür zu.

Nachdem ich an der Kirche vorbeigekommen war, konnte ich den Schweinestall riechen und stand bald vor einer Hütte, die mir bekannt vorkam; hier hatte Maisry mich versteckt. Ich klopfte an.

»Dame Margery!« rief ich laut. »Dame Margery, öffnet mir, ich bin's, Alix. Ich bin wieder zu Hause.«

Keine Antwort. Verwirrt klopfte ich lauter. »Ich bin's, die

Tochter von Baron Wilhelm und Catherine. Laßt mich rein, um Gottes willen.«

Die Tür öffnete sich knarrend. »Wer seid Ihr? Wer schickt Euch?«

Ich wollte eintreten, doch sie hatte einen Fuß vor die Tür gestellt. »Ihr habt mich doch nicht vergessen. Ich bin's, Alix.«

»Alix ist tot. Ich habe mit eigenen Augen gesehen, wie sie vor zwei Jahren begraben wurde. Schickt Euch der Teufel?«

»Ich war auf dem Kreuzzug mit König Richard – deshalb hat es so lange gedauert –, aber ich lebe, ich bin kein Geist. Hier, fühlt meine Hand.«

Sie schreckte zurück. Was für eine traurige Heimkehr!

»Glaubt mir, ich bin doch damals mit dem Schotten Enoch Angus Boggs losgezogen. Erinnert Ihr Euch nicht? Lance war auch dabei. Ihr könnt mich nicht im Grab gesehen haben, ich steh doch hier vor Euch, Dame Margery!«

»Das Gesicht war verstümmelt«, sagte sie mit schwankender Stimme. »Es waren auch andere Kleider, aber Sir Roland behauptete, es sei Alix. Er fand sie im *Gray Falcon.*«

Jimmy! Erschöpft lehnte ich mich an die Tür. Unermeßliche Trauer überkam mich; ein armer, unschuldiger Junge hatte für mich sterben müssen. Wie Maisry. Wütend brachte ich hervor: »Das war Jimmy, der Stallbursche.«

Es brauchte eine Weile, bis Dame Margery das verdaut hatte, dann öffnete sie die Tür und umschlang mich mit kräftigen Armen.

»Lady Alix, seid Ihr's wirklich? Alix, die Freundin meiner Maisry?«

»Ja, ich bin zurück.«

Sie preßte mich so fest an sich, daß es mir den Atem nahm.

Dann küßte sie mich und fuhr mir durchs Haar. Immer wieder dankte sie Gott, daß ich endlich zu Hause war.
Von der Feuerstelle kam nur ein schwaches Licht, ich merkte aber trotzdem, daß wir nicht allein waren. Margerys Mann Tom, der Trunkenbold Dunsmeres, schlief zusammengerollt auf einem Fell vor dem Feuer. Aus einer dunklen Ecke hörte ich jemanden klagend rufen: »Ich … kann … jemanden … sehen!«
»Ja, Mutter, es ist Lady Alix!« rief Margery der Gestalt im Schatten zu. Dann sagte sie zu mir: »Setzt Euch ans Feuer, meine Liebe, und nehmt den Umhang ab. Eure Hände sind ja eiskalt. Habt Ihr schon was gegessen?«
Ich beäugte das dürre Eichhörnchen, das auf dem Herd vor sich hin köchelte. »Ich hab Speck dabei.«
»Speck! So was hatten wir ja schon –« Sie verschluckte ihre Freude. »Nein, das Eichhörnchen ist gut genug für uns, Tom hat es ganz frisch gefangen.«
Ich griff nach ihrem Arm. »Der Speck ist für uns alle, Margery. So eine Heimkehr gibt's ja nicht oft zu feiern. Ich muß mich erst einmal um mein Pferd kümmern.«
»Aye, das könnt Ihr im Stall unterstellen.«
Wir führten Thistle gemeinsam hinter die Hütte, wo sich ein Verschlag für die Kühe befand. Dort war es wärmer als in der Hütte. Ich sattelte Thistle ab und holte den Speck aus der Satteltasche. Bald schon saßen wir wieder am Feuer und tunkten Brot ins heiße Fett. Tom schnarchte und schmatzte, doch er wachte nicht auf.
Während wir aßen, beklagte Margery das tote Kind, das neben meiner Mutter begraben worden war. Welch hinterhältige Tat! Welch Scheusal Sir Roland doch war.

»Nachdem die Schotten verschwunden waren, hat Osbert von Northumbrien ihn nach Wanthwaite geschickt, um nach dem Rechten zu sehen. Mit den Schotten wären wir besser bedient gewesen.«
Und das aus Margerys Mund! Ich wußte nicht, wieviel sie über die Plünderung wußte, und erzählte ihr, was vorgefallen war, so wie mein Vater es mir damals mitgeteilt hatte. Sie hörte aufmerksam zu und nickte zufrieden.
»Das dachte ich mir, ich hatte so ein Gefühl. Ich habe immer gesagt, daß Roland die Burg genausowenig rettet wie ein Wolf eine Schafherde.«
»Rettet!« Plötzlich kam es mir vor, als sei alles erst gestern geschehen. »Er hat doch … meine Mutter … getötet!«
Margery umklammerte meine Hände. »Und Maisry?« fragte sie heiser. »Hat er sie auch ermordet?«
Ich nickte. »Ja, ich hab's gesehen.«
»Ich … rieche … etwas«, jammerte die Stimme aus der Ecke.
Dame Margery ließ mich los und tunkte ein Haferplätzchen ins Fett. »Kommt, begrüßt meine Mutter, dann beruhigt sie sich wieder.«
Wir hockten uns neben die zerbrechliche Frau, deren Glieder aussahen wie knotige Weinranken, die Augen waren umwölkt, doch ihren Verstand hatte sie noch beisammen. »Ihr wart mit Maisry hier, an ihrem letzten Tag. Ihr habt meine Hand gehalten.«
»Das stimmt«, rief ich und wandte mich an Margery, »wir flüchteten vor Roland, nachdem er uns auf dem Marktplatz entdeckt hatte.«
Ich beantwortete Margerys Fragen so ehrlich, wie ich konnte, und sie wechselte schließlich das Thema.

»Ihr sagtet, Ihr wart mit König Richard in Jerusalem. Habt Ihr Euer Schreiben von ihm erhalten?«

»Ja und nein«, wich ich aus. »Er versprach mir ein Schreiben für Wanthwaite, sagte aber, daß ich zu jung sei, um Baronin zu werden. Deshalb hat er den Schotten zu meinem Vormund gemacht.«

»Diesen Enoch Angus Boggs?« Sie war entsetzt. »Er muß ja wie ein Teufel gelogen haben, damit der König ihm diesen Gefallen tat.«

»Das hat er auch, und jetzt hat er es auf ganz Wanthwaite abgesehen. Er ist schon auf dem Weg hierher.«

»Der Schotte kommt? Um Gottes willen, wo wollt Ihr Euch nur verstecken?«

»Ich werde mich nicht verstecken«, sagte ich mit fester Stimme, »ich hab nämlich einen Plan und hoffe, daß Ihr mir helft.«

»Natürlich!«

Sie hielt den Finger vor den Mund und deutete auf Tom, der sich rührte. Sie führte mich in den Stall, wo wir die Unterhaltung fortsetzten.

»Sagt, Margery, hat Roland Ritter, die ihm dienen?« fragte ich, nachdem wir uns auf einem Strohballen niedergelassen hatten.

»Wenn man solche Schufte Ritter nennen kann«, sagte sie verächtlich, »grobe Diebe sind's, die plündern und vergewaltigen, wie es ihnen gefällt.«

Mein Herz wurde schwer. »Gibt's im Dorf gute Kämpfer?«

»Sie sind natürlich nicht so gut bewaffnet wie Eure Adligen, aber wenn sie ihrem Herzen folgen, sind sie ganz tüchtig.«

»Und was sagen ihre Herzen?«

Sie überlegte kurz. »Das gleiche wie meins, falls damit Eure Frage beantwortet ist.« Das war sie allerdings.
»Noch eine Frage, und dann erzähl ich Euch meinen Plan. Trifft sich das Volksgericht noch in Crophill?«
Sie nickte.
»Mit welchen Richtern?«
»Der Priester natürlich, das ist Pater Gerald, der schon zu Eurer Zeit hier war, und Ralf von Cogshill, Archie Werwillie sowie Baron Roland.«
»Archie Werwillie? War das nicht Maisrys Freund?«
»Ja, sie mochten sich sehr.«
»Also, das ist mein Plan …«
Wir konnten uns nur nicht darüber einigen, wann wir ihn ausführen sollten. Ich bestand auf dem nächsten Tag; Margery verlangte mehr Zeit für die Vorbereitungen. Doch als ich sie daran erinnerte, daß der Schotte auf dem Weg war und wir Roland absetzen mußten, bevor Enoch eintraf, willigte sie schließlich ein.

Als ich bei Morgengrauen aufstand, war Dame Margery schon verschwunden. Ich zog Marians Tunika an, aß etwas mit Tom und der alten Frau und wartete dann ungeduldig. Haute Tierce ging vorüber. Zweimal glaubte ich, einen schottischen Dudelsack in der Ferne zu hören, doch es waren nur blökende Schafe.
Endlich kam Margery mit einem gefüllten Sack zurück. »Ich hab alles. Das mit der Taube hat etwas gedauert.«
»Wir müssen los«, sagte ich ungeduldig, »es ist schon sehr spät.«
»Ihr seht sehr hübsch aus, Lady Alix«, sagte sie bewundernd.

Die neugierigen Blicke der Dorfbewohner streiften mich, als wir durch die verwinkelten Straßen Dunsmeres liefen. Eine blasse Sonne hatte die Menschen an die frische Luft gelockt, und sie saßen vor ihren Häusern und siebten Getreide. Dame Margery grüßte jeden, und ich wurde wieder ungeduldig.
»Beeilt Euch«, mahnte ich. »Der Priester muß in der Nähe sein, wenn ich schreie.«
»Immer mit der Ruhe«, sagte sie gelassen. »Ihr wollt doch auch, daß diese Leute bezeugen können, daß sie Euch in bester Gesundheit gesehen haben.«
Schließlich gelangten wir zu den vertrauten Feldern, wir waren auf dem Weg nach Wanthwaite. Mein Herz pochte heftig, ob wegen der Erinnerung oder der Vorahnung, wußte ich nicht.
»Das ist weit genug«, beschloß Margery.
Wir waren nur wenige Schritte von der Stelle entfernt, an der Maisry gestorben war.
»Eigentlich ist es Maisry, die heute vor Gericht geht«, sagte sie gefaßt.
Ich stimmte zu. »Maisry und meine Mutter. Kommt, wir dürfen keine Zeit verschenken.«
Wir schlugen uns durch die Dornenhecke. Auf dem harten, gefrorenen Boden legte ich mich nieder, und Margery kniete neben mir.
»Es tut nicht weh«, versprach sie, »fühlt sich nur komisch an. Habt Geduld.«
Ihre Finger tasteten suchend umher, zweimal griff sie daneben, beim dritten Mal war sie erfolgreich.
»Gebt drauf acht, wie Ihr lauft«, mahnte sie.
»Aye. Schmiert mir noch etwas Dreck ins Gesicht.«

Sie holte eine Handvoll Schlamm aus dem Graben und fuhr mir durchs Gesicht, dann riß sie meine Tunika entzwei.
»Geht, Mylady, ich bleib in der Nähe.«
»Laßt Euch nicht sehen«, warnte ich.
So schnell ich konnte, lief ich nach Dunsmere zurück. Als ich das Dorf und die Leute erblickte, schrie ich: »Hilfe, zu Hilfe! Er hat mich vergewaltigt!«
Zwei Jungen rannten herbei und starrten mich mit offenen Mündern an.
»Hilfe!« schrie ich so laut, wie ich konnte. »Ich bin vergewaltigt worden! So helft mir doch!«
Ein Mann beäugte mich und faßte mich am Arm. »Was ist passiert, Mädel? Bist du verletzt?«
»Ich bin vergewaltigt worden. Bitte bringt mich zur Kirche!«
Zwei Frauen näherten sich. »Was ist los? Werwardas?« fragte die dickere der beiden.
»Baron Roland war's. Verfolgt ihn, ich will ihn vor Gericht bringen!«
»Sie will gegen Roland aufbegehren, wir müssen ihr helfen!« sagte eine ehrfürchtige Stimme.
»Schon wieder Roland, dieses Biest!«
Eine aufgeregte Menge hatte sich um mich versammelt, mehrere Arme stützten mich.
»Sie blutet ganz schrecklich, kannst du denn laufen, Mädchen?«
Das war allerdings schwierig, denn um Margerys Werk nicht zu zerstören, mußte ich kleine, trippelnde Schritte machen und die Oberschenkel zusammenhalten. Zum Glück trugen sie mich fast zur Kirche. Der kahlgeschorene Priester wandte sich uns zu.

»Sie ist vergewaltigt worden, Pater Gerald!« schrie ein Mann. »Roland hat sie vergewaltigt!«
»Nicht schon wieder!« stöhnte der Priester. »Er ist vom Teufel besessen!«
»Helft mir!« flehte ich den Priester an und taumelte ihm entgegen. Er hob mich auf den Altar. Mitleidige Gesichter umgaben mich, und ich versuchte einige Tränen herauszupressen. Dann sagte ich mit schwacher, doch deutlicher Stimme: »Beruft sofort das Gericht ein, Pater Gerald, ich muß ihn innerhalb von vierundzwanzig Stunden anklagen.«
»Was soll das heißen?« Mit starrem Blick sah er mich an.
Ich sagte, diesmal etwas lauter: »Ich möchte, daß Ihr Baron Roland sofort vors Volksgericht bringt. Er hat mich vergewaltigt, dafür wird er bezahlen!«
Zizka hatte mir beigebracht, wie man Zuschauer fesselt, und ich legte meine ganze Seele in diese Vorstellung.
»Das ist doch sicher nicht das erste Mal, daß Roland solch ein Verbrechen begeht?« wollte ich von den Menschen um mich herum wissen.
»Nein, er läßt unsere Mädchen nie in Ruhe!« sagte jemand mit bitterer Stimme.
»Er vergewaltigt die Mädchen, stiehlt unsere Schweine!«
Verärgertes Gemurmel.
»Aber was können wir schon tun? Er ist der Baron, wir haben doch keine Rechte!«
»Ihr werdet zu eurem Recht kommen, wenn ihr zu mir haltet«, sagte ich. »Ich bin Lady Alix von Wanthwaite.«
Die Menschenmenge verstummte. Pater Gerald zitterte. »Aber – aber, ich selbst hab doch Lady Alix vor zwei Jahren beerdigt.«

»Ihr habt statt meiner einen Jungen begraben«, sagte ich. »Seht mich an, Pater Gerald. Ihr wart doch Weihnachten einmal in Wanthwaite, um Pater Michael zu helfen. Damals spielte ich einen Engel. Könnt Ihr Euch daran erinnern?«

»Gott sei gepriesen!« flüsterte er ehrfürchtig. »Aber wie –«

»Das erzähl ich später. Als minderjährige Waise unterstehe ich Eurer Obhut. Ich möchte Roland anzeigen.«

Er schüttelte den Kopf. »Das nützt nichts, Lady Alix. Selbst wenn Ihr ihn anzeigt, wird er sich der Anklage nicht stellen.«

»Sagt ihm, daß er über eine Vergewaltigung richten soll«, erklärte ich. »Sagt ihm, daß der Angeklagte sich freikaufen möchte, und zeigt ihm zur Sicherheit diese Silbermünzen, davon gibt's noch mehr.«

»Richtig, lockt ihn in die Falle!« schrie jemand mit freudiger Stimme. »Wir halten zu Euch, Mylady!«

Zögernd nahm der Priester die Münzen entgegen. »Ich gehe zu ihm, sobald ich weiß, daß es Euch gutgeht.«

»Wo ist das arme Mädchen?« rief eine entschiedene Frauenstimme.

»Das ist Mistress Evote, die Hebamme«, sagte Pater Gerald warnend. »Sie muß bezeugen, daß Ihr wirklich vergewaltigt worden seid und daß Ihr Jungfrau wart.«

Ich nickte mit zusammengepreßten Lippen.

Ein runzliges Gesicht mit dunklen Knopfaugen beugte sich über mich. »Trockne ihr doch jemand die Stirn ab, sonst erkältet sich das arme Kind noch. Du mußt die Beine öffnen … ja, und beug die Knie an.«

Ich richtete meinen Blick nach oben zu den Fledermäusen, die verstört im Balkenwerk herumflatterten.

»Ich kann kaum was sehen vor lauter Blut«, murmelte Evote. Kalte Finger glitten meine Schenkel hinauf. Mit zusammengepreßten Zähnen hielt ich den Atem an. Dann, wie verabredet, kam Margery und stürzte auf mich zu.
»Was ist Euch geschehen? Was ist passiert?«
»Achtung, Margery«, sagte Evote, »sie ist ziemlich mitgenommen. Aber wenn sie ihn anzeigen möchte, muß ich ihren Urin sehen.«
Jetzt flossen meine Tränen wirklich, und ich war so schwach, daß ich mich kaum bewegen konnte. Dame Margery war mir behilflich, begleitete mich zu einer Nische und hielt den Krug.
Als wir ihn der Hebamme überreichten, befand sich dickflüssiges Eiweiß auf dem Boden.
»Das sieh sich einer an«, rief sie, »eindeutig männlicher Samen, ganz deutlich zu sehen.«
»Er hat es gewagt, meiner Lady Alix seinen bösen Samen einzupflanzen!« schrie Margery aufgebracht. »Unsere Baronin hat er besudelt! Wir müssen was tun! Steht nicht rum wie Schafe!«
Drohend schüttelte sie die Faust und schrie nach Rache. Die Menschenmenge beäugte mich unsicher. Ein untersetzter Kerl schob sich in den Vordergrund. »Könnt Ihr Euch an mich erinnern? Ich war ein Freund Maisrys.«
»Archie Werwillie«, sagte ich und streckte ihm die Hand entgegen.
Er drückte sie fest. »Ich halt zu Euch. Was kann ich tun?«
»Ich auch.« Ein rotgesichtiger Kerl gesellte sich dazu.
»Clac, der Schweinehirt?« Seinen Namen hatte Margery erwähnt, und sein Geruch verriet den Beruf.

Bald war ich von eifrig rufenden Dorfbewohnern umgeben, die wissen wollten, was zu tun war.
Ich stellte mich auf den Altar, damit mich alle hören konnten.
»Als rechtmäßige Erbin Wanthwaites bin ich Mündel des Königs von England. König Richard gab mir ein Schreiben, mit dem Wanthwaite und all seine Lehen an mich zurückgehen. Als ich Roland dieses Schreiben zeigte, nahm er es mir ab, warf mich zu Boden und vergewaltigte mich.«
»Tötet den Schuft!« rief eine Frau.
Ich hob beide Hände. »Er hat sowohl das Gesetz Gottes als auch das Gesetz des Königs gebrochen. Wir werden diesen Gesetzen wieder zur Durchsetzung verhelfen.«
»Wie denn?«
»Ich klage ihn vor dem Volksgericht an. Mit Gottes Hilfe wird er gerichtet werden, aber auch ihr müßt mir helfen.«
»Sagt uns nur wie, Lady Alix.«
»Wir stehen wie eine Armee hinter Euch!«
Ich betrachtete die verhärmten Gesichter, ausgemergelten Körper, wäßrigen Augen, und mich verließ fast aller Mut.
»Armeen gewinnen nicht aufgrund ihrer zahlenmäßigen Überlegenheit. Es braucht eine Strategie, und die beste Strategie ist ein Überraschungsangriff.« Ich versuchte mir vorzustellen, wie Richard vorgehen würde. »Das Gesetz wird auf Latein verlesen, deshalb will ich es euch erläutern.«
Sie lauschten meinen Ausführungen.
»Und nun zur Bestrafung. Wie viele von euch können mit dem Bogen umgehen?«
Acht Männer und eine Frau traten vor.
»Und wer kennt sich mit Dolchen und Messern aus?«
Alle hoben die Hand. Ich erklärte ihnen, was zu tun war. Sie

nickten. Was ich bei Richard gelernt hatte, konnte ich jetzt anwenden, auch wenn sich meine Lage etwas anders darstellte: Ich hatte eine Armee aus Bauern, und ich wollte keine *enfants perdus.*

Am späten Nachmittag kam Pater Gerald von Wanthwaite zurück. »Er hat den Köder geschnappt«, berichtete er zufrieden. »Es hat ihn besonders interessiert, daß es morgen noch mehr Silber geben wird.«

»Danke, Pater. Bis morgen dann.«

Nachdem er gegangen war, blickte ich zum nördlichen Horizont und lauschte. Bisher gab es noch kein Anzeichen dafür, daß die Schotten auf dem Weg waren. Vielleicht waren wir noch eine Weile sicher vor ihnen.

Pater Gerald und die Dorfbewohner erwarteten mich am nächsten Morgen, ihr Atem dampfte in der kalten Luft. Sie winkten mir zu, und ein Kerl zog einen glänzenden Dolch.

»Lady Alix, unsere neue Herrin!« rief Clac.

Ich winkte zurück und hüllte mich dann in den groben Umhang, den Margery mir gegeben hatte. Die Kapuze zog ich tief ins Gesicht.

»Laßt uns beten«, schlug Pater Gerald vor.

Wir knieten auf dem gefrorenen Boden nieder und hörten andächtig zu, als er mit den vertrauten lateinischen Worten Gottes Hilfe erbat. Dann stellten wir uns in einer Reihe auf und begannen den Anstieg zum Versammlungsort unserer Vorfahren.

Neben mir ging Archie Werwillie. Er hatte Bogen und Köcher dabei, in letzterem steckten zwei scharfe Pfeile. Das

dunkelblonde Haar hing ihm wie bronzener Draht in die Stirn, die Nase war gerötet, und seine Augen glühten vor Haß.
»Dieser Roland hat auch Maisry auf dem Gewissen, stimmt's?« fragte er unumwunden. »Ich hab gehört, wie sie zugerichtet war.«
Ich legte eine Hand auf seinen Arm. »Denk nicht daran, Archie. Mich hat Roland damals gesucht, sie hat mein Leben gerettet.«
»Dafür wird er heute mit seinem bezahlen.«
»Das hoffe ich.«
Wir bogen vom Pfad ab und marschierten weiter nach Crophill. Der gefrorene Stechginster leuchtete dunkelrot, und die Hügel sahen aus, als würden sie brennen. Schließlich kamen wir zu dem rechteckigen Versammlungsgraben und hielten am Rand an, um ihn eingehend zu betrachten. Unten in der Mitte befand sich eine flache Stelle, von der sechs Sitzränge aus Erde nach oben hin aufstiegen.
»Sollen die Bogenschützen am Rand stehenbleiben, oder sollen wir uns auf dem obersten Rang postieren?« fragte der Schmied Gordoc.
»Stellt euch auf den oberen Rang, damit ihr von hinten geschützt seid.« Diejenigen, die Dolche dabeihatten, postierten sich weiter unten. Die mit Äxten und Keulen suchten sich ihre Plätze selbst aus. Ich hoffte, daß wir Roland mit der Überraschungstaktik und unserer großen Anzahl überwältigen konnten. Ich ließ mich schließlich auf dem ersten Rang zwischen Margery und Tom nieder.
Pater Gerald begab sich hinter den Richtertisch und stellte den Reliquienschrein aus der Kirche auf den Tisch. Darin war

das rechte Ohr St. Annas. Archie gesellte sich zu ihm, ebenso Ralf von Cogshill, der dritte Richter. Wir warteten auf den Obersten Richter, Sir Roland.

»Er kommt, aber nicht allein«, rief uns Clacs Frau Adelwisa von oben zu.

»Wie viele sind bei ihm?« rief ich.

»Kann ich noch nicht genau sehen, acht oder neun.«

»Sind sie bewaffnet?«

»Ja, für die Jagd, glaube ich.«

Archie nickte mir ermunternd zu; der Priester behielt weiterhin die Ruhe.

»Baron Roland, ist es wahr, daß Ihr auf die Wildschweinjagd gehen wollt?« rief Adelwisa näselnd.

»Ja, sofort nach der Verhandlung«, antwortete die Stimme, an die ich mich noch gut erinnern konnte.

Wir hörten Pferdeschnauben und Waffenklirren, als die Ritter abstiegen.

»Was haltet Ihr davon«, fuhr Adelwisa verschlagen fort, »wenn ich Euer Schwert und die Eurer sechs Freunde während der Verhandlung poliere, so wie das letzte Mal? Ich könnte ein paar Pennies gebrauchen.«

Zu siebt waren sie also; einige legten lachend ihre Waffen ab, doch die schlaue Adelwisa bekam nicht alle, ich hörte Schwerter klirren, als der erste Ritter die Ränge herunterstapfte. Er kam ganz nach vorne und zwängte sich zwischen Tom und mich. Mit einem flüchtigen Blick stellte ich fest, daß es Magnus Barefoot war.

Wie versteinert saß ich da. Ich merkte, daß er mich anstarrte; wahrscheinlich war er nur neugierig und wollte sehen, welches Mädchen geklagt hatte.

Als nächster kam Sir Roland. Auch er hatte einige Waffen behalten. Er war anscheinend nicht mißtrauisch, denn er stieg ganz bedächtig die Ränge herab und blieb des öfteren stehen, um verschiedene Dorfbewohner zu begrüßen. Ich wunderte mich über die Schlagfertigkeit, mit der sie seine Scherze beantworteten.

Der verabscheuenswerte Ritter schritt hinter den Richtertisch und setzte sich zwischen Archie und Ralf von Cogshill. Ich zog die Kapuze fester und blickte ihn zwischen den Fingern hindurch an: Raubtieraugen, vernarbte Wangen und schlechte Zähne. Er sollte nicht lebend davonkommen, schwor ich mir.

Die anderen Ritter hatten sich mittlerweile auch niedergelassen. Da wir nur vereinzelte Plätze frei gelassen hatten, saßen sie getrennt voneinander.

Pater Gerald erhob sich und breitete die Arme zum Segen aus, dann sprach er ein Gebet. Darauf sagte er mit lauter, klarer Stimme: »Das Gericht von Dunsmere ist hiermit eröffnet. Die Klägerin möge vortreten.«

Ich ging zum Richtertisch.

»Legt Eure Hand auf den Reliquienschrein und schwört«, sagte der Priester.

Ich legte eine Hand auf den Schrein.

»Schwört bei Gott, dem Vater, dem Sohn und dem Heiligen Geist, daß Ihr die Wahrheit sagen werdet.«

Ich dachte an meine Mutter und an Maisry. »Ich schwöre.«

»Dann bringt Eure Klage vor und zeigt auf den Angeklagten.«

Ich atmete tief durch und sah Roland an. »Bei Gott, dem diese Reliquie heilig ist, schwöre ich, daß ich gestern morgen nach Haute Tierce auf dem Weg westlich von Dunsmere auf den Angreifer traf. Er warf mich zu Boden und brach die Gesetze Gottes und des Königs, indem er mich mit Gewalt nahm und meine Jungfräulichkeit zerstörte. Nachdem er fertig war, rannte ich ins Dorf, dort wurde ich untersucht, um den Wahrheitsgehalt meiner Klage zu überprüfen. Das schwöre ich bei Gott.«

Roland machte einen verwirrten Eindruck. Meine Geschichte schien ihn einigermaßen zu überzeugen, doch er hatte der Gerechtigkeit ja schon abgeschworen, indem er Silber von meinem »Angreifer« angenommen hatte. Er blickte sich nach dem Wohltäter um.

»Gut gesprochen, armes Mädchen«, sagte er. »Habt keine Angst, zeigt auf den Angeklagten.«

»Ihr seid es!«

Verdrießlich wandte er sich dem Priester zu. »Sie ist offensichtlich ganz verstört. Klärt sie bitte darüber auf, daß ich der Richter bin.«

Ich wiederholte bestimmt: »Ihr habt mich vergewaltigt, Sir Roland, Ihr ganz allein.«

»Unsinn«, sagte er schroff. »Ich seh Euch zum ersten Mal. Was soll das alles, Pater? Wo ist der Mann mit den Silbermünzen, den Ihr erwähnt habt?«

Pater Gerald, ganz blaß, sagte deutlich: »Baron Roland, Ihr seid der Angeklagte.«

Mit einer Grimasse, die wohl ein Lächeln sein sollte, entblößte Roland seine grauen Zähne. »Ihr überrascht mich, Pater. Ich muß gestehen, solch einen Scherz hätte ich Euch gar nicht zugetraut.«

Pater Gerald entgegnete: »Nehmt Stellung zu der Klage, oder Ihr werdet gerichtet.«

»Welche Klage? Von einer hergelaufenen Hure? Ich war gestern in Cockermouth, und sechs Ritter können es beschwören. Könnt Ihr mit den nötigen sechsunddreißig Eidgenossen aufwarten, um Eure Klage aufrechtzuerhalten?«
»Jawohl, das kann ich.« Ich hob die Hand.
Und sofort ertönte ein Chor von Stimmen. »Wir schwören!«
»Ihr Tölpel!« schrie Roland jetzt aufgebracht. »Dieses Weib hat euch aufgehetzt, und ihr wißt gar nicht, welche Folgen das hat. Ich könnte eure Leben fordern wegen Meineids.«
»Endlich einmal sagen wir die Wahrheit!« rief eine Frau.
Roland wandte sich an Pater Gerald. »In Gottes Namen, Pater, gebietet dieser Farce Einhalt. Außerdem kann eine Frau vor Gericht nicht klagen.«
Damit hatte er Pater Gerald verunsichert.
»Frauen können bei Schwerverbrechen sehr wohl vor Gericht klagen«, sagte ich. »Und dazu gehören Mord und Vergewaltigung.«
»Hört auf damit. Klagt jemanden Eures eigenen Standes an, mich könnt Ihr nicht hinters Licht führen. Ihr werdet den nächsten Tag kaum erleben.«
»Einer von uns wird ihn nicht erleben«, pflichtete ich ihm bei. »Pater Gerald, lest ihm das Gesetz vor.«
Roland grinste höhnisch und wandte sich ab, als wäre die ganze Sache für ihn erledigt. Pater Gerald ergriff das Pergament, das ich für ihn vorbereitet hatte. Es war offensichtlich, daß Roland den lateinischen Phrasen ebensowenig folgen konnte wie die Bauern, doch alle waren beeindruckt von den feierlichen Sätzen und deren Bestimmtheit: *»Quod si impudice discooperuerit eam et se super eam posuerit, omnium possessionem sacrum incurrit damnum –«*

Verärgert unterbrach Sir Roland den Priester. »Das trifft nicht zu, egal wie lange Ihr diese Formeln noch runterleiern wollt! Huren haben keine Rechte!«
Evote krächzte: »Sie war Jungfrau!«
Jetzt wurde Roland anscheinend zum ersten Mal die Feindseligkeit aller bewußt. Seine Augen flogen von einem seiner Ritter zum anderen.
»Jungfrauen gefallen Euch besonders gut, stimmt's?« fragte Archie Werwillie. »Lest das Gesetz vor, Pater.«
»*Et est raptam virginem quodam crimen quod femina imponit aliqui* ...«
»Den Atem könnt Ihr Euch sparen, Pater, weshalb lest Ihr den Affen Latein vor? Ich sehe doch, was sie vorhaben. Archie, wie stehst du zu diesem Weib? Ist sie deine Schwester? Glaubst du etwa, du dummes Weibsstück, du kannst in Wanthwaite einheiraten?«
»Nie würde ich Euch heiraten, Roland«, sagte ich.
»Gut«, erwiderte er barsch. »Dann sind wir uns darin wenigstens einig.«
»Aber ich nehme Wanthwaite«, sagte ich leidenschaftlich. »Sowie Euer Leben.«
Verächtlich sah Sir Roland den Priester an. »Hört endlich auf mit diesem Schauspiel, bevor ich die Geduld verliere. Ich warne Euch zum letzten Mal. Egal, was dem Weib zugestoßen ist, ich bin immer noch ihr Herr. Sie kann mich nicht verklagen!«
Ich warf die Kapuze zurück. »Ich bin Lady Alix von Wanthwaite. Ich klage Euch an: Ihr habt meine Burg geplündert, meine Eltern ermordet, Maisry von Dunsmere vergewaltigt und ermordet und außerdem Jimmy vom *Gray Falcon* umgebracht ...«

Für einen Augenblick war er verblüfft – doch dann gab er seinen Befehl: »Zu den Waffen! Magnus, schnappt Euch das Mädchen!«

Archie und Ralf hielten Roland auf beiden Seiten fest. Ich schnellte herum und sah, wie Thorketil, ein kräftiger Däne, Magnus' Schädel mit der Axt spaltete.

»Alix!«

Zu spät hörte ich Archies warnenden Schrei. Roland hatte sich freigemacht und sprang auf mich zu. Hinter mir war großes Gezeter und Geschrei. Ich kämpfte mit aller Kraft gegen ihn an. Er warf mich zu Boden und hielt mir einen Dolch an die Kehle. In dieser Stellung sahen wir vor uns das blutige Schauspiel: Trauben von Dorfbewohnern hingen an jedem Ritter. Die wehrten sich wie Tiger, einer versetzte Clac den Todesstoß; ein kleines Kind fiel schreiend in eine Blutlache. Schließlich wurde ein Ritter von einem Pfeil niedergestreckt. Die anderen wurden mit Keulen erschlagen.

Roland war jetzt auf sich allein gestellt – allerdings hatte er mich als Geisel.

»Ich bring sie um, wenn ihr mir zu nahe kommt!« drohte er.

Die Männer und Frauen hielten inne und sahen sich hilflos um. Da, ein Surren, ein Aufprall – Archie hatte einen Pfeil abgeschossen! Er hatte Roland getroffen, doch nicht tödlich. Roland preßte immer noch die Klinge gegen meinen Hals; ich drehte mich so, daß sie nicht zu tief einschnitt, langte nach dem Dolch meines Vaters und stieß ihn heftig in Rolands Brust.

Unsere Gesichter waren einander nah wie in einer Umarmung, und ich sah, wie das Leben aus seinen Augen wich. Warmes Blut strömte über meine Hand. Heiliger Benedikt,

ich hatte ihn getötet! Entsetzt sah ich zu, wie er zu Boden glitt.
Ich wandte mich um und sah eine Welt, die aus den Fugen geraten war. Alle schlugen auf die Toten ein. Frauen prügelten die leblosen, verstümmelten Ritter mit Keulen und Steinen; auch die Kinder beteiligten sich daran. Männer hackten Köpfe ab und hielten Augen und Hoden als Siegeszeichen in die Höhe. Das Blut lief die Ränge hinunter und verwandelte die Erde in roten Schlamm. Schließlich wurden die sieben Köpfe auf Piken gespießt und vorangetragen.
»Hoch mit Euch!« Archie und Margery hoben mich auf die Schultern zweier grinsender Männer, die mich zurück nach Dunsmere tragen sollten. Ich warf einen Blick in die blutige Grube. Drei Dorfbewohner knieten dort neben ihren toten Angehörigen. Margery war blutverschmiert und sah aus wie eine Wilde, in ihren Augen loderte ein unheimliches Feuer. Verängstigt wandte ich mich ab. Die Menschenmenge johlte im Rhythmus der tanzenden aufgespießten Köpfe. Ich klammerte mich an die Haare meiner Träger. Schreiend und lachend kam unser Zug voran, hinter uns her zogen wir eine Blutspur. Endlich erreichten wir Dunsmere; auf dem Kirchenvorplatz war ein Scheiterhaufen errichtet worden. Anscheinend war dies ein schon lange erwartetes Fest.
»Fahrt zur Hölle! In die Hölle mit euch!« schrien sie und übergaben die verstümmelten Leichen dem Feuer. Dann tanzten sie, von Margery angeführt, um den Scheiterhaufen herum und johlten vor Freude, als die Köpfe dampfend und zischend barsten.
Ich warf dem Priester einen entsetzten Blick zu.
»O Pater«, sagte ich, »ich habe nicht gewußt …«

»Was Ihr auslösen würdet?« Er schnitt eine Grimasse. »Es hat nur einen Funken gebraucht, Mylady, der Scheiterhaufen war bereit, die Wut schwelte. Es war nur eine Frage der Zeit.«
Ich sah in die Flammen und dachte an Enoch. Wie ein Fels rollte die Angst in meinem Bauch herum. Weshalb vertrödelte ich hier meine Zeit? Mit Leichtigkeit könnte Enoch an Dunsmere vorbeireiten, und ich würde es nicht einmal merken.
»Ich geh zur Burg«, teilte ich Pater Gerald mit.
Er schrak zusammen. »Aber doch nicht ohne einige Männer, das dürft Ihr nicht. Woher sollen wir wissen, ob wir alle Ritter Rolands erwischt haben?«
»Ich paß schon auf mich auf, aber ich muß jetzt gehen. Sofort!« Die Angst verschlug mir fast die Sprache. »Kommt mit mir, Pater, Ihr seid mein Vormund.«
Ich rannte zu Dame Margerys Hütte, um Thistle zu holen. Die Sonne stand gerade im Zenit, als ich wieder bei den wilden Tänzern vorbeikam. Pater Gerald schwang sich mit flatternder Robe auf Thistles Kruppe.
Als wir auf offenem Feld waren, gab ich Thistle die Sporen und galoppierte schnurstracks auf die Türme Wanthwaites zu. Ich nahm mir jedoch die Warnung des Priesters zu Herzen und war achtsam. Dafür gab es aber keinen Grund, denn überall herrschte Grabesstille. Als wir beim Wachtturm ankamen, sah ich, daß alles noch so war wie am Tag der Plünderung. Die verkohlten Hütten moderten vor sich hin, nichts war wiederaufgebaut worden, und es gab auch keine Tiere. Merkwürdig. Wo hatte Roland Milch herbekommen? Eier? Getreide? Und wo waren die Bediensteten?
Dumpf klapperten Thistles Hufe über die Zugbrücke, meine

Augen hielt ich bewußt nach oben gerichtet. Dann kamen wir zum Burghof, inmitten alter Blätter stand dort noch das Katapult. Ich führte Thistle zu den Stallungen.
Hier gab es wenigstens etwas Leben; eine schöne Stute und ihr Fohlen blickten uns neugierig entgegen. Ich gab ihnen und Thistle zu fressen, nahm meinem Pferd Sattel und Zaumzeug ab und machte mich auf, das Innere der Burg zu erkunden. Pater Gerald folgte mir nicht.
In der Eingangshalle packte mich das Entsetzen. Die Holzwand mit den eingelassenen Fensterbänken, auf denen meine Eltern gern gesessen hatten, war herausgerissen und durch eine Steinmauer mit normannischem Kamin und Schießscharten ersetzt worden. Aber das war nicht das Schlimmste. Die Halle sah aus wie ein Lagerplatz, in dem vorüberziehende Horden kampierten. Weggeworfene Rüstungen, Kleidungsstücke und Felle lagen inmitten von menschlichen und tierischen Exkrementen. Es stank fürchterlich. Auch Pferde hatten hier gehaust, und in dem Dreck hatte sich Ungeziefer angesiedelt. Ratten huschten in den Abfällen umher.
Angeekelt erklomm ich die Treppe. Auf den Fellen in meinem Zimmer tummelte sich Ungeziefer, das ich gar nicht genauer in Augenschein nehmen wollte. Im Zimmer meiner Eltern sah es allerdings noch schrecklicher aus. Pelziger, grauer Schimmel bedeckte den ganzen Boden, und ich klebte mit den Füßen daran fest.
Zu Tode enttäuscht rannte ich hinaus in die Sonne. Es gab kein Zuhause mehr! Nur in meiner Vorstellung. Alles, was mir blieb, waren Erinnerungen und die Sehnsucht. Wäre ich nur nicht wieder hergekommen, dann hätte ich Wanthwaite unbefleckt im Gedächtnis behalten können.

Traurig schlug mein Herz.
Es schlug – im Takt einer Trommel!
Ich spitzte die Ohren, da – schottische Dudelsäcke! *Deus iuva me,* Enoch!
Entsetzt rannte ich zu Pater Gerald und faßte ihn am Arm.
Was sollte ich nur tun?

32

Die bedrohlichen Trommelschläge und heiseren Dudelsacktöne kamen immer näher. Die Schotten hatten den Fluß überquert und kamen langsam den Berg herauf zur Burg. Ich zog den aufgeregten Priester hinter mir her und stellte mich entschlossen ins Tor. Innerlich war ich entsetzlich aufgewühlt; doch ich würde eher sterben, als Enoch zu zeigen, daß ich Angst hatte.

Als er schließlich um die Ecke bog, erkannte ich ihn nur, weil ich ihn erwartet hatte, denn er ähnelte einem riesigen Insekt auf einem Schlachtroß. Er war schwarz und blau bemalt, trug einen flachen Helm mit langem Nasenschutz und großen Federn, die aussahen wie die Fühler einer riesigen Wespe. Vorn und hinten trug er je einen hölzernen Schild, hatte einen blutroten Kilt an und einen grauen Pelz über die rote Weste geworfen. Unzählige Felltaschen und Speere standen wie Stacheln von ihm ab.

Ihm folgte eine ähnlich furchteinflößend gekleidete Armee; alle Männer waren in ein Plaid gehüllt. Beim Anblick dieser Eindringlinge wurde ich noch entschlossener. Als Enoch schließlich vor mir stand, sah ich in ihm nur noch den Räuber, der er schließlich war, die rücksichtslose Schlange, die mich an den König verkauft hatte. Wenn er nicht eine ganze Armee dabeigehabt hätte, hätte ich ihn auf der Stelle umgebracht; es wäre ihm genauso ergangen wie Sir Roland.

Mit einer energischen Handbewegung unterbrach er die Trommeln und Dudelsäcke, stieg ab und schritt auf mich zu.
»Ihr kommt zu spät, Enoch. Die Burg gehört mir«, sagte ich kalt.
Bedächtig nahm er seinen Helm ab, die blauen Augen musterten meine weiblichen Formen, und er sagte zynisch: »Aye, das Gemetzel im Dorf hab ich gesehen. Ihr scheint das Töten von Richard gelernt zu haben.«
»Ich mußte mich verteidigen«, protestierte ich. »Außerdem hat mich Sir Roland vergewaltigt. Das Gericht hat ihn verurteilt.«
»Das war ja eine günstige Vergewaltigung.« Dann förderte er eine Schriftrolle zutage – das berüchtigte Schreiben – und überreichte sie dem Priester.
»Lest ihr das vor, Pater«, befahl Enoch.
»Das braucht Ihr nicht, ich kenne den Inhalt«, beeilte ich mich zu sagen. »Es ist ungültig.«
Der Schotte entblößte die Zähne. »Warum?«
»Dafür gibt's viele Gründe – jedenfalls bin ich die Besitzerin von Wanthwaite.«
»Aber nicht rechtmäßig.«
»Selbst Ihr – als Student von Magister Malcolm – müßt doch einsehen, daß ein Gerichtsurteil mehr Gewicht hat als –«
»Eine Anordnung des Königs?« Er deutete auf die Schriftrolle.
»Aber das Schreiben trifft doch gar nicht zu«, sagte ich triumphierend, »es wurde unter falschen Tatsachen abgefaßt! Ich bin nicht Alex, bin kein Baron. Das Dokument ist wertlos.«
Enoch beugte sich zu mir. »Das ist ein neues Schreiben, Alix. Ich würde Euch raten zuzuhören!«

Die Angst packte mich wieder, doch ich ließ mir nichts anmerken. Ich nickte Pater Gerald zu.
Er räusperte sich. »Es handelt sich hier um ein Schreiben König Richards mit den üblichen Eingangsfloskeln. Soll ich gleich mit dem wichtigen Teil anfangen? Ja?«
Während er versuchte, das Pergament im richtigen Abstand zu seinen Augen zu plazieren, wandte ich mich Enoch zu. Unsere Blicke verfingen sich ineinander. Irgend etwas schien sich zwischen uns geändert zu haben, doch ich hatte keine Zeit, weiter darüber nachzudenken. Enoch haßte mich genauso wie ich ihn. Dann wandte ich meine Aufmerksamkeit den Worten Pater Geralds zu.
»›Ich, Richard, König Englands von Gottes Gnaden, übereigne hiermit die Grafschaft von Wanthwaite samt der Burg, allen Gebäuden, dem ganzen Land sowie allen Lehen Baron Enoch Angus von Dingle-Boggs, Schottland, im Einvernehmen mit der Absprache, die wir in Akkon am 12. August 1191 getroffen haben. Die Vorbezeichneten sind Zeugen dieser Übereinkunft, die im Einvernehmen steht mit dem Vertrag, den ich im September 1189 mit König Wilhelm, König Schottlands von Gottes Gnaden, geschlossen habe.‹«
Ich wirbelte entsetzt herum und blickte in das siegessichere Gesicht des Schotten.
»›Nach der Bestimmung, die Land und Titel an den König zurückfallen läßt, wenn der rechtmäßige Besitzer stirbt, ohne einen volljährigen Erben zu hinterlassen, gehört besagte Grafschaft der Krone. Deshalb übergeben wir die Hand Lady Alix von Wanthwaites, Mündel der Krone, Baron Enoch Boggs. Die Ehe ist schnellstens zu vollziehen. *Teste me ipso. Ex mandato regio,* Richard, *Rex Anglicarum.*‹«

»Niemals!« schrie ich.
Wütend stürzte ich auf Enoch zu, doch der griff meine Handgelenke. Ich war machtlos.
»Dazu habt Ihr kein Recht!« schrie ich. »Wanthwaite gehört mir, das wurde vom Gericht so bestimmt; ich bin vergewaltigt worden –«
»Was habt Ihr denn benutzt? Hühner- oder Taubenleber?« fragte Enoch sarkastisch. »Und glaubt Ihr immer noch, daß eine Dorfversammlung eine Anordnung des Königs übertrumpft?«
Pater Gerald pflichtete dem Schotten bei. »Er hat recht, Lady Alix, wir müssen dem König gehorchen. Außerdem könnt Ihr den Besitz nicht allein verwalten, Ihr seid ja noch ein Kind.«
»Die Blattern wünsch ich allen feigen Priestern!« heulte ich auf. »König Richard hatte recht, ihr seid alle Verräter! Wieviel hat Enoch Euch denn bezahlt, damit Ihr Euch gegen mich wendet?«
»Alix! Nie habe ich …« Seine Hundeaugen wurden feucht, und er errötete.
»Ich muß schon sagen, Alix, das ist nicht sehr schmeichelhaft, aber vielleicht könnt Ihr Eure wahre Begeisterung noch nicht zeigen. Die Zeremonie findet jedenfalls übermorgen statt. Bereitet Euch darauf vor.«
»Niemals werde ich Euch heiraten!«
»Damit Ihr Euch keine falschen Hoffnungen macht, *Lady* Alix, ich habe dazu genausowenig Lust wie Ihr. Bei Gott, ich werd's aber tun, und Ihr auch!« Er wandte sich an seine Soldaten. »Absteigen!«
Klirrend sprangen die Schotten zu Boden, führten ihre Pferde

in den Stall, schwatzten in ihrer merkwürdigen Sprache und sahen sich neugierig um. Überrascht stellte ich fest, daß ein gutes Drittel Frauen waren. Sie waren ebenfalls blau bemalt, trugen blitzende Waffen und hatten ihre Röcke in der Hüfte gerafft, so daß man noch einen Großteil ihrer behaarten Beine sah. Einige hatten Säuglinge in Tragegestellen bei sich, auch halbwüchsige Kinder waren dabei. Auf keinen Fall sollten diese Barbaren Wanthwaite bekommen! Und ihren hinterhältigen Anführer würde ich ganz bestimmt nicht heiraten! Ich lief zur Eingangshalle, wo Enoch gerade gegen einen Dreckhaufen trat und einige Ratten aufscheuchte.
»Kampiert mit Eurer Armee woanders, Enoch«, verlangte ich. »In meiner Burg werdet Ihr nicht nächtigen.«
»Jedenfalls nicht mit diesem Ungeziefer«, stimmte er zu. »Macht erst mal hier sauber.«
»Sagt Euren Schotten, daß sie mir helfen sollen«, erwiderte ich – einen Vorteil hatte ihre Anwesenheit vielleicht doch.
Kurz darauf legte eine stämmige Frau ihre Hand auf meine Schulter. »Ich heiße Gruoth«, stellte sie sich schüchtern vor. »Ich bin Enochs Cousine. Er sagt, wir Frauen sollen Euch beim Saubermachen helfen.«
»Frauen?« schrie ich, sie sprang erschrocken zurück. »Wir brauchen auch Männer! Aye, und Pferde. Die Arbeit ist viel zu schwer für ein paar Frauen.«
Erstaunt sagte sie: »Mylady, das sind Ritter. Die jagen und kämpfen, aber Böden wischen die nicht.«
»Wenn sie hier schlafen wollen, müssen sie auch beim Saubermachen helfen«, sagte ich bestimmt.
Das verschlug ihr erst einmal die Sprache. Ich erklärte ihr, wo sich Kübel und Wasser befanden, und sie und ihre Frauen

machten sich mit Spaten und Äxten über den Dreck her. Die erschlagenen Ratten warfen wir in den Hof, in dem es sich einige Ritter in der untergehenden Sonne gemütlich gemacht hatten. Ich leerte die schmutzigen Kübel absichtlich so aus, daß der Dreck auf ihre Stiefel spritzte.

Die Soldaten sprangen erbost auf und griffen unschuldige Frauen an. Doch dies waren keine schwächlichen Fräuleins, sie wußten sich zu wehren.

»Was ist da los?« brüllte Enoch.

»Sagt ihnen, sie sollen ihre Ärsche erheben und arbeiten! Das habt Ihr doch immer zu mir gesagt! Auf dem Kreuzzug packten ja auch alle an.«

»Da gab's auch keine Frauen!« schrie er.

Wer weiß, wie das ausgegangen wäre, wenn sich nicht ein kleiner, strohblonder Kerl eingemischt hätte. »Sie hat recht, Enoch«, sagte er. »Meine Gruoth sagt, daß wir heute nacht keine Ruhe vor den Ratten haben, wenn nicht alle anpacken.«

Enoch beruhigte sich etwas und murmelte noch einige Verwünschungen, bevor er sich den prügelnden Schotten zuwandte. Bald darauf waren uns die Männer beim Kampf gegen das Ungeziefer behilflich. Bei Sonnenuntergang hörten wir auf – mittlerweile besudelt wie Henker. Die Eingangshalle sah fast wieder so aus, wie ich sie in Erinnerung hatte. Für einen Augenblick vergaß ich die unwillkommenen Schotten und blickte mich gedankenverloren um.

»Holt Euch eine frische Tunika, Alix«, sagte Gruoth. »Wir müssen uns waschen.«

»Aye.« Ich hatte keine saubere Tunika, nur meine Jungenkleidung.

Ich trug die Kleidungsstücke mit ausgestrecktem Arm vor mir

her und machte mich auf zum Fluß, den lachenden Schotten hinterher. Ich war davon ausgegangen, daß wir Wasser holen und fürs Bad erhitzen würden, aber nein; wie verspielte Seehunde sprangen nackte Männer und Frauen durcheinander in die eiskalten Fluten.

»Das mach ich nicht«, sagte ich entsetzt zu Gruoth.

»Es fühlt sich gar nicht kalt an, wenn Ihr Euch ganz viel bewegt und nicht zu lang drinbleibt. Kommt schon, es wird Euch gefallen.«

Ich wollte Blut und Schmutz loswerden und zog mich widerwillig aus.

Heiliger Benedikt! Lachend stieß mich Gruoth ins Wasser. Genauso schnell war ich auch wieder draußen. Solch einen Schrecken hatte ich in meinem ganzen Leben noch nicht bekommen, heiße Klingen schienen in jeder einzelnen Pore zu stecken.

»Haltet still, Alix«, schrie Gruoth lachend, »damit ich Euch trockenreiben kann.«

Ich lief bestimmt schon dunkelblau an, meine Zähne klapperten wie Kastagnetten. Da bemerkte ich Enoch im Schatten eines Busches. Er betrachtete meine weiblichen Rundungen, die kleinen Brüste, und ein Zucken ging durch sein Gesicht, bevor er sich abwandte. So schnell ich konnte, schlüpfte ich in Hose und Hemd.

Ich mußte an Enochs merkwürdiges Verhalten denken, als ich nachts auf meinem Ziegenfell lag. Armer Enoch, der um Alex trauerte. Arme Alix, die es wieder einmal mit Alex aufnehmen mußte – zuerst wegen Richard, jetzt auch wegen des Schotten.

Am nächsten Morgen wachte ich verzweifelt auf. Mir fiel einfach nicht ein, wie ich fliehen und gleichzeitig Wanthwaite behalten konnte.
»Diesen Schuft will ich nicht heiraten«, sagte ich zu Margery, die endlich auftauchte.
»Natürlich nicht. Wie wollt Ihr es vermeiden?«
»Ich werde einfach bei der Trauung nichts sagen. Oder ich verweigere mich in der Ehe.«
»Oder«, sagte sie verschlagen, »heiratet ihn, und ich bearbeite ihn später mit Schierling.«
Ich haßte den Schotten zwar, aber umbringen wollte ich ihn nicht. Bedrückt saßen wir in der Kammer meiner Eltern. Von unten hörten wir die johlenden Schotten, die den Saal für die Feierlichkeit herrichteten.
»Was wollt Ihr anziehen?« fragte Margery.
Welch dumme Frage. »Meine Pagenuniform.« Ich lachte bitter.
»Kommt.« Sie nahm mich an der Hand.
Ich folgte ihr in die Kleiderkammer meiner Eltern, die noch nicht ganz aufgeräumt worden war. In einer Ecke lagen Werkzeuge und Rüstungsteile herum. Margery nahm eins nach dem anderen weg und förderte eine hölzerne Kiste zutage.
»Sind das Mutters Sachen?« fragte ich verwundert.
»Ja, ich hab sie gleich am ersten Tag hier versteckt, Roland hat sie anscheinend nie entdeckt.«
Als sie den schweren Deckel öffnete, schlug uns ein Duft von Zedernholz und Rosen entgegen; da lagen die Gewänder meiner Mutter. Ich suchte mir ein lavendelfarbenes Kleid mit silbernen Spitzen aus, das mir sogar paßte. Eine zierliche Krone mit Amethysten war auch dabei.

Am nächsten Morgen pochte Gruoth an die Tür, jetzt wurde es ernst. Dame Margery glättete mein Haar, strich mit feuchten Fingern meine Augenbrauen glatt und betonte, wie hübsch ich aussah; ich kam mir vor wie eine Marionette.

»Alix!« Gruoth staunte bewundernd. »So eine schöne Braut wie Euch hab ich noch nie gesehen.«

Sie selbst sah auch beeindruckend aus; drei blonde, dicke Flechten fielen ihr bis zu den Hüften, Hühnerfedern steckten in ihrem Haar, und an Knöcheln und Handgelenken trug sie Lederschmuck.

Wir schritten durch die mit rotem Ginster und Stechpalmen geschmückte Eingangshalle, auch die Binsenstreu war frisch. Dann ritten wir auf zwei Pferden zur Kirche; die schottischen Frauen bildeten meine farbenfrohe Eskorte. Plötzlich stimmten sie ein Lied an, dessen Worte ich nicht verstand. Es war von einer wilden Schönheit, die ich trotz meiner Wut nicht verleugnen konnte.

Wir überquerten den Fluß, die Felder und näherten uns unerbittlich der Kirche Dunsmeres. Die Dorfbewohner begrüßten uns und riefen: »Willkommen, Lady Alix! Es lebe unsere Baronin!«

Düster blickend winkte ich zurück. Gestern noch hatten sie mir zur Seite gestanden, und heute schon unterwarfen sie sich willig dem schottischen Joch. Die Menschen wissen Freiheit einfach nicht zu schätzen.

Pater Gerald wartete schon vorm Kirchenportal. Man half mir vom Pferd und führte mich an meinen Platz, die Trauung sollte im Freien stattfinden. Wie immer bei solchen Anlässen wurden die Kinder in die vorderen Reihen gedrängt, damit sie

alles sehen konnten und diese Eheschließung in Erinnerung behielten.
Die Männer näherten sich, man konnte schon die Dudelsäcke hören. Gegen meinen Willen hob ich die Augen und sah Enoch entgegen. Scharlachrot und weiß gekleidet wirkte er heute wie ein Schwan. Er stieg ab und stellte sich mir gegenüber.
Die Trauung begann damit, daß sich Pater Gerald an Enoch wandte und ihn fragte, ob er mich im Namen Gottes zur Frau nehmen, mir immer treu sein und seinen Besitz ehren und schützen wolle.
Ehren und schützen. Enoch stimmte zu; ich raste innerlich vor Zorn und dachte daran, daß er mich an den König verkauft hatte.
Jetzt wandte sich der Priester an mich. Jemand berührte mich, es war Gruoth, sie stand direkt hinter mir. »Lady Alix, nehmt Ihr Baron Enoch zum Mann?« fragte Pater Gerald.
»Nein, das tu ich nicht«, antwortete ich laut und deutlich.
Gemurmel ging durch die Menge, und ein Kind fing an zu schreien. Ich sah in Enochs blaue Augen, bemerkte seine gerunzelte Stirn und fühlte, daß Gruoth mir näher kam. Ich spürte etwas Kaltes unter meinem Ohr, und nachdem Enoch meinen Hals mit seiner Hand berührt hatte, zeigte er mir das Blut auf seiner Handfläche: mein Blut! Fassungslos blickte ich ihn an, seine Augen sagten, daß es ihm ernst war.
Pater Gerald wiederholte seine Frage, und ich bejahte notgedrungen.

Ob ich an jenem Abend trunken war vor Zorn oder wegen des Weins, weiß ich nicht, ich schwankte jedenfalls auf der hölzernen Tanzfläche umher, die in der Eingangshalle aufgebaut worden war. Da packten mich kräftige Hände und zogen mich in die Mitte, zur Musik der Dudelsäcke begann ich wie wild zu zappeln, und mein Tanzpartner hüpfte mit fliegenden Federn und Felltaschen im Kreis um mich.

Wie ein geköpftes Huhn sprang und hüpfte ich herum und fiel schließlich auf die Nase.

»Sie fliegt ja wie ein Schwälbchen, Enoch! Du mußt ihre Flügel stutzen.« Mit diesen Worten warf mich jemand in die Arme meines *Ehemannes.*

»Gib ihr den Dolch, Enoch!« schrien die Schotten.

Entgeistert sah ich zu, wie Enoch einen Dolch zwischen die Zähne nahm. »Macht kein Theater«, brummte er. »Das ist nur eine Sitte.«

Damit begann er einen Tanz um mich herum, die Zuschauer trieben ihn johlend an. Er kam näher und zischte: »Nehmt ihn!«

Ich griff nach dem Dolch, doch er schlug meine Hand weg. Statt dessen preßte er seinen Mund auf meinen und übergab ihn mir vorsichtig, jetzt hatte ich den Dolch zwischen den Zähnen. So mußte sich ein Hund fühlen, der einen Knochen gefangen hatte und nicht wußte, ob er für dieses Kunststück bestraft oder gelobt würde. Enoch sprang zurück, und ich ließ das Messer in meinen Ärmel gleiten.

Man reichte mir Wein und ich trank begierig. Dann kam Gruoth, diese falsche Freundin.

»Kommt, es ist Zeit zu heiraten!«

Ich stieß sie weg. »Rührt mich nicht an, Gruoth. Ich will nicht noch einmal mit dem Messer bedroht werden!«

»Enoch hat es befohlen«, sagte sie, als zitierte sie die Bibel.

»Ihr habt euch noch nicht die Hand gegeben, die Ehe ist noch nicht gültig.«

Selbst in meinem betrunkenen Zustand begriff ich, daß ich anscheinend noch nicht vollständig verheiratet war. »Das mach ich nicht«, sagte ich laut. »Schlagt mich ruhig tot, aber mir reicht's jetzt mit dem Heiraten.«

Vielleicht konnte ich dem Schicksal ja noch entrinnen.

Doch da hoben mich starke Arme in die Höhe und setzten mich auf die Schultern kräftiger Männer, die mich zum Fluß trugen. Vor uns im Schein der Fackeln sah ich Enochs Umrisse, auch er wurde getragen. Wir erreichten den Fluß, das Wasser war nachtschwarz. Auf einem großen, flachen Felsen, der in den Fluß hineinragte, wurde ich abgesetzt. Enoch saß auf einer Landzunge mir gegenüber. Hier trennte uns nur ein kleiner Abstand, doch in Wirklichkeit lagen Welten zwischen uns.

Enoch leckte an seinem Daumen und streckte ihn mir entgegen.

»Nehmt Euren Daumen in den Mund und berührt dann den seinen«, befahl Gruoth.

Ich berührte den eiskalten Daumen.

»Alix von Wanthwaite, hiermit nehme ich Euch zur Frau fürs ganze Leben«, donnerte seine Stimme durch die Nacht.

»Jetzt müßt Ihr das gleiche sagen«, flüsterte Gruoth.

»Niemals!«

»Sagt es schon, Alix«, warnte sie und stieß mich fast vom Felsen. *Deus iuva me,* ein Dolch an der Kehle war mir ja noch lieber, als in diesem eisigen Fluß zu ertrinken. Ich sprach also die verhaßten Worte.

»Sehr gut, Alix; nun gebt ihm das.« Sie reichte mir einen Denar.

Die Symbolik dieser Geste gefiel mir überhaupt nicht. Als Enoch mir ebenfalls eine Münze reichte, fühlte ich mich etwas besser. Dann mußten wir uns dreimal um die eigene Achse drehen, während die Schotten über unseren Köpfen wilde Kreise mit den Fackeln beschrieben.
»Los, spring rüber zu ihr, Bräutigam«, ermunterten die Männer Enoch.
Er sprang, und Gruoth zog ihn in Sicherheit. Mein Herz pochte vor Angst, als er mir in der Dunkelheit so nah war.
Gruoths Mann, ein blonder Kerl mit Stupsnase, gesellte sich ebenfalls zu uns auf den Felsen.
»Zeit für den Hochzeitskuchen. Zuerst Enoch, dann die Braut.«
Er hielt ein rundes Gebäck in der Hand; Enoch aß eine Hälfte, und ich mußte den Rest aufessen. Darauf folgte begeisterter Applaus, und wir wurden wieder auf Schultern gehievt, diesmal nebeneinander, und die Schotten trugen uns den Hügel hinauf. Sie trugen uns in die Halle und setzten uns vorm Kamin ab. Enoch reichte mir einen Besen.
»Zum Zeichen dafür, daß dies unser Heim ist, müßt Ihr für mich saubermachen.«
»Ihr müßt fegen!« befahl Gruoth leise.
Unwillig schwenkte ich den Besen ein paarmal hin und her.
»Jetzt seid Ihr richtig verheiratet«, rief Donald. »Gebt ihr einen Kuß, sie wird schon nicht beißen.«
Genau das hatte ich vor. Aber Enoch fiel über mich her wie ein Wilder und drückte seinen Mund fest auf meinen. Ich konnte kaum noch atmen. Die Fackeln brannten herunter, und der Himmel wurde schon langsam wieder grau, wir

konnten es nicht länger hinauszögern. Wieder einmal wurden Enoch und ich hochgehoben und die Stufen emporgetragen.
Die Schotten sangen zotige Lieder und guckten begierig in die Kammer. Lachend trat Enoch die Tür zu.
Er hatte mir den Rücken zugewandt und hielt eine flackernde Kerze in der Hand; den kleinen Dolch hielt ich bereit, um meine Ehre zu verteidigen.
Ich war wieder recht nüchtern, als er sich endlich umdrehte. Er stellte die Kerze ab und kam auf mich zu. Mein Magen krampfte sich zusammen, die Finger zuckten. Er lief an mir vorbei, und ich sah verwirrt zu, wie er aufs Bett zuging, die große Felldecke schnappte und auf den Boden warf, wobei Hagebutten- und Lorbeerblätter durch den Raum wirbelten. Dann rollte er sich in die Decke und lag ruhig wie ein Stein da.
»Wollt Ihr auf dem Boden schlafen?« fragte ich.
»Fragt nicht so dumm.«
Ich starrte die Kerze an. »Es ist Euch wahrscheinlich egal, daß Ihr die einzige Decke habt, ich werde erfrieren.«
»Um Gottes willen, dann schlaft doch auf dem Brett unter der Strohmatte. Und macht die Kerze aus.«
Eigentlich hatte ich mich auf einen Streit vorbereitet, sein Verhalten ernüchterte mich etwas. Ich blies die Kerze aus und kletterte auf die groben Bretter der Bettstatt. Natürlich wollte ich nicht mit ihm schlafen, aber ich wollte doch diejenige sein, die *ihn* zurückwies, darauf hatte ich mich schon gefreut.
»Ihr bekommt Wanthwaite nicht, indem Ihr mich heiratet«, sagte ich tapfer, obwohl dem ja schon so war.
Als er antwortete, merkte ich, daß er noch genauso wach war

wie ich. »Ich hab König Richard eintausend Silbermünzen für Wanthwaite gegeben.«
Das überraschte mich, ich war geschmeichelt. »Eintausend Silbermünzen habt Ihr für mich bezahlt?« Das war eine stattliche Summe.
Er schnaufte verächtlich. »Nay, Alix. Ich hab den Apfel gekauft, den Wurm gab's umsonst.«
»Ihr vergeßt wohl, daß der Apfel dem Wurm gehört.« Ich hätte mir die Zunge abbeißen können dafür, daß ich mich ebenfalls mit einem Wurm verglich.
Dann setzte er sich auf, in der frühen Dämmerung konnte ich seine Umrisse ausmachen, und sagte ernst: »Bei meiner Ehre als MacPherson verspreche ich Euch, Alix, daß wir die Ehe nie vollziehen werden. Auch ich wurde dazu gezwungen, genau wie Ihr, aber Euer Heiligstes werde ich nie berühren.«
Er legte sich wieder hin und vergrub sich im Fell. Ich kroch unter die Matte, konnte vor lauter Zorn aber nicht einschlafen. Enoch fühlte sich von meinem Körper abgestoßen.
Ich sah die Morgendämmerung durch meine Tränen hindurch und ließ die Ereignisse der letzten Tage noch einmal an mir vorbeiziehen. Heiliger Benedikt! Wo war mein Kopf? Enoch hatte ja den allerdümmsten Fehler gemacht! Die Ehe war ungültig, wenn wir sie nicht vollzogen. Ich mußte es nur dem Priester sagen, und sie könnte annulliert werden.
Natürlich müßte ich ein bißchen warten, damit meine Beschwerde glaubhaft war. Ich war also trotz allem noch frei! Mit einem Lächeln auf den Lippen schlief ich schließlich ein.

33

Heftig prasselnder Regen weckte mich. Unter dem Fenster hatte sich bereits eine Pfütze gebildet. Da fiel mir Enoch ein, und ich lugte über den Rand des Bettes; die Felldecke lag zusammengeknäult in einer Ecke, Enoch war weg.

Ich lief zur Treppe und sah die Schotten, die sich unten in der Eingangshalle zu schaffen machten. Es regnete durch das Dach und den ehemaligen Rauchabzug, und sie wateten bis zu den Knöcheln im Wasser, während sie die nasse Streu zusammenrafften und die feuchte Asche aus dem Kamin kehrten. Zitternd ging ich zurück zur Kammer, hüllte mich in die Felldecke und ging dann hinunter, um mitzuhelfen.

»Wie war's letzte Nacht, Alix?« fragte Gruoth unumwunden.

»Wie soll's schon gewesen sein?« erwiderte ich patzig. »Es ist der Liebe nicht gerade förderlich, wenn man mit vorgehaltenem Messer zur Heirat gezwungen wird.«

»Ich habe doch nur Enochs Befehl befolgt. Er meinte, Euch wäre nicht zu trauen.«

Plötzlich fiel mir der Plan ein, den ich vorm Einschlafen gefaßt hatte. *Deus iuva me,* Gruoth war meine erste Zeugin!

Ich bemerkte die neugierigen Blicke von zwei anderen Mädchen und flüsterte Gruoth zu: »Letzte Nacht war gar nichts los.«

»Gar nichts?« fragte sie laut.

Ich bedeutete ihr, leiser zu sprechen, und sagte: »Er will nur meinen Besitz, nicht mich.«
Sie war überrascht, aber sie glaubte mir. »Das wird schon noch werden«, sagte sie und drückte meine Hand.
Enoch und ein halbes Dutzend Männer kamen in die Halle.
»Da ist sie ja«, sagte er. »Alix, geht in Eure Kammer.«
Keiner der Männer, die gestern noch ausgelassen mit mir getanzt hatten, grüßte mich. Es war fast so, als existierte ich gar nicht mehr. Samt meinem Land war ich in den Besitz meines Mannes übergegangen. So schnell wurde also aus einer Baronin ein bloßes Arbeitstier; ich blickte Gruoth und die anderen Frauen an, ob auch sie diese Wandlung durchgemacht hatten. Es sah fast so aus.
»Warum soll ich in meine Kammer gehen?« fragte ich Enoch.
»Weil ich es sage«, sagte er schroff.
»Aber zu welchem Zweck?«
Er errötete. »Wir müssen über Geld reden, Weib. Wir brauchen Geld, sonst verhungern wir. Ist das deutlich genug?«
»Ich treffe Euch dort, wenn die sechste Gebetsstunde schlägt«, sagte ich.
»Zur sechsten Stunde also«, gab er sich einverstanden und wandte sich dann den Männern zu.

Obwohl es mitten am Tag war, kam der Schotte mit einer Kerze in die Kammer und stellte sie neben dem Bett ab. Dann zog er zwei Stühle für uns heran und breitete drei befleckte Pergamentbögen auf dem Bett aus.
»Das sind die Aufzeichnungen Eures Vaters«, sagte er.
Ja, das war seine Handschrift.
»Das ist eine Bestandsaufnahme aller Dinge, die Ihr besitzt –

oder besser: die Ihr besitzen solltet, um hier überleben zu können. Lest es durch.«

Ich nahm das Blatt entgegen, es war eine lange Liste von Tieren und Maschinen.

Enoch nahm mir den Bogen aus der Hand und reichte mir den nächsten.

»Hier sind die Bediensteten: Bäcker, Müller, Schneider, Gärtner. Die in der zweiten Spalte oben sind Kleinbauern.«

Ich studierte alles genau.

»Alle Tiere und die ganze Ausrüstung wurden gestohlen. Wir haben keine Ställe, keine Hütten für Arbeiter, das Mühlrad ist verrottet, der Ofen verrostet. Kurz gesagt, Mylady, wir sind in einer schrecklichen Lage.«

Er rollte die Pergamentbögen wieder zusammen.

»An einer Stelle vermerkt Euer Vater, daß er Ochsen mit Silbermünzen aus dem Schatz bezahlt hat.«

Darauf hatte er es also abgesehen. Unbeteiligt starrte ich in den Regen hinaus.

»Ihr werdet mich zu dem Schatz führen«, sagte er tonlos.

Mit großen Augen sah ich ihn an. »Ich weiß von keinem Schatz.«

Enoch preßte die Lippen aufeinander. »Ich hab mir schon gedacht, daß das nicht leicht wird – schließlich habt Ihr jahrelang auf meine Kosten gelebt, obwohl Ihr die ganze Zeit ein Vermögen zwischen den Beinen mitgeschleppt habt. Das habt Ihr sicher auch nicht irgendwo gefunden, Euer Vater hat Euch gesagt, wo das Silber verborgen ist.«

»Mein Vater hat mir nie etwas von einem Schatz erzählt.« Das war die Wahrheit, denn meine Mutter hatte mir ja den Kirschbaum gezeigt.

»Dann vielleicht Eure Mutter«, sagte er gewitzt. »Nun, da hab ich Euch wohl bei einer Lüge ertappt.«
Siegesgewiß lehnte er sich zurück.
»Ich wollte es Euch übrigens immer zurückzahlen«, damit war das Gespräch erst einmal vom Schatz abgelenkt.
Aus meiner Tunika holte ich ein Hölzchen mit Einkerbungen und warf es aufs Bett; dann nahm ich den Beutel von meiner Taille und warf ihn dazu.
»Das ist eine Aufstellung Eurer Ausgaben und ein Beutel mit Silber, stimmt genau. Ihr seht also, daß ich Euch alles zurückzahlen will.«
Er schlug zornig aufs Bett. »Mit ein paar Münzen kann ich nichts anfangen! Wanthwaite kann ich nicht mit ein paar Tropfen Wasser betreiben, ich muß zur Quelle!«
»Geht doch zu der Quelle, von der Ihr tausend Silbermünzen hattet, mit denen Ihr Wanthwaite gekauft habt!« schrie ich und sprang auf.
Auch er sprang auf, wobei er aus Versehen die ganzen Silberstücke zu Boden warf, und rief: »Und jetzt gehört Wanthwaite mir! Ihr dürft hier leben und arbeiten, aber Ihr werdet dafür bezahlen!«
»Hab ich Euch nicht gerade ein kleines Vermögen angeboten?« schrie ich.
»Das will ich nicht!«
»Gut, dann behalte ich es! Aber sagt nie wieder, daß ich Euch bestohlen hätte.«
Ich bückte mich nach den Münzen; Enoch wollte gerade das gleiche tun, und unsere Köpfe knallten mit einem lauten Schlag zusammen.
Als ich wieder zu mir kam, lag mein Kopf in Gruoths Schoß.

Ein Kreis von Gesichtern blickte auf mich herab, eines davon gehörte Enoch.

»Wo ist …?« Ich versuchte, den Kopf zu heben. Das Silber war verschwunden. Enochs unschuldiges Gesicht verriet, wo es war. Er grinste zufrieden wie eine Katze, die Milch geschleckt hatte, die aber auch noch das Vögelchen fressen wollte.

Drei Tage später machten sich sechsunddreißig Männer und Frauen nach Schottland auf, bevor es anfangen würde zu schneien. Gruoth und eine ältere Frau namens Matilda, ihre Männer Donald und Dugan sowie sechs weitere Ritter, Enoch und ich blieben in Wanthwaite zurück; wir wollten hier dem Winter trotzen. Jetzt wurde es also ernst.

Das Hauptproblem war Nahrung. Wir gingen jeden Tag auf die Jagd. Gruoth und Matilda brachten fast täglich ein Eichhörnchen nach Hause. Die Männer jagten mit den schottischen Jagdhunden Wild. Ich zog meine Plantagenet-Uniform an und ging meistens allein auf die Jagd; ich erlegte Enten, Wildgänse und Brachhühner.

Irgendwann wollte ich auch das Fläschchen und das Schwert meines Vaters beisetzen, doch ich hatte Angst, Enoch würde mir zum Früchtekeller folgen, deswegen blieb ich dem Versteck lieber fern.

Zweimal trafen wir uns mit den Pachtbauern. Ich sagte bei diesen Zusammenkünften kaum etwas, doch ich wollte dem Schotten durch mein Beisein Autorität verleihen. Wir erfuhren viel über die ziemlich aussichtslose Lage der Pächter.

Ab und zu bekam ich Schuldgefühle, weil ich von meinem Reichtum nicht die Dinge kaufte, die wir dringend benötigten. Doch wenn ich Enochs rüpelhafte Art genoß, vergingen diese Schuldgefühle schnell. Früher hatte ich darüber gejammert, daß ich nur wegen meines Besitzes geliebt wurde. Doch mittlerweile wußte ich, daß ich nicht geliebt, sondern nur geduldet wurde, weil ich etwas besaß, was jemand anderes wollte. Enoch war der Herr in Wanthwaite und ich nicht mehr als eine Dienerin. Falls das mit der Annullierung schiefgehen sollte, gab es noch eine andere Lösung. Ich würde mich in ein Kloster einkaufen.

Eines Nachts wurden Enoch und ich plötzlich aus tiefem Schlaf gerissen; Pater Gerald trommelte gegen die Tür und trat mit hochgehaltener Laterne in unsere Kammer.

»Ihr habt mich gerufen, Baron Enoch?«

Enoch setzte sich auf und starrte den Priester an. »Wenn dem so wäre, hätte das sicher bis morgen Zeit gehabt.«

»Ich dachte, Ihr seid schwer krank«, entgegnete Pater Gerald. Er sah mich an, dann wieder Enoch, der auf dem Boden lag. »Dann hab ich wohl einen Fehler gemacht. Das tut mir leid. Ist mit Euch alles in Ordnung, Lady Alix?«

»Aye, Pater. Danke.«

»Wer hat Euch erzählt, ich sei krank?« fragte Enoch.

»Das war wohl ein Fehler, entschuldigt. Gute Nacht.«

»Wartet, Pater Gerald. Schlaft doch den Rest der Nacht unten beim Feuer. Der Heimweg wäre jetzt zu gefährlich.«

»Danke, das werd ich.« Er murmelte noch weitere Entschuldigungen und stahl sich davon.

»Wer hat ihn hergeschickt, Alix?« fragte Enochs Stimme aus der Dunkelheit.

»Woher soll ich das wissen?«

»Vielleicht hat er erfahren, daß Ihr mich vergiften wollt.«

»Bildet Euch bloß nichts ein.«

Zufrieden kuschelte ich mich in die Felldecke. Jetzt hatte ich einen glaubhaften Zeugen; es hatte genau so geklappt, wie Dame Margery es geplant hatte.

Margery drängte mich, jetzt die nötigen Schritte einzuleiten, doch ich wollte noch einen weiteren Zeugen. Unerwartet kamen uns die Winterstürme zu Hilfe.

»Wir müssen zusammen schlafen«, meinte Gruoth, »das ist besser, als ungestört zu erfrieren.«

Sie sagte dies vor Enoch und den anderen, niemand widersprach. Wir würden einen großen menschlichen Haufen bilden und uns gegenseitig wärmen, so waren schon viele Leben gerettet worden. Oft wurde so auch die Lust entfacht, weshalb die meisten Kinder im September und Oktober zur Welt kamen, sagte Gruoth.

»Euch wird es auch guttun«, fuhr sie zu mir gewandt fort, da sie glaubte, ich sehnte mich nach Enoch.

Wir breiteten Felle vor dem Feuer aus und schmiegten uns aneinander wie ein Wurf junger Hunde. Ehemänner und Ehefrauen lagen natürlich nebeneinander, und Enoch war zu stolz, sich nicht neben mich zu legen. Jetzt konnten die Schotten erleben, wie keusch wir waren.

In der ersten Nacht hielten sich noch alle zurück, doch dann erfüllten Dugan und Donald regelmäßig jede Nacht vor aller Augen und Ohren ihre ehelichen Pflichten. Darüber verlor niemand ein Wort, über Enochs Verhalten allerdings schon. Ab und zu fing ich verstohlene, mitleidige Blicke auf, weil mein Ehemann so wenig Interesse an mir zeigte.

Nach zwei Wochen nahm mich Gruoth zur Seite und fragte: »Alix, tut sich irgend etwas?«

»Wie meint Ihr?«
»Enochs Interesse an Euch …«
»Ihr seid doch jede Nacht dabei, Ihr wißt doch, wie es ist.«
»Will er sich nicht einmal mit Euch in der Kammer treffen? Vielleicht –«
»Nein, nie. Warum?«
Sie errötete. »Nun, ich hab Euch einen Liebestrunk unters Essen gemischt.«
Enoch und ich aßen aus der gleichen Schüssel, und der letzte Eintopf hatte scheußlich geschmeckt.
»Was habt Ihr reingetan, Gruoth?«
»Das ist ein hervorragendes Rezept, hat noch nie gefehlt: Fischschuppen, Ochsendarm, Fingernägel, Menschenblut und Alraun. Ob es wohl daran liegt, daß ich nicht genug Eisen hatte?«
Ich sagte ihr nicht, daß der Liebestrunk sehr wohl gewirkt hatte – allerdings bei mir. Schlaflos hatte ich mich neben Enoch gewälzt.
Wie dem auch sei, es gab mittlerweile genügend Zeugen, und Gruoths Liebestrunk hatte bewiesen, daß es an Enoch und nicht an mir lag. Dame Margery versicherte mir, daß sich die Dorfbewohner nach der Abreise der Schotten um die Burg kümmern würden, es gab also keinen Grund dafür, die Sache aufzuschieben. Trotzdem brachte ich das Thema erst kurz vor Weihnachten zur Sprache. Alle außer Enoch und mir suchten draußen nach Stechginsterzweigen.
»Enoch, ich muß mit Euch reden«, begann ich.
Er blickte mich mit sorgenvollem Gesicht an; in diesem Augenblick hämmerte jemand an die Tür. Es war Archie Werwillie.

»Archie, wie geht's Euch? Wen habt Ihr denn da?« fragte ich. Archie kam mit einem dicken Wolfshundwelpen im Arm herein. Er überreichte mir das Wollknäuel.
»Ein Geschenk für Euch, Lady Alix. Maisry hat mal erwähnt, wie sehr Ihr Wolfshunde mögt.«
»Wie lieb von Euch! Ja, ich mag ihre wilden Augen.« Ich streichelte den silbrigen kleinen Hund und blickte in die honigfarbenen, unschuldigen Augen.
»Wir können nicht noch ein hungriges Maul gebrauchen«, knurrte Enoch.
Archie errötete und trat von einem Fuß auf den anderen. »Ich will Euch nicht weiter stören, ich geh dann mal wieder.«
In der Tür redete ich noch ein wenig mit ihm, bedankte mich nochmals und ging zurück in die Halle. Ich war jetzt zornig genug für die bevorstehende Auseinandersetzung.
Auch Enoch war wütend. »Von mir kriegt der nichts, solange Ihr zu knausrig seid, das Silber zu Eurem Haushalt beizusteuern.«
»Ich geb ihm von meinem Essen ab«, entgegnete ich. »Aber ich bin froh, daß Ihr zugebt, daß Wanthwaite mein Zuhause ist, genau darüber wollte ich mit Euch reden.«
»Mein Zuhause ist's!« schrie er. »Meins! Schließlich hab ich einen Haufen Geld dafür bezahlt und muß Eure Gegenwart erdulden. Seit ich Euch und Lance damals auf der Dere Street aufgelesen habe, hatte ich nichts als Ärger. Diese verfluchte Burg hab ich mir sehr wohl verdient.«
Ich setzte den kleinen Hund ab. »Der wird nicht Lance heißen.«
»Es ist mir vollkommen gleichgültig, wie Ihr ihn nennt, er bleibt jedenfalls nicht hier!«

»Ich glaube, ich hab einen passenden Namen. Da Wanthwaite bald wieder an die Krone fällt, nenne ich ihn König Richard.«
Enoch holte mit einem Bein aus, aber ich sah es zu spät und konnte den Hund nicht mehr retten. Er klatschte gegen die steinerne Wand und fiel als lebloses Fellbündel zu Boden.
»Um Gottes willen!« schrie Enoch und lief zu dem Tier. »Alix, das wollte ich nicht! Bitte vergebt mir!«
»Euch vergeben? Ich bring Euch um!« Ich stürzte auf ihn.
»Hört auf! Hört auf, sag ich!« Er hielt meine Handgelenke fest, ich biß ihn in den Daumen – bis auf den Knochen. Dann trat ich gegen seine Knie und brachte ihn zu Fall, sprang auf seine Schulter und suchte nach einem Schürhaken, um ihn zu erledigen. Doch er warf mich zu Boden und war jetzt selbst obenauf.
»Ihr seid ein toter Mann«, zischte ich.
»Alix, es tut mir leid. Ich besorg Euch einen anderen Wolfshund, das schwör ich. Wie wär's mit Waffenstillstand?«
»Waffenstillstand! Damit Ihr mich wieder bestehlen könnt? Damit Ihr mir jede Münze klaut und ich nicht einmal mehr in ein Kloster gehen kann?«
»Ihr in ein Kloster?« Er lachte verächtlich. »Schwester Alix! Gibt's das, ein Kloster für verrückte Weiber?«
»Laßt mich los, Zuhälter, der Ihr seid!«
»Und Ihr bringt mich nicht um?«
Das versprach ich, und wir saßen uns schließlich geschunden gegenüber. Enoch starrte mich wütend und verwirrt an.
»Warum nennt Ihr mich Zuhälter?«
»Das wißt Ihr doch selbst, darüber will ich jetzt nicht reden.«
Ich holte tief Luft und rief mir meinen Plan ins Gedächtnis.

»Erinnert Ihr Euch noch daran, als Pater Gerald in unsere Kammer kam?«

»Ja, aber bevor wir darüber reden, müßt Ihr mir sagen, weshalb ich ein Zuhälter sein soll, sonst bin ich stumm wie ein Grab.«

»Wenn Ihr darauf besteht«, sagte ich und zuckte mit den Schultern, »ich hätte nicht gedacht, daß Ihr über diese Sache reden wollt.«

»Ich will hören, was Ihr Euch wieder ausgedacht habt.«

»Nun gut, Ambrosius sagte es mir an meinem letzten Tag in Akkon. Auch König Richard hatte schon Andeutungen gemacht, ebenso Sir Gilbert. Ich hab also drei Quellen.«

»Sir Gilbert? Der ist doch tot.«

»Jetzt vielleicht, aber als er unser Essen vergiftet hat, war er noch sehr lebendig.«

»Nun gut, der sagte also, ich sei ein Zuhälter. Für wen?«

»Für mich«, sagte ich ernst. »Ihr habt mit Zizka und der dicken Giselle einen Vertrag abgeschlossen und mich an Ambrosius verkauft.«

»Wie bitte? Ihr wart doch die ganze Zeit dabei, Ihr habt doch alles gesehen und gehört.«

»Ich wußte aber damals nicht, was Ihr mit Vorstellung meintet. Ich sollte der Gespiele des Königs sein, um … um … Ihr wißt schon.«

Er wurde rot vor Zorn. Wie töricht war ich doch gewesen, diese gefährliche Sache zur Sprache zu bringen.

»Das ist noch nicht alles«, stotterte ich trotzdem weiter. »Richard hat Euch noch mehr bezahlt, als er wollte, daß ich in seinem Zelt schlafe. Dafür habt Ihr das Herzogtum Northumbrien erhalten. Und Ihr habt mir das alles verschwiegen, habt mich die ganze Zeit betrogen!«

»Lüge! Alles Lüge!« bellte er. »Die wollen nur ihre eigene Haut retten und haben Euch schändlich belogen! Ich hab Euch immer beschützt!«

»Beschützt!« schrie ich zurück. »Ihr belagert meine Burg, ermordet meinen Hund! Aber einen Fehler habt Ihr begangen, indem Ihr mich verschmäht habt. Der Priester weiß, daß wir getrennt schlafen und unsere Ehe nie vollzogen wurde. So schnell ich kann, laß ich sie annullieren.«

Damit rannte ich die Treppe zu meiner Kammer hinauf und schlug die Tür hinter mir zu.

Enoch folgte kurze Zeit später und klopfte an.

»Geht weg!«

Er kam herein und überreichte mir das kleine Wollknäuel. »Er war nur bewußtlos.«

Enochs Brust bebte, und die blauen Augen funkelten wild. Ich hatte Angst um mein Leben und preßte den kleinen Hund schützend an mich.

»Ihr habt mich schrecklich beleidigt, und ich kann das nicht auf mir sitzen lassen«, sagte er förmlich. »Erstens, ich hab Euch unterwegs mehr als ein paar Krümel gegeben.«

»Ja, auch Fleisch, wenn's welches gab«, stimmte ich schnell zu.

»Mit vollem Magen allein wärt Ihr auch nicht weit gekommen, wenn ich Euch nicht vor Roland und Magnus Barefoot geschützt hätte.«

»Das stimmt – aber damals wußtet Ihr noch nichts von meinem Reichtum.«

»In London habt Ihr mich belogen und vor allen bloßgestellt, vor Gladys und dem Wirt. Aber ich habe immer wie ein Bruder zu Euch gehalten. In Frankreich hab ich sogar ein Jahr lang das Zimmer bezahlt.«

»Ich hab es doch zurückgezahlt, habt Ihr das vergessen?«
»Ich kam mit auf den Kreuzzug. Denkt Ihr etwa, ich wollte unbedingt Jerusalem sehen oder dem englischen König dienen? Nein – ich wollte Euch beschützen! Ich hab mich um Euch gekümmert, Euch geliebt – hab ich das nicht täglich bewiesen?«
»An der Rhone habt Ihr mich allein gelassen.« Ich blieb stur.
Er stöhnte. »Wenn ich gewußt hätte, daß Ihr ein Mädchen seid, hätte ich das nicht getan. Ich hielt Euch für einen Jungen, und in Marseille erfuhr ich, daß der König es auf Euch abgesehen hatte. Von da an riskierte ich mein Leben, um Euch zu beschützen! Habt Ihr etwa den Streit beim Leuchtturm vergessen?«
Ich wurde blaß, den hatte ich tatsächlich vergessen. Ein Ereignis überlagerte das andere, und ich konnte mich nur noch an die beiden letzten Tage in Akkon deutlich erinnern.
»In Akkon klebte ich doch wie eine schottische Distel an Euch. Da wart Ihr dem König schon ganz verfallen. Richard wußte ganz genau, daß ich Euch vor ihm schützen wollte. Was glaubt Ihr, weshalb er mich in den Tunnel geschickt hat? Weil ich sein bester Ingenieur war? Nein, er wollte mich aus dem Weg räumen.«
»Danke, Enoch«, sagte ich schwach.
»Und was Northumbrien betrifft: Richard bot mir den Titel an, unter der Bedingung, daß ich zurück nach England gehe. Ansonsten wollte er mir nur noch gefährliche Aufgaben übertragen. Das ist die Wahrheit, Alix.«
Nach einer langen Pause sagte er deutlich: »Nie hab ich für Euch einen Penny vom König erhalten. Er hat Euch belogen.« Seine Augen blitzten wütend.

Ich wollte etwas sagen, doch er kam mir zuvor.

»Am meisten schmerzt mich, daß Ihr das doch eigentlich alles wißt. Ich weiß gar nicht, weshalb ich meine Zeit mit einer so gemeinen Person wie Euch vergeude!«

Er stürzte aus dem Zimmer, schlug die Tür krachend hinter sich zu, und kurze Zeit später donnerten Hufe über die Zugbrücke.

Enoch kam erst nach Anbruch der Dunkelheit zurück. Alle atmeten erleichtert auf, denn nach Sonnenuntergang war es draußen nicht sicher. Es gab einen deftigen Kanincheneintopf, aber ich war nicht besonders hungrig. Nach dem Essen streckte mir Enoch die Hand entgegen.

»Wollen wir nach oben gehen?«

Gruoth warf mir einen triumphierenden Blick zu.

Schweigend folgte ich ihm die Treppe hinauf. Vielleicht hätte ich ihm nicht sagen sollen, daß ich die Ehe annullieren wollte; wahrscheinlich wollte er jetzt mit mir schlafen, nur um meinen Plan zu vereiteln.

Er setzte die Kerze auf dem Boden ab, wie damals in der Hochzeitsnacht.

»Alix, ich hab nachgedacht. Ich will auch, daß unsere Ehe annulliert wird.«

Ich schwankte, als hätte ich die ganze Zeit gegen ein Tor gedrückt, das schon längst offen war.

»Wir müssen nichts überstürzen …«

»Ich reite morgen zurück nach Schottland.«

Benommen setzte ich mich aufs Bett. »Und mich wollt Ihr ganz allein lassen? Wie soll ich durch den Winter kommen?«

Mit schmerzverzerrtem Gesicht sagte er: »Ich weiß, wie sehr Ihr Euch um Euer Wohlergehen sorgt. Ich hab mit Archie und ein paar anderen geredet, sie kommen morgen früh und helfen hier aus.«

In meiner Kehle steckte ein Kloß. »Ist Pater Gerald einverstanden?«

»Es gibt keine Schwierigkeiten, wenn uns beiden nichts aneinander liegt.«

»Ich verstehe.« Ich atmete tief durch. »Ich sollte Euch wohl danken, Ihr tut das schließlich für mich – nachdem Ihr tausend Silbermünzen für Wanthwaite bezahlt habt.«

Er lachte bitter. »Ja, Ihr könnt sehen, wie verzweifelt ich bin. Ehrlich gesagt, würde ich mehr als tausend Silberstücke dafür hergeben, um endlich aus diesem Sumpfloch rauszukommen.«

»Im Frühling ist es gar nicht so schlimm hier«, verteidigte ich meine Burg und konnte gar nicht verstehen, weshalb mir plötzlich so unwohl war. Ich hatte doch bekommen, was ich wollte, oder? Ich sollte mich freuen.

»Ich meine nicht das Wetter, Alix«, sagte er trocken. »Alles ist schiefgelaufen. In Schottland werde ich wieder gesunden.«

Mir wurde immer mulmiger zumute. »Ich weiß nicht, wovon Ihr redet.«

»Das habe ich auch nicht erwartet.«

»Aber … aber ich möchte mich dafür entschuldigen, daß ich gedacht habe, Ihr hättet … hättet mich verkauft.« Ich fing an zu schwitzen. »Das kommt jetzt etwas spät, aber ich möchte mich bedanken, für alles. Alles, was Ihr für mich getan habt, Ihr wißt schon, im Gasthaus und … und alles.«

»Gern geschehen. Da ich früh aufbreche, schlaf ich unten bei den andern. Lebt wohl, Alix.«

Er drehte sich um und verschwand. Ich warf mich aufs Bett.

Was hatte ich getan? Er wollte gar nicht mit mir schlafen – wollte mich genausowenig wie ich ihn. Eigentlich waren wir ja ganz gut miteinander ausgekommen, bis ich mit diesen Anschuldigungen seinen Haß heraufbeschworen hatte. Meine Gefühle verwirrten mich, ich zermarterte mir das Hirn, um Ordnung in dieses Durcheinander zu bringen.
Ohne Enoch wollte ich nicht hierbleiben. Er durfte nicht gehen. Der bloße Gedanke an seinen Abschied war schrecklich. Wenn er doch nur in Wanthwaite bleiben würde, über alles andere konnten wir uns mit der Zeit einigen.
Ich ließ mir noch einmal durch den Kopf gehen, was seit seiner Ankunft in Wanthwaite geschehen war. Heiliger Benedikt! Mir wurde auf einmal klar, was den Schotten quälte! Die Lösung war ganz einfach. Gleich morgen früh wollte ich mit ihm reden.

Als ich erwachte, war Enoch fort.
»Wann ist er gegangen?« fragte ich Donald zornig.
»Vor der ersten Stunde, Mylady.«
»Dann reitet ihm nach! Er kann noch nicht weit sein, ich muß unbedingt mit ihm reden.«
»Tut mir leid, Lady Alix«, sagte Donald, »habt Ihr mal rausgesehen? Da tobt ein gewaltiger Schneesturm.«
»Dann ist er doch auch nicht sicher«, rief ich besorgt. »Er wird erfrieren!«
Gruoth bedeutete Donald, uns allein zu lassen, und nahm mich in den Arm. »Regt Euch nicht auf, Alix. Enoch ist schließlich nicht dumm, es sind auch noch drei starke Männer bei ihm. Die machen schon wieder kehrt, wenn es zu gefährlich wird.«

»Ich reite ihm nach, Gruoth.«
Sie tätschelte meinen Rücken. »Der Liebestrunk hat wohl doch gewirkt.«
»Nein! Daran lag es gar nicht. Ich weiß, was er hat, und ich hab auch schon einen Plan. Gruoth, ich muß unbedingt mit Enoch reden! Ich werde alles richten.«
Zur sechsten Gebetsstunde warf ich einen Pelzumhang über, zog Stiefel und Handschuhe an und sattelte Thistle. Donald begleitete mich, obwohl Gruoth dagegen war. Sie hätte sich gar nicht so aufregen müssen, denn wir kamen nur bis zum Fluß. Wenn ich das Gelände um Wanthwaite nicht so gut gekannt hätte, hätten wir uns schon nach der Zugbrücke verirrt, so heftig war der Schneesturm.
Wir verbrachten also den langen Nachmittag vorm Feuer; die unausgesprochenen Vorwürfe der Schotten lagen in der Luft. Mich plagten Schuldgefühle. Es war schlimmer als damals, als ich Enoch in der Rhone ertrunken glaubte, denn damals traf mich keine Schuld. Aber heute lief er vor mir weg.
Am späten Nachmittag flog plötzlich die Tür auf, sie waren zurück! Sie sahen aus wie schneebedeckte Bären und trugen Dugan herein. Sie waren zurückgekommen, weil Dugans Zehen erfroren waren.
»Ich breche morgen früh wieder auf«, verkündete Enoch hartnäckig. »Allein.«
Gruoth, Matilda und ich erhitzten Wasser und Ale und waren mehrere Stunden damit beschäftigt, Dugans Zehen zu retten. Drei würde er allerdings verlieren, befürchtete Enoch. Der Wind fegte laut um die Burg, und ich war froh, daß Enoch in diesem Sturm nicht aufbrechen konnte.
Später sagte ich kühn: »Es ist Zeit, nach oben zu gehen,

Enoch.« Ich streckte ihm die Hand entgegen und war mir sicher, daß er mich vor den anderen nicht zurückweisen würde. Das tat er aber. »Ich schlafe hier unten beim Feuer«, sagte er und beachtete meine Hand gar nicht.

»Trotzdem werdet Ihr mir sicher ein wenig Zeit schenken, es geht um Leben und Tod.«

Alle beäugten uns; Enoch warf mir einen erschöpften Blick zu, erhob sich schließlich und folgte mir die Treppe hinauf. Gruoth drückte mir eine Kerze in die Hand.

Der Schotte setzte sich aufs Bett, den Kopf in die Hände gestützt. Nachdem ich die Kerze abgestellt hatte, postierte ich mich vor der Tür, damit er nicht weglaufen konnte, bevor ich alles gesagt hatte.

»Ich bin froh, daß Ihr zurückgekommen seid, Enoch, denn ich muß Euch etwas sagen.«

Er regte sich nicht. War er etwa sitzend eingeschlafen?

»Also, ich habe meine Meinung geändert. Jetzt, da ich weiß … wir müssen die Ehe eigentlich nicht annullieren. Solange ich Euch für einen Verräter hielt, konnte ich nicht –«

»Ich möchte aber eine Annullierung.«

»Nun, wir haben die Zeremonie schon über uns ergehen lassen, und es hätte bestimmte Vorteile, deswegen –«

Er stand auf, und ich eilte ihm entgegen, um ihn aufzuhalten.

»Ich weiß jetzt, warum Ihr nicht mit mir verheiratet sein wollt!« schrie ich.

»Wirklich?« fragte er, ein wenig neugierig geworden. Er machte sich von mir los.

»Ja, mir ist alles klar. Ihr wollt nicht mit mir verheiratet sein, weil ich eine Frau bin.«

»Was?« Ich hatte wohl den Nagel auf den Kopf getroffen.

»Nun, ich mußte daran denken, wie Ihr in Akkon zu mir sagtet, daß ich Euch zwar oft auf die Nerven ginge, aber Ihr mich trotzdem liebt. Und in Messina –«

»Ich weiß«, sagte er schroff. »Meint Ihr etwa, ich wäre lieber mit Alex verheiratet?«

»Ja, mit Alex, nicht mit Alix. Ihr wollt einen Bruder. Auf dem Kreuzzug wurde mir klar, daß den meisten Männern ein Bruder viel lieber ist als eine Frau. Ritterlichkeit und –«

Er hob eine Hand. »Alix, ich will keinen Jungen heiraten. Alex und Alix sind für mich zwei verschiedene Leute.«

»Genau! Deswegen werde ich mich wieder wie ein Junge kleiden, mich wie ein Junge benehmen. Und Alix habt Ihr bald vergessen.«

Er stand auf und ging in die Dunkelheit des Raums hinein. Ich folgte ihm mit der Kerze. Ich fand ihn an eine Wand gelehnt und fragte mich, ob ich ihn wohl berühren durfte. Er drehte sich um, und sein verzweifelter Blick erinnerte mich merkwürdigerweise an die Hoffnungslosigkeit, die ich in Richards Augen gesehen hatte.

»Genau das wollte ich eigentlich vermeiden, aber wenn Ihr darauf besteht. Ihr müßt aber ehrlich antworten.« Er sprach mit düsterer Stimme, trotzdem keimte Hoffnung in mir auf.

»Das verspreche ich«, sagte ich.

»Ihr habt Euch verändert, und damit meine ich nicht Euer Geschlecht. Ich wollte immer nur Eure Unschuld bewahren, und so habe ich Euch geliebt – unschuldig. Aber danach war es einfach vorbei.«

»Nach was? Wovon redet Ihr, Enoch?«

»Alix, stellt Euch nicht dumm. Ihr wißt sehr wohl, wovon ich rede.«

Tiefe Stille breitete sich zwischen uns aus. Unten in der Halle sang Gruoth ein trauriges Lied.
»Nein, Enoch, ich weiß nicht, was Ihr meint. Bitte erklärt es mir.«
»Nun gut. Ich weiß nicht, wie lange Ihr schon die Mätresse des Königs wart, ich erfuhr es jedenfalls erst, einen Tag nachdem Ihr Akkon verlassen hattet.« Er schritt zum Fenster und starrte in die Dunkelheit.
»Die Mätresse des Königs soll ich gewesen sein?« Ich mußte lachen.
»Ich finde das nicht komisch! Ihr habt Euch doch sicher ins Fäustchen gelacht, als Ihr mich die ganze Zeit zum Narren hieltet. Der König hat mich, den dummen Schotten, in den Tunnel geschickt, während Ihr Euch amüsiert habt.«
»Dummkopf!« schrie ich. »Wie sollte ich denn seine Mätresse sein? Der König liebt schließlich Jungen!«
»Richard selbst hat's mir erzählt. Er wollte Euch loswerden, hatte keine Geduld mehr für Eure kindische Leidenschaft.«
»Das hat er gesagt?« Unbändige Wut auf Richard stieg in mir auf. »Was fällt ihm ein! Ihr hättet sehen sollen, was los war, als er die Wahrheit entdeckte. Er hätte mich fast umgebracht. Er vermutete, daß Ihr dahintersteckt. Hat er Euch das auch gesagt?«
»Aber ich wußte doch gar nicht –«
»Und was, wenn ich die Geliebte des Königs gewesen wäre? Ihr habt doch auch ständig neue Gespielinnen gehabt.«
»Ich bin schließlich ein Mann!«
»Wir waren Brüder! In der Liebe wollten wir uns nicht im Weg stehen.«
»Wir waren keine Brüder, Ihr wart immer ein Mädchen.«

»Das ist doch egal. Ich bin dieselbe Person, mit dem gleichen Herzen, dem gleichen Verstand. Alex und Alix sind dieselbe Person.« Aufgewühlt wandte ich mich ab.

Mit Furcht in der Stimme fragte Enoch: »Sagt mir ehrlich, Alix, habt Ihr Richard geliebt?«

»Das war etwas anderes«, sagte ich überzeugt. Unser zukünftiges Glück schien davon abzuhängen, Enoch von meiner Unschuld zu überzeugen. »Er war meinem Vater ähnlich. Ich hätte es nicht ertragen, schon wieder einen Vater zu verlieren, deswegen habe ich mich so an ihn gehängt.«

»Einen Bruder zu verlieren machte Euch aber nichts aus. Zu mir seid Ihr nicht gekommen, als der König für Euch verloren war. Statt dessen seid Ihr vor mir geflüchtet.«

»Ihr wißt ganz genau, daß ich Euch nie verlieren wollte. Ich wäre fast gestorben, als ich Euch damals in der Rhone ertrunken glaubte. Ich hatte immer schreckliche Angst, wenn ich aufwachte und Ihr nicht da wart. Hab ich Euch nicht gerade angeboten, den Rest meines Lebens als Junge zu verbringen, nur damit Ihr bei mir bleibt?«

»Wenn Ihr etwas von mir wollt, seid Ihr besonders redegewandt, Alix. Ihr habt einen starken Überlebenswillen. Woher soll ich wissen, daß Ihr mich um meiner selbst willen wollt, nicht nur, um den Winter zu überstehen?«

»Ich möchte Euch um Eurer selbst willen, Enoch.« Ich atmete tief durch und brachte meinen letzten Trumpf ins Spiel. »Das schwöre ich bei dem Schatz, der im Früchtekeller verborgen ist. Mehr hab ich nicht zu geben – außer mir selbst.«

Enochs Zähne blitzten, er lächelte. »Wer seid Ihr denn nun, Alex oder Alix?«

Meine Lippen zitterten, so daß ich nur mit Mühe hervorbrachte: »Das ist mir ganz egal, wie Ihr wollt.«
»Alix, ich möchte, daß Ihr meine Frau seid.«
»Aye.«
»Und ich werde auch nicht mehr auf dem Boden schlafen.«
Mein Herz schlug heftig. Auf einmal ging alles so schnell. War es das, was ich gewollt hatte?
»Alix, ich liebe Euch.«
Er löschte die Kerze, schlang die Arme um mich und küßte mich voller Leidenschaft. Obwohl wir uns so vertraut waren, war plötzlich alles ganz neu. Langsam führte er mich zum Bett, wo wir uns niederlegten und er sanft die Tunika von meinem Körper streifte. Wir wärmten einander, und unsere Küsse wurden inniger. Ich vergrub mein Gesicht in Enochs Halsbeuge, und als ich seinen starken Herzschlag vernahm, wußte ich, daß ich endlich zu Hause war.